Les Larmes de Jundur

Tome 1 - Voyageuse

Noémie Delpra

Les citations au début de chaque chapitre sont toutes
extraites de l'œuvre de Pierre Corneille, *Le Cid*.

CHAPITRE I

« Vous souvient-il encor de qui vous êtes fille ? »
Léonor, Acte I, Scène 2.

L yvia courait.

D'une foulée souple et régulière, la respiration profonde et le regard farouche.

La terre était dure sous ses pieds, et l'air qui effleurait ses joues était frais en ce début de mois de novembre. Les feuilles mortes se froissaient sous son poids, répandant autour d'elles cette odeur familière que Lyvia chérissait tant. Les conditions étaient idéales. Si ce jour avait été n'importe quel autre jour, la jeune fille se serait sentie invincible. Elle se serait abandonnée corps et âme à la course, infatigable. Elle aurait lancé son cœur dans chacune de ses foulées, plus légère qu'un oiseau, plus rapide que le vent.

Mais ce jour-là, son cœur et son esprit étaient ailleurs. Une scène se rejouait constamment sous ses paupières, effaçant à sa vue la beauté de la forêt. Un autre jour, Lyvia aurait remarqué combien les arbres étaient fiers, parés des délicates couleurs de l'automne. Elle aurait admiré l'exquise palette de tons chauds, du doré au brun en passant par l'ocre et l'orangé, que la nature avait choisie pour peindre le monde ce jour-là. La forêt était son refuge, depuis toujours. Plus tendres qu'une épaule amie, plus doux qu'une étreinte maternelle, les arbres avaient toujours su l'apaiser.

Ce jour-là, pourtant, Lyvia était sourde à leurs mélodies, aveugle à leur charme. Elle n'entendait que sa rancœur, ne voyait que sa colère. Alors son pas s'alourdissait, son souffle se faisait erratique. Son cœur battait à grands coups dans sa poitrine, la suppliant d'arrêter sa course.

Avec un cri de rage et de frustration, elle ralentit brusquement avant de donner un coup de pied dans un tas de feuilles mortes, qui s'égaillèrent mollement. Prêtant enfin attention à son environnement, elle découvrit qu'elle s'était arrêtée juste à côté de son arbre favori, un large chêne si imposant qu'il paraissait immortel. Était-ce une coïncidence, ou l'avait-il appelée, d'une certaine façon ? Jetant un regard mauvais à l'arbre, Lyvia se laissa tout de même glisser contre son tronc. Au contact de l'écorce rugueuse, la rancune de la jeune fille se mua en une triste lassitude. C'était à chaque fois la même chose. Elle avait beau se disputer avec sa mère, encore et encore, l'issue était invariablement identique.

Lyvia ferma les yeux et sa respiration s'apaisa, se calquant sur le souffle régulier du vent entre les branches du chêne. Elle s'ouvrit enfin à la présence amie nichée au cœur de l'écorce. Là où d'aucuns s'adosseraient indifféremment contre un arbre ou un mur, Lyvia avait toujours senti la vie pulser sous le bois, dans sa forme la plus pure et la plus rassurante. Mais elle avait appris à garder ce type de réflexion pour elle : même son meilleur ami Liam se moquait gentiment lorsqu'elle évoquait la connexion qu'elle ressentait avec la nature. Alors elle chérissait ces moments de solitude dans la forêt, où elle venait trouver l'apaisement.

Avec un profond soupir, Lyvia ouvrit à nouveau les yeux, et accepta enfin d'affronter la scène qui l'avait incitée à fuir.

Elle était dans le salon, lovée dans son fauteuil préféré. Indéniablement confortable, il avait surtout l'avantage de se trouver juste à côté du mur végétal recouvert de bougainvillier. Elle pouvait y passer des heures, occupée à dessiner, à lire ou encore, comme cette fois-là, à faire ses devoirs. Mordillant pensivement son crayon, Lyvia relisait pour la énième fois le poème « El Desdichado » de Gérard de Nerval. Après plus d'une heure de réflexion, elle n'avait toujours aucune esquisse de plan pour son explication de texte. Les vers qu'elle appréciait pourtant beaucoup semblaient danser dans son esprit, dépourvus de sens. Avec un soupir agacé, elle reposa son crayon. Il était inutile de s'obstiner. Trop de questions tournoyaient inlassablement dans sa tête, apparemment fermement décidées à ne lui laisser aucun répit tant qu'elles resteraient sans réponse.

Lyvia releva la tête, et son regard tomba sur le profil de sa mère. Assise sur le canapé, son ordinateur portable sur les genoux, Isadora pianotait fébrilement sur le clavier. Elle portait ses lunettes rectangulaires, qu'elle ne mettait que pour travailler. Pour une fois, elle avait laissé ses boucles brunes cascader librement sur son dos. La ressemblance avec sa fille n'en était que plus évidente, celle-ci ayant hérité de sa crinière indomptable. Son expression était concentrée, presque contrariée : elle était en train de faire un point sur les comptes de sa boutique. Ce n'était vraiment pas le moment de la déranger… Mais aucun moment n'était idéal pour aborder le sujet délicat qui obsédait Lyvia. Avec une inspiration décidée, elle osa enfin interrompre la concentration de sa mère :

— Maman ?

— Hm ?

Le regard toujours braqué sur l'écran, Isadora ne prêtait qu'une attention très distraite à sa fille.

— Est-ce qu'on pourrait discuter ?

— J'ai du travail Lyviana, répondit sa mère sans tourner la tête vers elle.

Lyviana. C'était mauvais signe. Sa mère ne l'appelait par son prénom entier que lorsqu'elle n'avait vraiment pas envie d'être dérangée ou lorsqu'elle était en colère. La jeune fille décida tout de même d'insister, tourmentée par de trop nombreuses interrogations.

— S'il te plaît, c'est important.

Isadora soupira et posa l'ordinateur portable à côté d'elle. Puis, croisant les jambes, elle se tourna vers Lyvia et lui lança un regard interrogateur par-dessus ses lunettes. Pour la centième fois, la jeune fille nota combien les prunelles d'un brun sombre de sa mère étaient différentes des siennes. Lyvia avait les yeux bleu marine, une couleur inhabituelle qui ne pouvait lui venir que de son père. Et c'était précisément le sujet qu'elle désirait aborder…

— J'aimerais qu'on parle de Papa, laissa-t-elle tomber à voix basse.

La réaction d'Isadora ne se fit pas attendre. Un mélange d'émotions contradictoires se peignit sur son visage – Lyvia crut y lire de la tristesse, de la colère mais aussi de l'affection – avant d'être remplacé par une réserve teintée de lassitude.

— Nous en avons déjà parlé, qu'est-ce que tu veux savoir ?

— Comment était-il ? Je veux dire, son caractère ?

Isadora se passa une main sur le front, comme pour en chasser la fatigue. Elle avait déjà répondu à cette question, maintes et maintes fois. Mais c'était comme un rituel, une inlassable ritournelle. Lyvia avait besoin de connaître son père.

Et l'attitude d'Isadora, qui n'abordait le sujet qu'avec difficulté, ne faisait que décupler la curiosité de la jeune fille.

— Logan était plutôt solitaire. Il voulait se donner un air mystérieux et ténébreux mais au fond, c'était un homme d'une grande bonté, murmura Isadora avec nostalgie.

Lyvia ébaucha un sourire en entendant cette description qui lui plaisait beaucoup. Oui, elle avait déjà entendu cette réponse, mais ce n'était pas le plus important. Avec le temps, elle avait appris à chérir les rares moments où Isadora consentait à parler de Logan. C'était comme si son père se mettait à exister, l'espace de quelques minutes.

— Et physiquement ? Je lui ressemble ? s'enquit-elle avidement.

— Oui ma puce, je te l'ai déjà dit, tu as ses yeux, soupira Isadora. Il était plutôt grand, avec des cheveux sombres toujours en bataille.

Lyvia tenta de l'imaginer mais de nombreux visages défilaient dans sa tête sans qu'elle puisse en choisir un. De façon impulsive, elle voulut cette fois insister, en apprendre plus. Entendre éternellement les mêmes réponses ne lui suffisait plus.

— Je sais déjà tout ça, dis-moi quelque chose que tu m'as jamais dit !

Isadora ôta ses lunettes et les garda entre ses mains, jouant d'un air absent avec les branches. Elle réfléchit quelques instants, le regard pensif. Puis un sourire se dessina lentement sur ses lèvres, chargé d'une douceur et d'une tendresse infinies.

— Ses sourcils étaient très broussailleux. Ça lui donnait un air toujours ronchon.

Lyvia éclata de rire, ravie de voir sa mère se dérider. C'était la première fois qu'elle l'entendait évoquer Logan avec si peu de retenue, presque avec légèreté. Elle décida de pousser son avantage.

— Tu n'as pas de photo de lui ? demanda-t-elle d'un air innocent, comme si elle n'avait jamais posé la question.

Le visage d'Isadora se ferma aussitôt, dissipant la gaieté qui l'avait traversé. Sa réponse fut sans appel.

— Non.

Frustrée par cet échec, Lyvia fut incapable de réprimer son agacement. Elle avait cru que sa mère accepterait enfin de lui en dire davantage, qu'elle l'estimerait assez grande pour entendre la vérité. A seize ans, n'avait-elle pas mérité le droit de savoir qui était son père ?

— Je ne te crois pas ! Tu ne peux pas me faire croire que vous avez vécu ensemble pendant des années et que tu l'as jamais pris en photo !

Mais le regard d'Isadora était à présent intransigeant, et ses mains serraient tant les branches de ses lunettes qu'elles émirent un grincement inquiétant.

— Lyvia n'insiste pas, ce n'est pas la peine.

Et la jeune fille comprit qu'elle avait perdu. Elle n'en saurait pas plus, et surtout, sa mère se montrerait encore plus réticente à aborder le sujet la prochaine fois. Des larmes de colère perlant au coin des yeux, Lyvia se leva brusquement. Elle savait qu'elle aurait dû se taire, mais sa déception oblitérait tout.

— Pourquoi est-ce que tu me caches autant de choses à son sujet ? Tu me dis que le mensonge est un vice mais tu passes ton temps à me mentir !

Sans attendre de réponse, elle quitta la pièce à grandes enjambées, puis ouvrit la porte d'entrée à la volée sans un regard en arrière.

Lyvia laissa tomber sa tête contre le tronc du chêne, tandis que ses mains jouaient distraitement avec les feuilles mortes. Oui, elle avait réagi excessivement, mais elle ne pouvait plus supporter tous ces mystères. Pourquoi n'avait-elle pas le droit de voir une simple photo ? Elle ne demandait pourtant pas grand-chose !

Mais le froid commençait à s'infiltrer dans ses vêtements, maintenant que la chaleur de la course s'était estompée. La jeune fille se releva à regret, grimaçant lorsque ses muscles endoloris se rappelèrent à elle. Elle effectua quelques étirements pour éviter de souffrir la nuit venue, puis reprit la direction de la maison en marchant.

En rentrant, elle s'excusa auprès de sa mère, qui l'étreignit brièvement en retour, sans un mot. Que restait-il à dire, de toute façon ?

La jeune fille se laissa lourdement retomber sur son lit avec un soupir.

Et dire qu'elle n'avait même pas fini ses devoirs...

Le lendemain matin, Lyvia avait cours d'histoire en première heure. C'était une matière qu'elle avait toujours appréciée : elle aimait plonger dans les arcanes des temps anciens et explorer les méandres du passé. Et Mme Martinet, la professeure, ne faisait que décupler son penchant pour la matière. C'était une femme passionnée par ce qu'elle enseignait, autoritaire sans être trop stricte, et qui savait toujours intéresser les élèves par son humour.

Pourtant, ce jour là, la jeune fille, plongée dans ses pensées, prêtait peu attention au cours sur les totalitarismes. En un sens, c'était d'ailleurs à cause de son côté rêveur qu'elle avait très peu d'amis. Ou plutôt, pas de véritable ami, si l'on exceptait son meilleur ami Liam, qui était en classe de première économique alors qu'elle était en filière littéraire. Elle n'était pas exclue dans sa classe, les gens l'appréciaient, mais elle n'avait jamais réussi à lier une amitié sincère avec quelqu'un d'autre que Liam. Alors, assise à côté d'Émilie, une jeune fille sympathique quoique trop volubile au goût de Lyvia, elle ponctuait de « oh » et de « non, c'est pas vrai ?! » le récit des amours riches en rebondissements de sa camarade. Mais en son for intérieur, elle songeait à la dispute avec sa mère.

Son père était mort d'un accident de moto, alors qu'Isadora était enceinte d'elle. Lyvia n'avait donc aucun souvenir de lui. Et elle avait beau interroger sa mère, encore et encore, elle n'obtenait jamais rien de nouveau. Tout ce qu'elle y gagnait, c'était une terrible mélancolie qui l'éloignait encore plus des jeunes de son âge. Mais cette fois, elle ne parvenait pas à accepter la réaction de sa mère, et cette dispute l'obsédait. Elle comprenait la tristesse d'Isadora, qui lui avait avoué, lorsqu'elle lui avait posé la question, être encore trop amoureuse de son père pour envisager de refaire sa vie. Mais pourquoi avait-elle tant de difficultés à parler de lui ? Pourquoi lui refuser une simple photographie ? Cela lui permettrait au moins de se raccrocher à quelque chose de concret !

Elle enviait tellement Liam pour qui ses parents avaient toujours été présents. Bien sûr, elle avait sa mère, avec qui elle partageait une relation très forte, mais Isadora avait toujours été occupée par son travail. Elle tenait une boutique de prêt-à-porter féminin où elle passait le plus clair de son temps, n'ayant qu'une vendeuse. Lyvia avait donc grandi autant dans la boutique que dans leur maison. Très tôt, elle avait appris à être autonome, et elle en avait conçu un certain goût pour la solitude.

La sonnerie signifiant la fin du cours interrompit ses réflexions, mais malheureusement pas le monologue d'Émilie. La jeune fille poursuivit son récit alors qu'elles descendaient les escaliers jusqu'au sous-sol pour assister à leur prochain cours : sciences physiques. Avec un sourire d'excuse, Lyvia laissa Émilie trouver une nouvelle victime tandis qu'elle s'asseyait à sa place au fond de la salle. Elle détestait les sciences, et elle avait donc choisi cette place pour dessiner à loisir pendant le cours. Elle savait que personne ne l'importunerait, puisqu'elle avait passé une sorte d'accord tacite avec le professeur. Tant qu'elle restait silencieuse et discrète, il la laissait tranquille.

Balayant du regard les vingt-huit élèves, Lyvia se mit en quête d'un modèle pour son nouveau dessin. Elle aimait dessiner les visages, captivée par ces détails qui faisaient de chacun un être unique. Son attention se porta sur Ambre, une jeune fille timide et discrète assise quelques rangs devant elle, en diagonale. Toujours prête à aider les autres, un sourire avenant aux lèvres, Ambre n'était qu'altruisme. Pendant deux heures, Lyvia s'efforça de rendre sur le papier la délicatesse de son visage, dessiné de profil. Ses cheveux couleur de miel, attachés en une natte sophistiquée, donnèrent du fil à retordre à Lyvia. Mais c'est sur son regard bleu lavande que la jeune fille passa le plus de temps. Elle le recommençait sans cesse, incapable de retrouver sous son crayon la douceur et la gentillesse qui émanaient de ses prunelles.

La sonnerie retentit, annonçant la fin des cours de la matinée, et, puisque ce jour était un mercredi, la fin de la journée. Lyvia envisagea un instant de donner son dessin à Ambre avant de se raviser, incertaine de sa réaction.

Elle rangea le dessin dans son sac et prit la direction de la sortie. Devant les grilles du lycée, une désagréable odeur de cigarette flottait en permanence. Fronçant le nez, Lyvia se hâta vers les bus avant de monter dans le sien avec empressement.

Elle venait de glisser ses écouteurs dans les oreilles et s'apprêtait à se couper du monde lorsque Liam s'assit à ses côtés en lui déposant un baiser sur la joue. Son meilleur ami avait visiblement dû courir pour ne pas rater le bus : il était hors d'haleine. Mais même dans cet état, Liam aurait pu figurer dans une publicité : avec ses yeux vert émeraude, ses cheveux châtains ébouriffés et son sourire étincelant, il avait toujours fait chavirer les cœurs. La comparaison avec la jeune fille en était presque ridicule, tant ils étaient l'opposé l'un de l'autre sur quasiment tous les points. Il était aussi éblouissant qu'elle était banale, aussi populaire qu'elle était solitaire, aussi charismatique qu'elle était transparente. Et si Lyvia avait pu un jour le déplorer, elle en riait aujourd'hui.

Comme en écho à ses pensées, Liam l'interrogea avec entrain, encore essoufflé :

— Comment ça va Mademoiselle Asociale ?

— Bien et toi Monsieur Trop-populaire-pour-sa-meilleure-amie ? répliqua Lyvia avec un sourire amusé.

— Eh, c'est faux ! se récria Liam. Tu vois, je m'assois à côté de toi.

— Quel honneur indicible ! ironisa la jeune fille. Alors, cette matinée ?

Avec une moue désolée, Liam répondit à un texto sur son smartphone tandis que Lyvia levait les yeux au ciel. Le jeune homme avait depuis toujours une sorte de charisme inexplicable qui attirait les gens comme des abeilles autour d'un pot de confiture. De ce fait, il était entouré d'une multitude d'amis, dont Lyvia doutait parfois de la sincérité.

Liam finit par ranger son téléphone portable alors que le bus démarrait.

— Désolé. Donc pour répondre à ta question, ça va, c'était une bonne matinée. Les cours de maths deviendraient presque un plaisir avec M. Bekkal, il est génial !

— T'as de la chance, soupira Lyvia. Mme Grandier est infernale et on n'est qu'en novembre… Je tiendrai jamais une année entière de cours avec elle.

— Bah, t'es trop pessimiste. Regarde, je l'avais l'année dernière et je la trouvais plutôt cool.

— Ça c'est parce que t'es bon en maths, contrairement à moi.

— Et toi t'es bonne en histoire, contrairement à moi, répliqua Liam avec un sourire.

— N'importe quoi, t'es bon en tout…

Liam accueillit son ton amer d'un froncement de sourcil. Il choisit de répondre avec humour. Comme toujours, il savait exactement comment la dérider.

— C'est pas faux. D'ailleurs, en parlant de mon excellence, tu serais partante pour un tennis ce soir ? Histoire de te faire battre à plate couture, comme d'habitude.

Une ombre de sourire flotta sur les lèvres de Lyvia, toujours prête à relever un défi. Puis, frappée par un détail, elle répliqua :

— Tu n'as pas un contrôle d'éco demain par hasard ?

— Exact, je trouverai bien le temps de relire mon cours entre le taekwondo et Juliette, ce sera amplement suffisant pour avoir… disons quinze, pour rester modeste.

Lyvia secoua la tête avec un sourire amusé : Liam

était tout sauf modeste. Bien malgré elle, Lyvia était pourtant obligée d'avouer que le jeune homme n'avait pas tort. Il avait toujours eu d'excellentes notes en travaillant à peine. S'il n'avait pas été son meilleur ami, elle aurait jalousé ses facilités…

— Juliette ? Tu n'étais pas avec Amélie ? demanda-t-elle avec espièglerie.

— Lyvia ! s'exclama Liam, outré. Je t'ai déjà dit qu'on a rompu parce qu'elle passait trop de temps avec son cheval. Comme s'il était normal de préférer la compagnie d'un canasson à la mienne…

— Moi je trouvais ça bien que ta copine fasse de l'équitation. On aurait presque pu être amies.

— Tu ne supportes aucune de mes petites amies de toute façon…

— Peut-être que si tu restais avec plus d'une semaine j'aurais le temps d'apprendre à les connaître, se moqua la jeune fille.

Liam lui jeta un regard noir et afficha un air vexé. Lyvia savait toutefois qu'il était doté d'un caractère trop enjoué pour lui tenir rancune. Aussi entreprit-elle de contempler les innombrables champs de colza qui bordaient la route, en attendant que Liam ne retrouve le sourire. Une buse survolait lentement l'étendue champêtre d'un jaune éclatant, à la recherche de sa proie. Lorsqu'elle fondit enfin vers le sol, Lyvia se tourna de nouveau vers Liam. Leurs regards se croisèrent, et elle devina dans les prunelles vertes du jeune homme une étincelle d'amusement. Finalement, il éclata de rire, et elle le rejoignit de bon cœur.

— Je suis pas fait pour les relations sérieuses, c'est pas de ma faute ! Et toi, quand est-ce que tu vas te trouver un copain ?

Ce fut au tour de Lyvia de se renfrogner. C'était un sujet qu'elle n'aimait pas aborder.

— J'ai déjà donné une fois, merci.

— Mais oublie cet abruti d'Arnaud, il reste quand même des mecs bien dans ce monde… protesta Liam.

— Peu importe, ce n'est pas pour moi.

Liam laissa passer quelques secondes de silence, posant un regard songeur sur sa meilleure amie. Un observateur extérieur aurait pu croire Lyvia totalement retirée dans son monde, les écouteurs dans les oreilles et le regard perdu dans les méandres de la campagne. Mais Liam savait pertinemment qu'il conservait toujours une partie de son attention.

— Tu sais ce que c'est ton problème Lyvia ? T'es comme Emma Bovary, t'as lu trop de romans d'amour. Tu t'attends à une relation incroyable, tu veux un mec prêt à mourir pour toi. Mais c'est la vraie vie ici, personne n'est parfait, on est tous égoïstes. Je suis sûr que même toi tu pourrais pas aimer quelqu'un comme ça. Pourquoi est-ce que c'est si impensable pour toi de sortir avec quelqu'un de normal, comme ça, sans enjeu ?

Lyvia conserva le regard braqué à l'extérieur. Dehors, les champs cédaient progressivement place à la ville, et Lyvia laissa son cœur se perdre dans le bitume gris. Liam avait raison, bien sûr. Elle rêvait beaucoup, peut-être trop. Elle désirait une vie faite de passions, une vie à couper le souffle. Elle voulait connaître l'amour, l'aventure et la folie. Alors plutôt que de contredire Liam, elle le questionna à son tour :

— Et toi, est-ce que t'es heureux comme ça ? Est-ce que changer de petite amie chaque semaine te comble ? L'amour ne te fait donc pas envie ?

Liam leva la main pour s'emparer d'une mèche

brune de la jeune fille. Il joua distraitement avec, les sourcils froncés, puis il répondit avec un sourire un peu triste :

— J'ai que seize ans Lyvia. Laisse-moi profiter des quelques années d'insouciance qu'il me reste, comme tu devrais en profiter.

Les paroles de Liam faisaient écho au décalage que ressentait souvent Lyvia. Elle n'était pas insouciante, elle avait même parfois l'impression d'avoir plus que seize ans. Mais elle tâchait de se fondre dans le moule, en se disant qu'elle finirait bien par trouver sa place. Alors, gênée que Liam lui rappelle ce décalage, elle préféra changer de sujet, affectant un ton léger :

— Oh tu sais, je crois que tu seras toujours insouciant…

— Peut-être bien… Et peut-être que je serai toujours ton meilleur ami.

— J'espère bien ! T'as déjà oublié ? « Quand un jour de neige sera embaumé de lilas »

Liam lui fit un clin d'œil et confirma avec enthousiasme, comme pour sceller un pacte :

— Quand un jour de neige sera embaumé de lilas !

Ils avaient appris *La Ballade Irlandaise* de Bourvil en primaire, alors qu'ils étaient déjà inséparables. Liam, angelot espiègle aux adorables fossettes, avait confié à la petite fille qu'elle était alors : « On arrêtera d'être amis quand un jour de neige sera embaumé de lilas ! ». Et elle de répliquer avec joie : « Et quand il y aura des orangers en Irlande ! ». Depuis, c'était en quelque sorte devenu leur devise.

Égayée par ce souvenir, Lyvia lui adressa un sourire reconnaissant avant de se blottir confortablement dans son siège.

Elle ne connaîtrait peut-être pas l'amour, l'aventure et la folie. Mais elle connaissait l'amitié, et c'était déjà très précieux.

Lyvia descendit du bus avant Liam, choisissant de rejoindre sa mère dans le centre-ville. Avant de retrouver Isadora, la jeune fille acheta deux sandwichs dans une boulangerie. Lorsqu'elle entra dans la petite boutique, elle trouva sa mère en grande discussion avec une de ses plus fidèles clientes, Mme Dumont. C'était une femme d'une quarantaine d'années quelque peu singulière, qui avait toujours été très aimable avec Lyvia. Les cheveux d'un rouge éclatant, elle portait chaque jour un assemblage de vêtements hétéroclite, mais sa bonne humeur excusait son excentricité.

— Les prix ne cessent d'augmenter, c'est de la folie ! s'exclamait Mme Dumont quand Lyvia entra discrètement. Regardez, la dernière fois sur Paris, le kilo de pommes était à quatre euros soixante, de la folie vous dis-je !

— Que voulez-vous, soupira Isadora, c'est la crise…

— Bonjour Mme Dumont, salut Maman !

Les deux femmes se tournèrent vers Lyvia avec un grand sourire.

— Bonjour ma petite Lyviana. Oh tu as amené quelque chose pour ta mère, c'est une très bonne idée, elle ne prend jamais le temps de manger !

La jeune fille fit la bise à sa mère et déposa sur le comptoir ce qu'elle avait acheté.

— Merci ma puce, c'est adorable.

— Eh bien je vais vous laisser manger, conclut

joyeusement Mme Dumont. Au revoir, je repasserai dans la semaine avec ma fille !

— Au revoir Mme Dumont !

Lorsque la cliente eut quitté la boutique, Lyvia s'installa sur la deuxième chaise derrière le comptoir.

— Ta matinée s'est bien passée ? l'interrogea Isadora en entamant son sandwich.

— Ça va, répondit laconiquement la jeune fille. Et toi, t'as eu du monde ?

— Pas la foule, mais c'est déjà mieux qu'hier. Olga est passée vers dix heures.

Lyvia esquissa un sourire. Olga était une cliente russe, très loquace et surtout extrêmement dépensière. Elle écouta sa mère détailler les achats de la jeune femme en expliquant avec passion les avantages et les inconvénients de chaque modèle. Au milieu de son monologue, Isadora s'exclama :

— … Tu sais, cette tunique adorable avec le nœud que tu aimais bien ? Oh, j'allais oublier, j'ai repensé à notre discussion hier et j'ai bien un petit quelque chose à te donner.

Alors que son attention commençait à faiblir, Lyvia se redressa brusquement, agréablement surprise. Elle reposa son sandwich et attendit avec impatience pendant que sa mère fouillait dans son sac à main. Gagnée par l'excitation, la jeune fille aperçut la forme d'une photographie. Sa mère la lui tendit avec un sourire hésitant.

Un bref pincement de déception saisit Lyvia lorsqu'elle vit l'image de plus près. Elle représentait ses parents de dos, au milieu d'une forêt aux troncs épais. Elle qui avait tant rêvé de découvrir le visage de son père, tout ce qu'elle apercevait de lui était sa haute stature et ses cheveux noirs en bataille. Cependant, la jeune fille finit par se ressaisir, appréciant ce cadeau à sa juste valeur. L'atmosphère mystérieuse émanant de la photographie la séduisit d'emblée, décuplant son désir d'en apprendre plus sur Logan. Mais c'est surtout la posture de ses parents qui lui plut : son père avait passé un bras autour des épaules d'Isadora qui lui enserrait la taille en retour. Tous deux semblaient regarder au loin.

Grâce à cette photographie, Lyvia conçut de ses parents l'image d'un couple uni par-delà les difficultés. Depuis toujours, elle comprenait l'amour inaltérable de sa mère pour Logan, mais l'amour qu'elle l'imaginait recevoir en retour n'était qu'une supposition. Ce jour-là, elle reçut comme un apaisement la preuve de leur amour mutuel et solide.

Lyvia passa tout l'après-midi dans la boutique d'Isadora. Elle commença par faire ses devoirs puis elle esquissa un nouveau dessin sans beaucoup d'inspiration, avant de finalement le jeter dans la corbeille, insatisfaite. Vers dix-huit heures trente, la jeune fille rassembla ses affaires en lançant à sa mère :

— Je vais faire un tennis avec Liam ce soir, tu veux que je t'attende pour manger ?

Isadora glissa une boucle brune derrière son oreille, relevant la tête du pull qu'elle repliait soigneusement. Elle eut un sourire las, avant de répondre :

— Non, ce n'est pas la peine, je vais rentrer tard. Tu n'as qu'à te faire à manger et aller profiter de Liam, tu ne le vois plus aussi souvent ces derniers temps. Je me débrouillerai ma puce.

— D'accord, je vais faire des pâtes à la carbonara pour nous deux, je laisserai ta part dans le frigo. À ce soir !

— N'oublie pas la photo, lui rappela Isadora tandis que Lyvia se hâtait vers la porte.

La jeune fille se retourna pour lancer un clin d'œil à sa mère.

— Elle est dans mon sac, je risque pas de l'oublier. Merci encore Maman.

Isadora lui adressa un bref signe de la main et la regarda partir avec un sourire attendri, avant de se concentrer de nouveau sur le pull qu'elle tenait entre ses mains.

Sans savoir que ce simple geste – le don d'une photographie, le dévoilement d'une infime partie de son passé – aurait des conséquences irrévocables. Qu'il mettrait Lyvia en grave danger.

Après son match de tennis avec Liam, Lyvia prit une douche brûlante. Éreintée par l'effort physique, elle n'aspirait qu'à sombrer dans un sommeil sans rêve, mais elle devait d'abord s'occuper de ses petites protégées. Sous sa fenêtre trônait un assortiment de plantes d'intérieur disparates, seule présence végétale qu'Isadora avait acceptée dans sa chambre. Sa favorite était une *sansevieria cylindrica*, une plante dite succulente, c'est-à-dire aux tissus riches en eau. Elle l'avait appelée Méduse, en référence à la Gorgone à la chevelure de serpents, du fait de ses feuilles cylindriques aux pointes acérées semblables à autant de vipères. C'était la plante la plus facile à entretenir, ce qui était presque une déception pour Lyvia – toujours ravie par un défi botanique. Lorsque Méduse lui avait fait le rare cadeau d'un épi de fleurs blanches parfumées, après plusieurs années, cela avait été pour elle le plus beau des trésors.

Elle avait toujours eu la main verte, don qu'elle avait hérité de sa mère. Leur maison regorgeait donc de plantes, des plus communes aux plus exotiques, bien qu'Isadora s'efforçât de contenir l'enthousiasme débordant de Lyvia en la matière. Sous les soins de la jeune fille, aucune plante ne tombait malade, et toutes atteignaient des tailles presque inconcevables – ce qui apparentait chaque jour un peu plus leur maison à une jungle.

Après avoir soigné chacune de ses protégées, Lyvia s'apprêtait enfin à se glisser sous les draps lorsque son regard tomba sur la photographie de ses parents qu'Isadora lui avait donnée. Elle s'en saisit et s'étendit sur son lit pour la contempler à loisir. Elle tenta de mémoriser chaque détail, se réjouissant de la moindre découverte : ici un oiseau dissimulé entre les branches, là un arbre ployé d'une étrange façon. Elle admira la photographie jusqu'à la voir dans les moindres détails lorsqu'elle fermait les yeux.

Soudain, la texture du papier attira son attention. Irrégulier sous ses doigts, il paraissait poreux et il était plutôt épais. Elle retourna la photo pour étudier plus précisément le papier. De couleur jaunâtre, il semblait ancien, ou du moins de fabrication artisanale. Fronçant les sourcils, Lyvia observa de nouveau ses parents et elle finit par comprendre, le cœur battant, qu'il s'agissait en fait d'un dessin et non d'une photographie.

Mais comment un dessin pouvait-il sembler si réel ? Les couleurs étaient très vives, et Lyvia avait beau chercher, elle ne décelait pas la moindre trace de coup de crayon. Pourquoi sa mère lui avait-elle dit que ce dessin était une photographie ? Pourquoi ce énième mensonge ?

Et surtout, qui avait dessiné ses parents ?

Traversée par un frisson d'excitation, Lyvia comprit que si elle parvenait à trouver cette personne, elle pourrait lui révéler tout ce que sa mère lui dissimulait à propos de son père. Et elle s'endormit avec la ferme résolution de remuer ciel et terre pour retrouver cet inconnu.

CHAPITRE 2

La matinée de cours du lendemain s'égrena avec une insupportable lenteur. Lyvia ne s'intéressait qu'au dessin posé sur ses feuilles de cours, qu'elle dissimulait sous son trieur chaque fois qu'un professeur passait à côté d'elle.

En cours de français, un détail attira soudainement son attention. Au dos du dessin, ce qu'elle avait pris pour une aspérité du papier était en fait une inscription en petits caractères. En plissant les yeux, elle déchiffra avec fébrilité « Forêt d'Alidore ». Reposant le dessin avec un sourire exalté, Lyvia attendit avec impatience la fin du cours, fourmillante d'excitation. Après tant d'années d'incertitude, voilà qu'enfin un indice s'offrait à elle, voilà que la vérité était à portée de main !

Lorsque la sonnerie retentit, elle rangea prestement ses affaires dans son sac et bondit de sa chaise dès que le professeur les autorisa à sortir. Courant presque, la jeune fille se rua à la bibliothèque. Elle salua rapidement la documentaliste puis alluma l'un des vieux ordinateurs. Elle s'assit en face du poste, contenant avec peine son agitation. Grommelant furieusement contre la lenteur de la machine, la jeune fille pianota fébrilement sur la souris en attendant que toutes les icônes apparaissent.

Enfin, elle lança internet et patienta encore quelques secondes avant de pouvoir taper le nom de la forêt dans le moteur de recherche. Devant l'absence de réponse pertinente, Lyvia ne se découragea pas et essaya de nouveau avec uniquement « Alidore ». C'était apparemment un nom de famille, et la jeune fille se demanda si elle ne devait pas orienter sa recherche en ce sens puisque qu'aucune forêt ne semblait porter ce nom. Mais après une demi-heure passée à naviguer sur différents sites web, elle n'avait pas le sentiment d'avoir avancé.

Réprimant un grognement frustré, Lyvia éteignit le poste et quitta l'enceinte du lycée. Il ne lui restait plus qu'à interroger sa mère, même si elle doutait de recevoir une réponse honnête. En jetant un coup d'œil à sa montre, elle apprit qu'il était déjà midi. Elle avait raté une demi-heure d'anglais et elle s'apprêtait à manquer tous les cours de l'après-midi. Ignorant la pointe de culpabilité qui lui nouait le ventre, la jeune fille consulta les horaires des bus sur le prospectus qui ne quittait jamais son sac. Il n'y avait pas de bus scolaire à cette heure, mais elle devrait pouvoir monter dans un bus de ligne.

Plongée dans ses pensées, Lyvia n'aperçut qu'au dernier moment Liam et sa bande qui marchaient bruyamment en sens inverse sur l'autre trottoir. Jurant tout bas, elle tenta de se faire discrète, sachant qu'elle excellait habituellement dans l'art de la transparence.

— Eh, Lyvia ! la héla malheureusement Liam, lui arrachant une grimace de contrariété.

Résignée, la jeune fille le regarda traverser la route pour la rejoindre tandis que les amis de Liam s'immobilisaient et les observaient ouvertement.

— Salut Liam. Tu devrais pas m'adresser la parole en public, tes amis ont l'air de trouver ça indécent, remarqua-t-elle en accentuant ironiquement le mot « amis ».

— N'importe quoi... Où tu vas ? T'es pas censée avoir cours ?

— Ma prof n'est pas là, mentit-elle avec aplomb. Et toi et tes disciples, vous venez d'où ?

Liam leva les yeux au ciel mais ne releva pas.

— Du parc, on n'a jamais cours à cette heure-là le jeudi.

Lyvia jeta un coup d'œil nerveux derrière elle, craignant de rater son bus si elle s'attardait encore. Décidant d'écourter cette discussion, la jeune fille sourit à Liam et déclara rapidement :

— Cool. Bon ben je te retiens pas plus longtemps. À plus !

Elle se détourna en hâte sous le regard confus de Liam, qui n'était guère habitué à ce qu'on lui prête aussi peu attention. Alors qu'elle s'éloignait à grands pas, elle entendit le jeune homme lui crier :

— Eh, tu m'as même pas dit où tu allais !

Tandis qu'elle se retournait brièvement pour lui adresser un signe de la main, Liam plissa les yeux, soupçonneux. La jeune fille s'empressa de rejoindre l'arrêt de bus en vérifiant fébrilement l'heure sur son poignet. Alors qu'elle n'était plus qu'à quelques mètres, elle avisa le véhicule prêt à repartir, les portes presque fermées. Criant au chauffeur d'attendre, elle courut à perdre haleine jusqu'au bus. Le chauffeur, un homme affable à la peau métisse, lui sourit gentiment alors qu'elle se confondait en remerciements, le souffle court.

Rassurée, Lyvia se laissa tomber sur un siège en attendant que sa respiration s'apaise. Il régnait dans l'habitacle une chaleur suffocante, contrastant avec la froideur de l'air à l'extérieur, d'autant plus que l'effort de sa course aurait suffi à la réchauffer.

Lorsque les battements de son cœur se furent espacés, elle ouvrit son sac afin de consulter son portable. Comme elle s'en était doutée, Liam lui avait envoyé un message :

— *Ne crois pas t'en tirer à si bon compte. Tu vas où ?*

Secouant la tête avec un sourire amusé, Lyvia lui écrivit en réponse :

— *J'ai manqué ta promotion au poste d'inquisiteur ? Je vais à la bibliothèque rendre un livre.*

Le message de Liam lui parvint en quelques secondes, prouvant – s'il était nécessaire – que le jeune homme écrivait décidément aussi vite que la pensée.

— *Je suis juste curieux. La bibli du lycée existe pour ça.*

— *C'est un livre sur la civilisation chinoise au Ve siècle, tu trouveras jamais ça au lycée.*

Une respiration plus tard, Lyvia reçut :

— *OK...*

Poussant un soupir de soulagement, Lyvia enfouit son portable au fond de son sac. Liam semblait avoir accepté son explication, mais les points de suspension dans son message montraient qu'il n'était pas entièrement convaincu. Décidant de reporter ce problème à plus tard, Lyvia se laissa bercer par le ronronnement du moteur.

Elle ne pouvait s'empêcher de ressentir une pointe d'appréhension à l'idée d'interroger sa mère. Isadora n'ayant jamais aimé parler de Logan, Lyvia n'obtenait que rarement de réponse à ses questions. La discussion s'achevait quasiment toujours en dispute, attisant chaque fois un peu plus la crainte que Lyvia éprouvait à aborder le sujet. Pourquoi les choses seraient-elles différentes aujourd'hui ?

Anxieuse, Lyvia faillit ne pas remarquer la vibration de son portable. Alors qu'elle cherchait l'objet dans son sac, elle fut frappée par une pensée soudaine. Et si le message provenait de sa mère, ayant appris par le lycée son absence ? Aussitôt, la jeune fille s'immobilisa en se retenant de se frapper le front. Si elle rejoignait sa mère à la boutique, cette dernière saurait que sa fille faisait l'école buissonnière !

Maugréant contre sa propre stupidité, Lyvia décida de rentrer directement chez elle. Isadora ne quittait le travail qu'à vingt heures, cela lui laisserait le temps de poursuivre ses recherches. Elle saisit enfin son téléphone et découvrit avec soulagement que le message provenait de Liam.

— *Tu me le dirais si quelque chose n'allait pas ?*

Le cœur serré, Lyvia releva les yeux, laissant son regard se perdre dans les champs de colza qui défilaient derrière la vitre. Elle répugnait à mentir encore une fois à son meilleur ami. Mais si elle lui cachait ses recherches concernant son père, c'était parce qu'elle se doutait de ce que lui dirait Liam s'il l'apprenait. Il lui conseillerait d'en parler à sa mère, il croirait l'aider et pourtant malgré tous ses efforts il ne la comprendrait pas. Il avait toujours eu deux parents, deux parents pour le consoler, deux parents pour l'accompagner chaque jour, deux parents pour l'aimer. Comment pourrait-il comprendre le vide immense, impossible à combler, causé par l'absence de son père ?

Alors, les sourcils froncés, elle écrivit un énième mensonge :

— *Évidemment. Arrête de m'envoyer des messages en*

cours ! T'es en espagnol si je ne m'abuse ?

La réponse de Liam lui parvint aussitôt, gentiment moqueuse :

— Auriez-vous appris mon emploi du temps par cœur Mademoiselle Faye ?

Bien qu'il fût à des kilomètres d'elle, Lyvia imaginait sans peine son sourire en coin et ses yeux verts scintillant de malice. Le caractère enjoué de son ami avait toujours su apaiser son âme sujette aux angoisses, et même si Liam était incapable de la comprendre aujourd'hui, il restait le seul à savoir lui redonner le sourire.

— Il faut bien que je m'en souvienne pour toi, tu l'oublies tout le temps.

— C'est pas faux. Tout va bien alors ?

— Mais oui, arrête de t'inquiéter ! répondit Lyvia, se retenant à grand peine de lever les yeux au ciel.

La jeune fille crut que Liam s'était enfin résigné, mais son portable se remit à vibrer deux minutes plus tard. La question qui s'afficha sur l'écran lui fit l'effet d'une douche froide.

— Alors pourquoi est-ce que tu me mens ?

Mordant inconsciemment sa lèvre, elle renvoya un simple point d'interrogation à Liam, dans l'attente d'une explication. Était-ce une feinte, ou était-il réellement au courant de quelque chose ? Si elle avait toujours estimé que Liam tapait sur son téléphone à une vitesse inhumaine, elle attendait cette fois sa réponse avec une impatience grandissante. La jeune fille fixait anxieusement l'écran depuis une éternité lorsque le portable vibra entre ses doigts, affolant son cœur :

— Je viens de voir ta prof d'anglais. Pourquoi est-ce que tu sèches ?

Lyvia tergiversa un instant, incapable de se décider. Devait-elle s'enfoncer un peu plus profondément dans le mensonge, au risque de s'y noyer, ou devait-elle lui avouer la vérité ? Peut-être ne la comprendrait-il pas, mais au moins cesserait-elle de ressentir cette culpabilité désagréable au creux de son ventre.

Elle se décida pour une réponse qui n'en était pas vraiment une :

— ...

C'était bref, concis, cela ne dévoilait rien en disant tout. Par ces trois points de suspension, elle reconnaissait lui cacher quelque chose, tout en refusant de le lui expliquer. Liam comprit tout à fait ce qu'elle sous-entendait, puisqu'il répondit succinctement :

— *On en parle ce soir.*

Lyvia se força à défroncer les sourcils, puis elle reposa son portable sur ses genoux sans toutefois le ranger. Le centre-ville défila sous ses yeux absents, jusqu'à ce qu'elle descende à l'arrêt le plus proche de chez elle. Lorsqu'elle rentra, sa chienne Apple – un labrador de quatre ans – bondit joyeusement à sa rencontre. Pendant qu'elle câlinait la petite chienne qui s'était couchée sur le dos afin de quémander ses caresses, Lyvia réfléchissait.

Sa mère lui dissimulait beaucoup de choses à propos de son père, et malgré ses seize ans, elle semblait l'estimer trop jeune pour connaître la vérité. Mais Lyvia était lasse de vivre dans l'incertitude et le mensonge. Quels que soient les secrets de sa mère, Lyvia se sentait assez mature pour les entendre. Et puisque Isadora refusait de lui parler, la jeune fille prit la décision de chercher seule.

Réprimant la honte et la culpabilité qui lui serraient le cœur, elle s'arma d'une résolution sans faille et se rendit dans la chambre de sa mère. Elle inspecta minutieusement chaque recoin, regardant sous le lit, derrière les coussins du fauteuil, entre les livres de la bibliothèque sans rien trouver d'anormal. Accablée par la chaleur sous son manteau d'hiver qu'elle n'avait pas pris la peine d'enlever, Lyvia s'arrêta un instant afin de se dévêtir et d'attacher ses longs cheveux bruns en un chignon sommaire. Enfin, elle ouvrit en grand les portes de la garde-robe et entreprit de soulever chaque pile de vêtements.

C'est en s'agenouillant devant la penderie afin d'écarter robes et manteaux qu'elle découvrit quelque chose. Le cœur battant, elle saisit avec précaution le coffre de bois ouvragé dissimulé dans la pénombre, avant de le déposer sur le parquet face à elle. Inspectant attentivement l'objet, Lyvia ne distingua ni serrure ni cadenas. C'était l'un de ces coffres de bois sombre que sa mère affectionnait particulièrement, dont l'ouverture était permise par la résolution d'une énigme. Il fallait déplacer des pièces de bois et appuyer sur certains motifs afin de trouver la clé qui ouvrait la serrure, elle-même dissimulée dans les méandres du bois. Lyvia avait reçu de sa mère un tel coffret quelques années auparavant, dans lequel elle rangeait ses bijoux. Malheureusement, ce coffre semblait autrement plus difficile à ouvrir.

La jeune fille s'assit en tailleur, inspira profondément et s'attela à la résolution de l'énigme. Quinze minutes et une infinité de tentatives infructueuses plus tard, Lyvia poussa un cri de victoire. Le coffre s'ouvrit avec un déclic sonore, et la jeune fille parcourut impatiemment son contenu. Il s'agissait surtout de lettres et de petits mots rédigés rapidement sur du papier jauni. Au sommet de la pile se trouvait une fleur séchée d'une variété inconnue de Lyvia, dont les connaissances en la matière étaient pourtant très développées. Alors qu'elle s'apprêtait à lire une des lettres, elle se rendit compte de ce qu'elle était en train de faire et sa résolution vacilla.

Peut-être y avait-il une raison pour que sa mère lui ait caché tout ceci... Ces lettres étaient privées, elle n'avait pas le droit de les lire. Et il n'y avait visiblement aucune photographie, ce qui incita Lyvia à réviser son opinion. Après tout, sa mère avait probablement dit la vérité lorsqu'elle lui avait avoué ne pas avoir de photographie de Logan. C'était étrange, difficile à croire, mais c'était probablement vrai...

Lyvia se passa une main sur le visage, fatiguée par ses émotions. Le cœur lourd, elle referma le coffre et le remit à sa place.

Peut-être devrait-elle simplement laisser tous ces mystères dans l'ombre...

Peut-être que certains secrets étaient faits pour le rester...

... pour le moment.

Lyvia fut réveillée en sursaut par le carillonnement de la sonnette, mêlé aux aboiements d'Apple dans une désagréable cacophonie. L'esprit brumeux, elle se leva maladroitement du canapé dans lequel elle s'était assoupie. En consultant rapidement sa montre, elle apprit qu'il était dix-sept heures, autrement dit l'heure à laquelle elle aurait dû rentrer du lycée. Repoussant la chienne dont les aboiements ne faiblissaient pas, elle ouvrit la porte d'entrée pour se retrouver face à Liam. À en juger par le sac sur son épaule, le jeune homme venait à peine de sortir du bus.

— Entre, l'invita-t-elle d'une voix encore ensommeil-
lée.

— Tu dormais ? s'enquit-il en accueillant affectueusement les cabrioles et sautillements fougueux d'Apple.

Lyvia acquiesça avant de se laisser tomber sur le canapé qu'elle venait juste de quitter. Elle balaya d'un
mouvement désinvolte de la main les excuses du jeune
homme qui s'asseyait à ses côtés.

— Alors, qu'est-ce qui ne va pas ? demanda doucement Liam.

Incertaine, Lyvia promena un regard sombre autour
de la pièce. Elle se sentait trop fatiguée pour mentir.
Liam ne laissait jamais un mystère irrésolu, et si elle ne
lui avouait pas la vérité, il l'interrogerait chaque jour
jusqu'à obtenir une réponse. Alors tant pis s'il ne la
comprenait pas, tant pis s'il n'avait rien d'autre à lui offrir que des paroles creuses… Elle pourrait au moins se
targuer d'avoir été honnête.

— Rien de très nouveau. Je me suis encore disputée
avec ma mère au sujet de mon père, je ne sais pas pourquoi elle refuse de m'en parler comme ça… J'ai besoin de
savoir qui il était, à quoi il ressemblait… Ça m'obsède, je
ne suis pas d'humeur à aller en cours.

Liam ne parut pas surpris, et, fidèle à son tempéra-
ment, il lui passa un bras réconfortant autour des
épaules. Il avait toujours eu l'habitude de montrer ce
qu'il ressentait par les gestes. Pour une fois, Lyvia se serra contre lui, soulagée de s'être confiée.

— Je sais que tu en souffres, commença le jeune
homme, mais le problème c'est que tu n'en parles pas.
C'est pour ça que t'en fais une obsession.

— Je t'en parle là, objecta-t-elle sans conviction.

— Parce que je t'ai harcelée sur ton portable et

jusqu'à chez toi. Tu sais très bien que tu m'en aurais jamais parlé sinon. Et puis, c'est surtout avec ta mère qu'il faut en discuter Lily. Dis-lui ce que tu ressens. C'est la seule qui peut t'offrir la vérité.

Lyvia secoua la tête, désabusée.

— J'ai déjà essayé cent fois… Mais c'est toujours la même chose, elle se braque, elle refuse d'en parler. J'ai le sentiment de ne jamais avancer. Enfin, à part… mais non, non, elle ne me dira rien de plus…

Sans savoir véritablement pourquoi, Lyvia se retint au moment d'évoquer le dessin que sa mère lui avait remis. Elle pouvait confier à Liam ce qui la tourmentait, de manière générale, mais elle n'avait pas envie de partager avec lui ses recherches autour du dessin, sa découverte des lettres de sa mère… Une part d'elle-même avait honte, indéniablement, du tournant obsessionnel que prenait cette recherche. Mais ce n'était pas tellement ce qui la retenait d'en parler. C'était son secret, sa quête personnelle. Elle avait l'intime conviction que la réponse à toutes ses questions se trouvait là, dans les pigments mystérieux de cet étrange dessin. Cette quête lui appartenait, à elle seule.

Liam se redressa et haussa les épaules, inconscient des pensées qui agitaient la jeune fille.

— Ça ne coûte rien d'essayer.

Soudainement sérieux, il se tourna vers Lyvia avec un éclat presque sévère dans son regard vert.

— Mais tu n'as pas intérêt à sécher encore une fois les cours à cause de ça !

Lyvia arqua un sourcil, réprimant un sourire amusé.

— C'est toi, l'élève le plus paresseux que j'ai jamais vu, qui me fais la leçon ?

— Je suis peut-être paresseux, rétorqua Liam, vexé,

mais je vais en cours et j'ai de bonnes notes. Les profs n'ont rien à me reprocher.

— À part ton orgueil démesuré, se moqua Lyvia.

— Eh bien à ce que je vois t'as retrouvé ta verve habituelle. Je suis sérieux Lyvia, joue pas avec tes études comme ça !

Lyvia se releva en étouffant un soupir.

— D'accord, c'est promis. J'irai en cours demain. Tu veux boire quelque chose ?

— N'essaie pas de changer de sujet. Mais oui, je veux bien du jus d'orange, si t'en as.

Pendant que la jeune fille saisissait une brique de jus de fruit et deux verres, Liam s'installa à la petite table de la cuisine. Ils sirotèrent leur boisson dans une atmosphère paisible et complice, tandis qu'Apple allait et venait à leurs pieds, dans l'espoir d'obtenir quelque chose à manger. Au-dessus d'eux, la grande aiguille de l'horloge ponctuait le silence de son battement régulier. Lyvia observait à travers les baies vitrées du salon la nature tristement inerte du mois de novembre. D'une voix hésitante, elle rompit le silence :

— Tu sais… je suis contente qu'on passe plus de temps ensemble. Ces dernières semaines, on se voyait plus aussi souvent qu'avant. J'avais l'impression que tu me fuyais…

Liam baissa le regard sur son verre et répondit doucement :

— Après ce que tu m'as confié, je te dois aussi la vérité. C'est mes parents, encore. Ils passent leur temps à se disputer, c'est invivable, et je sais que Micka en souffre. Dès que j'aurai assez d'argent, je prendrai un studio et j'irai vivre ailleurs. Et puis il y a pas que ça, cette ville perdue dans la campagne me rend fou.

— Et t'irais où ? Tu laisserais Mickael seul avec tes parents ?

Elle s'entendait si bien avec Liam qu'elle avait tendance à oublier combien leur avis sur leur ville différait. Elle aimait vivre à quelques mètres de la forêt, près des champs de colza dont elle chérissait l'odeur. Chaque fois qu'elle se rendait dans une grande ville, elle se sentait oppressée par le bitume, le bruit incessant et le caractère empressé des habitants. Au contraire, Liam avait l'impression d'être à l'écart du monde réel, coupé de ses ambitions et de ses rêves.

— Je sais pas, pourquoi pas à Paris ? Tout ce que je sais c'est que je supporte plus ce vert qui me donne la nausée. Je veux découvrir de nouveaux restaurants chaque jour, au lieu de manger éternellement la même entrecôte au bistrot de la place de l'Église… Je veux aller voir des pièces de théâtre, des concerts, des humoristes, au lieu de finir à la salle des fêtes devant le spectacle de danse de ma mère. J'en ai marre des balades en forêt du dimanche, marre des sorties ciné préparées une semaine à l'avance parce qu'on met vingt-cinq minutes en voiture pour y aller… Ce que je veux c'est une ville animée, dynamique, où on se sent jamais seul !

Malgré elle, Lyvia se sentit blessée par sa description de leur existence. Elle n'avait jamais compris à quel point ce quotidien ne convenait pas à Liam. Pourtant, dans ses derniers mots, il lui semblait percevoir la véritable raison motivant son désir de partir : sa peur de la solitude. Elle aurait voulu lui dire que cette peur ne s'amoindrirait pas en ville, qu'il ne serait pas moins seul dans le flot incessant qui se déverse des bouches du métro, à arpenter des rues parcourues des millions de fois par autant d'inconnus. Mais elle se tut, parce que cela ne servirait à rien. Leurs visions étaient trop différentes.

— Il faut déjà que tu finisses le lycée, et puis après, tu pourras faire des études à Paris, beaucoup font ça.

— Oui, avoir le bac serait un bon début, confirma énergiquement Liam, comme pour clore la discussion.

Avait-il perçu ce qu'elle avait tu ? Lui ne pouvait pas comprendre combien l'absence de son père lui pesait, elle était incapable de s'enthousiasmer pour son rêve de mégapole. Était-ce finalement si important ? Ces différences ne remettaient aucunement en question leur amitié.

Liam rangea son verre vide dans le lave-vaisselle avant d'embrasser une dernière fois la joue de Lyvia.

— Je te laisse, il faut que j'aille voir Juliette.

— Oh, ravie de figurer en premier sur ta liste, railla la jeune fille.

— Tu seras toujours la première, répondit-il avec un sourire qui évapora les velléités sarcastiques de Lyvia. Oublie pas de parler avec ta mère, tiens-moi au courant et surtout je compte bien te voir au lycée demain !

Lyvia secoua la tête devant ce flot de recommandations et le regarda partir avec un sourire affectueux.

Lyvia dessinait au cœur de la forêt, adossée à son arbre favori. Elle avait toujours aimé s'évader dans ces bois rassurants après une longue et exténuante journée de cours, et ce vendredi ne fit pas exception. Pour oublier un instant ce qui l'obsédait, elle avait saisi son carnet de dessin et s'était enfoncée à travers les sentiers familiers, son labrador sur les talons.

Elle n'avait pas eu le courage de parler à sa mère, la

veille. Malgré son envie de suivre les conseils de Liam, elle s'était tue. Parce qu'Isadora avait semblé éreintée par sa journée de travail. Parce que les rides avaient paru plus marquées sur son front et au coin de ses yeux marron, et les cheveux blancs plus nombreux dans sa crinière brune. Parce que sa mère n'était pas aussi infatigable et immortelle qu'elle ne laissait paraître. Alors Lyvia avait choisi de ne pas l'accabler.

S'efforçant de repousser toute pensée relative à ses parents, la jeune fille se concentra sur ce qu'elle dessinait. C'est un fougueux étalon blanc qui prit vie sur le papier, cabré avec une grâce farouche et lançant fièrement ses antérieurs vers le ciel. Lyvia s'appliqua à faire ressortir le moindre muscle saillant, chaque détail de sa crinière ondulée, la plus infime nuance de couleur dans son regard chocolat, jusqu'à ce que le beau cheval paraisse réel au-delà de l'imaginable. Fière du résultat, Lyvia le contempla un instant avant de tourner la page pour commencer un nouveau dessin.

De nombreux paysages s'imposaient à elle, un lac scintillant du reflet de la lune, une falaise exposée aux vents impétueux, une forêt aux arbres immenses, un désert volcanique… Finalement, elle opta pour la forêt et ce n'est que lorsque le ciel s'assombrit qu'elle décida de refermer son carnet, son dessin presque achevé. Elle rappela Apple qui se promenait dans les environs et elles prirent toutes deux le chemin du retour.

Sans qu'elle n'y prête attention, ses pas la guidèrent vers la chambre de sa mère. Surprise, elle s'immobilisa, son carnet encore à la main, avant de se détourner. Elle s'apprêtait à quitter la pièce lorsqu'une tache verte à la périphérie de son champ de vision attira son attention. Intriguée, elle s'en approcha et se retrouva face à la penderie de sa mère. Coincé entre les deux portes, c'était un simple morceau de tissu vert qui avait accroché le regard de Lyvia. Elle se trouva incapable d'esquisser le moindre mouvement. Le cœur battant, elle contemplait le bout d'étoffe appartenant à une robe d'Isadora, et sa couleur lui rappelait le dessin de ses parents, enlacés au cœur d'une forêt. Comme les secrets entassés au fond d'un coffre de bois sombre, le tissu tentait de franchir le barrage de la penderie pour offrir à Lyvia son existence cachée. Levant la main pour effleurer le vêtement entravé, la jeune fille frémit en songeant aux lettres jaunies, trésors oubliés recelant mille secrets.

Sans pouvoir s'en empêcher, elle ouvrit les portes de la penderie, libérant la robe qui retrouva sagement sa place, ayant accompli sa mission. Lyvia s'empara fébrilement du coffre ouvragé et parvint à l'ouvrir plus rapidement que la veille. Le souffle court, elle saisit délicatement la fleur séchée et la déposa sur le parquet avec d'infinies précautions. Elle souleva ensuite la lettre au sommet de la pile et la parcourut fiévreusement, le cœur consumé par l'espoir.

Elle n'en comprit pas un seul mot, si ce n'est la signature, celle de sa mère. Dépitée, Lyvia reposa la lettre, l'esprit fourmillant d'interrogations. La missive était écrite dans une langue étrangère où apostrophes et accents se mêlaient dans un brouillard incompréhensible. Quelle était cette langue que sa mère écrivait parfaitement ? Cela signifiait-il que son père était étranger ?

Lyvia se rua dans sa chambre et pianota sur le clavier de son ordinateur portable des extraits de la lettre, puis des mots isolés. En vain. Le moteur de recherche, comme souvent ces derniers jours, se trouva incapable de l'aider.

Lassée de ces mystères incessants, Lyvia remit le coffre à sa place et s'assit devant son bureau, la tête dans les mains. Chaque fois qu'il lui semblait découvrir une réponse, de nouvelles questions surgissaient, plus déroutantes que les précédentes. Sa quête n'aurait-elle donc jamais de fin ?

Le bruit de la clé tournant dans la serrure la tira de ses réflexions. Tentant de ne rien laisser paraître, Lyvia dîna en compagnie de sa mère puis se retira dans sa chambre, prétextant un devoir à terminer. Désireuse de se changer les idées, elle s'installa sur sa chaise de bureau et feuilleta son carnet à dessin jusqu'au plus récent, la forêt aux troncs épais. Quelque chose de familier dans la forme des arbres lui fit froncer les sourcils, et elle explora scrupuleusement sa mémoire, à la recherche d'une explication. Lorsqu'elle releva la tête, son regard tomba sur le dessin de ses parents, posé sur son bureau. Examinant l'image, elle comprit qu'elle avait reproduit la forêt dans laquelle se trouvaient ses parents, à une échelle différente. Sur le dessin qu'elle avait réalisé, le plan était plus large et elle avait imaginé tout un pan de la forêt invisible sur le dessin de ses parents.

Si son obsession commençait à envahir ses dessins, quelle serait la prochaine étape ? Et si elle en perdait le sommeil, et si son père s'immisçait jusque dans ses rêves ?

— Tu deviens folle ma pauvre fille, souffla-t-elle amèrement avant d'aller se coucher.

CHAPITRE 3

« Un orage si prompt qui trouble une bonace
D'un naufrage certain nous porte la menace »
Chimène, Acte II, Scène 3.

Lyvia sombra dans un sommeil sans rêve, aussi obscur et insondable que son humeur. Soudain, vers cinq heures du matin, elle se réveilla en sursaut, avec l'oppressante sensation d'être observée. Un lourd silence pesait sur la chambre, seulement entrecoupé par la respiration de la jeune fille et le souffle du vent à l'extérieur. Une clarté étonnante nimbait la pièce, parant le mobilier de reflets argentés. Était-ce une nuit de pleine lune ?

Lyvia balaya sa chambre du regard avec inquiétude et sursauta violemment lorsque son carnet posé sur le bureau s'ouvrit soudainement, comme sous l'effet d'une bourrasque. Terrifiée, elle recula précipitamment, le dos plaqué contre le montant du lit et la couverture serrée contre elle dans le vain espoir d'être protégée contre l'intrusion.

— Qui est là ? murmura-t-elle d'une voix tremblante.

Devant le silence qui se prolongeait, Lyvia se leva prudemment et s'approcha de son carnet. Il était ouvert à la page de son dernier dessin, la forêt aux troncs épais et noueux. Lorsqu'elle l'effleura du bout des doigts, un mouvement sur son miroir la fit faire volte-face avec un sursaut. Le souffle court, elle s'empara du tisonnier dans la cheminée et s'approcha doucement de l'objet qui avait appartenu à son arrière-grand-mère. Son cœur se mit à battre sans retenue lorsqu'elle se rendit compte d'un changement : le miroir ne lui renvoyait plus sa propre image.

Une étrange forêt remplissait tout l'espace, comme si elle l'observait à travers une fenêtre. Lyvia réprima un cri en reconnaissant la forêt : ce qu'elle voyait à la place de son reflet était l'exacte reproduction de son dessin, mais elle était vivante. Son dessin, celui de ses parents, tous chargés de secrets indicibles, réalité et mystère se mêlaient dans son esprit… Rêvait-elle ? Était-ce la phase ultime de son obsession, fantasmes et hallucinations ? Si rien de tout cela n'était réel, que risquait-elle à plonger dans les profondeurs de son âme endormie ? Elle surmonta sa peur et approcha sa main du miroir. Lorsque ses doigts frôlèrent la surface lisse, la texture du miroir changea totalement.

Aussitôt, tout s'enchaîna en une fraction de seconde. Le miroir se mit à vibrer et la jeune fille sentit son estomac se soulever alors qu'elle quittait le sol. Submergée par la terreur, elle fut projetée lourdement sur un sol plus moelleux que le parquet qu'elle venait de quitter. Une entêtante odeur d'humus envahit les narines de Lyvia, presque écœurante en comparaison de la senteur douce et rassurante de sa chambre. Elle serra les paupières pour échapper à ce cauchemar, pas encore prête à affronter la réalité qui la frapperait de plein fouet à la vue de son environnement. Mille sons inconnus assaillaient ses oreilles, distillant en elle une sourde angoisse :

des cris d'animaux dissonants aux craquements de branche menaçants, en passant par le vent qui sifflait désagréablement et la faisait frissonner dans son pyjama. Lorsqu'un crissement étrange résonna tout près d'elle, elle ouvrit les yeux en sursaut.

Comme elle était allongée sur le dos, la première chose qu'elle vit fut l'épais feuillage des arbres qui la surplombaient, cachant à demi le ciel sombre parsemé d'étoiles. L'espace d'une seconde, il lui sembla voir une paire d'yeux phosphorescents, dissimulée entre les branches d'un arbre, puis cette impression s'évanouit aussi rapidement qu'elle était apparue. Après un instant d'hésitation, la jeune fille décida de se relever en s'armant de courage. Tout semblait trop réel pour être un cauchemar. Son imagination avait beau être fertile, elle demeurait incapable de créer de toutes pièces un environnement aussi riche de détails. Et le froid tenace qui lui donnait la chair de poule suffisait à la persuader de la réalité de la forêt qui l'enserrait.

Était-elle passée à travers le miroir de sa chambre ? Aussi invraisemblable que fût cette pensée, elle en amena aussitôt une autre : si tel était le cas, peut-être trouverait-elle un miroir identique derrière elle. Elle pourrait ainsi retourner dans sa chambre, et oublier à tout jamais ce mauvais rêve. Pleine d'espoir, elle tourna sur elle-même, son regard scannant les alentours. Mais elle dut rapidement se rendre à l'évidence. Aucun miroir n'était planté au milieu de cette forêt, qui lui semblait chaque seconde un peu plus réelle. Elle n'échapperait pas si facilement à ce cauchemar.

Alors, s'efforçant de tenir sur ses jambes fébriles, elle débarrassa son pyjama des débris de mousse qui s'y accrochaient. Elle fit quelques pas hésitants dans ces bois inquiétants, ramassant au passage le tisonnier qui était tombé un peu plus loin. Lorsque ce qui devait être une chauve-souris la frôla dans un battement d'ailes feutré, lui arrachant au passage quelques cheveux, Lyvia ne put contenir un cri horrifié et brandit vainement l'attisoir. À partir de cet instant, la panique qu'elle réprimait jusqu'ici l'assaillit avec violence, et un sanglot nerveux s'échappa de ses lèvres. Elle prit brutalement conscience de sa situation funeste : piégée en pleine nuit dans une forêt inconnue, siège de son obsession, seule et sans espoir de retour.

La jeune fille se laissa glisser le long d'un arbre et entoura ses genoux de ses bras, laissant le tisonnier à portée de main en cas de danger. Elle posa le front sur ses genoux et ferma les yeux, souhaitant ardemment retrouver la chaleur de son lit en laissant derrière elle ce cauchemar trop réel. Mais elle eut beau prier de toute son âme, la dureté de l'écorce contre son dos ne se mua pas en un confortable matelas. Alors que les minutes s'égrenaient, Lyvia se mit à sangloter doucement, maudissant encore et encore sa recherche obsessionnelle de l'identité de son père. Était-ce une puissance supérieure qui la punissait d'avoir fouillé dans les affaires de sa mère ? Était-elle tout simplement devenue folle, persuadée de voir une forêt qui n'existait que dans son imagination ?

Soudain, un bruit de pas partiellement étouffé par l'herbe tendre l'arracha à sa torpeur. Elle bondit sur ses pieds, le tisonnier serré entre ses doigts crispés et le cœur battant à tout rompre dans sa poitrine. Sans réfléchir, elle s'empressa de se dissimuler derrière l'arbre sur lequel elle était adossée quelques secondes plus tôt. Tremblante de tout son corps, elle entendit les pas se rapprocher, puis s'immobiliser. Une voix masculine s'éleva alors, à peine audible, comme si son propriétaire craignait de se faire entendre.

— Lyviana ?

Glacée par la terreur, Lyvia n'entendait quasiment plus les sons de la forêt. Tout semblait assourdi par le sang qui pulsait dans ses oreilles ; c'était comme si seul son cœur existait encore, battant avec la fureur de vivre. Pourquoi cet homme dont elle n'avait jamais entendu la voix connaissait-il son prénom ? Qui était à sa recherche dans cette forêt inconnue ?

— Lyviana ? Es-tu là ?

La voix venait encore une fois de résonner, presque hésitante. Elle semblait appartenir à un jeune homme. Ce dernier avait l'air de douter de sa présence. Comme pour confirmer cette pensée, les pas s'éloignèrent, de moins en moins perceptibles. Rassurée, Lyvia se risqua à pencher légèrement la tête pour jeter un regard vers l'inconnu. Il était plus proche que ce qu'elle croyait, mais il se tenait presque dos à elle, aussi prit-elle le risque de poursuivre ses observations. Il était grand et d'une carrure impressionnante pour la jeunesse qui avait percé dans sa voix. Les épaules larges, il était vêtu comme un chevalier tout droit sorti des livres d'histoire dont Lyvia raffolait. Malgré la pénombre, la jeune fille distinguait la cotte de mailles qui ceignait son torse, l'arc attaché dans son dos et la longue épée qui pendait à sa ceinture. Le jeune homme gardait d'ailleurs une main serrée autour du pommeau, comme prêt à dégainer son épée au moindre danger. Cette posture aurait dû alerter Lyvia, mais cette dernière était incapable de détacher son regard de l'inconnu, fascinée par son allure inhabituelle. Cette hésitation lui coûta cher.

Alerté par un bruit que seul lui avait perçu, le jeune

homme se retourna à une vitesse presque inhumaine. Leurs regards se croisèrent, pétrifiant Lyvia. L'inconnu ouvrit la bouche, mais la jeune fille ne lui laissa pas le temps de parler. Elle réagit sans réfléchir, instinctivement. Elle se rua vers l'inconnu, son arme de fortune brandie fermement malgré les tremblements qui l'agitaient. D'un mouvement vif comme celui d'un serpent, le jeune homme bloqua le tisonnier d'une main mais ne chercha pas à s'en emparer. Il paraissait peu étonné, comme s'il lui arrivait régulièrement d'affronter des jeunes filles en pyjama armées d'un attisoir.

— Du calme, je ne te veux aucun mal.

Il s'était exprimé d'une voix ferme et apaisante, comme pour calmer un animal effarouché. Lyvia l'entendit à peine, saisie par un début de vertige. Tout ce qu'elle voyait, c'était la collection de poignards et de dagues pendue à la ceinture de l'inconnu. Vues de près, la lourde cotte de mailles et les armes effilées ne lui inspiraient plus aucune curiosité historique, seulement de la peur. Elle tenta de libérer le tisonnier de la poigne inflexible du jeune homme, mais ce dernier semblait infiniment plus fort qu'elle. Ses efforts étaient tout aussi vains que si l'objet avait été pris dans du ciment.

Voyant qu'elle n'avait pas l'intention de lâcher son arme de fortune, l'inconnu reprit la parole avec une certaine autorité :

— Tu n'as rien à craindre. Pose cette arme et je t'expliquerai tout.

Lyvia leva le regard vers le visage du jeune homme, pour la première fois. Grâce à la faible lueur dispensée par la lune, elle distingua les traits durs de son adversaire. Encadré par de souples boucles brunes, son visage dégageait un mélange de froideur et de sévérité. Le nez droit, la mâchoire carrée et les yeux d'une surprenante couleur gris acier : rien dans sa physionomie n'incitait à la confiance. Par ailleurs, malgré ses paroles, il n'avait pas relâché le tisonnier, et sa posture indiquait toute sa vigilance.

— Pas avant que tu ne me dises qui tu es et où on est, répliqua-t-elle en rassemblant le peu de courage qu'elle sentait encore en elle.

— Je m'appelle Evan, et tu es en Héliosis. Je te promets de répondre à toutes tes questions, mais tu vas finir par te blesser avec cette arme. Elle est complètement rouillée.

Lyvia se sentit aussitôt humiliée. Bien sûr, elle savait qu'il était totalement illusoire d'espérer vaincre ce garçon visiblement rompu au combat, elle savait que sa défense était ridicule. Mais il aurait au moins pu avoir la délicatesse de ne pas la traiter comme une enfant.

Fronçant les sourcils, elle hocha sèchement la tête pour lui faire comprendre qu'elle obtempérait. Il relâcha alors le tisonnier avec prudence, tout en restant sur ses gardes. Elle recula d'un pas puis jeta l'objet à terre. Le jeune homme parut soulagé, mais Lyvia remarqua qu'il jetait régulièrement des coups d'œil autour de lui, comme s'il craignait quelque chose. Toutefois, l'urgence était de comprendre où elle se trouvait.

— Héliosis ? répéta-t-elle d'une voix enrouée.

Elle s'éclaircit la gorge avant de reprendre :

— C'est quoi ? C'est où ? Il y a quelques minutes, j'étais dans ma chambre, et…

Malgré la peur qui lui nouait le ventre, elle tentait fébrilement de se souvenir d'un cours de géographie auquel elle n'aurait pas prêté attention, mais ce mot ne lui rappelait décidément rien. Elle aurait aimé pouvoir se raccrocher à un élément rationnel pour ne pas sombrer dans la folie. La vérité, c'est qu'elle était passée de sa chambre à une forêt inconnue, à travers un miroir. Et elle était certaine de ne pas rêver. Rien de rationnel ne pourrait expliquer cela.

Face à elle, Evan eut l'air d'hésiter, balayant précautionneusement du regard les alentours.

— Héliosis est un monde différent de celui dont tu viens, la Terre. C'est un royaume, dont la capitale est Soïka. C'est là que je dois t'emmener, c'est très important.

Lyvia le dévisagea longuement, comme si elle attendait que le jeune homme éclate de rire avant de lui donner cette fois une explication plausible. Pourtant, de ce qu'elle percevait d'Evan, elle ne l'imaginait pas formuler la moindre plaisanterie. Devait-elle croire ses assertions, aussi inconcevables soient-elles ? Et s'il était fou, tout simplement ? Pourtant, il parlait avec une telle conviction que Lyvia doutait de cette dernière possibilité. Et ce n'était pas comme si elle disposait d'une explication alternative plus crédible… Décidant de reporter à plus tard ces questions, elle s'exhorta au calme et se concentra sur un problème plus urgent :

— Tu avais l'air de m'attendre. Tu connais mon nom. Pourquoi ? Qu'est-ce que je fais ici ?

Evan regarda rapidement derrière lui avant de répondre avec empressement :

— J'aimerais beaucoup t'expliquer tout en détail mais j'ai une mission à accomplir. Je dois absolument te mener à Soïka, saine et sauve. Je te dirai ce que je sais en chemin si tu veux bien. Et là-bas, tu obtiendras les réponses que je ne pourrai pas te donner.

Lyvia fronça les sourcils, angoissée par l'attitude fébrile de son interlocuteur qui ne cessait de jeter des regards anxieux aux alentours. Qu'est-ce qui pouvait bien effrayer un tel soldat ?

— Qu'est-ce qu'il y a ? De quoi est-ce que tu as peur ?

Le jeune homme lui jeta un regard noir, et elle se demanda ce qu'elle avait bien pu dire de mal.

— Je suis simplement préoccupé par la présence possible d'assassins dans ces bois, répliqua-t-il d'une voix tendue, sans faire d'effort pour ménager la jeune fille. Nous devons quitter cet endroit au plus vite.

— Pardon ?

— Tu as parfaitement entendu, je ne plaisante pas. Je te prie de bien vouloir me suivre.

L'apparente politesse de sa phrase ne trompa pas Lyvia. Evan avait dans son ton une sorte d'autorité naturelle qui devait habituellement forcer le respect, et même l'admiration. Mais la jeune fille n'avait jamais apprécié recevoir des ordres, et encore moins d'un inconnu à peine plus âgé qu'elle.

— Je quitterai pas cet endroit tant que j'aurai pas obtenu d'explications, insista-t-elle.

Evan soupira et secoua la tête avec agacement.

— Très bien, je pars de mon côté, agis comme tu l'entends. Mais je te préviens, les loups cornus sont féroces dans cette partie de la forêt. Sans parler des assassins, bien entendu.

Sur ces mots, il partit à grands pas entre les arbres et la laissa de nouveau seule. Lyvia jeta un regard éperdu vers l'endroit où elle était apparue quelques minutes plus tôt. Et si en s'éloignant, elle perdait toute possibilité de retrouver sa chambre et son monde ? Elle se sentait incapable de retrouver cet endroit précis si jamais elle revenait sur ses pas… Indécise, elle sursauta lorsqu'il lui sembla entendre un grognement menaçant. Elle n'hésita pas plus longtemps : elle préférait rester aux côtés d'un jeune homme solidement armé pour le moment, même si elle ne lui faisait pas confiance.

Evan dissimula habilement un air satisfait quand elle le rejoignit en courant. Il continua à marcher d'un pas alerte, une main posée sur le poignard à sa taille.

— C'est quoi un loup cornu ? l'interrogea Lyvia avec appréhension.

— Un cruel prédateur, doté de crocs impressionnants et d'une corne tranchante non moins impressionnante sur le front. Il se nourrit surtout de cerfs-feuillages, mais s'il n'a pas mangé depuis plusieurs jours, il n'hésitera pas à nous prendre en chasse.

Peu rassurée par cette description, la jeune fille se mit à marcher un peu plus vite. Pourtant, sa curiosité habituelle commençait doucement à prendre le pas sur sa peur.

— Et c'est quoi un cerf-feuillage ?

Evan tourna vers elle un regard agacé, assorti d'un soupir. Il répondit toutefois patiemment, comme à un tout jeune enfant qui pose sans cesse toujours plus de questions.

— Un grand herbivore paisible que l'on trouve principalement dans cette forêt, même s'il n'est pas rare d'en croiser dans la plaine d'Enolanthe. Son poil est très duveteux, et sa tête est surmontée de branches feuillues, d'où son nom. Sa viande savoureuse et sa précieuse fourrure en font une proie de choix, même s'il faut le disputer au loup cornu.

Lyvia était très curieuse de rencontrer un tel animal. Elle décida toutefois de ne pas poursuivre ses questions sur la faune d'Héliosis : il y avait des sujets plus pressants.

— Où est-ce que nous allons ? Tu as parlé d'un endroit… Solka ? Soïpa ? C'est loin ?

Cette fois, Evan ignora sa question et continua d'avancer à grandes enjambées. Il préféra l'interroger :

— D'après ce qu'on m'a dit, tu sais monter à cheval. Est-ce vrai ?

— Qui t'a dit ça ? rétorqua-t-elle, méfiante.

Comment cet inconnu en savait tant sur elle ? Encore une fois, il prétendit ne pas l'avoir entendue. Agacée, elle fut tentée de ne pas répondre à sa question initiale, mais elle était assaillie par trop d'interrogations pour se résoudre au silence.

— Oui, je fais de l'équitation depuis huit ans, grommela-t-elle finalement. Pourquoi ? Nous allons monter ?

Malgré l'anxiété qui ne quittait pas le creux de son ventre, la férue d'histoire en elle était de plus en plus fascinée par cet endroit étrange, où les jeunes hommes étaient vêtus comme des chevaliers et où l'on se déplaçait à cheval.

— Oui, mais nous n'avons qu'un cheval pour deux, répondit fermement Evan. Il faudra que tu montes derrière moi.

Lyvia fronça les sourcils, peu enthousiasmée par l'idée. Le jeune homme restait un inconnu, et pas le plus sympathique.

— Tu savais que tu devais m'emmener quelque part et tu n'as pas prévu un deuxième cheval ?

Le ton accusateur de la jeune fille parut déplaire à Evan. Il se renfrogna et rétorqua froidement :

— Ce n'est pas aussi simple que cela, figure-toi.

Le jeune homme s'arrêta et sortit un petit instrument

de sa poche : un ocarina dont la couleur variait du gris perle au gris anthracite, à l'image de ses yeux. Il le porta à ses lèvres et une courte mélodie s'en échappa. Perplexe, Lyvia s'apprêtait à l'interroger, mais Evan lui fit signe d'attendre en levant une main. Au bout de quelques minutes, deux chevaux débouchèrent entre les arbres au petit trot, l'un à la robe gris pommelé et l'autre blanc comme neige. Tous deux d'une race inconnue de Lyvia, ils étaient fins avec de solides aplombs et leur tête concave leur conférait un air altier. Si le gris était harnaché, l'autre en revanche ne portait ni selle ni bride.

— Il ne devait pas y en avoir qu'un ?

Evan se contenta de secouer la tête, tout aussi stupéfait. Le hongre gris s'approcha du garçon et celui-ci lui flatta l'encolure avec tendresse, une expression heureuse adoucissant ses traits. Lyvia, qui avait toujours estimé que la façon dont une personne traitait les animaux était très révélatrice de son caractère, se sentit quelque peu rassurée par l'affection évidente d'Evan pour son cheval.

Elle interrompit toutefois son examen lorsque l'étalon à la robe de neige s'approcha d'elle d'un pas hésitant. Elle le détailla avec attention, troublée par une impression de familiarité. Traversée par un éclair de compréhension, elle se tourna vers Evan et s'exclama avec excitation :

— Je le connais, c'est le cheval de mon dessin !

Elle en était certaine : c'était lui qu'elle avait dessiné la veille, alors qu'elle s'était isolée en forêt après une longue journée de cours. C'était lui l'étalon blanc au doux regard chocolat qui s'était cabré sur le papier. Comment avait-elle pu le représenter avec une telle précision avant même de l'avoir rencontré ?

— Quel dessin ? demanda le jeune homme, intrigué.

Lyvia allait lui expliquer lorsque l'étalon fit un nouveau pas vers elle. Ce fut comme si une vague immense, chaude et étonnamment familière, était passée de l'animal à la jeune fille. Elle sentit un calme infini l'envahir alors que le cheval braquait sur elle son regard intelligent. C'était comme s'il lui signifiait que sa venue en ces contrées inconnues avait un sens, qu'elle n'était pas le fruit du hasard. C'était comme s'il lui soufflait que sa place était ici, qu'elle ne devait pas s'inquiéter. C'était absurde, inconcevable. Un animal n'avait pas de telles pensées. Et pourtant, Lyvia avait reçu ces impressions avec une grande clarté. Et comment aurait-elle pu le dessiner si leur rencontre n'était pas écrite ? Submergée par l'émoi, elle présenta sa main à l'étalon, qui souffla doucement dessus. Elle promena affectueusement sa main le long de son encolure immaculée, puis effleura délicatement le velours de ses naseaux. Un frisson parcourut sa peau et un nom lui vint à l'esprit en admirant le cheval : Nebraska.

— Comment est-ce qu'il s'appelle ? souffla-t-elle à Evan, troublée.

— Je pense que c'est à toi de…

Le silence brutal d'Evan attira l'attention de la jeune fille et elle se tourna vers lui, inquiète. Le jeune homme s'était immobilisé, tous ses sens en alerte, et il fixait un point que Lyvia ne pouvait pas voir entre les arbres. Très lentement, il défit le licol sous le filet de son cheval et le tendit à la jeune fille en lui faisant signe de garder le silence. Elle comprit aussitôt qu'il lui demandait d'attacher le licol autour de la tête de l'étalon blanc. Il lui donna également une longe qu'elle passa autour du cou du cheval pour servir de rênes de fortune, puis il s'approcha d'elle et lui enjoignit dans un murmure de monter. Elle voulut protester mais le regard péremptoire d'Evan ne souffrait d'aucune réplique. Elle finit par accepter son aide pour monter sur le dos de l'étalon.

— J'espère que tu as déjà monté à cru. Galope dans cette direction sans t'arrêter, je te rejoindrai, souffla-t-il en désignant les arbres à leur gauche.

Certain d'être obéi, Evan se détourna et sortit une épée du fourreau attaché à la selle de son cheval, avant de faire face au danger. Indécise, Lyvia serra les doigts sur les rênes sans toutefois talonner son cheval qui montrait des signes de nervosité en sentant le trouble de sa cavalière. Et si le jeune homme ne la rejoignait pas ? Et si elle se retrouvait seule, définitivement perdue dans cette forêt ? Mais déjà, Evan s'enfonçait entre les arbres, son épée à la main, en posture de combat. Et Lyvia prit sa décision. Elle préférait être abandonnée et égarée qu'affronter le danger qui rôdait dans l'obscurité.

L'étalon blanc s'élança avant même que la jeune fille ne lui en donne l'ordre. Une fois qu'elle fut assurée d'avoir pris la bonne direction, elle laissa l'animal louvoyer entre les troncs avec agilité. Enfin, elle lui demanda de repasser au trot lorsqu'elle eut le sentiment d'avoir mis assez de distance entre eux et le danger, malgré l'ordre d'Evan. Elle finit par marcher au pas tout en jetant fréquemment des regards inquiets derrière elle. Le temps parut s'étirer, interminable. Il sembla à Lyvia que les arbres se raréfiaient progressivement, mais elle n'aurait pu l'affirmer avec certitude. L'étalon à la robe de neige marchait d'un pas assuré, les oreilles pointées en avant, comme s'il savait exactement où ils allaient. S'en remettant à lui, elle se contenta de se retourner, encore et encore, dans l'espoir de voir arriver Evan.

CHAPITRE 4

Alors que la peur de se retrouver seule rendait Lyvia de plus en plus fébrile, Evan surgit enfin, lancé dans un galop fracassant. L'étalon blanc s'emballa lorsque le cheval gris du jeune homme le frôla à toute allure, puis il prit à son tour le galop pour le rattraper. Lyvia s'agrippa de justesse à sa crinière de neige, manquant de peu d'être désarçonnée.

— Je t'avais dit de ne pas t'arrêter ! s'exclama Evan lorsqu'elle parvint enfin à sa hauteur.

Sa voix était pleine de colère : était-ce simplement parce qu'elle lui avait désobéi ? Pourtant, Lyvia avait rarement été aussi soulagée de voir arriver une personne si désagréable. Le danger qui les menaçait dans la forêt avait été écarté, elle n'était plus seule, et le jeune homme saurait certainement répondre aux nombreuses questions qui tournoyaient sous son crâne. Alors, tâchant de se maintenir à sa vitesse, elle l'interrogea :

— Qu'est-ce que c'était ?

Soit sa question fut couverte par le bruit de leur cavalcade, soit Evan feignit de ne pas l'entendre. Toujours est-il que son cheval gris allongea encore ses foulées, et Lyvia se retrouva bientôt contrainte de le suivre quelques mètres en arrière. Elle se concentra sur le fait de rester en selle, les mains fermement nouées dans la crinière blanche. Confirmant sa précédente impression, les arbres s'espacèrent de plus en plus, jusqu'à laisser place à une immense plaine qui s'étendait à perte de vue. Soulagée d'échapper à l'atmosphère oppressante de la forêt, Lyvia exhorta son cheval à accélérer, et celui-ci s'élança avec une ardeur renouvelée à travers les hautes herbes. Enfin, lorsque les montures montrèrent des signes de fatigue, les deux cavaliers ralentirent progressivement jusqu'à marcher au pas. Hors d'haleine après cette longue chevauchée, Lyvia n'attendit toutefois pas d'avoir repris son souffle pour questionner le jeune homme :

— Qu'est-ce que c'était, dans la forêt ?

— Un individu qui ne te voulait pas du bien, répondit-il laconiquement, à peine essoufflé.

Atterrée, Lyvia sentit une vague glacée traverser ses veines. Quelqu'un qui lui voulait du mal ? À elle ? Elle s'était retrouvée ici par accident, elle n'avait aucune idée de ce qui lui arrivait. Alors pourquoi diable tous ces gens semblaient-ils la connaître ? Entre Evan qui l'avait appelée par son prénom sans qu'elle n'ait à se présenter, et cet inconnu qui lui voulait du mal, elle avait l'impression de nager en pleine paranoïa.

Mais à peine eut-elle ouvert la bouche pour poser l'une des innombrables interrogations qui se pressaient derrière ses lèvres qu'Evan la coupa subitement :

— Je suis sûr que tu as plein de questions, mais si tu le veux bien, je préfèrerais que nous les abordions ce soir, lorsque nous nous arrêterons pour la nuit. Pour le moment, nous devons absolument nous éloigner de cette forêt. En tout cas, rassure-toi, l'individu est hors d'état de nuire.

L'aube commençait à peine à poindre, et pourtant Evan avait prévu de chevaucher jusqu'à la tombée du jour. Lyvia aurait voulu protester qu'elle était épuisée et qu'elle n'était pas disposée à se lancer dans une marche forcée, mais une question plus pressante l'avait assaillie lorsque le jeune homme avait évoqué l'état de son adversaire. Elle se sentait tout sauf rassurée par ses paroles.

— Tu l'as tué ? demanda-t-elle faiblement, effrayée.

— Tu n'as pas besoin de connaître la réponse à cette question.

Rendue furieuse par la froideur du jeune homme, Lyvia s'exclama rageusement :

— Non, bien sûr, ni à aucune de mes questions ! Puisque tu te moques éperdument de ce que je peux ressentir, t'as qu'à me mener pieds et poings liés à ton objectif !

Evan esquissa un léger sourire, amusé par le caractère de la jeune fille. C'était le premier sourire qu'elle voyait sur son visage, et elle trouva la transformation singulière. C'était comme si toute la dureté de son expression s'évaporait l'espace d'un instant, comme si un éclat de chaleur envahissait ses traits froids. Et en dépit de sa colère, Lyvia sentit une confiance nouvelle naître en elle. Car Evan souriait peu, mais quand il souriait, c'était avec sincérité, sans calcul. Et Lyvia ne supportait plus les mensonges.

— Je commence à sérieusement envisager cette option, répondit Evan, l'ombre de son sourire s'éteignant lentement. Malheureusement, je crains que ton cheval ne s'y oppose.

— Pourquoi est-ce qu'il ferait ça ? Il ne m'appartient même pas, commenta Lyvia, perplexe.

L'étalon blanc coucha les oreilles en arrière – était-ce en réaction à ses mots ? Lyvia corrigea aussitôt cette dernière pensée : bien sûr que non, comment un cheval aurait-il pu comprendre ses paroles ? Evan, en revanche, les avait bien comprises, et avait l'air absolument outré.

— Bien sûr qu'il ne t'appartient pas, se récria-t-il avec véhémence, les chevaux n'appartiennent à personne ! Mais vous êtes liés, tes propos sont très insultants !

Lyvia écarquilla les yeux, surprise par la réaction si vive du jeune homme. Elle n'avait pourtant rien dit de scandaleux…

— Je ne voulais pas du tout être insultante. Qu'est-ce que j'ai dit de mal ?

— Je ne sais pas comment je parviens à oublier que tu viens d'un autre monde, soupira le jeune homme. En Héliosis, les chevaux ne s'achètent pas. Ils sont libres, ils n'ont aucun maître. Certains font le choix de rester sauvages toute leur vie, et continuent à vivre en troupeau. Mais la plupart des chevaux, à un certain moment dans leur existence, choisissent un humain, avec lequel ils décident de se lier. À la première rencontre entre le cheval et l'homme, le Contact s'établit. C'est un lien indéfectible, l'engagement d'une vie. La promesse d'être toujours présent l'un pour l'autre. Cela fait quatre ans que Carthago m'a rejoint. De la même façon, ce cheval t'a choisie.

Lyvia caressa l'encolure de neige de son étalon, trop touchée pour parler. Ainsi, elle n'avait pas imaginé ce courant presque magique qui était passé entre eux, dans la forêt, alors qu'il venait de s'approcher d'elle. Le nom

« Nebraska » s'était imposé à elle comme une évidence : et s'il lui avait soufflé son nom ? Evan avait évoqué l'engagement d'une vie. Penser à tout ce que cela impliquait la plongeait dans une délicieuse sensation de vertige : c'était aussi merveilleux qu'effrayant. Le bel étalon à la robe de neige l'avait attendue, il l'avait choisie. Et elle l'avait dessiné avant même de le connaître, comme s'il lui avait annoncé sa venue.

— Alors c'est pour ça que tu disais qu'il s'opposerait à ce que tu m'attaches ? saisit-elle, émue.

— Tout à fait. Un cheval qui ne s'est jamais lié avec un humain ne s'approche pas des hommes. Il ressent simplement quand le moment est venu et il rejoint celui qu'il a choisi. Ainsi, celui-là a dû rejoindre Carthago lorsqu'il a compris que tu arriverais. Et c'est pour cela qu'ils ont tous deux accouru à mon appel, dans la forêt d'Alidore. Une fois le Contact établi, le cheval devient plus ouvert, il accepte d'autres humains. Mais pour l'instant, ton étalon ne doit pas beaucoup m'appré…

Le dernier mot mourut sur les lèvres d'Evan lorsqu'il tourna la tête vers Lyvia. Cette dernière était soudainement devenue très pâle, et son regard fixait le visage du jeune homme sans le voir.

— Comment tu as dit que la forêt s'appelait ? demanda-t-elle d'une voix blanche.

— Alidore, répéta-t-il, intrigué par son expression.

Le cœur de Lyvia se mit à battre plus vite. « Forêt d'Alidore », c'était l'inscription au dos du dessin représentant ses parents au milieu d'une forêt. Une forêt qu'elle avait elle-même dessinée, juste après avoir dessiné Nebraska. Une forêt qui était apparue sur son miroir, avant qu'elle n'y bascule.

Le doute n'était plus permis. Ses parents étaient venus dans ce monde. Ils avaient parcouru les sentiers de cette même forêt. Elle ne pouvait plus croire à l'erreur, à l'accident, à la folie. Ce monde était bien réel, et il renfermait peut-être les réponses qu'elle cherchait depuis des années. Ici, elle découvrirait enfin l'identité de son père.

Avec hésitation, le cœur plein d'espoir, elle interrogea son guide :

— Est-ce que tu sais qui sont mes parents ?

Le regard gris acier d'Evan se détourna une fraction de seconde, avant de se braquer à nouveau sur elle.

— Non, répondit-il fermement. Tu ne connais pas tes parents ?

— Ma mère, si, mais… Enfin peut-être que non… Je ne sais plus, souffla Lyvia avec lassitude.

Evan la dévisagea quelques instants, avant de laisser tomber d'un ton sans réplique :

— Tu n'auras qu'à t'adresser au Roi Syrian II, il saura répondre à toutes tes questions.

Après avoir chevauché toute la journée dans un calme relatif – Lyvia se trouvant incapable de réfréner sa curiosité malgré le silence obstiné du jeune homme – ils firent enfin halte. Evan semblait avoir choisi l'endroit avec soin : ils se trouvaient dans une discrète cuvette, que Lyvia n'avait remarquée qu'au dernier moment. Au centre de la cuvette, un arbre immense les dissimulerait aisément aux yeux d'éventuels poursuivants. Evan prit le temps de disposer plusieurs pièges tout autour de leur campement, qui les avertiraient d'une intrusion. Une fois leur environnement sécurisé, le jeune homme entreprit de monter une tente, requérant parfois l'aide de Lyvia. Puis il fit du feu et cuisit à la broche des pièces de viande sorties de son sac : c'était apparemment du cerf-feuillage. La viande était très tendre, avec un goût fumé particulièrement savoureux. Peut-être était-ce la fatigue du voyage qui l'avait rendue affamée, mais Lyvia se dit qu'elle n'avait jamais rien mangé d'aussi bon. Ils complétèrent ce repas par un pain aux herbes et quelques baies sucrées, d'un bleu vif étonnant. Malgré la fatigue qui alourdissait ses paupières, la jeune fille s'obligea à rester éveillée afin d'interroger Evan.

— Bien, j'ai suivi tes ordres, j'ai mangé… Est-ce que maintenant tu daignerais répondre à mes questions ?

Le jeune homme acquiesça d'un signe de tête, le regard sérieux. Lyvia rassembla ses pensées et laissa libre court aux dizaines de questions qui avaient agité son esprit toute la journée :

— Pourquoi suis-je ici ? Pourquoi est-ce qu'on cherche à me nuire ? Qui es-tu et pourquoi est-ce que tu dois me guider ? Quand est-ce que je pourrai rentrer chez moi ? Est-ce seulement possible ? Pourquoi…

— Doucement, je comprends ton trouble mais tâche de me poser une seule question à la fois, la coupa-t-il fermement.

— Très bien, réponds seulement à la première. Pourquoi suis-je ici ?

— Je vais tenter de répondre du mieux possible, mais sache que je ne fais qu'obéir aux ordres et que j'en sais très peu. Tu as visiblement réussi à Voyager entre les mondes, ce qui fait de toi une Voyageuse. Les Voyageurs forment une guilde très secrète, et ils utilisent leur pouvoir pour maintenir la paix entre les mondes. Mais si tu étais une Voyageuse ordinaire, je ne serais pas là aujourd'hui. Il existe une prophétie à ton sujet, c'est elle qui te rend si importante. Et inutile de me questionner sur son contenu, je n'en sais pas davantage. C'est à cause de cette prophétie que le roi Syrian II m'a chargé de te ramener à Soïka, la capitale. Il sera certainement apte à t'expliquer en détail cette prophétie et ton rôle.

Lyvia demeura un instant sous le choc. Les Voyageurs, une prophétie ? C'était comme si l'univers avait perdu tout sens à partir du moment où elle avait basculé à travers le miroir de sa chambre. Elle gardait au fond d'elle la tentation de voir en Evan un fou, et en tout ce qu'elle vivait une gigantesque mascarade. Mais il y avait Nebraska, qu'elle avait dessiné, et qui l'avait accueillie comme une amie de longue date. Il y avait le dessin de ses parents, avec les mots « forêt d'Alidore ». Tout cela devait avoir un sens, il lui appartenait simplement de le découvrir. Alors elle inspira profondément, et tenta d'assimiler les paroles d'Evan.

— Et toi, qui es-tu ? Pourquoi est-ce que je devrais te faire confiance ? l'interrogea-t-elle posément, en essayant de sonder ses prunelles.

Le jeune homme soutint son regard sans ciller. Il possédait une assurance singulière, dure et froide, comme si le monde ne lui avait pas laissé le choix. Devait-elle s'en étonner, s'il avait grandi dans un univers fait de bêtes sauvages et d'assassins ?

— Mon père est le bras droit du roi, mais surtout le général des armées héliosiennes. Pour ma part, je ne suis encore qu'un simple lieutenant, mais je suis destiné à reprendre un jour la charge de mon père. Sans vouloir être orgueilleux, je pense que ma science des armes a convaincu le roi de mon aptitude à te protéger. Je te promets que je mourrais plutôt que de faillir à mon devoir. Tu peux être certaine qu'en ma présence, il ne t'arrivera aucun mal.

— De quoi est-ce que tu dois me protéger ? Qui me veut du mal ? s'inquiéta la jeune fille, que la promesse d'Evan ne rassurait pas tellement.

— Disons que les Voyageurs, s'ils ne te veulent pas de mal, cherchent toutefois à s'emparer de toi comme si tu leur appartenais. Le roi estime qu'ils ne sont pas censés s'arroger un tel droit. Par ailleurs, tu seras plus en sécurité à la capitale, le roi t'offrira l'hospitalité et tu pourras réfléchir à ce que tu désires faire.

— Alors c'était un Voyageur dans la forêt tout à l'heure ?

Evan hocha la tête sans la regarder, et Lyvia crut déceler dans son attitude la réponse à la question qu'elle lui avait posée quelques heures plus tôt : il avait certainement tué l'inconnu. Elle en conçut aussitôt un sentiment de malaise et s'agita inconsciemment, comme pour s'éloigner du jeune homme.

— On ne pouvait pas simplement discuter avec lui et lui faire entendre raison ?

— Avant ou après que je sois mort et toi ligotée ? répliqua acerbement Evan, qui n'était visiblement pas près de se repentir.

Lyvia fronça les sourcils, s'efforçant de penser à autre chose qu'à l'homme impitoyablement abattu. Mais la peur venait de planter ses froides tentacules en elle, et elle ne la quittait plus. Ce monde était dangereux, peut-être trop pour elle. Elle désirait plus que tout en apprendre davantage sur son père, et elle était certaine que ce monde était la clé, mais le prix à payer lui semblait de plus en plus élevé. Et dire que quelques jours auparavant, elle rêvait de connaître l'aventure et la folie. Le destin avait exaucé son vœu un peu trop brutalement…

— Quand est-ce que je pourrai rentrer chez moi ? demanda-t-elle dans un souffle.

— Je ne sais pas si tu serais capable de réitérer ton exploit. J'ignore tout de tes pouvoirs, je te l'ai dit, les Voyageurs sont très secrets. Mais s'il te plaît, ne cherche pas à rentrer avant d'avoir parlé au roi, car lui seul peut t'apporter les réponses que tu recherches.

Lyvia détourna le regard et contempla distraitement les flammes, cherchant du réconfort dans le crépitement des braises. Elle était forte, n'est-ce pas ? Elle pouvait survivre à quelques jours dans ce monde étranger, si cela lui permettait de découvrir la vérité sur l'identité de son père. C'était sa quête personnelle, son obsession. Pourquoi s'arrêterait-elle en chemin, alors qu'elle n'avait jamais été si proche de son objectif ?

La voix d'Evan, hésitante, la tira de ses réflexions :

— Écoute, Lyvia… je peux t'appeler Lyvia ? On m'a dit que ton prénom est Lyviana mais c'est un peu long.

Lyvia acquiesça et le jeune homme poursuivit en cherchant ses mots :

— Je ne suis qu'un guerrier tu sais, je ne sais faire que cela. Je me rends bien compte que je ne suis pas très adroit dans mes relations avec les autres. Ce n'est pas ce à quoi on m'a formé. Alors excuse-moi si je suis trop dur, mais c'est ainsi que j'ai été élevé.

Touchée par son aveu, Lyvia ressentit soudainement le désir d'en savoir plus à son sujet. Elle était visiblement amenée à passer les prochains jours en sa compagnie, puisqu'il était à la fois son guide et son protecteur. Et Evan venait d'un monde différent, sa culture et son éducation étaient a priori aux antipodes de ce que Lyvia avait connu. Pourquoi ne pas essayer de s'enrichir d'une telle rencontre ?

— Tu as déjà évoqué plusieurs fois ton père, remarqua la jeune fille pour l'inviter à se confier davantage. Et ta mère, qui est-elle ?

Le visage d'Evan s'assombrit, et il chassa les boucles brunes qui retombaient sur son front d'un mouvement vif. Lyvia regretta aussitôt sa question : elle avait choisi le mauvais sujet pour engager la conversation. Même dans un autre monde, ses habiletés sociales étaient toujours aussi limitées…

Evan lui répondit pourtant d'une voix lointaine, comme s'il étouffait une myriade de sentiments et s'efforçait de les tenir à l'écart. Son regard d'acier était fixé sur un point que Lyvia ne pouvait voir.

— Elle s'appelait Merien, elle était la cousine du Roi Syrian II.

L'utilisation de l'imparfait semblait confirmer les craintes de Lyvia : elle n'aurait pu choisir pire sujet de conversation. Maintenant qu'Evan lui avait répondu, elle n'avait d'autre choix que de poursuivre.

— Elle est… ? murmura-t-elle, incapable de finir sa phrase.

— Morte, oui. En me donnant naissance. C'est un peu comme si je l'avais tuée, articula amèrement Evan d'une voix à peine plus audible qu'un souffle.

Il sembla aussitôt regretter son aveu. Son visage se ferma pour redevenir indéchiffrable. Un tel soldat ne devait pas avoir pour habitude de se confier, encore moins à une inconnue… Choquée par la douloureuse culpabilité dont il s'accablait à tort, Lyvia ne le laissa pas changer de sujet. Instinctivement, elle se porta en avant pour poser une main sur son avant-bras.

— Ne pense surtout pas ça. Ce n'est absolument pas de ta faute Evan, sois en certain.

Evan ne lui adressa pas un regard et se tint coi, ce qui incita la jeune fille à retirer sa main, gênée. Il était peut-être froid et autoritaire de prime abord, mais elle avait entrevu dans son aveu une vulnérabilité qui la touchait beaucoup. Même si elle n'avait jamais réellement su réconforter les autres, même si elle trouvait rarement les mots justes, elle se devait au moins d'essayer.

— On est un peu dans la même situation, tu sais. Mon père est mort alors que ma mère était enceinte, et je n'ai donc aucun souvenir de lui. C'est ça qui est le plus dur je crois, de ne pas pouvoir mettre un visage sur l'homme sans qui je n'existerais pas. Mais je me dis que je le retrouverai au paradis, où nous aurons l'éternité pour apprendre à nous connaître.

Evan ne sourit pas, mais il tourna vers elle un visage radouci, au regard chargé de reconnaissance.

— Je ne suis pas croyant. Lorsqu'on a vécu des dizaines de combats sanglants, où les hommes meurent au milieu de la boue et des cris, il est difficile de croire encore au divin. S'il existe des dieux, ils nous ont abandonnés et ne se soucient pas des hommes.

— Tu n'as pas besoin de croire en dieu pour croire à un monde meilleur où tu retrouverais ta mère, répondit doucement Lyvia.

Cette fois, Evan laissa un sourire rêveur se dessiner sur ses lèvres minces. Heureuse d'avoir pu le détourner de sa terrible culpabilité, Lyvia lui sourit à son tour. Aussitôt, le jeune homme fronça les sourcils et détourna rapidement le regard tandis que son sourire s'effaçait, rendant à ses traits leur froideur. Il se releva énergiquement et lui désigna l'entrée de la tente :

— Tu devrais aller dormir, une longue route nous attend demain. Je vais monter la garde devant ta tente, nous ne serons pas en sécurité tant que nous n'aurons pas atteint la capitale.

CHAPITRE 5

« Que qui sert bien son roi ne fait que son devoir »
Don Arias, Acte II, Scène 1.

Evan réveilla la jeune fille à l'aube, les traits tirés par sa nuit blanche. Il écarta d'un signe négligeant de la main les inquiétudes de Lyvia quant à son état de fatigue, puis il partit chercher les chevaux qui paissaient dans une vallée en contrebas tandis que Lyvia prenait son petit-déjeuner : des petits pains et des fruits à la chair ferme, d'une forme ovale et à la peau d'un rose vif. Ces fruits sucrés s'appelaient apparemment des roses-pommes, un nom qui fit sourire Lyvia. Elle se demanda pourquoi tous les noms d'animaux et de végétaux semblaient dériver de noms terriens, mais elle décida de ne pas accabler son compagnon de voyage de nouvelles questions.

— Je te prêterai ma selle aujourd'hui, tu vas finir totalement fourbue si tu montes à cru tous les jours, lui dit Evan lorsqu'il revint en tenant Carthago par la bride, Nebraska suivant quelques pas en retrait.

Lyvia aurait voulu refuser par politesse, mais elle se sentait déjà percluse de courbatures après leur longue chevauchée de la veille. Elle remercia Evan et harnacha

Nebraska pendant que le jeune homme rassemblait leurs affaires. Enfin, ils se mirent en route et cheminèrent toute la matinée sans incident notable. Ils traversèrent un petit village du nom de Renata alors que l'estomac de la jeune fille commençait à crier famine.

Elle oublia rapidement sa faim à mesure que la curiosité et l'émerveillement prenaient le dessus. C'était comme si elle venait d'entrer dans une version alternative d'un petit village français du XVIe siècle. Les maisons étaient coquettes, construites majoritairement en pierre, avec des touches de bois sculpté. Elles étaient le plus souvent sur deux niveaux, avec au rez-de-chaussée un petit commerce et à l'étage le lieu d'habitation. L'artisanat semblait être le maître-mot. Forgeron, menuisier, tanneur, tisserand, brasseur… Lyvia était étonnée de trouver autant d'artisans différents réunis au sein d'un si petit village.

Elle n'était pas moins émerveillée par sa découverte des Héliosiens. La plupart des gens avaient la peau claire et, fait qui étonna Lyvia, plus de la moitié des hommes portaient les cheveux longs. Elle s'apprêtait à demander à Evan une halte pour se mêler à la foule lorsqu'il lui fit signe de mettre pied à terre.

— Nous allons t'acheter une selle, des chaussures et des vêtements, les tiens risquent d'attirer l'attention.

Lyvia baissa le regard sur son pantalon de jogging noir et son chandail usé, forcée d'admettre qu'elle se distinguait des autres habitants. En effet, ceux-ci portaient tous des vêtements de toile de couleur claire. Certains – les plus riches ? – portaient des sortes de vestons en cuir ou en fourrure. Quasiment tous avaient revêtu une cape de laine grise pour se protéger du froid. Les robes étaient très rares parmi les femmes. Ces dernières étaient pour la plupart vêtues de tuniques et de pantalons de toile, avec très peu d'ornements. La coquetterie se traduisait plus à travers les coiffures : nombreuses étaient les femmes qui arboraient des tresses ou chignons élaborés, piqués de fleurs et bijoux.

Ils laissèrent leurs chevaux dans l'écurie d'une auberge puis Lyvia suivit Evan à travers les rues pavées. Le sol, dur et irrégulier, agressait la plante de ses pieds déjà douloureuse, la faisant bientôt boitiller. Le jeune homme paraissait bien connaître ce village. Il la mena dans une échoppe peu fréquentée, sans doute pour ne pas attirer l'attention sur Lyvia.

— Tu peux acheter tout ce que tu veux, l'avertit Evan en lui montrant sa bourse débordante de pièces, le Roi Syrian II est généreux. Mais fais vite, nous avons beaucoup de choses à faire.

Lyvia s'éloigna entre les rangées de vêtements, mal à l'aise lorsqu'Evan parlait en termes élogieux du roi. Il lui semblait en effet que le jeune homme prononçait des phrases récitées mille fois, au lieu d'exprimer une authentique admiration pour les qualités de son souverain.

La jeune fille se dirigea immédiatement vers les chaussures, où elle trouva rapidement une paire à sa taille. Il s'agissait de bottes montantes à lacets, qui semblaient être en cuir. Elle les enfila aussitôt, puis elle choisit quelques tuniques et pantalons de couleur crème ou grise. Enfin, elle rejoignit Evan qui était resté debout devant la porte dans une attitude assez raide.

— Tu ferais mieux de prendre une cape doublée de fourrure aussi. Plus nous progresserons vers le Nord, plus les températures vont chuter.

La jeune fille obtempéra et ils s'approchèrent de l'homme qui paraissait s'ennuyer profondément derrière son comptoir. Il leur annonça le montant de leurs achats : quatorze kornels. Curieuse de voir l'apparence de cette monnaie inconnue, Lyvia jeta un coup d'œil vers la bourse d'Evan. Ce dernier tendit à l'homme quatorze pièces de cuivre rondes percées d'un carré au centre, puis il effleura le bras de Lyvia pour lui indiquer qu'il était temps de partir. Ils se dirigeaient vers la porte lorsque la voix du marchand retentit derrière eux :

— Vous avez de bien étranges vêtements demoiselle, d'où venez-vous ?

Lyvia jeta un regard hésitant vers Evan qui se chargea de rabrouer le marchand :

— Je ne crois pas que cela vous regarde.

Ils quittèrent rapidement l'échoppe puis Evan repartit d'un pas affairé à travers les rues pavées. Son front était plissé, et sa démarche reflétait la tension qui assombrissait ses yeux gris. Lyvia imaginait sans peine ce qui le contrariait : la curiosité dont avait fait preuve le marchand. Et s'il se mettait à parler autour de lui de la demoiselle aux étranges vêtements, et si cela parvenait aux oreilles des Voyageurs ? Alors que Lyvia peinait à suivre le jeune homme tant son pas était rapide, elle l'interrogea :

— Où est-ce que nous allons ?

La réponse d'Evan fut laconique et sans réplique.

— Manger, d'abord. À l'auberge. Puis nous chercherons une sellerie cet après-midi.

Evan avait réservé deux chambres auprès de l'aubergiste, un homme solide au crâne rasé et au cou épais. Aussi, pendant que le jeune homme attendait leur repas, un genre de volaille accompagné de champignons colorés, Lyvia s'éclipsa à l'étage afin de se changer. Elle prit place en face d'Evan quelques minutes plus tard, avec l'apparence d'une parfaite Héliosienne dans ses vêtements de toile crème. Lyvia profita du repas pour interroger Evan sur son monde, sa curiosité ayant été piquée par ce petit village.

— Renata est le premier village que je découvre, est-ce que tout ressemble à ça en Héliosis ?

Si Lyvia avait craint que la contrariété d'Evan au sujet du marchand ne le rende peu loquace, il n'en fut rien. Le jeune homme semblait avoir mis de côté ses inquiétudes.

— Non, bien entendu, même si de nombreux villages sont construits sur le même modèle le long de la route de l'ouest – la route de Lotran – qui relie la forêt d'Alidore à Soïka. C'est la route que nous emprunterions normalement pour rejoindre Soïka, mais je préfère couper à travers la plaine d'Enolanthe par mesure de précaution. Et le long de la route principale – la route de Braanan – qui traverse le royaume de Soïka jusqu'au sud, on trouve une myriade de villages semblables, peuplés d'artisans dont le commerce reste souvent familial de génération en génération. Mais si tu vas vers l'est – entre la route de Braanan et celle de Senyan – tu trouveras d'immenses terrains agricoles, possédés par de riches nobles et exploités par des paysans qui habitent dans des fermes relativement isolées. Et enfin, il y a de plus grandes villes, disséminées un peu partout dans le royaume. Les habitants y sont davantage hétéroclites, des commerçants aux nobles en passant par les artistes. La plus grande et la plus splendide est bien sûr la capitale, Soïka. Son rayonnement culturel et intellectuel est sans pareil, et l'élite du royaume y réside.

Lyvia esquissa un sourire en entendant la fierté qui transparaissait dans les mots d'Evan à la mention de sa ville, Soïka. Elle piqua du bout de la fourchette – si l'on pouvait appeler fourchette cet étrange couvert à deux dents – un champignon rond à la couleur bleutée, l'observa un instant à la lumière pâle de ce début d'après-midi, avant de l'engloutir avec appétit. Tous les aliments lui semblaient plus savoureux que ce qu'elle avait l'habitude de manger, et chaque repas était une plaisante découverte. Elle reporta son attention sur Evan, intriguée par la fin de son explication.

— L'élite ? Je suppose que tu en fais partie ?

— Oui, sans doute, répondit le jeune homme en haussant les épaules, nullement gêné par la question. Ma famille est noble, et même si nous ne possédons pas autant de terres que les Stork, la position de mon père auprès du roi est très enviée.

Lyvia remarqua avec curiosité qu'Evan ne semblait tirer aucun plaisir de cette position sociale. C'était un fait, voilà tout. Désirait-il réellement le poste qui serait le sien après son père – général des armées héliosiennes ? Ne voulant pas se montrer indiscrète, Lyvia s'interdit de l'interroger à ce sujet. Ils terminèrent donc leur déjeuner en devisant paisiblement de la société héliosienne.

Après le repas, la jeune fille suivit son guide dans une petite boutique où étaient exposés des instruments de musique. De minuscules clochettes suspendues au-dessus de la porte tintèrent joyeusement lorsqu'ils franchirent le seuil, annonçant leur entrée. Lyvia observa avec fascination les nombreux instruments de toutes formes et de toutes tailles qui trônaient sur les étagères dans un désordre qui se révélait pourtant harmonieux.

Pendant ce temps, Evan la laissa à sa contemplation pour aller s'entretenir avec la vieille femme au visage avenant qui nettoyait un instrument à cordes avec le plus grand soin. Le jeune homme retourna auprès de Lyvia après un rapide échange et lui résuma la situation. Elle l'écouta distraitement sans pouvoir détacher ses yeux d'une lyre.

— Je lui ai demandé de te fabriquer un ocarina pour que tu puisses appeler Nebraska lorsque tu le désires. C'est une demande classique et cela ne lui pose pas de problème mais elle a besoin de temps pour le réaliser. Nous allons donc rester à l'auberge cette nuit et repartir à l'aube demain après avoir récupéré ton ocarina. Ça te convient ?

Lyvia abandonna le tracé gracieux de la lyre pour rencontrer son regard. Elle esquissa un bref sourire ironique avant de répliquer :

— Ai-je le choix ?

Evan secoua la tête en laissant échapper un soupir las.

— Non, pas vraiment, mais si tu préfères je peux te traiter comme un de mes soldats et te donner des ordres, princesse.

Le dernier mot était chargé d'un tel sarcasme que la jeune fille sentit la colère enfler dans son ventre, menaçant d'éclater. Elle choisit toutefois de ne pas répondre, et franchit simplement le seuil de la porte d'un pas furieux sans attendre Evan. Ce dernier la rattrapa en courant à petites foulées et s'excusa aussitôt :

— Je suis désolé, mais je te l'ai déjà dit, je suis plus habile à diriger une armée qu'à traiter correctement une demoiselle.

— C'est trop facile comme excuse. Tu ne vas pas me faire croire que tu n'as jamais eu de petite amie.

Evan garda le silence un long moment, tandis que Lyvia, toujours agacée, regardait droit devant elle. Enfin, il gronda d'une voix à peine audible :

— Si, une fois.

Cette fois, la jeune fille tourna un regard surpris vers lui et détailla son front plissé, ses yeux sombres et sa bouche pincée : visiblement, Evan ne gardait pas un bon souvenir de cette unique expérience. Ils marchèrent dans un lourd silence – pensif pour Lyvia et amer pour Evan, jusqu'à la sellerie. Là, ils firent rapidement l'acquisition d'une selle en cuir légère mais confortable, et ils retournèrent à l'auberge sans échanger un mot. Gênée d'avoir plongé son guide dans de sombres réflexions, Lyvia ne savait pas quoi dire pour l'égayer. Coupant les tergiversations de la jeune fille qui hésitait à prendre la parole, Evan lui annonça d'un ton monocorde :

— Je sais que tu aimerais sans doute visiter un peu mais moins les gens te verront, mieux ce sera. Des Voyageurs sont peut-être dissimulés parmi les habitants.

— Qu'est-ce qu'on va faire jusqu'à ce soir ? On n'est qu'en début d'après-midi !

— Eh bien fais ce que tu veux, mais ne t'éloigne jamais de moi. Je suis mort s'il t'arrive quelque chose.

Effrayée, Lyvia n'osa pas lui demander s'il plaisantait, et au vu de son humeur noire, il n'était probablement pas disposé à faire de l'humour. Elle aurait voulu déambuler parmi la foule et dépenser l'argent du roi si généreux aux dires d'Evan, mais elle se ravisa en observant le visage du jeune homme. Des cernes commençaient à se dessiner sous son regard las, et elle se demanda s'il n'avait pas commencé à accumuler de la fatigue avant de la rencontrer.

— Va te reposer, je ne quitterai pas l'auberge, le rassura-t-elle d'un ton conciliant.

— Si je dors je ne peux pas te protéger, rétorqua-t-il, presque mécaniquement.

— Et sous quelles conditions est-ce que tu accepterais de dormir ?

Evan réfléchit un instant, et Lyvia crut qu'il allait décliner sa proposition, puis il se ravisa et déclara, certain que la jeune fille refuserait :

— Tu restes dans ma chambre pendant que je dors, et je garde la clé pour que tu ne puisses pas sortir. Et surtout, tu me réveilles au moindre bruit suspect.

La jeune fille considéra les conditions posées par Evan, avant de demander avec une légère grimace :

— Dans ce cas… est-ce que je pourrais me laver ? Je me sens affreusement sale après ce voyage. Je ne sais pas si…

Elle s'interrompit, ne voulant pas paraître offensante par son ignorance des habitudes d'hygiène héliosiennes.

— Bien sûr, nous allons faire chauffer de l'eau, et je vais te montrer la salle de bain. J'ai réservé une chambre qui en comportait une, je me doutais que tu voudrais faire un brin de toilette.

Touchée par la prévenance d'Evan, Lyvia accepta donc de ne pas quitter la chambre pendant qu'il dormirait. Elle profiterait de son sommeil pour se laver. Ils se rendirent à l'étage, où elle regarda Evan allumer un feu dans la cheminée qui se trouvait dans la chambre. Curieuse de découvrir une salle de bain héliosienne, elle fut presque déçue tant la pièce ressemblait aux salles de bain qu'elle connaissait. Les toilettes étaient certes construites dans une matière inconnue, aux reflets violacés, et le lavabo avait une sorte de vanne droite ouvragée, mais dans l'ensemble, Lyvia était même surprise de l'aspect aussi moderne du mobilier. Lorsqu'Evan vint remplir une sorte de grosse marmite au robinet avant de la poser sur le feu, elle l'interrogea :

— Vous avez donc l'eau courante partout dans le royaume ?

— Oui, le Roi Neridan a lancé de grands travaux il y a deux cents ans, pour desservir tous les foyers à partir des nappes phréatiques, mais aussi pour permettre l'évacuation des eaux usées dans la mer qui nous entoure. C'était devenu indispensable, avec l'activité de nombreux artisans qui souillaient les rivières, les tanneurs notamment.

— Mais pour avoir de l'eau chaude, il faut nécessairement avoir une cheminée ? s'enquit Lyvia, avide d'en apprendre plus sur ce monde.

— Dans la plupart des foyers et auberges, oui. Mais au château, nous avons de superbes bains chauffés par le sol, c'est un délice de pouvoir s'y délasser après l'entraînement.

Ils devisèrent ainsi pendant plusieurs minutes, jusqu'à ce que l'eau soit assez chaude. Evan la versa alors dans la baignoire, qui était faite de la même matière violacée que les toilettes. Lorsqu'il se fut assuré que Lyvia avait tout ce dont elle pouvait avoir besoin – notamment d'étranges savons solides cristallisés – le jeune homme ferma la porte de la chambre à clé avant de glisser la clé sous son oreiller. Enfin, après avoir rappelé à Lyvia de ne pas hésiter à le réveiller en cas de problème, il s'effondra sur le lit. Lorsque son souffle ralentit, Lyvia procéda à ses ablutions en prenant le temps de se laver les cheveux, étonnée par le shampoing solide aux cristaux orange vif. Elle resta dans le bain jusqu'à ce que l'eau refroidisse, puis elle revêtit une des tenues acquises quelques heures plus tôt. Lorsqu'elle retourna dans la chambre sur la pointe des pieds, Evan dormait profondément.

Profitant de son sommeil, Lyvia s'installa dans le fauteuil à côté du lit et détailla son visage comme elle n'aurait jamais osé le faire en temps normal. Apaisés par le sommeil, ses traits lui apparurent soudainement plus doux. Son front était lisse, débarrassé du pli soucieux qui le barrait dans la journée. Des mèches brunes couvraient une partie de sa physionomie, mais la jeune fille put tout de même observer son nez droit et l'angle dur de sa mâchoire. Il paraissait bien plus jeune dans son sommeil, et Lyvia songea à ce qu'il lui avait confié la veille : il était un guerrier accompli et il avait participé à de nombreuses guerres. Dans son monde, elle estimait qu'Evan aurait été en terminale, et même si ce n'était qu'une classe de plus qu'elle, il dépassait en maturité n'importe quel élève du lycée.

Submergée par une onde mélancolique, Lyvia voulut essayer de rentrer chez elle. Oui, Héliosis renfermait sans doute les réponses qu'elle avait toujours recherchées. Ses parents étaient venus dans ce monde, ils avaient peut-être même foulé les mêmes chemins qu'elle. Et de nombreuses personnes – les Voyageurs et même le roi d'Héliosis – pensaient qu'elle avait un rôle très important à jouer. Une partie de son identité était enfouie dans ce monde étrange, et elle avait besoin de la connaître. Pourtant, Evan ne pouvait pas répondre à ses questions. Il lui assurait que le roi lui offrirait la vérité, mais devait-elle le croire ? N'était-il pas plus raisonnable d'interroger sa mère, en premier lieu ? Elle voulait connaître le lien entre ses parents et ce monde : sa mère lui devait des explications. En même temps, une autre part d'elle-même était convaincue que le dessin était une pure coïncidence. Comment sa douce mère, passionnée par la mode et la botanique, aurait-elle pu faire partie de ce monde dangereux ? Et si elle ignorait tout d'Héliosis, et si elle était folle d'inquiétude depuis la disparition de sa fille ? Lyvia avait besoin de savoir. Il fallait qu'elle rentre chez elle.

La jeune fille s'empêcha de regarder le visage d'Evan, qui risquait d'être sévèrement châtié s'il rentrait sans elle. C'était maintenant ou jamais : Evan ne l'autoriserait jamais à rentrer sur Terre. Puisqu'elle était partie de son monde par un miroir, la logique voulait qu'elle procède de même pour y retourner. Lyvia retourna donc dans la salle de bain le plus silencieusement possible, et fixa son reflet dans le miroir. Elle pensa de toutes ses forces à sa maison, et s'imagina dans le fauteuil de cuir beige à côté du mur végétal recouvert de bougainvillier. Elle se concentra pour que le décor du salon apparaisse sur le miroir, comme lorsque la forêt de son dessin avait envahi le miroir en pied de son arrière-grand-mère. Un court instant, Lyvia crut discerner un mouvement à la surface puis cette impression s'évapora aussi vite qu'elle était apparue. Elle s'obstina encore quelques minutes, puis découragée, elle se laissa glisser le long du mur. La tête dans les mains, elle essaya de ralentir sa respiration pour réprimer les sanglots qui menaçaient de la submerger. Elle releva la tête et chassa d'un geste agacé les cheveux mouillés qui retombaient devant ses yeux. Elle devait être forte. Elle savait depuis le début qu'elle ne pourrait probablement pas retourner sur Terre aisément. Alors puisqu'elle n'avait d'autre choix que de rester en Héliosis, elle ferait tout pour découvrir l'identité de son père. Et s'il fallait pour cela affronter un souverain inconnu, elle le ferait.

Emplie d'une détermination nouvelle, Lyvia retourna s'asseoir auprès d'Evan. Elle dut finir par s'endormir car ce fut Evan qui la réveilla alors que la luminosité baissait progressivement.

— Heureusement que personne ne nous a attaqués, remarqua-t-il avec une ombre de sourire. Tu ne ferais pas une très bonne sentinelle.

La jeune fille constata avec plaisir que le repos semblait avoir fait du bien à Evan. Son visage, s'il n'était pas aussi détendu que pendant son sommeil, lui paraissait toutefois plus doux que le matin même. Ses cernes s'étaient estompés et son regard avait perdu de sa morosité.

— Tu as faim ? s'enquit-il sans avoir conscience de l'examen auquel le soumettait Lyvia.

— Un peu. Et toi ?

La question sembla surprendre le garçon, comme s'il n'avait pas l'habitude que l'on se préoccupe de lui.

— J'ai toujours faim, sourit-il. On descend ?

Lyvia acquiesça et releva ses cheveux en un chignon hâtif pour ne pas être gênée pendant le repas. Evan ouvrit la porte et lui fit signe de passer en reculant d'un pas, galant.

— Tu vois que tu sais traiter une demoiselle finalement !

Ils dînèrent en discutant à bâtons rompus, Evan ayant entrepris de l'interroger sur sa vie sur Terre. Une fois son repas fini, Lyvia observa les clients, notant qu'il s'agissait pour la plupart de voyageurs bruyants qui semblaient de passage. Elle remarqua quelques hommes ivres, seuls et visiblement familiers de cet endroit. Il régnait dans l'auberge une désagréable cacophonie qui donnait à la jeune fille l'envie de retrouver sa chambre au plus vite.

Pourtant, lorsqu'un lourd silence chargé de menace s'abattit brusquement sur la salle, Lyvia regretta aussitôt le bruit. Elle chercha la source de ce silence anormal et son regard tomba sur les deux soldats qui venaient de franchir le seuil. Ils étaient vêtus d'une cotte de maille retombant sur des braies, et leurs bottes cliquetaient à chaque pas. Une impressionnante épée reposait dans le fourreau à leur ceinture, mais c'était leur large bouclier marqué des armoiries royales, un chêne dans un soleil, qui attirait surtout le regard.

Les deux soldats examinèrent les clients qui se tassaient sous leur regard austère, et ils s'apprêtaient à se diriger vers un homme lorsqu'ils aperçurent Evan. Ils se raidirent soudainement et Lyvia fut parcourue par un frisson de peur lorsqu'ils la détaillèrent, l'air perplexe. Cependant, leur regard revint rapidement vers Evan, qui secoua imperceptiblement la tête de gauche à droite. Les soldats se détournèrent aussitôt et marchèrent vers un homme d'une quarantaine d'années qui serrait sa bouteille de vin contre lui dans un vain désir de réconfort. Prise de pitié, Lyvia les regarda s'emparer de l'homme et l'entraîner brutalement vers la sortie sans prêter attention à ses plaintes étouffées.

Après leur départ, les clients se remirent progressivement à parler à voix basse. Lyvia prêta l'oreille à leurs commentaires murmurés :

— … le troisième cette semaine…

— … ordre du roi…

— … devenu fou… il était…

Evan se leva brusquement, attirant l'attention de Lyvia. Celle-ci lui jeta un regard interrogateur mais il se contenta d'ordonner d'un ton sec :

— Suis-moi.

Malgré l'intraitable autorité qui émanait de tout son être, de son regard d'acier débordant d'une résolution sans faille à la raideur de son attitude, Lyvia ne bougea pas, obstinée. Le jeune homme ferma brièvement les yeux pour réprimer son irritation, puis il se pencha vers elle et lui saisit fermement le poignet. Ignorant son mouvement de recul, il s'approcha encore et lui chuchota à l'oreille :

— Si tu ne me suis pas, nous allons avoir de graves ennuis.

Alertée par son ton pressant, la jeune fille se leva mais dégagea son poignet d'un geste vif. Leur départ passa inaperçu car de nombreux clients quittaient l'auberge ou se rendaient à l'étage, désireux d'écourter la soirée ternie par l'intervention des soldats. Evan accompagna Lyvia jusqu'à sa chambre et entra à sa suite avant de refermer la porte derrière lui en fermant les yeux, prêt à endurer un flot de questions et de reproches. Cependant, la première question de la jeune fille ne fut pas celle à laquelle il s'attendait :

— Tu connaissais ces soldats ?

— Pas personnellement, mais ils ont dû faire partie des troupes que j'ai menées au combat contre les pirates l'année dernière.

— Alors tu cautionnes ce qui vient de se passer ? Peut-être même que tu l'as ordonné…

— Cela fait plusieurs jours que je ne te quitte pas, comment veux-tu que j'aie ordonné l'arrestation de cet homme ? Par ailleurs, qu'est-ce qui te fait croire qu'il s'agit d'une injustice ? Si le roi a ordonné l'arrestation de cet ivrogne, c'est qu'il est un criminel.

— Les clients de l'auberge n'ont pas eu l'air d'être de

cet avis, remarqua Lyvia, soupçonneuse.

Evan haussa un sourcil en braquant son regard sur elle.

— Et fais-tu plus confiance à une bande de pauvres voyageurs qu'à moi ?

— Je ne sais pas, eux au moins ne me donnent pas d'ordre sans raison apparente. Qu'est-ce que tu craignais tout à l'heure ?

— Je ne crains rien, assena Evan en plissant les yeux, agacé. Je préférais partir avant que les clients ne se rappellent de l'attitude des soldats envers moi. Mais c'est simplement ta sécurité qui m'importe, je pourrais aisément vaincre tous ces ivrognes.

Lyvia fit quelques pas dans la chambre, dérangée par l'orgueil qui perçait dans la voix du jeune homme. Elle se tourna soudainement vers lui et déclara avec calme :

— Très bien, tu peux aller dans ta chambre, j'aimerais dormir à présent.

— Pour que tu retournes interroger ces gens ou te faire agresser ? Certainement pas. Je resterai là cette nuit, tu peux dormir sereinement.

Sur ces mots, Evan ferma la porte à clé derrière lui et se plaça devant la sortie, les bras croisés. Étouffant un cri de colère et de frustration, Lyvia fit un pas vers le jeune homme, sans trop savoir ce qu'elle avait l'intention de faire. Dès qu'elle s'approcha, Evan se raidit et lui lança un regard d'avertissement.

— Alors c'est comme ça ? articula-t-elle avec fureur. Je suis ta prisonnière maintenant ?

Malgré elle, Lyvia sentit des larmes de colère lui brouiller la vue. L'expression d'Evan s'adoucit immédiatement – était-ce de la compassion dans ses yeux ? Il décroisa les bras et secoua lentement la tête.

— Je suis désolé princesse. Je ne peux pas te laisser agir comme tu l'entends lorsque ta sécurité est en jeu. Mon devoir est de te protéger quoi qu'il arrive, et je mourrais plutôt que de faillir à ma tâche. Je ne veux que ton bien et je t'assure que tu peux avoir confiance en moi. Je t'en prie, va dormir et laisse-moi veiller sur toi cette nuit.

Cette fois, il l'avait appelée « princesse » sans que ce mot ne soit chargé d'ironie, et ce fut sans doute une des raisons qui la poussa à obéir. Lyvia se détourna et se dirigea vers le lit dans un silence maussade. Elle se glissa sous les couvertures puis lui tourna le dos afin de lui montrer qu'elle ne lui pardonnerait pas aisément son attitude dictatoriale.

La pièce était plongée dans l'obscurité lorsque Lyvia s'éveilla. Elle entrouvrit les paupières et reconnut le profil d'Evan, à demi éclairé par la frêle lueur d'une bougie posée sur le meuble de chevet. Le jeune homme était assis contre le mur à côté du lit. Il tenait un carnet noir sur ses genoux, et il était tellement absorbé par ce qu'il y écrivait qu'il ne remarqua pas le réveil de Lyvia. Celle-ci laissa ses yeux s'accoutumer à la pénombre puis observa plus précisément les griffonnages d'Evan.

La double page était complètement noircie par son écriture ardue à déchiffrer. Des passages entiers étaient raturés et de nombreuses flèches reliaient des mots à des paragraphes confusément rédigés. Malgré ce désordre, Lyvia distingua la forme d'un poème. Elle tentait d'en lire le titre quand son attention fut attirée par une goutte d'eau s'écrasant sur la page. Lorsque son regard remonta vers le visage d'Evan, elle comprit. Et la surprise faillit lui arracher un hoquet.

Il s'agissait d'une larme.

CHAPITRE 6

Le lendemain matin, le jour n'était même pas levé lorsqu'Evan réveilla la jeune fille. Avisant l'obscurité qui régnait à l'extérieur, elle se plaignit faiblement :

— Est-il réellement nécessaire de partir à cette heure ?

— Oui, lâcha-t-il d'un ton sans réplique. Nous devons récupérer ton ocarina puis reprendre la route.

Remarquant son air tendu et préoccupé, et encore troublée de l'avoir vu pleurer durant la nuit, Lyvia choisit de ne pas protester. Elle se prépara en quelques minutes pendant qu'Evan l'attendait derrière la porte. Puis ils quittèrent l'auberge silencieusement, saluant l'aubergiste qui décida sagement de ne pas poser de questions. Lyvia suivit Evan à travers les rues mornes baignées de la fraîcheur matinale, angoissée par l'attitude raide de son guide. Elle marchait rapidement pour maintenir l'allure soutenue que lui imposait Evan, et seuls le tambourinement de son cœur et le bruit étouffé de leurs pas résonnaient à ses oreilles dans le silence lugubre qui pesait sur Renata.

Soudain, ils entendirent quelqu'un approcher dans un cliquetis d'armure, depuis une rue adjacente. Evan se tendit aussitôt et examina hâtivement les alentours en quête d'une échappatoire. N'en trouvant aucune, il sortit posément son épée du fourreau dans un crissement désagréable et il plaça Lyvia derrière lui, contre le mur d'une habitation. Terrifiée, la jeune fille se serra contre la pierre froide en priant pour que les pas s'éloignent. Malheureusement, aucun dieu ne dut entendre ses prières car la personne se rapprochait inexorablement, se dirigeant très clairement vers eux. Une voix forte se fit entendre, pétrifiant la jeune fille :

— Qui va là ? Je suis un soldat du Roi Syrian II, montrez-vous !

Contrairement à Lyvia, Evan fut rassuré par ces paroles et rengaina son épée sans toutefois enlever sa main du pommeau.

— Je suis le lieutenant Loÿe, soldat.

L'homme déboucha finalement face à eux et regarda rapidement le visage d'Evan afin de confirmer ses paroles. Le reconnaissant, il baissa la tête et s'excusa avec embarras :

— Pardonnez-moi mon Lieutenant, mais nous avons instauré un couvre-feu qui n'est levé qu'à sept heures et…

— Je comprends soldat, vous faites votre devoir.

Le regard du soldat se posa sur Lyvia et celle-ci se blottit un peu plus contre le mur, tel un animal pris au piège.

— Mon Lieutenant, puis-je vous demander…

L'homme comprit au regard sévère d'Evan que non,

il ne pouvait pas demander. Murmurant une excuse incompréhensible, le soldat souhaita une bonne journée au jeune homme et reprit sa ronde, le cliquètement de ses bottes diminuant à mesure qu'il s'éloignait. Lyvia expira lentement, soulagée. Evan se tourna vers elle et lui lança un regard étonné.

— Pourquoi as-tu si peur des soldats ? Ils sont là pour maintenir la paix, ce ne sont pas tes ennemis. Et puisque tu es sous ma protection, ce sont même tes alliés !

— Les villageois ont l'air plus sympathiques, rétorqua-t-elle en haussant les épaules.

— On ne demande pas aux soldats d'être sympathiques, soupira Evan, excédé. On leur demande de protéger la population et de faire régner l'ordre. Allons-y, nous avons assez perdu de temps.

La jeune fille lui emboîta le pas, bien qu'incapable de se défaire de son inimitié envers les soldats. Ils arrivèrent finalement devant l'échoppe de la vieille femme aux instruments de musique. Les volets étaient fermés, mais lorsqu'Evan frappa quelques coups discrets, les jeunes gens entendirent le loquet pivoter et le visage de la femme apparut dans l'ouverture. Elle les salua d'un signe de tête et leur fit signe d'entrer.

— J'ai fait ce que vous m'avez demandé mon garçon, annonça-t-elle d'une voix ferme quoique altérée par les années.

Lyvia esquissa un sourire en voyant Evan se renfrogner face à l'appellation qu'il jugeait infantilisante. Il conserva néanmoins un visage poli en attendant que la vieille femme leur apporte l'instrument qu'elle venait de confectionner. Elle s'approcha de Lyvia, un sourire accentuant les rides au bord de ses yeux, et lui tendit l'ocarina. La jeune fille saisit l'instrument et l'observa avec attention, charmée par la délicatesse de l'ouvrage. Des centaines de nuances de couleur créaient un relief étrange et donnaient presque vie à l'instrument : de bleu cobalt à marine en passant par outremer, et même quelques volutes d'or qui émerveillèrent Lyvia.

— Merci beaucoup, souffla-t-elle, il est magnifique.

La vieille femme posa ses mains sur celles de Lyvia, autour de l'ocarina, et elle plongea ses yeux couleur de givre dans le regard de la jeune fille.

— J'ai tenté de me rapprocher de la couleur de tes yeux, c'est le jeune homme qui me les a décrits. On dit que lorsque l'ocarina devient le regard de celui qui le possède, alors son cheval peut galoper jusque dans les tréfonds de son âme. Prends bien soin de ton frère de cœur, ma fille, les chevaux sont les créatures de Jundur et seul lui peut prétendre égaler la bonté de leur âme.

Émue, Lyvia se demanda brièvement qui était Jundur – un dieu ? – mais elle n'osa pas interroger la vieille femme.

— Je vous promets de m'occuper de Nebraska comme il le mérite, assura-t-elle doucement.

La femme hocha la tête et se pencha vers elle, si près que Lyvia sentit son odeur, évoquant les vieux livres et l'herbe sèche. Elle approcha ses lèvres parcheminées de l'oreille de la jeune fille et chuchota tout bas d'un ton si-byllin :

— Prends garde ma fille, le mal rôde dans nos contrées, et il n'est pas toujours là où on le croit.

Sur ces mots inquiétants, la vieille femme se recula et leur dit avec un sourire aimable en voyant Evan ouvrir sa bourse :

— Vous pouvez garder votre argent les enfants. Je

vous demanderai juste de ne pas oublier que le seul devoir auquel vous devez obéir aveuglément, c'est celui que vous impose votre cœur.

Ils la remercièrent chaleureusement tandis qu'elle se contentait de les observer tranquillement de son regard perçant. Légèrement mal à l'aise, ils quittèrent l'échoppe pour se retrouver dans l'atmosphère sinistre du village. Ils se hâtèrent vers les écuries de l'auberge, Lyvia ressassant dans sa tête les mots de la vieille femme, avant de seller rapidement Carthago et Nebraska. Les deux cavaliers traversèrent prestement Renata, le claquement bruyant des sabots des chevaux résonnant dans le silence pesant. Enfin, ils sortirent avec soulagement du village et lancèrent leurs chevaux au galop à travers la plaine d'Enolanthe.

— Parle-moi de ton enfance, demanda Lyvia, curieuse.

Après une journée de voyage et une nuit durant laquelle Lyvia n'avait pas pu convaincre Evan de dormir, ils étaient repartis pour chevaucher toute la journée à travers la plaine monotone qui s'étendait à perte de vue. Désireuse de rendre ce voyage moins ennuyeux, Lyvia entreprit d'interroger son compagnon de route.

— Eh bien, ma mère étant morte en couches, j'ai surtout été élevé par mon père. J'ai toujours vécu à Soïka, la capitale, dans le château royal. Autant te dire que les enfants sont rares au château, ils sont soit des enfants nobles étroitement surveillés par leurs parents, soit des domestiques auxquels il est défendu de parler.

— Pardon ? se révolta la jeune fille. Qui a instauré

cette règle stupide ?

— Le roi, rétorqua Evan avec un regard noir. Veux-tu que je poursuive ou vas-tu m'interrompre à chaque phrase ?

— Désolée, continue.

— Je disais donc que mon enfance n'a pas été des plus divertissantes, mais j'ai été instruit avec le plus grand soin par les meilleurs précepteurs du royaume. Même si mon père ne le dit pas ouvertement, tout le monde sait que je suis entraîné pour devenir le prochain général des armées héliosiennes, bien que je ne sois pour l'instant que lieutenant. Et pour être général, il faut non seulement posséder une science des armes incomparable, mais également être un fin stratège. C'est pourquoi j'ai reçu une éducation très diversifiée, dont le pilier a bien entendu été l'entraînement militaire. Mon enseignement s'achèvera dans quelques mois, à mes dix-huit ans. Pour le moment, il continue lorsque je rentre au château, entre deux missions.

— Cela a dû être très… entama Lyvia, à la recherche d'un adjectif qui ne le vexerait pas avant de se résigner. Très ennuyeux.

— Je ne suis pas là pour m'amuser, je suis là pour être général, répliqua vertement Evan. Ma vie est tout à fait satisfaisante, je te remercie.

Lyvia baissa les yeux sur la crinière de Nebraska, contrite. Elle s'était montrée irrespectueuse, gratifiant de sa condescendance les confessions d'Evan, réduisant une existence entière à un seul mot méprisant. Qui était-elle pour se permettre un tel jugement ? De quel droit mettait-elle en doute la fierté que semblait ressentir Evan vis-à-vis de son éducation ? Elle ne pouvait pas comprendre le bonheur qu'il pouvait concevoir dans une telle existence, simplement parce qu'ils n'avaient pas été baignés dans la même culture.

La jeune fille, pleine de regrets, réfléchissait au meilleur moyen de s'excuser lorsqu'Evan reprit finalement la parole d'une voix hésitante :

— Mais tu n'as pas tort, j'ai… j'ai parfois l'impression de manquer de quelque chose.

Il dut considérer cet aveu comme honteux car il baissa la tête, le visage fermé. Même si Lyvia lut dans son attitude son refus de développer sa pensée, elle voulut explorer la sensibilité nouvelle qu'elle devinait à travers ses mots.

— J'imagine que tu as dû te sentir seul parfois. On ne t'a pas laissé jouer avec d'autres enfants et… tu n'as pas connu la douceur d'une mère, ni l'affection d'une nourrice, n'est-ce pas ? Cette chose dont tu as l'impression de manquer, est-ce que ce ne serait pas le contact humain, ou tout simplement l'amour ?

Le jeune homme laissa échapper un reniflement moqueur, avant de rétorquer d'un air dédaigneux :

— L'amour est pour les faibles.

Atterrée, Lyvia révisa son opinion quant à l'éducation d'Evan. On l'avait bel et bien privé d'insouciance et d'amusement, mais surtout on l'avait habitué à haïr la faiblesse par-dessus tout, dans cet odieux désir de faire de lui une machine de guerre. Submergée par une vague de détresse, Lyvia ressentit le besoin irrépressible de sauver Evan de la rigueur de son éducation.

Elle pensa à l'amour de sa mère, de ses grands-parents – maternels puisqu'elle n'avait jamais connu ses grands-parents paternels, de son oncle, de son meilleur ami… Comment faire comprendre à Evan que l'amour de ses proches était au contraire sa force, ce qui lui permettait d'avancer ? Comment lui faire admettre ce qu'elle avait toujours considéré comme une vérité première, que la grandeur de l'homme réside dans sa capacité à aimer ?

— Mais être fort, ce n'est pas être insensible Evan ! Au contraire, l'amour est pour les forts. Les faibles, ce sont ceux qui s'estiment incapables de connaître et donc de maîtriser l'amour, et qui préfèrent l'abolir pour se voiler la face ! Ces faibles qui se croient forts, ils se réfugient derrière la barrière de la haine pour oublier qu'ils sont à la merci de leurs sentiments. Accepter d'aimer c'est accepter la perte, la tristesse, le manque. Et c'est en surmontant tout cela qu'on devient fort. L'amour est ce qu'il y a de meilleur en l'homme, Evan, je voudrais tant que tu le comprennes.

Le jeune homme semblait en proie à un violent débat intérieur. Les paroles de Lyvia avaient semé la discorde dans son cœur, et il était tenaillé entre son désir de la croire et les préceptes qu'on lui avait inculqués. Finalement, il lâcha d'un ton désabusé :

— Si l'amour est une force, alors pourquoi ai-je été détruit l'unique fois où je me suis autorisé à aimer ?

— Parce que le bonheur que procure l'amour n'a d'égal que les tourments qu'il engendre. Parce que cet amour-là n'a pas la simplicité de l'amour maternel, ni l'évidence de l'amour fraternel. L'amour dont tu parles est si complexe et fragile qu'un rien détruit ses bienfaits. Ou peut-être simplement parce qu'elle ne méritait pas ton amour…

— Tu vois, tu reconnais toi-même que l'amour fait souffrir.

— Oui, et alors ? Ai-je dit pour autant qu'il faut le

bannir ? Accepter d'aimer c'est accepter d'être blessé, mais surtout c'est accepter de vivre ! Veux-tu être un soldat sans cœur Evan, une armure inhumaine ? Est-ce réellement ton désir ? Moi je veux vivre ma vie, je veux aimer, souffrir, pleurer et aimer encore ! Je veux me sentir vivante, que ce soit dans le bonheur passionné d'une histoire d'amour ou dans la déception et les larmes, car c'est la condition nécessaire qu'il faut accepter pour avoir une part de bonheur. Ne me dis pas que tu ne veux pas être heureux Evan, je ne te croirais pas.

Le jeune homme porta sur Lyvia un regard nouveau, et ses prunelles devinrent du métal en fusion. Dans son regard, Lyvia lut son désir fou de liberté, son envie de se libérer des chaînes du devoir pour vivre comme il l'entendait. Puis cet espoir insensé s'éteignit et il laissa tomber avec un sourire amer :

— Cela doit être tellement excitant de vivre ainsi…

— Tu sais quoi Evan ? s'exclama la jeune fille en secouant la tête. Je suis très habile à déclamer mes idéaux, je t'expose cette vie passionnante comme si c'était la mienne, mais je n'en fais rien. La vérité, c'est que je n'ai pas l'audace de le faire, et que je préfère croire que c'est l'existence que je m'apprête à mener. Mais ma vie c'est maintenant, c'est aujourd'hui que je dois vivre ainsi ! Alors à partir de maintenant, je vais cesser de me plaindre et de chercher à rentrer chez moi. Je vais apprécier cette formidable aventure que la vie vient de m'offrir, et nous allons en profiter ensemble ! Qu'en dis-tu ?

Nebraska, ressentant l'euphorie de sa cavalière, commença à piaffer nerveusement. Face au large sourire d'Evan qui embrasait son visage comme un soleil, la jeune fille lança un cri de joie. Son étalon bondit en avant, aussitôt suivi par Carthago. Les deux chevaux se lancèrent dans un galop fou, jetant fougueusement leurs antérieurs et avalant les distances avec une joie farouche. Ivre de liberté, le splendide étalon à la robe de neige sollicitait ses muscles sans ressentir de fatigue, son excitation sans cesse décuplée par les éclats de rire ravis de sa sœur d'âme.

Evan, quant à lui, exhortait son hongre gris à se maintenir à la hauteur de Nebraska pour que dure à jamais cet instant d'exaltation en toute impunité, pour pouvoir admirer inlassablement Lyvia qui riait à pleins poumons sur son cheval que rien ne pouvait arrêter. La vue de la jeune fille lui paraissait presque indécente tant elle rayonnait de bonheur, un bonheur sauvage et incommensurable. Pendant ces quelques instants magiques, elle incarna à ses yeux la liberté dans sa forme la plus pure.

— Dans combien de temps parviendrons-nous à Soïka ? demanda Lyvia au cours de la matinée deux jours plus tard.

Evan, qui somnolait sur le dos de Carthago, releva la tête et cligna des yeux.

— Hmm ? répondit-il vaguement en se passant une main sur le visage.

Exaspérée, la jeune fille se récria vivement, sans égard pour Evan qui grimaçait, les tempes douloureuses :

— Quand vas-tu enfin accepter de dormir ? Tu ne peux pas continuer ainsi indéfiniment !

— Je dois te protéger, grommela mécaniquement le

jeune homme.

— Tu ne me parais pas exactement en état de te battre.

Evan se contenta d'un haussement d'épaules, refusant d'admettre sa faiblesse.

— Écoute Evan, on n'est pas pressés n'est-ce pas ? Tu n'as pas de date limite, on peut prendre notre temps. Pourquoi ne te reposerais-tu pas pendant que je monte la garde ?

— Pour que tu t'endormes comme la dernière fois ? grogna Evan en secouant la tête.

— Je te promets que je ne m'endormirai pas ! Nebraska y veillera, n'est-ce pas mon beau ?

L'étalon balança la tête vers le haut avec enthousiasme et Lyvia en aurait ri si elle n'avait pas été préoccupée par la santé d'Evan. Le jeune homme refusa avec obstination, nullement convaincu par la promesse de Lyvia.

— Je t'en prie Evan, fais-le pour moi, supplia-t-elle en désespoir de cause.

Evan tourna la tête vers elle, un sourcil arqué et une ombre de sourire sur les lèvres. À son expression goguenarde, la jeune fille comprit qu'elle ne le persuaderait pas aussi aisément. Tentant le tout pour le tout, elle demanda à Nebraska de s'arrêter et sauta à terre. Avec un grognement, Evan immobilisa son cheval et la regarda, dans l'expectative. Lyvia croisa résolument les bras et assena avec force :

— Je ne bougerai pas d'ici si tu n'acceptes pas de prendre du repos. Et inutile de tenter de m'effrayer comme la dernière fois, cette plaine ne me fait pas peur.

— Tu as tort. Les chèvres carnivores y sont nombreuses, sans parler des serpents électriques.

Même s'il répliquait par principe, Lyvia comprit au sourire amusé du jeune homme qu'il s'apprêtait à céder, aussi décida-t-elle de pousser son avantage.

— Ils n'ont pas l'air de s'approcher des hommes. De toute façon, tu es si fatigué que tu ne parviendrais pas à m'emmener de force.

Malheureusement, Evan dut prendre cela pour un défi car il mit pied à terre et marcha d'un pas assuré vers Lyvia qui recula, incertaine. D'un mouvement leste, Evan saisit son bras et, d'une prise habile, força la jeune fille à tomber à genoux. Nebraska, les oreilles pointées, les observait attentivement, prêt à défendre Lyvia en cas de danger. Cependant, le rire de cette dernière parut le rasséréner et il se mit à paître les hautes herbes verdoyantes de la plaine.

— C'est bon, je retire ce que j'ai dit ! Tu pourrais le faire, mais tu ne le feras pas, n'est-ce pas ?

Pour toute réponse, Evan lui tendit la main pour l'aider à se relever. Malgré ses rodomontades, la jeune fille ne manqua pas le tremblement de son bras, et, redevenant sérieuse, elle déclara :

— Allez, repose-toi, tu en as besoin.

Evan balaya les alentours d'un regard hésitant avant de lui glisser, indécis :

— Pourrais-tu éviter de raconter ceci au Roi lorsque nous serons à Soïka ?

— Allons, il ne te demande tout de même pas d'être inhumain.

Le jeune homme ne répondit rien, fixant sur elle son regard sombre souligné de profonds cernes noirs, dans l'attente de sa réponse.

— Évidemment, je ne dirai rien, souffla Lyvia, terrifiée à l'idée que le roi pût réellement exiger un tel sacrifice de la part d'Evan.

Satisfait, le jeune homme s'empara d'une couverture dans les sacoches de selle de son cheval et s'étendit à même l'herbe grasse de la plaine.

— Ne desselle pas les chevaux, je veux que nous soyons prêts à partir au moindre problème. Et surtout réveille-moi dès que tu entends ou vois quelque chose d'anormal. Et bien sûr ne va pas…

Lyvia s'agenouilla à côté d'Evan et remonta la couverture sur ses épaules, avec les gestes tendres d'une mère qui borde son enfant. Pétrifié, le jeune homme en perdit la parole.

— Repos Lieutenant, murmura Lyvia avec un doux sourire.

Evan voulut parler mais il finit par renoncer et ferma les yeux, submergé par une vague de fatigue qui l'écrasait comme du plomb maintenant qu'il relâchait volontairement la crispation de ses muscles. Lyvia le regarda sombrer dans le sommeil en quelques minutes avant de se relever. Malgré ce qu'elle avait affirmé à Evan, elle était effrayée par la plaine, ses herbes hautes qui dissimuleraient aisément un homme et son relief plat qui ne permettait pas de s'abriter.

Aussi, craignant de s'endormir, elle décida de se trouver une occupation. Elle s'approcha de Nebraska, et, le bel étalon à la robe de neige sentant sa présence, il cessa de manger pour tourner vers elle son regard chocolat, vif et intelligent. La jeune fille le contempla longuement, pensive. D'après ce qu'elle avait observé jusqu'à présent, son cheval comprenait ce qu'elle disait, mais elle sentait que, pour l'instant, ils étaient unis par un lien superficiel. Pourtant, la vieille femme avait parlé de son « frère de cœur », et elle avait laissé entendre une proximité entre eux deux que la jeune fille rêvait de connaître. Et s'il était possible de communiquer réellement avec lui, et ainsi de renforcer ce lien encore ténu ?

Fermant les yeux, Lyvia posa une main sur le flanc de l'étalon et tenta de se détendre. Elle inspira et expira profondément, et se concentra sur les sensations que lui renvoyait son corps. Elle entendit le vent qui soufflait sur la plaine, et Carthago qui arrachait et mastiquait paisiblement les herbes hautes. Elle perçut l'air frais sur ses joues, le poil chaud de Nebraska sous ses doigts. Elle oublia les dangers tapis dans l'ombre, les animaux sauvages, les Voyageurs à ses trousses. Il n'y avait plus que son corps, ancré entre ciel et terre, tout proche de celui de Nebraska. Et lorsqu'elle fut parfaitement détendue, un décrochement se produisit, presque indécelable tant il était doux. L'espace d'une seconde, il lui sembla glisser dans une autre dimension, privée de son corps. Un univers noir et infini, parsemé de taches de lumière. Un univers où ni le froid ni le chaud n'existaient, un univers où elle n'était que pensée.

Puis, aussi vite que le changement s'était produit, l'univers disparut. Lyvia réintégra brutalement son corps, apeurée, le cœur battant comme un tambour. Haletante, elle observa Nebraska dont l'attitude n'avait pas changé, puis balaya du regard la plaine agitée par un souffle de vent. Le changement qu'elle avait ressenti s'était produit en elle, et il n'avait pas altéré l'univers immuable qui l'entourait. Bouleversée par cette étrange expérience, elle caressa l'encolure de Nebraska avant de se placer en face de lui.

La jeune fille effleura la peau douce de ses naseaux du bout des doigts avant de remonter la main pour gratter son chanfrein – geste que Nebraska sembla apprécier puisqu'il avança d'un pas afin qu'elle continue. Un sourire attendri sur les lèvres, Lyvia glissa les doigts dans son toupet fourni puis dessina la forme de ses oreilles. L'étalon eut un sursaut de la tête avant de se laisser faire, et la jeune fille replaça ses mains de chaque côté de ses naseaux, abandonnant ses oreilles face à sa réaction.

Bientôt, ce fut au tour de l'étalon de découvrir sa sœur de cœur. Il glissa le bout de son nez le long du bras de Lyvia avant d'effleurer sa tunique dont il saisit délicatement l'ourlet de la manche entre les dents. Réprimant son hilarité, la jeune fille l'admonesta et Nebraska lâcha le vêtement pour placer le nez dans son cou, les vibrisses sur ses lèvres grises chatouillant la peau fine de la jeune fille. Là, il laissa échapper un souffle chaud qui ébouriffa les cheveux de Lyvia et cette dernière entoura la tête de l'étalon de ses bras, émue.

Un crissement inopiné dans les hautes herbes interrompit cet instant de bonheur. Alerte, Lyvia se tourna vers la source du bruit et scruta l'herbe verte qui ployait sous le vent. Sans quitter l'endroit du regard, elle s'approcha de Carthago qui paissait quelques pas en arrière. Le hongre observa ses mouvements, attentif, mais il ne broncha pas lorsqu'elle saisit un des poignards accrochés à sa selle. La jeune fille vint à nouveau se placer à côté de Nebraska, qui se crispait nerveusement, les oreilles pointées en direction du bruit.

Lyvia s'avança à pas mesurés, ignorant son étalon qui renâcla en signe d'avertissement. Elle progressa encore, la paume moite serrée autour du manche du poignard et le cœur battant.

Soudain, dans une cacophonie de battements d'ailes et de cris semblables à du plastique froissé, une demi-douzaine de volatiles s'égaillèrent, courant et agitant leurs courtes ailes. L'espace d'une seconde, Lyvia crut apercevoir un éclat lumineux, assorti d'un crépitement – était-ce un serpent électrique ? Mais cette impression fut si brève qu'elle crut l'avoir imaginée. Couvrant sa bouche du plat de la main pour réprimer un cri de surprise, la jeune fille observa les étranges oiseaux, fascinée. Leur plumage, vert et ocre, était strié et se fondait parfaitement dans la prairie. Elle eut le temps de distinguer la poche orange de chaque côté du cou de certains oiseaux avant qu'ils ne disparaissent à travers les hautes herbes.

Soulagée, elle se retourna et sursauta en avisant Evan, debout et bien réveillé, le regard soupçonneux.

— Je peux savoir ce que tu fais avec mon poignard ? Tu vas te blesser.

— Je ne suis pas une incapable, répliqua-t-elle, vexée. Je l'ai pris pour pouvoir me défendre.

— Tu vois, je ne peux pas te faire confiance. Je t'avais demandé de me réveiller au moindre soupçon de danger.

— Ce n'étaient que des oiseaux !

Lyvia se garda bien d'évoquer sa vision fugace. Elle n'avait de toute façon jamais vu de serpent électrique, comment pouvait-elle être sûre de ce qu'elle avait cru apercevoir ?

— Et tu le savais, bien entendu ? railla le jeune homme, pas dupe.

— Oui, j'avais entendu leur cri, mentit-elle avec aplomb. Retourne te reposer, tu as dormi à peine une heure.

— D'accord mais repose cette arme, que je dorme l'esprit plus tranquille. Et ne t'éloigne surtout pas !

La jeune fille s'exécuta de mauvaise grâce et s'assit en tailleur à côté d'Evan en attendant qu'il s'endorme à nouveau. Enfin, lorsque sa respiration devint régulière, Lyvia reprit le poignard qu'elle posa à sa droite pour se rassurer. Après tout, le serpent électrique pouvait bien revenir… Observant distraitement le visage d'Evan, la jeune fille réfléchit à sa situation. Evan devait la mener à un roi qu'elle redoutait de plus en plus, à cause de la description désagréablement élogieuse de son guide et des commentaires des clients de l'auberge à Renata.

Dans ce contexte, que penser de l'avertissement de la vieille femme concernant le mal qui ne se trouvait « pas toujours là où on le croit » ? La mettait-elle en garde contre le roi et son armée, ou pis, contre Evan ? Malgré sa sincérité, le jeune homme était parfois aveuglé par son devoir, et il plaçait certainement la reconnaissance de son roi au-dessus de l'intérêt de Lyvia. Mais la mettrait-il pour autant sciemment en danger ? D'après ce qu'elle ressentait, ils commençaient à se connaître et à s'apprécier, et elle répugnait à croire qu'Evan la livrerait à un roi malveillant. Avec un soupir, elle plia les genoux pour y poser son menton. Elle espérait que le jeune homme se préoccupait d'elle par amitié plus que par devoir, car elle-même s'inquiétait pour lui.

Les heures s'égrenèrent, lentes et monotones. Lyvia faillit s'assoupir à plusieurs reprises mais Nebraska se chargeait de la pousser du bout du nez pour la rappeler à l'ordre. Lorsque la nuit tomba, la jeune fille étouffa un bâillement mais n'osa pas réveiller Evan, heureuse de le voir prendre du repos. L'air se rafraîchissant considérablement, Lyvia alla chercher son manteau dans les sacoches de selle de Nebraska, et, malgré l'ordre d'Evan, elle entreprit de desseller les chevaux pour qu'ils soient plus à l'aise.

Ce n'est qu'aux premières heures de la nuit que le

sommeil d'Evan se troubla. Le jeune homme commença par murmurer des phrases incompréhensibles, puis il s'agita nerveusement, le visage crispé. Inquiète, Lyvia lui chuchota des mots apaisants mais rien ne semblait pouvoir le calmer. Le front emperlé de sueur, il laissa échapper un grondement angoissant, avant de se redresser en sursaut. Haletant, il observa les alentours et son regard se posa sur Lyvia, presque sans la voir.

— Tu as fait un cauchemar, ce n'est rien, murmura-t-elle d'une voix rassurante.

Evan repoussa la couverture et reprit son souffle un moment, la tête dans les mains. Lorsqu'il se fut calmé, il releva la tête et avisa les chevaux dessellés. Sans commenter la désobéissance de Lyvia, il se leva et but longuement à sa gourde avant de monter la tente.

— Va dormir, c'est à moi de monter la garde, ordonna-t-il à voix basse quand il eut fini.

— Tu es sûr que…

— S'il te plaît, la coupa-t-il d'un ton las.

La jeune fille finit par céder mais elle lui effleura l'épaule d'une pression légère en passant à côté de lui.

Les jours et les nuits se succédaient ainsi tandis que le mois de novembre disparaissait peu à peu sous les sabots des chevaux. La nuit tombait de plus en plus tôt et le soleil, paresseux, se levait chaque jour un peu plus tard. Evan finit par accepter de partager les tours de garde avec Lyvia, quoique de façon inégale. La nuit durant environ douze heures, la jeune fille restait éveillée les quatre premières heures tandis qu'Evan faisait un court somme, puis ils inversaient pour le restant de la nuit. Ils faisaient parfois halte dans un village pour acheter des provisions et apprécier le confort d'une auberge, mais ils aimaient tous deux la solitude de leur voyage à deux. La routine finit par s'installer, confortable et reposante.

Lyvia se sentait bien avec Evan. Il n'était peut-être pas le plus drôle ni le plus bavard des amis, mais sa compagnie était calme et rassurante, et l'apparente froideur qu'il montrait envers les inconnus cachait une grande sensibilité. Malgré leur éducation radicalement opposée, ils n'étaient pas si différents, possédant une même force de caractère et une détermination sans faille. Et par-dessus tout, ils se complétaient l'un l'autre. Evan admirait la pureté et la liberté de son âme, tandis que Lyvia estimait le jeune homme pour son courage et son sens de l'honneur.

S'il restait en partie mystérieux et secret, Lyvia sentait toutefois qu'Evan s'ouvrait peu à peu, et elle avait appris à chérir les rares confessions qu'il lui faisait au coin du feu. Lorsque les ombres projetées par les flammes dansaient sur leur visage et que la lune glacée posait sur eux son œil bienveillant, le jeune homme se livrait parfois et lui racontait des épisodes de son enfance. Puis, comme un don échangé, un secret partagé, il lui demandait de lui parler de son monde. C'étaient des instants précieux, qui tissaient peu à peu les fils d'une amitié solide et sincère.

Pourtant, comme tous les bonheurs, il fallut bien que le leur prît fin un jour. Cette fin se présenta sous le visage monstrueux de la capitale, Soïka.

CHAPITRE 7

Après de nombreux jours de voyage à travers la plaine d'Enolanthe, Evan avait finalement décidé d'obliquer pour rejoindre la large route principale de Braanan autour de laquelle florissaient de petits villages. La route, triste ruban de pierre grise tranchant la plaine verdoyante, s'étalait sur des kilomètres depuis le littoral jusqu'à Soïka, au nord du territoire. À mesure qu'ils s'approchaient de la capitale, les villages se multipliaient et s'agrandissaient jusqu'à former un réseau ininterrompu qui s'étendait dans la plaine.

L'inquiétude de Lyvia augmentait à chaque foulée de son étalon, et l'attitude d'Evan n'était pas pour la rassurer. Le jeune homme, assis très droit sur sa selle, scrutait l'horizon sans échanger un mot avec Lyvia. À chaque nouveau village dépassé, la jeune fille voyait mourir dans son regard la moindre étincelle de joie ou de liberté, jusqu'à ce que ses prunelles retrouvent la dureté implacable et froide des premiers jours de leur rencontre.

Lyvia finit par apercevoir la capitale, gigantesque et terrifiante, ceinte de solides fortifications qui évoquaient une époque ancienne où Héliosis ne connaissait pas la paix. Il émanait de Soïka une impression diffuse d'ordre rigoureux, notamment parce que les bâtiments semblaient tous de la même hauteur, excepté le château qui dominait la ville de ses tours effrayantes depuis lesquelles chaque habitant devait se sentir observé.

Lorsqu'ils se rapprochèrent, Lyvia discerna une arche réfléchissant les rayons du soleil dont la splendeur fit taire un instant son angoisse, mais Evan refusa d'emprunter l'entrée principale – celle de Braanan.

— Les Voyageurs s'attendent à ce que nous entrions par la Porte de Lotran ou celle de Braanan, expliqua-t-il laconiquement. Nous ne serons en sécurité qu'au château.

Ils traversèrent l'un des derniers villages avant la capitale. Là, Evan expliqua à la jeune fille qu'ils allaient rendre leur liberté à Nebraska et Carthago.

— Pourquoi est-ce que nous ne les laissons pas dans une écurie à Soïka ? objecta Lyvia, attristée à l'idée de se séparer de son cheval.

— Parce que j'ai prévu une entrée discrète dans la capitale, et parce que nous ne savons pas combien de temps nous allons y rester. Et de toute façon, ils seront plus heureux en liberté qu'enfermés dans une stalle.

Touchée par ce dernier argument, Lyvia émit toutefois une réserve :

— Est-ce qu'ils ne seront pas en danger, seuls dans la plaine ? Et s'ils rencontrent un serpent électrique, ou une chèvre carnivore ?

Evan eut un rire bref, dénué de joie.

— Les chevaux ne craignent rien, princesse, ils Voyagent, tout autant que toi.

— Ils voyagent ? Oh, tu veux dire…

— Comment crois-tu que ton cheval fait pour te rejoindre en quelques secondes quand tu souffles dans ton ocarina ?

Ébahie, Lyvia aurait aimé approfondir cette fabuleuse découverte, mais Evan avait l'air pressé d'atteindre Soïka. Ils retirèrent donc le harnachement de Nebraska et Carthago, qu'ils déposèrent dans une écurie où le palefrenier semblait connaître Evan. Puis ils quittèrent l'enceinte du village pour pouvoir libérer les chevaux. Lyvia caressa l'encolure de neige de Nebraska, avant de gratter une dernière fois son chanfrein, accentuant son geste en un point précis entre les deux yeux. En réponse, l'étalon pressa doucement sa tête contre elle, comme un adieu silencieux.

— À bientôt mon beau, sois prudent, murmura-t-elle, le cœur serré.

D'un même mouvement, les deux chevaux se détournèrent puis se lancèrent dans un galop effréné à travers la plaine. Lyvia les admira un instant, puis elle emboîta le pas à Evan qui semblait décidé à contourner les fortifications de Soïka. Lyvia, perplexe, se demandait comment Evan comptait les franchir, lorsque le jeune homme prouva qu'avoir grandi dans cette ville lui en avait donné une connaissance parfaite. Ils pénétrèrent dans la capitale par une faille dans la muraille à peine assez large pour laisser passer un homme.

Lyvia suivit Evan à travers un labyrinthe de ruelles et de venelles sans parvenir à comprendre l'organisation pourtant symétrique de la ville. Ils parcoururent la grand-place étrangement vide d'un pas affairé avant de se diriger vers le nord, droit dans la gueule béante du château. C'était un immense édifice à l'architecture presque gothique, composé de plusieurs ailes ceintes de hautes tours crénelées. La pierre qui le constituait était d'un bleu sombre, aux reflets grisâtres. En dépit de sa beauté indéniable, le château inspirait une certaine méfiance à Lyvia. Était-ce à cause de cette pierre qui accrochait parfois la lumière, prenant alors un aspect mouvant qui déboussolait l'œil ? Étaient-ce ses tours trop pointues, telles des lances jetées vers le ciel ?

Une fois l'enceinte autour du château franchie, Lyvia fut accablée par une atmosphère pesante, reflet de sa propre tension. À ses côtés, Evan semblait s'être changé en machine. Il avançait d'un pas martial, le menton haut et le visage dur. Lorsque Lyvia ralentit l'allure pour lever les yeux vers l'édifice, impressionnée par sa taille gigantesque, le jeune homme la rappela à l'ordre en la guidant par le coude jusqu'aux immenses portes de bois bardées de fer. Lyvia eut la désagréable impression d'être menée par son geôlier. Huit soldats en armure se tenaient en faction devant l'entrée du château, arborant fièrement un bouclier frappé de l'emblème d'Héliosis. Reconnaissant Evan, ils inclinèrent la tête et leur ouvrirent les portes.

Et Lyvia se sentit aussitôt insignifiante, écrasée par sa découverte de la première salle. C'était une vaste pièce inondée par la lumière extérieure, au bout de laquelle se trouvait un imposant escalier de marbre. Un long tapis couleur lie de vin y menait depuis l'entrée, seul chemin possible pour les visiteurs – au fond de la salle, Lyvia distinguait d'autres portes, peut-être réservées au personnel du château. Et de part et d'autre du tapis, à intervalles réguliers, trônaient de colossales statues représentant des personnages illustres, sans doute les précédents rois d'Héliosis. Lorsqu'Evan et Lyvia s'engagèrent sur le tapis, le bruit de leur pas s'en trouva étouffé. La jeune fille ne pouvait s'empêcher de penser que cette pièce n'avait qu'un seul objectif : rappeler à ceux qui osaient pénétrer dans l'enceinte du château qu'ils n'étaient rien. Seulement des fourmis de passage, vouées à l'oubli, quand la majesté de ce lieu perdurerait toujours.

Une fois qu'ils furent parvenus à l'étage, Evan traversa d'un pas assuré salles et couloirs sans adresser un mot à Lyvia, qui n'eut d'autre choix que de presser l'allure pour se maintenir à sa hauteur. Comme si s'attarder ici était un crime, comme si prononcer une parole était passible d'emprisonnement. Elle n'eut donc pas la possibilité d'observer les lieux comme elle l'aurait voulu, et elle en conçut seulement une impression trouble de richesse froide, oppressante. Elle commençait à perdre toute notion de temps et de distance, lorsqu'Evan se mit subitement à ralentir le pas. Il semblait s'être rigidifié tout entier, comme si son corps était à présent fait de pierre. Et Lyvia comprit qu'ils étaient arrivés. Ils se trouvaient dans un très long corridor, dont les murs et le plafond étaient entièrement recouverts de miroirs. Leurs reflets se démultipliaient et s'entremêlaient à l'infini, conférant à la pièce une étrange dimension. Encore une fois, un luxueux tapis tressé d'or rendait leur passage presque inaudible. S'agissait-il de rappeler aux visiteurs qui ils étaient, avant qu'ils ne se présentent face au roi ?

Evan la ramena à la réalité en la tirant par le poignet vers une porte massive située au bout du couloir, gardée par deux montagnes de muscles. Lyvia glissa un coup d'œil inquiet vers le jeune homme, qui s'adressa aux gardes avec assurance :

— Je souhaiterais rencontrer le roi pour lui faire part de la réussite de la mission qu'il m'a confiée.

Les deux géants se concertèrent du regard puis l'un d'entre eux toqua à la porte, abattant lourdement son poing massif sur le bois. Ils patientèrent quelques secondes puis bandèrent leurs muscles pour pousser les lourds battants.

À cet instant, un homme de forte carrure aux courts cheveux noirs sortit de la pièce et s'arrêta en face d'eux. Frappée par la ressemblance entre l'homme et Evan, Lyvia déduisit à son impitoyable regard d'acier qu'il s'agissait de son père, le général des armées héliosiennes. Elle observa son visage aux traits durs, associant à cet homme tous les souvenirs dont Evan lui avait fait part. L'éducation intransigeante qu'il avait donnée à son fils. Sa perpétuelle insatisfaction à l'égard d'Evan, qui craignait tant de le décevoir. Les attentes écrasantes qu'il faisait peser sur les épaules du jeune homme : il devait devenir le prochain général, et rien de moins ne serait acceptable.

L'homme vrilla Evan de son regard froid, sans la moindre trace d'affection, comme s'il se fût trouvé devant n'importe quel soldat. Et si Lyvia avait déjà éprouvé un certain ressentiment à l'égard du général, lorsqu'Evan avait évoqué son enfance, ce n'était rien en comparaison de ce qu'elle ressentait à présent : une profonde inimitié.

— Père, le salua respectueusement Evan en inclinant la tête.

— Tu as mis plus de temps que je ne le pensais, répliqua-t-il sèchement sans répondre à son salut.

— Nous avons été retardés par plusieurs incidents, répondit humblement Evan en insistant cependant sur le « nous », ce qui réchauffa le cœur de Lyvia.

Le général ne manqua pas l'accentuation de son fils et tourna un regard méprisant vers la jeune fille. Celle-ci s'efforça de rester droite et de garder un visage neutre, nonobstant l'aversion que l'homme lui inspirait. Le général la toisa un instant avant de revenir à Evan, jugeant probablement Lyvia indigne de son attention.

— Maître Trestan t'attend dans la salle d'armes. Retrouve-le dès que le roi t'aura congédié, tu as besoin d'entraînement. Les vacances sont finies.

Evan baissa la tête et le général s'esquiva à grands pas. Lyvia, scandalisée par l'injustice de ses paroles, lança au jeune homme un regard empli d'indignation. Après leur périple, Evan avait besoin de repos, et non de reprendre aussitôt les combats. Par ailleurs, qualifier de « vacances » leur exténuant voyage paraissait outrageant à Lyvia, qui savait combien Evan était dévoué à sa tâche, au point de ne pas dormir pendant des jours.

Mais Evan détourna les yeux, un éclair de tristesse dans le regard. D'une main, il fit signe à Lyvia d'entrer tandis que de l'autre il effleurait son coude pour lui donner du courage. Avec une profonde inspiration, la jeune fille pénétra dans le bureau richement décoré du roi, Evan à sa suite.

— Bonjour Evan. Et bien sûr, bonjour Lyviana.

La voix, froide, avait retenti à leur droite.

Lyvia sentit son cœur accélérer lorsque son regard tomba sur l'homme nonchalamment assis sur un canapé de velours. Une aura de puissance écrasante émanait de lui, preuve de sa royauté bien plus manifeste que ses riches atours. Evan s'inclina à côté d'elle, ce que la jeune fille s'empressa d'imiter. Elle craignait de commettre un impair par ignorance, Evan n'ayant pas pris le temps de lui enseigner l'étiquette.

— Relève-toi, Lyviana Faye, je suis honoré de te rencontrer.

Confuse, la jeune fille bredouilla en se redressant :

— Ho… honoré ?

Le roi la fixa de son regard perçant, une ombre de sourire au coin des lèvres. D'un geste désinvolte, il fit signe à Evan de se relever. Tout en lui indiquait son plaisir de dominer la situation. Il caressait le velours rouge sombre de l'accoudoir du bout des doigts, sans cesser d'observer les deux jeunes gens qui se tenaient debout face à lui – Lyvia emplie de malaise et Evan le dos si droit qu'il devait en être douloureux. Il gardait le silence, comme pour les défier de parler en premier. Lorsque, n'y tenant plus, Lyvia ouvrit la bouche pour le questionner, le roi la coupa d'une voix tranchante :

— Assieds-toi donc Lyviana. Evan, pourrais-tu nous laisser s'il te plaît, je dois discuter de choses confidentielles avec notre jeune amie.

Le jeune homme se courba respectueusement, le visage impassible. Lyvia, terrorisée à l'idée de se retrouver seule avec le roi, fut saisie par un terrible pressentiment. Evan ne devait pas l'abandonner maintenant, pas après l'avoir protégée avec tant de dévouement pendant les dernières semaines. Et si le plus grand danger était en fait ce souverain effrayant ? Lyvia sentit la peur briser une digue en elle. Evan se détournait et s'apprêtait à partir lorsque la voix de Lyvia retentit dans son esprit, aussi fort que si elle avait crié. Pourtant, ses lèvres n'avaient pas bougé, et ses mots demeurèrent parfaitement inaudibles pour le roi.

— *Ne m'abandonne pas !*

Evan se retourna lentement vers la jeune fille, les yeux écarquillés par la surprise. Et Lyvia ne doutait pas que son expression reflétât la même stupeur. Venait-elle vraiment de communiquer avec Evan par télépathie ?

Comment était-ce possible ? Le cœur battant à tout rompre, elle entendit à peine le roi se racler la gorge pour signifier son impatience. Evan, lui, se raidit brusquement et adressa un dernier regard désolé à Lyvia avant de quitter la pièce, la laissant définitivement seule.

Lyvia s'efforça de ralentir sa respiration et d'oublier ce qu'elle venait de faire. Il serait temps, plus tard, de s'interroger sur cet exploit, si elle sortait saine et sauve de cet entretien. Elle s'assit lentement face au roi, tentant de réprimer son appréhension. Elle gardait au fond d'elle l'espoir ténu, plus faible chaque jour, de découvrir la vérité au sujet de son père. Evan lui avait dit que le roi saurait répondre à toutes ses questions. En dépit de son mauvais pressentiment, cet espoir ne s'était pas encore évanoui, et il lui donnait la force de se tenir droite. Lorsque les lourdes portes se furent refermées derrière Evan, le roi réunit ses pensées et commença :

— D'après mes informations, tu as été tenue à l'écart de notre monde, et ton éducation a donc été très insuffisante. Je vais tâcher de pallier du mieux que possible ton ignorance.

Lyvia s'agita sur son siège, vexée par les mots de Syrian II. Certes, elle ignorait tout d'Héliosis jusqu'à quelques semaines auparavant, mais son éducation avait été tout à fait satisfaisante, n'en déplaise au roi. Et qui était censé lui parler d'Héliosis ? Mme Martinet ou sa grand-mère ? Cette pensée était si absurde que Lyvia en aurait ri, si elle avait été en présence de n'importe qui d'autre que ce roi effrayant. Puis une réponse tristement plus probable s'imposa naturellement à elle : sa mère. Sa mère qui lui avait remis un dessin au dos duquel il était écrit « Forêt d'Alidore ». Sa mère qui avait toujours été très secrète concernant Logan, le père de Lyvia. « Tu as été tenue à l'écart de notre monde » avait dit le roi. Était-ce par sa mère ?

Refusant de s'appesantir sur cette pensée, elle se tut et attendit que le roi poursuive.

— Tout d'abord, tu dois savoir que l'univers est constitué de trois mondes. Je commencerai par le plus abject, expliqua le roi avec une grimace écœurée, Ombrume. Ce monde est le chaos, le crépuscule. Les hommes, si on peut les appeler ainsi, y vivent en totale anarchie. Personne ne les dirige et l'absence de règles entraîne inévitablement la destruction et la mort. Ils prônent la liberté mais leur quotidien est fait de sang et de folie. La survie de leur espèce est compromise, cela ne fait aucun doute.

Le roi fit une pause de quelques secondes après sa tirade, comme pour défier Lyvia de le contredire quant à sa description d'Ombrume. Mais la jeune fille aurait été bien en peine d'émettre un avis sur ce monde dont elle ignorait l'existence quelques secondes auparavant. Héliosis ne suffisait-il donc pas ? Comment avait-elle pu passer seize ans en ignorant tout de ces deux mondes parallèles ? Satisfait par son silence, le roi reprit :

— Ensuite, ton monde, la Terre. Bien qu'ils manquent cruellement d'ordre à mon goût, les hommes y sont civilisés et leur société est acceptable. Bien sûr, ton monde est bien éloigné de la perfection d'Héliosis ! Des rois qui se sont succédés sur des générations ont œuvré pour le bien de notre monde, et à présent je me targue d'avoir contribué à notre merveilleuse société. Les hommes y sont parfaitement heureux et ont un respect formidable de la nature, ce qui fait défaut à ton peuple. Les soldats font régner l'ordre et font de notre monde une utopie. La lumière est reine et illumine chaque habitant d'Héliosis.

Le souverain avait achevé sa tirade avec un sourire béat, le regard rêveur. Lyvia, ahurie, essayait de faire le rapprochement entre les habitants « parfaitement heureux » et les visages sombres des clients de l'auberge, ce jour où un homme avait été brutalement emmené par des soldats. Syrian se méprit sur la raison de son égarement et enchaîna :

— Bien sûr, tu dois te demander ce que tu as à voir avec tout cela. Tu as déjà entendu parler des Voyageurs, n'est-ce pas ? Ils sont considérés comme les garants suprêmes de la sécurité du royaume, mais ils sont bien plus que cela. Comme toi, ils possèdent le pouvoir de Voyager entre les mondes, et surveillent les passages entre les trois mondes. Ils ont évité à de multiples reprises à Héliosis d'être détruit, et je leur suis infiniment reconnaissant pour cela. Ils me font régulièrement des rapports sur les autres mondes, afin de jauger le danger qu'ils représentent. Sans eux, je me sentirais désarmé face aux attaques potentielles d'Ombrume et de la Terre. Et pour en revenir à toi, puisque tu es capable de Voyager entre les mondes, tu seras amenée à rejoindre leurs rangs. Mais s'il n'y avait que cela, tu ne serais pas en face de moi aujourd'hui. Je n'interfère normalement pas dans l'accueil des nouvelles recrues. Il se trouve qu'il existe une prophétie à ton sujet, du moins tout porte à croire qu'elle te concerne. Malgré mon insistance, le porte-parole des Voyageurs a catégoriquement refusé de me la révéler. Il a simplement laissé entendre que tu es bien plus puissante et plus dangereuse que mon armée. Je t'avoue que j'en doute mais je ne peux ignorer cette histoire. Je t'ai donc envoyé le fils du général des armées héliosiennes pour te conduire jusqu'à Soïka.

Lyvia recula dans son fauteuil, un millier d'interrogations fourmillant sous son crâne. Il était encore une fois question de cette prophétie, qu'Evan avait évoquée. Elle qui ne ferait pas de mal à une mouche, plus puissante et dangereuse qu'une armée ? Surtout, les mots du roi n'avaient fait qu'augmenter son malaise. Il n'avait visiblement aucune intention de l'aider. S'il avait demandé à Evan de l'accompagner à Soïka, ce n'était en aucun cas pour répondre à ses questions mais simplement pour évaluer la menace qu'elle représentait. Et s'il estimait finalement qu'elle était dangereuse, que lui ferait-il ? Le mauvais pressentiment qui ne la quittait pas depuis qu'elle avait posé son regard sur le roi se mua en une terreur sourde. Elle devait absolument lui faire comprendre qu'elle n'était qu'une jeune fille ordinaire et inoffensive, indigne de son intérêt.

— Je suis certaine qu'il s'agit d'une erreur. La prophétie ne peut pas parler de m...

— Ça, c'est à nous d'en juger, la coupa Syrian avec un sourire aussi tranchant qu'une lame. Tu rencontreras demain les trois Voyageurs qui vivent au château, Dorian, Solen et Aélia. Ils sauront déterminer si tu possèdes ou non les pouvoirs que l'on te prête.

Effrayée, le cœur battant follement dans sa poitrine, Lyvia se contenta de hocher la tête. Le roi reprit alors la parole d'un ton qui ne souffrait pas la moindre réplique :

— Bien, un soldat va te conduire à tes appartements. Tu es libre d'aller et venir où bon te semble jusqu'à ce soir, mais ne quitte pas l'enceinte du château. Tes repas te seront montés dans ta chambre. À demain, jeune fille.

Troublée par la soudaineté avec laquelle Syrian II l'avait congédiée, Lyvia resta assise un instant, peinant à retrouver ses esprits. Elle n'avait pas eu le temps d'interroger le roi au sujet de ses parents, et elle craignait de subir son courroux si elle prenait la parole. Elle tergiversa encore un moment, les lèvres entrouvertes, prête à poser la question qui lui brûlait le cœur. La bouche du roi se pinça en une mince ligne et il pencha la tête sur le côté, braquant sur la jeune fille son regard dérangeant. Avec un frisson de peur, elle comprit alors ce qui la mettait mal à l'aise : au fond des prunelles bleu pervenche du souverain, un cercle rouge luisait d'un éclat sinistre.

Apeurée, Lyvia se releva aussitôt et se fendit d'une révérence avant de quitter la salle, escortée par un soldat en armure aussi muet qu'un tombeau.

CHAPITRE 8

« On n'entend que des cris, on ne voit que des larmes. »
Don Diègue, Acte III, Scène 6.

Assise au bord du lit immense au sein de ses luxueux appartements, Lyvia s'efforçait de contenir la panique qui l'avait submergée. Le roi essayait-il de la convaincre qu'elle n'était pas prisonnière, en l'installant dans des appartements si somptueux ? Elle ne se laisserait pas acheter si facilement. Quelque chose l'avait profondément troublée chez cet homme. Il ne semblait pas *sain*. Si elle avait toujours redouté cette rencontre avec le roi, à cause du discours élogieux d'Evan qui sonnait faux, ce n'était rien en comparaison de ce qu'elle éprouvait maintenant. Elle était prise au piège, et ce roi ne voulait aucunement son bien. Il fallait qu'elle en parle à Evan. Si elle lui confiait son ressenti, peut-être finirait-il par se rendre à l'évidence : Syrian II n'était pas aussi formidable qu'il l'affirmait.

Bondissant sur ses pieds, elle quitta ses appartements et partit à la recherche de la salle d'armes. Le général avait ordonné à Evan de reprendre son entraînement, c'est donc là qu'elle le trouverait. Déambulant à travers les couloirs en s'efforçant de rester discrète, la jeune fille découvrit des salons remplis de bruyants courtisans, des chambres inoccupées, des cuisines où flottaient des volutes d'odeurs alléchantes… Perdue, elle finit par se résoudre à demander à un soldat où se situait la salle d'armes. Sur les indications de l'homme, elle parvint bientôt devant l'entrée surmontée de deux épées croisées, le cliquetis des armes entrechoquées lui ayant annoncé la proximité de la salle avant même qu'elle ne l'aperçoive.

La porte étant entrouverte, elle se glissa dans l'embrasure sans oser entrer, balayant du regard la vaste pièce. Sur un côté du mur s'étalait une impressionnante collection d'armes en tout genre et de pièces d'armures rutilantes, tandis que le reste de la salle résonnait du fracas des combats. De nombreux guerriers s'affrontaient, et Lyvia mit quelque temps avant de repérer Evan et son maître d'armes.

Si le jeune homme avait déjà évoqué son habileté à l'épée, Lyvia ne l'avait jamais vu combattre et ce qu'elle avait imaginé n'égalait pas le dixième de la dextérité d'Evan. Le jeune homme combattait avec une adresse impressionnante, son épée fendant l'air devant lui telle une extension de son bras. Il semblait évoluer au sein d'un équilibre parfait, mêlant force et souplesse, fougue et fluidité, vitesse et maîtrise, sans que cette harmonie ne se brise jamais. Fascinée, Lyvia ne pouvait détacher son regard du jeune homme, et à le voir glisser, se fendre et bondir, il lui vint l'idée étrange qu'il était un artiste.

En transformant le monde qui l'entourait par l'éclat de ses gestes, Evan dessinait les contours d'une réalité abstraite et évoquait la beauté de l'absolu. Chaque mouvement de son épée était comme un sublime coup de crayon et chacun de ses déplacements jetait les couleurs de ce prodigieux tableau.

Subjuguée, Lyvia contemplait ce ballet harmonieux lorsqu'une main se posa durement sur son épaule, lui arrachant un sursaut. Elle se retourna vivement pour se retrouver face au père d'Evan, son regard d'acier plus froid que la glace. Un rictus terrifiant sur le visage, le général se pencha vers elle et siffla d'un ton menaçant :

— Ne t'approche pas de mon fils. Il a fait son devoir en te menant ici, mais il n'est pas ton ami. Je ne le redirai pas.

Et aussi vite qu'il était apparu, le général s'éloigna à grands pas, la laissant de nouveau seule à l'entrée de la salle d'armes.

Dans ces paroles, Lyvia devina tout ce qu'Evan avait tu. Le général avait mis des années à façonner son fils selon son désir, à perfectionner son éducation afin d'en faire le prochain général des armées héliosiennes, et il ne reculerait devant rien pour éradiquer ce qui menaçait de perturber son projet. Le « nous » qu'Evan avait employé un peu plus tôt, sans importance pour un observateur extérieur, avait alerté le général comme la marque de l'affirmation du caractère d'Evan, et surtout comme une possible volonté d'émancipation. Et il n'avait pas échappé au père d'Evan que Lyvia était la cause de ce changement chez le jeune homme. Aussi, la jeune fille était pour lui le grain de sable qui risquait de détruire ce à quoi il se consacrait depuis la naissance de son fils, et Lyvia se doutait que sa vie avait peu d'importance lorsque le futur poste d'Evan était en jeu.

Glacée, la jeune fille comprit qu'elle était définitivement seule. Que lui restait-il à présent, si le général lui interdisait de voir Evan ? Comment survivre dans ce monde hostile en l'absence de son unique repère ? Qui la protègerait du roi et des Voyageurs, de tous ceux qui lui voulaient du mal ? Finalement, plus rien ne la retenait ici… Ce monde n'était pas le sien. Elle devait rentrer chez elle, au plus vite. Evan avait accompli son devoir, il ne serait pas tenu pour responsable de sa disparition. Jusqu'ici, la peur de mettre Evan en danger l'avait empêchée de se dérober, mais le général ayant décidé que sa vie et celle d'Evan devaient se séparer, elle pouvait partir en paix. Son seul regret serait de ne pas avoir libéré le jeune homme des chaînes qui l'entravaient…

Dans un sursaut de volonté, Lyvia s'exhorta au calme. Devait-elle essayer de rentrer sur Terre par le biais d'un miroir ? Elle avait échoué la seule fois où elle avait essayé, dans l'auberge où ils avaient dormi avec Evan, dans le petit village de Renata. Mais peut-être qu'alors, sa détermination n'était pas assez forte. Elle n'avait pas encore mesuré combien ce monde était dangereux, elle espérait encore obtenir des réponses quant à l'identité de son père. Elle avait maintenant abandonné toutes ces illusions. Elle en serait capable à présent, elle devait le croire.

Armée de cette conviction, Lyvia s'efforça de retrouver le chemin de ses appartements. Elle se perdit plusieurs fois avant d'y parvenir. Alors qu'elle s'apprêtait à emprunter le couloir qui donnait sur sa chambre, elle s'immobilisa brusquement, le cœur battant à tout rompre. Syrian II se tenait devant sa porte, encadré par deux soldats lourdement armés. Que lui voulait-il ? Elle n'était censée le revoir que le lendemain, pas si vite après leur entretien. Terrifiée, Lyvia ne prit plus le temps de réfléchir. Elle voulait quitter cet endroit de malheur.

La jeune fille s'enfuit en courant, avec une seule idée : trouver la sortie du château. Au bout de quelques minutes, elle finit par reconnaître le chemin qu'Evan et elle avaient emprunté pour rejoindre le bureau du roi. Elle descendit l'immense escalier de marbre, traversa la salle décorée d'une multitude de statues puis parvint devant les larges portes, qui étaient restées ouvertes. Le roi lui avait demandé de ne pas quitter l'enceinte du château, mais les gardes ne connaissaient probablement pas son visage et sa disparition passerait inaperçue, du moins pour un temps. Elle ralentit le pas puis passa devant les huit gardes à l'entrée, s'efforçant d'adopter une attitude naturelle.

Durant quelques secondes infiniment brèves qui lui parurent durer une éternité, les gardes ne réagirent pas, et elle sentit le parfum de la liberté flotter devant elle. Puis le temps se suspendit, arrêté par les paroles d'un des soldats :

— Vous n'êtes pas autorisée à quitter le château mademoiselle.

Envahie par une vague de chaleur, le cœur battant follement sous l'effet de la peur, Lyvia se décida en une fraction de seconde. Elle bondit en avant, surprenant les gardes qui n'avaient pas bougé, persuadés qu'elle ferait demi-tour. Elle courut à perdre haleine en direction de la grand-place, les gardes ralentis par le poids de leur armure quelques pas en retrait. Au milieu de l'excitation et de la panique, des souvenirs se mêlaient confusément au désordre de l'esprit de Lyvia. Elle se remémorait ses innombrables courses à travers la forêt de son enfance, sa chienne bondissant joyeusement à ses côtés, lorsqu'elle s'élançait pour le plaisir et non pour la liberté.

Malheureusement, malgré leur lourde armure, les soldats restaient des militaires surentraînés. Ils finirent par la rattraper, et submergée par le nombre, Lyvia s'effondra au sol, le souffle coupé. Pourtant, elle refusa de s'avouer vaincue, et du plus profond de son âme, la révolte et la crainte armèrent sa volonté qui se dressa, invincible. Telle une flèche, celle-ci transperça la limite de son esprit entre la peur et l'espoir, entre le possible et l'impossible, entre la raison et l'inexplicable. Un flot salvateur se répandit en elle, porteur de mille promesses.

Soudain, les soldats s'immobilisèrent. Ils se redressèrent lentement, le regard vide, le visage inhabité. Comme s'ils avaient oublié pourquoi ils tentaient de maîtriser la jeune fille. Comme s'ils ne la voyaient plus. Terrifiée par leur expression affreusement vacante, incapable de comprendre ce qu'il venait de se passer, Lyvia se releva et s'élança à nouveau.

Evan avait repris son entraînement au maniement des armes. Il combattait avec hargne son adversaire, mettant toute son âme dans la bataille pour noyer le brouillard de ses pensées dans la sueur. Surpris par sa fougue inhabituelle, Maître Trestan observait attentivement son élève à travers la vivacité de leurs échanges. Les sourcils du jeune homme étaient froncés, sa mâchoire crispée et une veine saillait dans son cou. Malgré la rage qu'il insufflait à son épée et la force avec laquelle il l'abattait, l'image de Lyvia revenait sans cesse dans son esprit. Il regrettait terriblement de l'avoir livrée à Syrian II. Oui, il osait se l'avouer à présent, le roi n'était plus aussi bon qu'avant. Quelque chose en lui avait changé, quelque chose de profondément mauvais. Et sa conscience n'avait cessé de le lui crier, alors même qu'il suivait aveuglément sa mission.

Il serra les dents avec force, tentant de se débarrasser dans chacune de ses attaques du remords qui le rongeait. Mais même la brûlure de ses muscles rudement mis à l'épreuve ne pouvait effacer les yeux bleu nuit de Lyvia de son esprit. Il avait délibérément laissé la jeune fille seule avec le souverain, malgré la gentillesse et la compassion dont elle avait fait preuve à son égard. Lyvia avait su le déchiffrer. À sa façon, elle avait même voulu l'aider. Et qu'importe si son cœur était mort, qu'importe si personne ne pouvait l'aider. Elle avait essayé. Elle avait vu en lui un ami, quand la plupart des gens fuyaient devant sa froideur. Son ami. Pouvait-il prétendre l'être après l'avoir abandonnée ainsi ? Seule la crispation de ses mâchoires contint les larmes de rage et de honte qu'il sentait poindre.

— *EVAN !*

Le cri avait retenti dans son esprit avec la violence d'une déchirure.

Plus qu'un cri, c'était une déferlante d'émotions brutes.

Terreur. Rage. Désespoir.

Plus que des émotions, c'était une âme au supplice.

Lyvia.

L'épée d'Evan retomba en tintant sur le sol. Mais le jeune homme ne l'entendit pas ; il était déjà loin. Maître Trestan scruta le couloir qu'Evan avait parcouru à une vitesse ahurissante, comme si sa vie en dépendait. Il ne comprit pas.

Lyvia ne s'était arrêtée de courir qu'une fois certaine d'avoir mis une distance suffisante entre elle et le château. Les poumons brûlants et la gorge en feu, elle s'était adossée au mur et n'avait examiné l'endroit où elle se trouvait qu'après avoir retrouvé son souffle. Ses pas l'avaient menée dans une ruelle sombre, encadrée par d'obscures maisons aux façades érodées par le temps. Respirant toujours lourdement, elle se remit en marche avec prudence. Loin de la richesse lumineuse du centre de la ville, le quartier dans lequel elle se trouvait exhalait l'indigence et l'insécurité. Les rues étaient désertes, bien que des bruits de verres entrechoqués ou d'éclats de voix s'échappassent des maisons.

Maudissant le son bruyant de sa respiration, Lyvia tentait de retrouver la discrétion confinant à la transparence dont elle avait toujours su faire preuve. Un petit animal à la maigreur effrayante détala à son approche, prouvant que sa présence n'était pas désirée. Au même instant, un volet grinça sinistrement, exacerbant son angoisse. Apercevant au bout de la rue un individu vêtu d'une longue robe à capuchon noire, la jeune fille s'empressa de tourner dans une ruelle adjacente. Trop occupée à jeter des regards inquiets dans son dos, Lyvia en oublia de regarder devant elle.

Un reniflement appuyé la fit tressaillir. Adossé contre le mur, un homme aux longs cheveux sales fumait la pipe. Ses yeux perçants détaillaient la jeune fille avec une insistance inquiétante. Le cœur battant de façon effrénée, Lyvia baissa la tête et tenta de le contourner en dépit de l'étroitesse de la ruelle. Réprimant un soupir de soulagement, elle accéléra le pas après l'avoir dépassé. Elle aperçut au loin davantage de lumière, alors que résonnait le son rassurant d'une cloche à l'entrée d'une échoppe. La rue perpendiculaire à celle où elle se trouvait semblait plus fréquentée, et moins dévastée par la misère. Concentrée sur le bout de la ruelle, elle perçut trop tard la présence de quatre hommes jusqu'alors dissimulés dans une petite cour délabrée. Nonchalamment, ils se glissèrent devant elle afin de lui bloquer le passage, chacun occupant une position en apparence laissée au hasard et pourtant savamment étudiée. Terrifiée par leur air patibulaire, Lyvia ignora la fatigue qui pesait sur elle et fit aussitôt volte-face.

L'homme qui l'avait laissée passer sans mot dire quelques secondes auparavant lui barrait la retraite, tenant fermement un long bâton dont l'ombre démesurée se balançait lugubrement. La jeune fille s'immobilisa brutalement, tout son corps tremblant sous la tension accumulée. Incapable de prendre une décision, elle resta pétrifiée jusqu'à ce qu'une main posée sur son épaule clarifie brusquement sa conscience. Dans un sursaut, elle se retourna vivement et articula avec difficulté :

— Que me voulez-vous ?

Le plus jeune membre de la bande, grattant la cicatrice qui lui barrait la joue, répondit durement :

— Tu crois que ce passage t'appartient ? Il faut payer si tu veux passer de l'autre côté. Dix kornels.

— Je n'ai pas d'argent, souffla-t-elle. Laissez-moi faire demi-tour s'il vous plaît.

Des éclats de rire impitoyables répondirent à sa supplique. Un des hommes en face de Lyvia but goulûment à la flasque pendue autour de son cou, avant de lâcher quelques mots imbibés d'alcool :

— Pas d'argent ? C'est dommage, ça. Qu'est-ce qu'on va bien pouvoir faire de toi ?

Glacée par la peur, Lyvia réprima durement les larmes qui commençaient à enserrer sa gorge. Elle ne leur donnerait pas une autre occasion de se moquer d'elle. Non, elle devait se montrer forte. La voix douce-reuse de l'homme situé derrière elle retentit alors, mordant son dos d'un frisson gelé.

— Et si tu nous payais en nature, jolie colombe ?

Elle entendit ses pas se rapprocher, ponctués par le tapotement du bâton contre sa jambe. Lorsqu'elle sentit le souffle nauséeux de l'homme sur son épaule, elle fut incapable de réprimer un mouvement en avant, qui la rapprocha des quatre autres scélérats. Le plus jeune saisit sèchement son menton pour élever son visage vers la lumière, enfonçant presque ses ongles noirs dans la peau. Il plissa les yeux afin de l'examiner attentivement.

— Hum, ce n'est pas une mauvaise idée Elster. Je la garderais bien pour moi.

Le cœur de Lyvia se mit à battre si fort que les sons autour d'elle se trouvèrent assourdis par la pulsation de son sang. En dépit de la panique qui obscurcissait ses sens, elle tenta de rester attentive pour ne pas négliger une possibilité de fuite. L'un des hommes jusqu'alors si-lencieux tenta de s'approcher, mais le jeune malfaiteur lui lança un avertissement. Seuls ce dernier et le dé-nommé Elster restèrent autour d'elle, alors que les autres s'éloignaient de quelques pas. Ils se positionnèrent soi-gneusement, à la fois pour l'empêcher de fuir et pour surveiller les alentours. La hiérarchie régnant au sein de la bande ne faisait aucun doute, même si la relation entre les deux plus influents demeurait ambiguë aux yeux de Lyvia.

Ses dernières réflexions rationnelles furent balayées dans un sursaut de douleur. L'homme derrière elle – Els-ter – avait violemment enserré ses poignets pour l'empêcher de bouger, tandis que le plus jeune se rap-prochait, le regard profondément malsain. Envahie par la terreur, Lyvia s'efforça de calmer le tambourinement effréné de son cœur. Elle devait agir, et vite. Elle repensa aux soldats aux portes du château, à la manière dont ils s'étaient soudainement immobilisés, le regard vide. Elle se souvint du flot rassurant, chaleureux, qui avait envahi ses veines à cet instant. Ce flot qui lui chuchotait que tout était possible, qu'elle était capable de soulever des montagnes.

Alors Lyvia tenta de retrouver cette chaleur réconfortante, cette puissance chargée de promesses. Elle fouilla son esprit, encore et encore, à la recherche de cette vague salvatrice. Mais chaque fois qu'elle croyait s'en saisir, elle glissait hors de sa portée. Elle s'apprêtait à renoncer quand elle pensa soudainement à Evan. À sa force et à son courage, à la manière dont il vaincrait sans difficulté ces brigands. Alors elle s'accrocha à ce dernier espoir, de toute son âme. Et si elle n'avait pas rêvé cet instant dans le bureau de Syrian II, quand sa voix avait résonné dans l'esprit d'Evan sans qu'un son ne s'échappe de sa bouche ? Et si elle était vraiment capable de faire de la télépathie ? C'était le moment d'en avoir le cœur net. Rassemblant toute la fierté, l'obstination et la force morale que la panique n'était pas parvenue à étouffer, elle tenta d'entrer en contact avec Evan. L'espace d'une seconde, Lyvia perçut une myriade d'impressions qui n'étaient pas les siennes, dans un tourbillon d'images insaisissables. Alors elle hurla le nom d'Evan dans son esprit, plus fort que si elle avait crié à pleins poumons.

La sensation de brûlure causée par sa tunique impitoyablement arrachée la ramena brutalement à son propre corps. Désorientée par la surabondance de signaux sensoriels, elle peina d'abord à fixer son regard. Elle avait été trop lente. Le plus jeune de la bande avait eu le temps de s'approcher d'elle pendant qu'elle essayait de contacter Evan, et il avait profité de sa distraction pour déchirer son vêtement.

Percevant à peine la froideur de l'air sur sa peau, Lyvia se redressa avec un grondement sauvage, qui tenait plus de l'animal que de l'homme. Une rage comme elle n'en avait jamais ressentie ébouillantait son sang, irradiait de chaque parcelle de son être. Ils étaient peut-être parvenus à lui arracher sa tunique, mais elle lutterait de toute son âme avant qu'ils ne posent leurs mains immondes sur son corps. Investie d'une énergie nouvelle, elle se mit à ruer violemment, frappant et mordant tout ce qui s'approchait d'elle. Transformée en un véritable brasier de violence et de terreur mêlées, la jeune fille livra ses ultimes forces à son pur instinct.

Un violent coup de bâton s'abattit finalement sur son épaule. Son regard se troubla, tandis que son sentiment d'invincibilité s'émiettait dans l'obscurité de sa faiblesse. Elle tomba à genoux, le visage ruisselant de larmes. Alors que son esprit sombrait dans une nuit apaisante, un rugissement furieux retentit, déchirant le voile de son hébétude.

Evan l'avait trouvée.

CHAPITRE 9

« Plus l'offenseur est cher, et plus grande est l'offense. »
Don Diègue, Acte I, Scène 5.

La pluie tombait sans discontinuer sur la plaine d'Enolanthe, fine et presque silencieuse. Les gouttes d'eau glissaient faiblement le long des feuilles éparses qui paraient encore les arbres d'un soupçon de vie, puis elles heurtaient mollement l'herbe tendre. Lentement, à contrecœur, des flaques s'esquissaient, et la boue étendait son empire sur la plaine. Le cri d'un animal retentissait parfois, rapidement étouffé par l'atmosphère moite et ouatée.

Lyvia regardait sans le voir ce spectacle, assise à l'entrée de la cabane en bois construite dans les branches d'un robuste chêne. Nullement sujette au vertige, elle laissait son regard errer parmi les flaques indolentes plusieurs mètres en contrebas. L'odeur douceâtre de l'humidité, en accord avec son humeur, envahissait son esprit apathique. Elle observait sans comprendre, les bras serrés autour de ses genoux repliés. Plus réel que la pluie qui gouttait le long du toit, son cœur battait lentement mais avec force, triste machine opiniâtre. Elle attendait. Comme un sablier paresseux, la pluie s'écoulait mollement, transformant les minutes en une morne éternité.

Mais qu'attendait-elle ? Elle avait oublié. La fin de la pluie, ou peut-être la fin de la douleur. Elle espérait que l'eau noierait les souvenirs brûlants qui menaçaient son équilibre. Ils se faisaient plus fades avec le temps, comme extraits des pages d'un livre. Un baume nouveau apaisait chaque jour son âme.

Lyvia plissa les yeux en entendant un son rompre l'harmonie feutrée de la plaine. Des pas montaient avec hâte le long de l'échelle menant à la cabane, inconscients du risque représenté par les barreaux glissants. Des mains agrippèrent le rebord, puis un visage dégoulinant de pluie apparut sous une capuche sombre.

C'était lui qu'elle attendait, lui qui avait su appliquer le baume sur son cœur.

— Bonjour princesse, quelle conclusion as-tu tirée de l'observation de ton royaume ?

Evan abaissa sa capuche avant d'ébouriffer les boucles humides qui retombaient sur son front. Il s'empara d'un linge propre afin de chasser les gouttes de pluie emperlées dans la barbe clairsemée qui recouvrait ses joues. Après avoir frotté vigoureusement son visage, il releva la tête pour écouter la réponse laconique de la jeune fille :

— Il pleut.

— Oui, il me semblait aussi avoir remarqué cela, confirma Evan, une ombre de sourire au coin des lèvres.

Le jeune homme suspendit son manteau gorgé de pluie dans un coin de la pièce, avant d'ouvrir le sac rempli des victuailles achetées dans un village proche de la capitale. Il sortit les aliments un à un pour les montrer à Lyvia, tout en reprenant la parole d'un ton énergique :

— Avec tout cela, nous pouvons tenir un certain

temps. Je sais que tu avais besoin de repos, mais je crois que tu vas mieux à présent. Que dirais-tu de repartir sur les routes ? Nous ne pouvons pas rester ici indéfiniment, mon père finira par nous trouver. Nous pourrions partir vers le Sud à la recherche des Voyageurs, qui te veulent certainement plus de bien que le roi. Ou, si tu préfères, nous pouvons nous enfuir tous les deux, et pourquoi pas découvrir des contrées insoupçonnées d'Héliosis. Qu'en dis-tu ?

La tête baissée vers ses genoux, Lyvia n'osait pas rencontrer le regard brillant d'espoir d'Evan. Il se montrait de plus en plus ouvert ces derniers jours, de plus en plus optimiste. Comme si, loin de son père, loin des chaînes qui l'emprisonnaient au quotidien, il s'autorisait enfin à devenir lui-même. Et, quelque part, Lyvia avait l'impression qu'il le faisait pour elle. Pour lui prendre sa douleur, pour lui faire oublier ce qu'elle avait vécu. Pour lui rappeler qu'elle pouvait être heureuse. Et sachant tout cela, elle aurait voulu ne pas le décevoir.

D'une voix à peine plus forte qu'un murmure, elle souffla :

— Je veux rentrer chez moi.

Un silence lourd et inconfortable tomba sur la cabane. Même la pluie se fit plus silencieuse encore, effleurant le sol avec la douceur d'un secret chuchoté. Un craquement brisa finalement cette immobilité, causé par un mouvement d'Evan. Le jeune homme s'agitait avec embarras, incapable d'exprimer sa déception.

— Mais… je croyais que…

Lyvia secoua la tête sans attendre la fin de sa phrase, préférant observer à nouveau la plaine que de regarder Evan.

— Il n'y a rien de bon pour moi ici. Ce n'est pas mon

monde.

— Oh…

Evan se laissa glisser le long du mur de la cabane, fixant douloureusement le profil de la jeune fille, à défaut de croiser son regard. Il ne comprenait pas, ou plutôt il aurait voulu ne pas comprendre. Il avait craint à chaque seconde d'entendre ces paroles depuis le terrible incident survenu quelques jours plus tôt. Mais l'attente n'avait fait qu'empirer le choc occasionné par la résolution de Lyvia. À force de l'envisager, il n'avait fait que le redouter davantage. Il reprit la parole avec hésitation, cherchant à la convaincre de rester en Héliosis :

— Tu pourrais…

— Viens avec moi.

Lyvia s'était enfin tournée vers lui, le regard décidé. Malgré l'apparente résolution qui émanait d'elle, son injonction sonnait davantage comme une supplique. La présence d'Evan lui était indispensable. Bien sûr, elle ne voulait pas voir le jeune homme retourner sous l'emprise de son père, pas après l'avoir vu plaisanter et rire avec insouciance à plusieurs reprises ces derniers jours. Mais surtout, elle craignait de se sentir comme une étrangère dans son propre monde si elle n'y trouvait personne pour la comprendre. Evan savait ce qu'elle avait vécu, et il l'avait soutenue de toute la force de son âme. Même s'il tentait de le cacher, lui aussi gardait au fond de son cœur une blessure encore ouverte. Ils pourraient tous les deux se reconstruire sur Terre. C'était un souhait profondément égoïste – de quel droit l'arracherait-elle à son monde ? – mais elle ne pouvait pas s'en empêcher.

Lyvia eut le temps d'apercevoir une lueur d'espoir dans le regard du jeune homme avant qu'il ne retrouve sa dureté. Il secoua la tête et répondit simplement, avec fermeté :

— Je suis désolé, je ne peux pas.

La jeune fille scruta son visage quelques secondes, dans l'espoir de le voir changer d'avis. Un vide glacial s'était emparé de son cœur, mais elle pinça les lèvres pour les empêcher de trembler. Elle ne voulait pas qu'il se sente coupable. S'il pensait pouvoir reprendre son ancienne vie, elle ne tenterait pas de l'en empêcher.

Elle se releva sans un mot, la gorge serrée. La pluie tombait toujours, versant pour elle les larmes qu'elle réprimait durement. Elle leva lentement la main, offrant sa paume à la douceur indifférente de la bruine. Si la nature pouvait se montrer si sereine, alors elle aussi devait en être capable. Elle fit un pas en avant, déterminée.

— Lyvia, attends ! Où vas-tu ? l'arrêta Evan en bondissant sur ses pieds.

— Chez moi.

— Et comment comptes-tu rentrer ? Il te faudrait parcourir des kilomètres avant de trouver une habitation.

La jeune fille haussa les épaules, nullement effrayée par la marche.

— La route de Braanan n'est pas très loin d'ici, il me suffira de la suivre pour trouver un village. Et là, dénicher un miroir ne devrait pas être trop compliqué.

— Il pleut, tu ne peux pas partir maintenant ! insista Evan, presque implorant. Laisse-moi t'accompagner, je veillerai à ta sécurité jusqu'à ce que tu retournes dans ton monde. Nous partirons demain, quand le ciel se sera apaisé.

L'hésitation de Lyvia fut très brève. Malgré sa détermination, elle devait avouer que marcher seule sous la pluie ne lui faisait guère envie. Et voyager encore quelques jours avec le jeune homme lui semblait le plus doux des adieux.

Silencieuse, elle se détourna de l'entrée.

Ils atteignirent le plus proche village le lendemain, en milieu d'après-midi. C'était une petite bourgade du nom d'Erida, qui avait fleuri sur les berges de l'immense lac Taal. Au départ simple village de pêcheurs, Erida avait prospéré grâce au fameux loras arc-en-ciel, poisson à la chair prisée qui ne vivait que dans ce lac. Unique source de la richesse du village, le loras se retrouvait sous forme de figurine dans les boutiques de souvenirs, mais surtout en tête de carte dans la plupart des auberges, comme Le loras bigarré, établissement distingué aux prix exorbitants. Désirant se faire discrets, Evan et Lyvia optèrent pour l'humble auberge de Siobhane, où ils réservèrent une chambre. À peine Evan eut-il reçu la clé que la jeune fille l'entraîna à l'écart pour l'interroger d'un ton pressant :

— Es-tu certain que nous trouverons un miroir dans cette chambre ?

— Oui, je suis déjà venu ici.

— À quelle occasion ? s'étonna Lyvia.

Un sourire amusé s'épanouit sur les lèvres du jeune homme, qui frotta machinalement une cicatrice sur son poignet gauche.

— C'était l'an dernier. En menant mes troupes au combat contre les pirates, j'étais passé tout près de ce village, mais nous ne pouvions pas nous y arrêter. J'ai promis à mon second, Merwan, que nous irions goûter le loras arc-en-ciel si nous nous en sortions vivants. Ce que nous avons fini par faire.

— Qu'est-il devenu ?

— Merwan ? Il fait partie de l'expédition partie le mois dernier sur la mer d'Oden, au nord d'Héliosis. Nous aurons bientôt des nouvelles.

Avant que Lyvia ne puisse répondre, Evan reprit la parole, davantage préoccupé par le dessein de la jeune fille.

— Écoute princesse, je sais que tu aimerais probablement essayer de rentrer au plus vite, mais accepterais-tu de partager un dernier repas avec moi ? Nous n'avons quasiment rien mangé aujourd'hui.

Lyvia observa ses traits soucieux, tendus par l'appréhension. Elle redoutait tout autant que lui leur sé-paration, mais elle dissimula son inquiétude derrière un sourire et une plaisanterie :

— Je crois que je regretterais toute ma vie d'avoir quitté Héliosis sans connaître le goût du loras arc-en-ciel.

D'un geste naturel qui troubla Lyvia, Evan saisit sa main et l'entraîna vers une petite table ronde. Une jeune serveuse, y voyant l'occasion de se débarrasser des clients ivres et insistants qui l'accaparaient, s'empressa de les rejoindre pour leur réciter la carte. Ils commandè-rent tous deux des filets de loras sur fondue de poireaux nains, un mets recommandé par la serveuse.

Une fois cette dernière partie, Lyvia se perdit dans la contemplation du lac Taal qui s'étendait à leur droite, sa surface scintillante reflétant parfaitement le paysage. Avec une mélancolie qui n'échappa pas au jeune homme, elle remarqua :

— Il est très joli ce lac, il n'est pas étonnant qu'il fasse la fierté du village.

Quelques secondes s'écoulèrent avant que la voix

d'Evan ne s'élève, empreinte de tristesse :

— Héliosis aurait encore tellement à te faire découvrir. Si seulement tu lui laissais une chance…

Lyvia baissa le regard vers le bois strié de la table. Elle aurait voulu que ce repas reste joyeux et insouciant afin de partir sans regrets. Elle ne voulait pas emporter avec elle le souvenir des suppliques d'Evan et de sa déception. Pourtant, même si elle ne l'avouerait jamais, une part d'elle-même désirait que le jeune homme cherche à la retenir.

— La Terre aussi recèle bien des merveilles. Je ne resterai pas pour des paysages.

— Ni même pour moi ?

La jeune fille releva aussitôt les yeux, surprise par la douleur qui émanait de la voix d'Evan. Il semblait agité, comme hésitant à faire un aveu qui lui brûlait les lèvres. Lyvia commençait à regretter d'avoir accepté ce repas, qu'Evan semblait vouloir consacrer à tenter de la convaincre. L'arrivée de la serveuse avec leurs deux assiettes offrit une distraction à Lyvia, qui s'empressa de goûter le fameux poisson afin d'échanger ses impressions avec Evan.

Même s'il n'était pas dupe du manège de Lyvia, le jeune homme consentit à laisser la conversation prendre un tour plus léger. Il lui parla des nombreux vaisseaux qui avaient entrepris l'exploration de l'étendue marine, en vain. La plupart d'entre eux étaient rentrés bredouille, sans parler de ceux qui n'étaient jamais revenus. Les seules terres connues en dehors d'Héliosis étaient les archipels habités autant par des créatures féroces que par des pirates et brigands. Maints rois avaient rêvé de conquérir une terre lointaine, plus vaste qu'Héliosis. Plusieurs régions inhospitalières dévoraient une large partie du territoire : les montagnes enneigées d'Algaar au Nord, le désert rocailleux de Mortot au Nord-Est et les montagnes rouges de Sangral à l'Est. Mais ce rêve avait toujours été déçu, et la mer constituait dans l'imaginaire héliosien un espace aussi mystérieux que dangereux.

— La mer est pour nous cet ennemi glorieux et indomptable contre qui même le temps est impuissant, remarqua pensivement Evan.

— La mer est pour le Voyageur une amie et une sœur. Invitation au voyage, elle est aussi libre et farouche que notre âme.

Étonnée, Lyvia tourna le regard vers l'homme qui venait de prendre la parole. Âgé d'une trentaine d'années, il arborait fièrement de longs cheveux roux noués en catogan. Quelques mèches indociles retombaient sur de pétillants yeux noisette qui semblaient posséder la joie insouciante de l'enfance. La jeune fille eut le temps d'apercevoir autour de son cou un pendentif d'un vert éclatant avant que l'homme ne le glisse sous sa chemise d'un geste vif.

— Bonjour Kalaan, j'imagine que rien ne pouvait t'empêcher de retrouver l'Élue, soupira Evan avec lassitude, à la grande surprise de Lyvia. Mais il est trop tard, elle ne te suivra pas.

Le dénommé Kalaan exécuta une courbette moqueuse avant de rétorquer :

— Puis-je au moins tenter de la convaincre, lieutenant Loÿe ?

Evan se redressa brusquement sur sa chaise, les mâchoires serrées.

— Ici, je ne suis pas lieutenant. Si je n'ai pas réussi à la persuader de rester, tu n'y arriveras pas, Kalaan Torr, répliqua-t-il en accentuant le dernier mot.

— Pourriez-vous cesser de parler de moi à la troisième personne ? s'exclama Lyvia, excédée, en se tournant vers l'inconnu. Je ne sais même pas qui vous êtes.

L'homme s'empara d'une chaise inutilisée et s'y assit à califourchon près de leur table, les mains croisées sur le dossier.

— Pardonne-moi jeune fille. Je suis Kalaan, c'est à moi que les Voyageurs ont confié l'honneur de te former, si tu l'acceptes.

Rendue méfiante par la mention de ceux contre lesquels on l'avait mise en garde, Lyvia préféra s'adresser à Evan :

— Comment le connais-tu ?

— C'est lui que j'ai… rencontré dans la forêt, le jour de ton arrivée.

L'hésitation du jeune homme ne faisait que souligner l'euphémisme employé. D'après ce qu'elle avait compris, l'entrevue avait été violente, et elle avait même cru que l'adversaire d'Evan avait péri. De toute évidence, il n'en était rien. Ils avaient dû combattre et Evan avait certainement eu le dessus, ce qui lui avait permis de s'enfuir sur Carthago.

— Tu n'y as pas été de main morte, commenta Kalaan avec amusement. Mais le responsable de ma défaite est bien plus le manque de sommeil que ton habileté, tu le sauras bien assez tôt.

— Que me voulez-vous ? interrompit Lyvia que cette querelle de bretteurs orgueilleux n'intéressait pas.

Kalaan fronça les sourcils mais ne releva pas la rudesse de la jeune fille.

— Je voudrais te faire découvrir la grande famille

des Voyageurs, à laquelle tu appartiens.

— C'est hors de question. Je rentre chez moi.

— Rentrer sur Terre ? Avec le feu de la magie qui brûle en toi ? Rentrer pour demeurer divisée, pour toujours étrangère à toi-même ? Je peux comprendre que la magie t'effraie, l'inconnu est toujours inquiétant. Mais si tu me laisses t'aider à la dompter, elle deviendra ton alliée, ton amie. Tu ne seras plus jamais vulnérable avec elle, personne ne pourra te faire de mal.

Lyvia tressaillit en se remémorant brutalement l'incident qu'elle s'efforçait d'oublier. Elle bondit sur ses pieds et se rapprocha d'Evan, qui se plaça aussitôt devant elle, protecteur.

— Qu'est-ce que vous voulez dire ? Peut-être étiez-vous là ! Avez-vous suffisamment profité du spectacle ?

Avec la panique, la voix de Lyvia montait inexorablement vers les aiguës, et les autres clients de la taverne commençaient à se retourner vers eux, curieux. Evan pressa doucement sa main, passant un pouce apaisant sur sa peau. Ce geste, bien plus que les mots de Kalaan, ralentit les battements de son cœur.

— Calme-toi jeune fille, je n'ai rien à voir avec cela. Je sais simplement reconnaître une personne blessée, et à plus forte raison lorsqu'il s'agit d'un autre Voyageur.

La jeune fille demeurant pétrifiée, Evan décida de prendre les devants. Il sortit quelques pièces de sa bourse afin de régler leur repas, puis il indiqua la porte à Kalaan d'un signe de tête. Ce dernier s'exécuta sans poser de questions.

— Allons finir notre conversation à l'extérieur, souffla Evan à Lyvia en l'entraînant par la main.

Encore sous le choc, la jeune fille le suivit sans protester. La fraîcheur de l'atmosphère à l'extérieur l'aida à retrouver ses esprits. Frustrée de ne pas avoir su faire preuve de sang-froid, elle se promit de garder son calme jusqu'à la fin de cette discussion. Elle ne s'éloigna toutefois pas trop d'Evan, consciente des vertus rassurantes de sa présence.

L'inconnu semblait attendre sa réaction, braquant sur elle un regard soucieux. Lyvia devait avouer que l'inquiétude apparemment sincère de l'homme le faisait remonter dans son estime, sans qu'elle ne change pour autant d'avis quant aux Voyageurs. Ce fut d'ailleurs le sujet que Kalaan aborda lorsque la jeune fille lui fit signe de poursuivre :

— Que sais-tu des Voyageurs, Lyvia ?

— Ils garantissent la sécurité du royaume en veillant à l'équilibre entre les trois mondes. Ils étaient aussi prêts à tout pour s'emparer de moi avant le roi.

Le visage de l'homme s'assombrit, jurant avec l'éclat inaltérable de son regard noisette. Il dégagea d'une main lasse les mèches qui dissimulaient partiellement son front tout en marmonnant quelques mots :

— Oui, prêts à tout, nous l'étions, mais jamais à te faire du mal. Si le roi n'avait pas diffusé dans ton esprit les vapeurs délétères du mensonge, tu nous aurais suivis de ton plein gré. Ou plutôt si Evan n'avait pas exécuté son devoir aussi consciencieusement…

— Je le regrette, assura le jeune homme avec sincérité, le regard braqué sur Kalaan.

— Alors… tu soutiens les Voyageurs à présent ? Toi qui me mettais en garde contre eux ? s'étonna Lyvia, déboussolée.

— Non, je ne les soutiens pas, pas sans connaître leurs véritables motivations. En revanche, je peux admettre mon erreur en ce qui concerne Syrian II. J'ai fermé les yeux sur les indices qui ne manquaient pas. Le roi n'est peut-être plus aussi bon que je le croyais.

Kalaan décida de couper court aux reproches et aveux qui flottaient entre les jeunes gens. Il s'exclama avec une ardeur retrouvée :

— Il ne sert à rien de ressasser les erreurs de chacun. Lyvia, tu dois savoir que chacune des paroles du roi ou presque n'a été que mensonge ! Les Voyageurs ne sont pas de vulgaires sentinelles à son service, nous sommes bien plus que cela ! Nous n'avons aucune règle, nous sommes libres et ce souverain aveuglé par l'ordre ne le conçoit pas. Le don qui nous permet de Voyager entre les mondes est l'un des derniers héritages d'une guilde autrefois extrêmement puissante. Tu es notre seul espoir, Lyvia, l'Élue, celle qui sauvera tous les peuples ! Les prophéties ne mentent jamais, mais sache que celle-ci ne forge pas ton destin, seuls tes choix sont le ciment de ton avenir. Laisse-moi te guider dans l'univers, laisse-moi t'apprendre comment dompter le feu sauvage de ta magie ! Pour l'instant, tu es comme un diamant brut, mais lorsque je t'aurai enseigné comment utiliser tes merveilleux pouvoirs, tu entreras dans les légendes !

Le regard brûlant, Kalaan s'interrompit et observa la jeune fille qui lui faisait face. Son discours l'avait laissée de marbre, alors qu'il avait insufflé toute sa volonté de la convaincre dans sa voix.

— La gloire ne m'intéresse pas, énonça simplement Lyvia.

Elle esquissa un mouvement vers l'entrée de la taverne pour stipuler que la conversation était terminée. L'homme saisit sa main pour la retenir, sans savoir qu'il commettait là une grave erreur. Lyvia tressaillit, révulsée par le contact de toute personne étrangère à Evan.

— Ne me touchez pas, cracha-t-elle.

Elle se dégagea vivement et, au même instant, Kalaan eut un hoquet de douleur. Il inspecta sa main, les sourcils froncés. Un mince filet de sang y coulait, gouttant lentement sur le sol. L'homme tourna la tête à droite et avisa une plante épineuse qui grimpait sur le mur de la taverne – était-ce là la coupable ? Lorsqu'il braqua à nouveau son attention sur la jeune fille, il souriait, une lueur mystérieuse dans le regard. Lyvia se demanda alors s'il n'était pas complètement fou.

— Tu ne veux pas de gloire ? La voie des Voyageurs t'offre la liberté, l'aventure. Si tu rentres chez toi maintenant, la magie brûlera en toi mais tu seras toujours incomplète. Offre-moi quelques années de ta vie et tu ne seras plus jamais la même ! Offre-moi un infime fragment de ton existence, et tu en sortiras libre et épanouie. Il te sera toujours permis de rentrer chez toi, mais je t'assure qu'après avoir goûté au bonheur des Voyageurs, tu ne pourras plus t'en passer. Je t'en prie, montre-toi digne de ta mère.

Lyvia, qui avait à peine écouté la tirade de Kalaan, se raidit brusquement en entendant les derniers mots.

— Ma mère ? Qu'est-ce que ma mère a à voir avec ça ? rétorqua-t-elle, incrédule.

— Isadora est une éminente Voyageuse.

— Impossible, décréta la jeune fille.

Et pourtant, elle n'avait cessé de s'interroger sur l'implication de sa mère, depuis son premier jour en Héliosis. Sur le dessin représentant ses parents, la forêt était celle d'Alidore. Le roi avait dit qu'elle avait été tenue à l'écart d'Héliosis. Cela signifiait-il que sa mère avait le pouvoir de Voyager entre les mondes, et qu'elle lui avait toujours caché l'existence d'Héliosis ? C'était terrifiant, inconcevable, et pourtant Lyvia aurait reçu cette nouvelle comme un apaisement. Cette incroyable affirmation deviendrait la preuve qu'elle ne s'était pas interrogée en vain depuis son enfance, que sa mère lui dissimulait effectivement beaucoup de choses, et pas seulement au sujet de son père.

— Je te propose un marché. Tu rentres chez toi, et je laisse ta mère te convaincre là où j'ai échoué. Si tu changes d'avis, comme tu ne manqueras pas de le faire, retrouve-moi ici dans une semaine, près du lac Taal.

Lyvia n'hésita qu'une fraction de seconde.

— C'est d'accord. Sachez simplement que je reviens rarement sur mes décisions.

— C'est un tort, jeune fille, conclut Kalaan avec un petit sourire. Au fait, dans le cas où tu chercherais un miroir pour rentrer, une surface réfléchissante suffit. Autrement dit, le lac Taal fera parfaitement l'affaire.

L'homme lui adressa un clin d'œil espiègle avant de disparaître, aussi silencieux que la brise.

Evan se racla la gorge et commença, hésitant :

— J'imagine que tu veux…

— Rentrer, oui, au plus vite. Il faut que je vérifie si Kalaan dit vrai à propos de ma mère, l'interrompit Lyvia.

Evan resta silencieux quelques instants puis soupira.

— Bien, je vais venir avec toi jusqu'au lac.

Lyvia acquiesça sans oser croiser son regard puis murmura après avoir tergiversé :

— Tu n'as pas l'air étonné. Je veux dire, par ce que Kalaan a dit.

— Le roi avait laissé entendre que ta mère était une Voyageuse. Mais il m'avait ordonné de ne pas t'en parler. Je suis désolé.

— Tu aurais quand même dû me le dire. Malheureusement je crois que ce n'est pas la seule chose que tu me caches, et l'amitié ne peut pas exister sans confiance.

La jeune fille se détourna. Elle s'approcha du lac Taal d'un pas déterminé, ralentissant seulement à proximité du ponton en bois. Elle s'y engagea prudemment, réprimant un frisson de peur à la vue des eaux noires et immobiles. Le soleil était en train de se coucher, allongeant les ombres. Evan profita de l'obscurité naissante pour suivre la jeune fille. Ignorant sa présence, Lyvia s'assit avant d'avoir atteint l'extrémité du ponton, effrayée par les profondeurs insondables du lac. Elle se pencha en avant et distingua le reflet de son visage à la surface, à peine troublé par les ridules de l'onde.

L'unique fois où elle avait essayé de rentrer chez elle, elle avait échoué. Et lorsqu'elle était au château, la présence de Syrian l'avait empêchée de réessayer. Pourtant, Kalaan n'avait pas eu l'air de douter de sa capacité à le faire. Elle désirait plus que tout rentrer et interroger sa mère pour obtenir enfin la vérité. Elle espérait que sa détermination serait suffisante… Pour mettre toutes les chances de son côté, Lyvia décida de procéder différemment, en prononçant à haute voix le nom de l'endroit qu'elle voulait rejoindre.

La jeune fille inspira profondément et fit le vide dans son esprit. Elle se concentra sur la forêt de son enfance, en essayant de se représenter l'aspect qu'elle revêtait à l'approche de l'hiver. Elle visualisa les feuilles mortes qui s'accumulaient sur les chemins de terre, les branches de plus en plus décharnées des arbres. Elle imagina le croassement des corbeaux résonnant dans le silence, bien différent du pépiement des oiseaux et du bourdonnement des insectes à la belle saison. Elle s'efforça d'oublier le parfum douceâtre du lac Taal, pour plutôt se figurer le vent froid qui sifflait entre les branches, chargé de l'odeur de la terre et des feuilles mortes.

Gorgée de toutes ces sensations imaginaires, elle murmura : Forêt de Notre-Dame. Un sourire ému fleurit sur son visage lorsqu'elle vit les arbres familiers se dessiner à la surface du lac. Elle avait réussi. Elle pouvait enfin rentrer chez elle. Alors qu'elle tendait les doigts vers l'eau sombre, la main tremblante, Evan comprit qu'il n'avait que quelques secondes pour agir. Il la rejoignit en quelques pas, tout en s'écriant :

— Lyvia, attends !

La main de la jeune fille s'arrêta à quelques centimètres de la surface et se serra en un poing, les ongles plantés dans sa paume. Elle inspira profondément et articula difficilement :

— Quoi encore Evan ?

Le jeune homme tressaillit puis laissa les mots jaillir de lui comme un torrent indomptable.

— Je suis désolé. Terriblement désolé de t'avoir caché certaines choses. Mais je pensais bien faire, je ne voulais pas te blesser, je te le jure ! Tu voulais savoir pourquoi je porte sans cesse un masque, pourquoi je cache ma souffrance ? Parce que « l'amour est pour les faibles », tu t'en souviens ? C'est ce qu'on m'a appris. Alors quel soldat je suis, quel homme je suis, puisque j'ai failli périr de chagrin à cause d'une fille ? Je l'ai aimée de toutes mes forces, de toute mon âme. Et elle m'a brisé, pour toujours. Alors pendant longtemps, j'ai cru mon père. Est-ce qu'un lieutenant pleure pour une femme, est-ce que le prochain général des armées héliosiennes se lamente sur un chagrin d'amour ? Elle avait fait de moi un homme faible, j'avais fini par m'en convaincre. Et puis tu es arrivée. Tu m'as permis de comprendre que tout cela était faux. Que je pouvais être un homme fort, et aimer en même temps. Que je pouvais être un guerrier, un combattant, et pleurer pour une fille. Tu m'as réconcilié avec moi-même Lyvia, tu m'as rendu meilleur. Alors si je te perds maintenant et définitivement, je n'y survivrai pas.

Evan se tut brusquement, la bouche sèche, et inspira une grande goulée d'air. Comme si cette longue tirade, pour lui qui parlait peu, lui avait coûté physiquement, autant qu'émotionnellement. Lyvia resta silencieuse un moment, le regard perdu dans les profondeurs du lac, bouleversée par ses paroles. Puis elle murmura une seule question :

— Comment s'appelle-t-elle ?

— Maïwen.

Comment un seul mot pouvait-il receler autant d'amour et de haine à la fois ? Comment quelques lettres pouvaient-elles irradier autant d'adoration et de dégoût ?

La jeune fille se releva et étreignit Evan, avec toute la force de l'émotion qui obstruait sa gorge. Lorsqu'il referma ses bras autour d'elle et pressa sa joue contre ses cheveux, elle sentit quelque chose éclore au fond de sa poitrine. Quelque chose d'infiniment doux, qui propageait dans tout son corps une lueur chaude. Son cœur se mit à battre plus vite, si bruyant à ses oreilles qu'elle craignait qu'Evan ne le perçoive. Le jeune homme resserra son étreinte, et elle sentit la cotte de mailles qu'il portait toujours presser douloureusement sa peau. Et pourtant, pour rien au monde elle n'aurait voulu qu'il ne la relâche. Pour la première fois depuis qu'elle était arrivée en Héliosis, et peut-être même pour la première fois de sa vie, elle se sentait entière. À sa place.

Leur étreinte s'adoucit, jusqu'à ce qu'ils se séparent avec un profond sentiment de connivence.

Un seul regard suffit à exprimer leurs pensées.

Lyvia et Evan se tournèrent vers le lac. Leurs doigts s'entremêlèrent.

Un clapotis dans l'eau, un souffle de vent, puis la berge resta silencieuse.

CHAPITRE 10

« Cette obscure clarté qui tombe des étoiles »
Don Rodrigue, Acte IV, Scène 3.

Lyvia sentit comme la première fois son estomac se soulever, tandis que ses repères se brouillaient dans une nuit absolue. Mais elle sentait la main d'Evan autour de la sienne, réelle et rassurante. Une seconde plus tard, ils atterrirent tous deux lourdement sur le sol humide de la forêt de Notre-Dame. Assaillie par une myriade de sensations familières – l'odeur des feuilles mortes en décomposition, le croassement des corbeaux, le froid presque tangible du début du mois de décembre – Lyvia eut le sentiment d'être enfin chez elle. Lorsqu'Evan, qui s'était relevé en premier, lui tendit une main secourable, elle s'en saisit avec gratitude avant de promener un regard heureux sur les bois qui l'entouraient. Elle écarta les bras comme pour englober tout l'univers, puis inspira profondément, l'air béat. Après s'être imprégnée avec délectation de son environnement familier, elle se tourna vers Evan.

Le parfum du moment qu'ils venaient de partager sur les berges du lac Taal flottait entre eux, encore indéfini. Que changerait-il dans leur relation ? Comment devait-elle se comporter ? Lyvia adressa un regard incertain au jeune homme, qui répondit par un sourire doux-amer.

— Tu as l'air heureuse d'être de retour, fit-il remarquer d'une voix un peu rauque.

Lyvia hocha la tête, le regard grave. Oui, elle s'était avoué qu'elle avait besoin d'Evan, qu'il lui était devenu essentiel. Mais elle ne pouvait pas non plus nier combien son monde lui avait manqué, combien une partie d'elle était restée ici. Il lui faudrait apprendre à réconcilier ces deux éléments, d'une manière ou d'une autre. Et pour le moment, elle devait se concentrer sur son retour. Elle crut lire dans le regard d'Evan qu'il le comprenait.

— Viens, allons retrouver ma mère. Et avant ça, j'aimerais faire un léger détour.

Ils se mirent en route, Evan lui emboîtant le pas à travers sous-bois et sentiers. Malgré l'obscurité, elle ne marqua pas une seule fois d'hésitation, et ils parvinrent en quelques minutes à la lisière de la forêt. Une fois le petit portail qui séparait les bois de la route franchi, le jeune Héliosien se figea. Il avisa les maisons à l'architecture inhabituelle, la route en béton et les véhicules garés, et ses yeux d'ordinaire si impavides s'écarquillèrent de stupeur. Lorsqu'une voiture passa devant eux au pas, il recula précipitamment et porta la main au poignard accroché à sa taille. Lyvia eut un sourire indulgent et s'exclama, rassurante :

— Ne t'inquiète pas, c'est rien. Suis-moi et tout ira bien, d'accord ?

Le jeune homme, honteux, tenta de s'expliquer :

— C'est… C'est juste que c'est la première fois que je viens ici. Mais ça ne me fait pas du tout peur, ajouta-t-il d'un ton bravache.

Lyvia leva les yeux au ciel et repartit d'un bon pas. Evan, inquiet malgré ses fanfaronnades, la rattrapa en courant tout en jetant fréquemment des coups d'œil anxieux autour de lui. Deux rues plus loin, la jeune fille s'arrêta devant une maison et Evan, qui tentait vainement de comprendre le fonctionnement des voitures, la bouscula involontairement.

— Tu m'attends là une seconde ?

Le jeune homme lui adressa un regard un peu perdu mais ne protesta pas. Lyvia s'avança vers la porte d'entrée, l'excitation faisant peu à peu place à l'angoisse. Qu'allait-elle lui dire ? Et lui, comment allait-il réagir en la voyant ? Lyvia appuya sur la sonnette en priant intérieurement pour que ce soit lui qui ouvre la…

Mme Morin apparut dans l'encadrement de la porte. Lorsqu'elle reconnut la visiteuse, son visage s'illumina et elle la serra dans ses bras.

— Lyvia, je suis très contente de voir que tu es rétablie, j'espère que cela n'a pas été trop dur. Liam s'est fait énormément de souci pour toi, tu n'as qu'à…

— Maman, qui est-ce ? l'interrompit une voix familière.

La femme adressa un clin d'œil à Lyvia avant de se retirer pour laisser la place à son fils.

— Tu devrais aller voir, tu vas être content, lui conseilla Mme Morin.

Intrigué, le jeune homme s'approcha. Lyvia, anxieuse, guettait sa réaction en se mordant les lèvres. Lorsqu'il aperçut sa meilleure amie, il se figea, abasourdi, puis son visage se fendit d'un immense sourire incrédule et il se précipita vers elle. Liam étreignit son amie avec force, manquant de l'étouffer, et la fit tournoyer en riant aux éclats. Lyvia, ivre de bonheur, joignit son rire au sien. Désirant tout de même rappeler à son ami qu'il était inutile de lui briser les côtes, elle supplia entre deux larmes de joie :

— Liam, lâche-moi tu m'étrangles.

Le jeune homme recula, et son sourire glissa de son visage lorsqu'il s'exclama :

— T'as disparu tellement longtemps ! Ta mère prétextait une maladie mais j'y ai pas cru, t'as répondu à aucun de mes appels, ce qui n'est pas dans tes habitudes. Je me suis tellement inquiété, tu peux pas imaginer ! Trois semaines sans nouvelles, à attendre tous les jours que tu reviennes ou au moins que tu m'envoies un simple SMS !

Incapable d'articuler quoi que ce soit, Lyvia observa avec stupeur les traits de son ami, crispés et changeant selon les émotions fugaces qu'ils reflétaient. Finalement, la colère l'emporta et empourpra son visage.

— Pourquoi tu ne m'as donné aucune nouvelle ? T'as pas pensé à moi pendant tout ce temps ? Tu trouves ça normal de disparaître en plein mois de novembre, du jour au lendemain ? Et c'est qui ce chevalier du Moyen-Âge ? s'écria-t-il en désignant Evan.

Ce dernier posa la main sur le pommeau de son épée et se tendit, l'air belliqueux. Seul l'air dérouté de Lyvia le retint.

— Calme-toi Liam s'il te plaît. Bien sûr que j'ai souvent pensé à toi, et crois-moi je n'ai pas disparu de mon propre chef. Si j'avais eu mon portable ou quoi que ce soit pour te donner des nouvelles, je l'aurais fait, mais c'était tout simplement impossible ! Et ce chevalier du Moyen-Âge, comme tu dis, est un ami qui m'est cher et qui vient de loin, expliqua la jeune fille d'une voix qu'elle s'efforçait de rendre calme.

Liam secoua la tête, comme si la confusion l'empêchait de réfléchir correctement. Il passa une main lasse sur son visage, avant de laisser échapper un profond soupir. Lyvia le dévisageait avec inquiétude. Pour une fois, elle ne savait absolument pas comment réagir face à son meilleur ami. Elle ne l'avait jamais vu aussi bouleversé. Elle s'apprêtait à poser une main sur son épaule pour tâcher de le réconforter, quand le jeune homme sembla se ressaisir. Il redressa la tête et planta son regard émeraude dans celui de sa meilleure amie :

— J'ai l'impression que ta mère n'a pas eu plus de nouvelles que moi finalement... Alors va d'abord la voir, mais ne crois surtout pas que je vais me contenter des explications que tu viens de me donner. On en parle demain.

Lyvia demeura interdite, étonnée d'être en quelque sorte congédiée. Pourtant, elle n'était pas mécontente de reporter l'épineuse question des explications au lendemain. Car que pouvait-elle bien révéler à Liam ? Elle ne pourrait jamais lui dire la vérité...

— Oui, on en parle demain, confirma-t-elle.

Un semblant de sourire égaya le visage inhabituellement grave de Liam, rassurant la jeune fille.

— Je suis content que tu sois de retour, tu sais.

Lyvia tenta de lui rendre son sourire, craignant déjà de lui annoncer qu'elle ne resterait peut-être pas.

— Moi aussi, Liam, tu m'as manqué.

Il l'étreignit une dernière fois, lui fit promettre de ne pas l'oublier le lendemain puis il disparut dans la maison. Lyvia contempla la porte fermée quelques secondes, appréhendant déjà la discussion qui ne pourrait être faite que de mensonges. Une voix dure la tira de ses pensées.

— Bon, on y va ?

Lyvia tourna un regard surpris vers Evan dont elle avait presque oublié la présence et le rejoignit.

— Merci de ne pas t'être énervé, ce n'est pas son habitude d'être agressif mais il n'était pas bien.

Le jeune homme hocha la tête, ne désirant visiblement pas s'étendre sur le sujet. Ils reprirent leur chemin vers la maison de la jeune fille. Evan semblait perdu dans des réflexions amères mais Lyvia n'y prêtait pas attention, les yeux dans le vague. Un marmonnement acerbe la ramena à l'instant présent.

— Vous vous connaissez depuis longtemps ?

Lyvia examina avec étonnement les mâchoires crispées du jeune homme et les piètres efforts qu'il faisait pour ne pas laisser transparaître ses émotions.

— Oui, depuis une dizaine d'années, c'est mon meilleur ami.

Evan fixa la jeune fille, incertain. Il ouvrit la bouche, la referma puis réfléchit, les sourcils froncés.

— Meilleur ami ? Cela veut dire que vous n'êtes pas… Enfin que tu n'es pas…

Lyvia sentit ses joues se colorer lorsqu'elle comprit ce qu'Evan essayait de lui demander.

— Ça veut dire qu'il est l'ami qui m'est le plus cher. Rien de plus.

Evan parut à la fois rassuré et extrêmement gêné. Tout aussi mal à l'aise, bien que secrètement touchée par sa jalousie, Lyvia se remit en marche pour se donner une contenance. Evan la suivit sans plus prononcer un mot.

Lorsqu'Isadora ouvrit la porte, Lyvia sentit son cœur sombrer dans sa poitrine. Sa mère avait visiblement vécu des semaines d'angoisse… Ses cheveux bruns, d'ordinaire épais et soyeux, étaient ce jour-là sales et emmêlés, relevés à la hâte en un chignon indistinct. De larges cernes violacés s'étiraient sous son regard marron sombre, et son front n'avait jamais semblé si ridé. L'espace d'un instant, Lyvia fut convaincue que sa mère n'avait rien à voir avec l'aventure invraisemblable qu'elle venait de vivre. Si Evan n'avait pas été à ses côtés, elle-même aurait déjà remis en question l'existence d'Héliosis. Isadora avait simplement dû être rongée par l'inquiétude, en se demandant chaque jour où était sa fille et si elle rentrerait un jour…

Isadora s'avança et l'étreignit, de toute la force de son amour. Lyvia sentit l'émotion enserrer sa gorge. Enfin, elle était en sécurité. Enfin, elle était une jeune fille ordinaire. Aucun monde parallèle, aucun peuple à sa recherche, aucune prophétie à son sujet. Plus rien n'existait d'autre que l'étreinte rassurante de sa mère, que son odeur familière. Puis la voix d'Isadora s'éleva, rauque de s'être tue trop longtemps :

— J'aurais tellement voulu que les choses se passent différemment. Je suis désolée ma puce.

Lyvia comprit, et une triste résignation l'envahit. Avait-elle cru une seule seconde que sa mère ignorait l'existence d'Héliosis ? Avait-elle réellement douté des mots de Kalaan, cet inconnu qui lui inspirait une confiance incompréhensible ? Elle se dégagea des bras de sa mère et demanda tristement, presque comme une affirmation :

— Alors c'est vrai, tu es une Voyageuse ?

Isadora hocha simplement la tête, les lèvres serrées, comme si la réponse était au-delà des mots. Puis un doux sourire fleurit sur son visage et se propagea à ses yeux qui s'humidifièrent. De petits sillons se creusèrent à la commissure de ses lèvres et au coin de ses yeux, ces « rides du sourire » que Lyvia affectionnait tant. Dans l'expression de sa mère, elle lut combien elle était soulagée de se libérer du poids des secrets, après les avoir portés seule pendant toutes ces années. Elle lut l'espoir d'une porte entrouverte entre mère et fille, l'opportunité de partager plus, tellement plus. Alors c'est d'une voix hésitante, le regard fuyant, qu'elle confia :

— Je ne veux pas être une Voyageuse…

Le sourire d'Isadora glissa de son visage, cédant la place à un froncement de sourcil empli d'incompréhension. Elle s'apprêtait à parler, puis elle se reprit et décréta fermement :

— Allons en discuter à l'intérieur.

Elle se tourna enfin vers Evan, qui demeurait un pas en arrière, mal à l'aise.

— Tu peux entrer, Evan Loÿe. J'ai deux mots à te dire.

L'attitude froide et menaçante de sa mère sidéra Lyvia, qui ne l'avait jamais vue ainsi. La jeune fille voulut intervenir, gênée par la manière dont Isadora avait traité Evan, mais ce dernier répondit aussitôt avec sincérité :

— Je comprends, Madame. Mais sachez avant toute chose que je regrette profondément d'avoir livré Lyvia au roi, et que si cela était en mon pouvoir, je ferais tout pour revenir en arrière et changer mes actions.

Isadora ne se radoucit pas.

— C'est sans doute trop demander à un soldat, mais j'espère qu'à l'avenir tu réfléchiras deux minutes avant d'obéir bêtement aux ordres. Pour le bien de ma fille…

Elle se détourna pour laisser les jeunes gens la suivre à l'intérieur, montrant clairement à Evan qu'il n'était pas invité à répondre. Apple, le labrador noir de la famille, bondit de joie en reconnaissant Lyvia, et cette dernière la câlina longuement, émue. Elle rejoignit ensuite Evan et Isadora sur les canapés du salon, à côté du mur végétalisé entièrement recouvert par un bougainvillier. Seul son feuillage vert était visible, l'arbuste grimpant ne fleurissant que de mars à fin octobre. Apple se lova aux pieds de Lyvia, appuyant sa tête contre ses jambes. Puisant du courage dans sa chaleur, la jeune fille questionna Isadora, sans parvenir à dissimuler l'accusation qui perçait dans son ton :

— Pourquoi est-ce que tu ne m'as rien dit, pendant toutes ces années ?

Isadora rassembla ses pensées, se passa une main lasse sur le visage puis expliqua :

— Toutes les décisions que j'ai prises, tous les choix que j'ai faits, c'était pour ton bien, Lyviana, uniquement pour ton bien. Ne doute jamais de ça, s'il te plaît. Je n'ai rien dit parce je voulais que tu aies une enfance normale, insouciante. J'ai attendu de voir quand le Don se manifesterait en toi. La plupart du temps, le premier Voyage se déclenche à la fin de l'adolescence, si la personne n'a aucune connaissance de ses pouvoirs. J'avais tout prévu pour que cette expérience se passe au mieux pour toi, tout sauf une stupide erreur de ma part.

Lyvia leva un regard interrogateur vers sa mère, sans oser parler. Elle était si proche d'entendre tout ce qu'Isadora lui cachait depuis toujours, tout ce qu'elle avait recherché inlassablement.

— La photo, bien entendu, soupira Isadora. Enfin le dessin, réalisé magiquement à l'aide de pigments végétaux par ma chère amie Délila. Le dessin qui représentait ton père et moi, dans la forêt d'Alidore. Je voulais te familiariser peu à peu avec l'existence d'Héliosis, je n'ai fait que te plonger dans une recherche désespérée du passé. Et ce détail, ce simple dessin a réduit à néant toutes mes précautions. Quand j'ai senti tes pouvoirs se réveiller, des semaines avant cette nuit où tu as basculé en Héliosis, je me suis préparée à tout t'avouer. Je voulais que tu aies toutes les cartes en main, au moment où ton Don se manifesterait. Je voulais t'accompagner pas à pas, dans ta découverte de cette nouvelle vie.

Isadora ferma les yeux, tandis que son visage se crispait de colère. Une colère entièrement dirigée contre elle-même. Lyvia, suspendue à ses lèvres, se força à réprimer son impatience.

— J'ai échoué, reprit sa mère d'une voix emplie d'amertume. J'appréhendais tellement ta réaction, je ne savais plus comment aborder le sujet après tout ce temps. Et finalement, te donner ce dessin… C'est comme si je t'avais poussée dans le vide, sans jamais te rattraper. À cause de lui, tout s'est précipité. C'est quand j'ai vu que tu avais fouillé dans mes affaires, que tu avais ouvert le coffre contenant les lettres de ton père, c'est là que j'ai mesuré combien j'avais sous-estimé ton obsession pour ce dessin. Et je me suis donc résolue à tout t'expliquer le lendemain matin : ça ne pouvait plus attendre. Lorsque je me suis réveillée en sursaut cette nuit-là, j'ai compris qu'il était trop tard. Tu venais de faire ton premier Voyage. Alors Lyvia, c'est entièrement de ma faute. Tu t'es retrouvée seule, apeurée, perdue dans un monde étranger, et c'est entièrement de ma faute.

Lyvia avait rougi de honte lorsque sa mère avait évoqué son inconduite. Désireuse de lui présenter ses excuses, et en même temps bouleversée par la culpabilité qu'elle entendait dans sa voix, Lyvia voulut l'interrompre. Mais Isadora semblait déterminée à poursuivre, comme soulagée de pouvoir lui révéler la vérité après s'être tue si longtemps.

— Hélas, je n'étais pas la seule à avoir senti tes pouvoirs s'agiter. C'était inhabituellement intense, et tous les Voyageurs l'ont perçu. Y compris les renégats aujourd'hui au service du Roi Syrian II, que nous appelons les Traîtres. Alors le roi a dépêché des hommes à travers tout le royaume, en espérant te cueillir à l'issue de ton premier Voyage. Et, en réaction, les Voyageurs ont décidé de quadriller le territoire de la même façon. Mais en toute logique, ces précautions auraient dû être inutiles. Les Voyageurs terriens, qui effectuent leur premier Voyage, atterrissent presque toujours au Quartier Général des Voyageurs, en sécurité, où tout leur est calmement expliqué. Comme ils ignorent tout d'Héliosis ou d'Ombrume, ils sont instinctivement attirés par l'âme des Voyageurs, si semblable à la leur. Si tu avais vécu dans la plus complète insouciance, c'est ainsi que les choses se seraient passées pour toi aussi. Et si j'avais réussi à te parler d'Héliosis à temps, la question ne se serait même pas posée. Nous aurions Voyagé ensemble, main dans la main. Sauf que le dessin a braqué ton attention sur la forêt d'Alidore, et c'est là que tu as atterri en Héliosis. Evan t'y a trouvée avant Kalaan, et nous connaissons la suite...

Elle avait achevé sa tirade avec un regard dur en direction d'Evan, qui le reçut sans protester. Lorsqu'il intervint pour se justifier, c'est vers Lyvia qu'il se tourna.

— Je suis désolé Lyvia, je le regrette. Mais il faut que tu comprennes que je connais le roi depuis ma naissance. Il avait toujours été un roi juste et bon, apprécié des Héliosiens. En tant qu'homme, il était intègre et généreux.

Quand j'étais petit, il n'était pas rare qu'il me glisse une sucrerie ou un mot gentil, quand mon père n'était que rigueur et intransigeance. Alors oui, lorsqu'il y a un an, il a commencé à être irritable, méconnaissable, j'ai fermé les yeux. Lorsqu'il a imposé des lois injustes, dures pour le peuple, j'ai préféré penser à l'homme bienfaisant que j'avais toujours connu. Et lorsqu'il m'a donné la mission de retrouver une jeune fille terrienne et de la conduire à tout prix à Soïka, j'ai songé à ma fierté d'œuvrer pour le royaume, plutôt qu'à ses motivations réelles.

— Qu'est-ce qui a changé, il y a un an, pour qu'il devienne si mauvais ? lui demanda Lyvia, les sourcils froncés.

Evan jeta un bref regard vers Isadora, avant de se racler la gorge et de lâcher :

— Il y a un an, trois Voyageurs sont entrés à son service, et sont rapidement devenus ses plus proches conseillers. Il est devenu de plus en plus sombre, de plus en plus instable.

Un éclair de colère traversa les yeux d'Isadora, qui répliqua froidement :

— Ils ne sont plus des Voyageurs. Ce sont des Traîtres, je te prierai de ne pas entacher le nom des Voyageurs en les associant à nous.

— Le roi me les a décrits comme des Voyageurs, intervint Lyvia pour dédouaner Evan. Il m'a aussi expliqué que les Voyageurs sont des sortes de sentinelles qui ont le pouvoir de Voyager entre les trois mondes, et qui assurent donc la sécurité d'Héliosis en lui faisant des rapports réguliers. Maman, comment… est-ce vraiment ce que tu veux que je devienne ?

Atterrée, Isadora dévisagea sa fille avant de secouer la tête d'un air écœuré.

— Le roi t'a dépeint un portrait mensonger et peu flatteur des Voyageurs… Oui nous veillons à maintenir la paix entre les mondes, mais certainement pas à sa demande ni à son service. Mais parce que c'est juste, et parce que la vie de millions de Terriens, d'Héliosiens et d'Ombrois en dépend. Si seulement Evan ne t'avait pas trouvée…

Si Lyvia devait retenir une seule chose positive de son périple en Héliosis, c'était bien sa rencontre avec Evan, quelles qu'en aient été les conséquences… Alors c'est d'un ton plus dur qu'elle ne l'aurait voulu qu'elle rétorqua :

— Oui, Evan m'a menée au roi mais c'est lui qui m'a sauvée lorsque des brigands m'ont agressée, c'est lui qui a veillé à ma sécurité à chaque seconde passée dans ce monde. Où étais-tu, pendant tout ce temps ? Pourquoi est-ce que tu n'as pas tenté de me retrouver ?

La gorge serrée, Lyvia dut se taire pour réprimer les larmes qu'elle sentait poindre. Isadora eut l'air profondément blessée par ses paroles. D'une voix tremblante, presque un chuchotement, elle répondit :

— Tu crois vraiment que je n'ai pas remué ciel et terre pour te retrouver ? Je ne savais pas où tu étais, j'étais folle d'inquiétude. Aucun Voyageur ne t'avait trouvée. J'ai commencé par te chercher dans la forêt d'Alidore, mais elle s'étale sur des centaines de kilomètres… Kalaan ne m'a rapporté son combat avec le fils du général que quelques jours plus tard, car il est longtemps resté inconscient. Lorsque j'ai appris que tu étais aux mains des Traîtres, je me suis dépêchée de rejoindre la capitale, où je savais qu'Evan devait t'emmener, mais nous ne pouvons plus Voyager au sein d'un même monde. J'ai dû y aller à cheval. Et, quand je suis arrivée à

Soïka, tu n'y étais déjà plus… Lorsque Kalaan t'a finalement retrouvée, il m'a contactée et je suis rentrée pour t'attendre.

Regrettant la dureté de ses accusations, Lyvia resta silencieuse un moment. Sa mère avait passé des semaines aussi éreintantes que les siennes. Tentant d'assimiler toutes ces révélations, elle décida de résumer la situation.

— Alors si je comprends bien, ce sont les Traîtres et le roi qui me veulent du mal, alors que les Voyageurs sont potentiellement des alliés. Mais qu'est-ce que les Traîtres ont fait de si terrible ?

Isadora inspira profondément, son regard brun assombri par la tristesse.

— C'est très compliqué ma chérie, te voilà mêlée malgré toi à un conflit qui dure depuis bien longtemps. Dorian, Solen et Aélia – ceux que l'on appelle aujourd'hui les Traîtres – étaient initialement des Voyageurs. Puis, il y a une vingtaine d'années, ils se sont opposés aux autres à cause de leurs opinions extrémistes. Ils ont réussi, nous ne savons comment, à considérablement affaiblir nos pouvoirs. Rassemblant des adeptes, les Suiveurs, ils ont fondé leur propre organisation, et depuis, nos deux guildes s'affrontent sans relâche. Parallèlement, la Noirceur est apparue en Héliosis. C'est une sorte de maladie, d'origine magique, qui, en contaminant les gens, les rend fous. Les personnes atteintes deviennent méconnaissables, du jour au lendemain. Comme si le mal les rongeait, les consumait, jusqu'à leur faire oublier qui ils sont. Ils finissent toujours par s'en prendre à leurs proches, dans une violence inouïe. Je n'ai jamais rien vu d'aussi effroyable. Et, malheureusement, nous pensons que le roi d'Héliosis en souffre…

Traversée par un frisson d'horreur, Lyvia sentit les

poils de ses bras se hérisser. En voyant sa réaction, Isadora se mordit les lèvres, comme si elle regrettait de l'avoir effrayée. Ne voulant pas que sa mère tempère ses paroles pour l'épargner, la jeune fille l'interrogea plutôt sur le conflit qu'elle avait évoqué avant de parler de la Noirceur :

— Et qu'est-ce que j'ai à voir avec tout ça ? Pourquoi est-ce que j'ai l'impression d'être un pion dans ce conflit, pourquoi les Traîtres et le roi me veulent du mal ?

Isadora sembla hésiter quelques secondes, comme pour décider de ce qu'elle pouvait ou non lui révéler.

— Une prophétie existe à ton sujet. À cause d'elle, les Traîtres craignent que tu sois assez puissante pour défaire leur œuvre et rendre aux Voyageurs leurs pouvoirs. Et je dois l'avouer, les Voyageurs espèrent que ce soit le cas… Les Traîtres comme les Voyageurs te veulent donc chacun dans leur camp. Malheureusement, nous commençons à nous demander si, au lieu de t'avoir dans leurs rangs au risque de rencontrer ton opposition, les Traîtres n'ont pas fini par se résoudre à te tuer.

Glacée par cette nouvelle, Lyvia se sentit comme une étrangère dans son propre corps. Elle, qui avait excellé toute sa vie dans l'art de la transparence et de la banalité, était soudainement devenue l'actrice majeure d'un conflit entre deux guildes ennemies, dans un monde complètement étranger au sien. Elle, à qui peu de gens prêtaient attention, était à présent si dangereuse qu'une de ces organisations souhaitait sa mort. Elle se sentait pourtant bien incapable de réaliser l'exploit qu'on voulait lui attribuer...

— Quelle est cette fichue prophétie à la fin ? s'énerva-t-elle.

Tourmentée par l'indécision, le regard triste, Isadora

murmura :

— Je ne veux pas t'effrayer mon ange. De toute façon, elle reste très sibylline, nous ne savons pas comment
l'interpréter. Étrangement, elle semble te situer à l'écart
de notre conflit, comme si tu vivais ta propre vie sans te
préoccuper de la situation des trois mondes. Tu n'as pas
besoin de la connaître.

— Maman, dis-le-moi s'il te plaît, je dois savoir !

Isadora inspira profondément et récita, la voix
presque mécanique :

— « *L'Élue naîtra de l'union de l'Ombre et de la Lumière.*
Son pouvoir n'aura d'égal que sa pureté. Droite et fière,
Elle se lèvera contre tout ce qui l'assaillira,
Et considèrera les malheurs comme des épreuves,
Lorsqu'en ces hostiles contrées elle s'aventurera,
Montagnes escarpées, déserts arides et tant de fleuves,
Elle domptera, à la recherche du mal radical,
Qui sommeille en tout homme et en elle, ô âme bestiale. »

Lyvia secoua la tête, incrédule. C'était vraiment
trop : sa mère devait comprendre qu'elle n'était pas aussi
puissante que l'on voulait lui faire croire.

— Vous avez dû faire erreur, la prophétie doit parler
de quelqu'un d'autre. Je n'ai pas de pouvoirs exceptionnels, je crois que je serais au courant non ? Comment
peux-tu être sûre que la prophétie me concerne ?

Le visage d'Isadora se ferma à cette question. Elle
changea de position sur le canapé, croisant ses jambes
comme pour dissimuler son malaise. Puis, d'un ton sans
réplique, elle affirma :

— Il y a plusieurs indices. Le doute n'est pas permis.

L'attitude d'Isadora montrait clairement qu'elle
n'avait pas l'intention d'en dire plus. Agacée par cet
énième secret, alors même qu'elle pensait que le temps
des mensonges était révolu, Lyvia répliqua avec empor-

tement.

— Mais c'est totalement absurde ! Je n'ai aucun pouvoir, je ne suis pas l'Élue puissante que les Voyageurs imaginent ! Je n'ai jamais rien fait d'exceptionnel, à part me retrouver par erreur en Héliosis et réussir par je ne sais quel miracle à retourner sur Terre.

Puis un souvenir frappa la jeune fille, et elle fronça les sourcils en se remémorant la manière dont elle s'était échappée de Soïka.

— À part ça et... reprit-elle d'une voix soudainement hésitante.

— Oui ? la pressa Isadora, braquant un regard fatigué et soucieux sur sa fille.

— Quand je me suis enfuie du château royal, les gardes ont voulu me retenir. Ils m'ont poursuivie, rattrapée et maintenue au sol. Je croyais que tout était perdu, qu'ils allaient me ramener auprès du roi qui me punirait... Et puis, tout d'un coup, ils se sont arrêtés, comme s'ils avaient oublié pourquoi ils étaient là. Tu crois que c'était moi Maman ? Tu crois que je leur ai fait quelque chose ?

La réaction d'Isadora ne laissait planer aucun doute quant à la réponse à ces questions. Elle tenta de dissimuler sa crispation initiale, mais trop tard pour que cela échappe à Lyvia. Elle se racla la gorge, fit mine d'observer Apple qui somnolait, la tête appuyée contre la jambe de Lyvia. Pesant ses mots, elle finit par répondre d'une voix qu'elle voulait posée :

— Oui, Lyviana, tu leur as imposé ta volonté. Tu l'as fait par instinct, sans en avoir conscience. Mais il faut que tu le saches... C'est interdit. C'est l'une des lois sacrées des Voyageurs. En tout cas, cela a le mérite de prouver que tu as des pouvoirs immenses, qui dépassent les espoirs des Voyageurs...

Effrayée d'avoir commis une faute si grave, Lyvia se tourna d'un air éperdu vers Evan, quêtant son soutien. Mais le jeune homme semblait aussi déboussolé qu'elle, et il ne put que lui renvoyer un regard impuissant. Balbutiante, elle prit la parole en osant à peine lever les yeux.

— Je... je suis désolée. Je ne savais pas, je... je ne le referai plus, je te le jure. Je ne sais même pas comment me servir de mes pouvoirs, je...

Isadora se pencha aussitôt en avant pour prendre la main de Lyvia entre les siennes, rassurante.

— Je sais ma puce, je sais. Tu n'es pas responsable. Et tu as raison, tu ne maîtrises pas tes pouvoirs. Laisse-moi te montrer.

Isadora se leva et guida Lyvia jusqu'au mur végétal qui leur faisait face. Elle saisit une branche du bougainvillier, couverte de fines feuilles vertes.

— Tu te souviens comme il était beau cet été ? Avec ses superbes bractées mauves, et ses jolies petites fleurs blanches. Il est bien triste aujourd'hui, tout vert. Je le préfère fleuri, pas toi ?

Lyvia fronça les sourcils, désarçonnée par ce changement de sujet. Qu'est-ce que la floraison du bougainvillier avait à voir avec sa magie ?

— Hum, oui, moi aussi, mais il ne fleurira pas avant mars. Quel rapport avec mes pouvoirs ?

Isadora esquissa un sourire amusé, éclairant son visage si las. Sans répondre directement, elle plaça la branche entre les mains de Lyvia.

— Je vais te montrer comment lui demander de fleurir maintenant, en décembre. Ferme les yeux, et concentre-toi. Je ne sais pas si tu as déjà fait l'expérience de l'Univers des Âmes. C'est une dimension parallèle à la nôtre, où seuls les esprits des êtres vivants apparaissent. Aucun corps, rien de matériel, uniquement des âmes. Tout est sombre, à part les esprits des êtres qui brillent avec plus ou moins d'intensité, comme des taches de lumière. Ça te dit quelque chose ?

En entendant cette description, Lyvia rouvrit les yeux, frappée par un souvenir.

— Oui ! Une fois, j'ai essayé de communiquer avec Nebraska, mon cheval. Je n'ai pas réussi, mais j'ai glissé dans ce que tu décris. Ça m'a fait peur, alors je n'ai pas réessayé.

— On va retenter. Écoute bien mes indications, et n'essaie pas d'aller trop vite surtout, c'est important.

Evan se leva pour les rejoindre, curieux, mais il demeura à une certaine distance, comme pour ne pas froisser Isadora. Il adressa un sourire encourageant à Lyvia. Cette dernière prit une inspiration puis ferma de nouveau les yeux, à l'écoute.

— Bien. Fais le vide dans ton esprit, concentre-toi uniquement sur ma voix. Respire profondément, régulièrement. Tout doit être noir, il n'y a plus que cela qui compte. Indique-moi quand tu te sentiras prête, prends ton temps.

Lorsqu'elle se sentit parfaitement calme, concentrée sur le noir qui régnait dans son esprit, Lyvia hocha la tête pour signaler à sa mère de poursuivre.

— À présent, tout en restant concentrée sur ce noir et cette quiétude, prends conscience de la branche de bougainvillier qui est entre tes mains. Sens la présence de cette plante, comme un être à part entière. Je sais pourquoi tu as toujours tant aimé aller en forêt, pourquoi tu as toujours voulu garder des plantes sous ta fenêtre. Leur présence te rassure, t'apaise. Parce que tu es une Voyageuse, au plus profond de toi. Alors comme tu l'as toujours fait sans t'en rendre compte, perçois sa présence, son âme.

Guidée par les paroles d'Isadora, Lyvia sentit un décrochement. Un instant plus tôt, elle percevait le sol sous ses pieds, la branche de bougainvillier entre ses doigts, la présence de sa mère à ses côtés. La seconde d'après, il lui sembla quitter son corps, perdre toute matérialité. Le noir vague de son esprit céda la place à une dimension parallèle, qui ressemblait indéniablement à celle qu'elle venait de quitter. Pourtant, tout était plus sombre, plus effrayant. Oui, elle reconnaissait être dans le salon, elle distinguait les murs, même le mobilier. Mais un voile noir semblait tout recouvrir, parant ses environs d'une note inquiétante. Et chaque fois qu'elle croyait distinguer avec précision un objet du coin de l'œil, elle y braquait le regard – pouvait-on parler de regard quand son corps avait disparu ? – mais l'objet se dérobait alors à elle, abîmé dans un flou vertigineux. Une angoisse soudaine la saisit lorsqu'elle pensa apercevoir son propre corps en-dessous d'elle. Mais une fois encore, dès qu'elle y dirigea son attention, elle ne perçut plus qu'une masse nébuleuse, indistincte.

Elle faillit céder à la panique et rebasculer dans son corps. Mais au dernier moment, son regard s'arrêta sur les taches de lumière qui parsemaient cette sombre dimension. Elle comprit qu'il s'agissait de l'âme des êtres qui se trouvaient aux alentours. Et, contrairement aux autres éléments, ces boules de lumière demeuraient nettes lorsqu'elle y portait son attention. Elle perçut d'abord le bougainvillier, comme une lueur diffuse, sans origine précise, qui irradiait jusqu'entre ses mains. Puis

Evan, comme un soleil éblouissant au milieu de l'abîme, et sa mère à côté d'elle, une étoile à l'éclat inaltérable. Enfin, elle remarqua Apple, quelques mètres en retrait, dont l'esprit brillait à la manière d'un brasier chaleureux et rassurant. Elle n'aurait su dire précisément ce qui lui permettait de distinguer et de reconnaître chaque être, mais c'était comme une évidence. Comme si chacune de ces boules de lumière renfermait la quintessence de ce qui faisait de chaque individu un être à part. Comme une voix muette, un parfum inodore, un visage oublié.

Sa peur fut alors balayée, cédant la place à l'émerveillement. Cette dimension était si belle, si sincère. Pouvait-on seulement dissimuler sa véritable nature dans un univers tel que celui-ci ? Le corps, les apparences, les mensonges n'avaient plus leur place. Seule demeurait l'âme, dans toute sa singularité. Comment avait-elle pu s'effrayer de ce noir, de cette atmosphère feutrée ? Elle n'avait plus qu'un souhait, demeurer dans cette dimension pour l'éternité.

Mais la voix d'Isadora résonna à nouveau, comme assourdie par un voile.

— Bien, tu es dans l'Univers des Âmes. Essaie maintenant de t'approcher au plus près du bougainvillier. Tourne autour de lui, trouve ses limites et évalue la force de sa protection. Et lorsque tu seras prête, crée une ouverture au niveau de la branche qui est entre tes mains. Et demande-lui de fleurir. Pas tout le bougainvillier, uniquement cette branche.

Lyvia tenta alors de se rapprocher de la lueur vaporeuse qu'était l'esprit du bougainvillier. Surprise, elle constata qu'elle pouvait effectivement se déplacer, malgré son immatérialité absolue. Elle flottait, sans autre repère que des contours fuyants et des orbes de lumière, semblables à des phares dans l'obscurité. Lorsqu'elle se trouva proche de l'âme de l'arbuste, il lui sembla entendre une sorte de doux bourdonnement, presque une mélodie fredonnée. Des bribes de sensations l'effleurèrent, comme dans un songe. La sève qui circule lentement, tendrement. L'odeur de l'été et du soleil, teintée de nostalgie. Elle se rapprocha encore, ce qui lui permit de distinguer l'enveloppe qui protégeait l'esprit du bougainvillier. C'était un maillage, tissé de fils de lumière étroitement entrelacés. Lyvia comprit alors ce que sa mère entendait par « crée une ouverture ». Son esprit se mit à tâtonner à la recherche d'une faiblesse dans le maillage. Lorsqu'elle eut trouvé une irrégularité, la jeune fille tira sur les mailles – avait-elle des doigts ou était-ce seulement sa pensée ? – qui s'effilèrent rapidement, comme un pull usé.

De l'ouverture béante ainsi créée jaillirent des souvenirs plus vivaces que ceux qui l'avaient précédemment effleurée. Elle fut comme projetée en arrière, frappée par la force de ce torrent mémoriel. Elle vit le jeune bougainvillier se lancer à l'assaut du treillage, contre le mur du salon. Elle vit sa première floraison, timide mais si belle déjà, annonciatrice des éclatantes couleurs à venir. Elle vit l'alternance des saisons, le temps qui passe d'une manière si différente de la nôtre. Puis elle vit chaque floraison, l'une après l'autre. Refusant de se laisser submerger par ces souvenirs, elle les repoussa et tâcha de s'imposer avec force pour s'infiltrer à travers l'ouverture. Là, il lui sembla s'immerger entièrement dans l'âme de la plante. Entourée par une sourde pulsation, aveuglée par mille signaux brouillés, elle se concentra pour ne pas se noyer. Et progressivement, elle imposa sa volonté au bougainvillier. Elle lui chuchota l'idée de fleurir, là, maintenant, comme si elle était venue de lui. Elle visualisa avec force les bractées mauves, tenant en leur cœur trois petites fleurs blanches et délicates. Elle poussa cette idée dans la branche, jusqu'à ce qu'elle perçoive le bougainvillier céder. Sa mère lui avait dit de se contenter de la branche, mais pourquoi se priver d'une telle beauté ? Le bougainvillier fleuri était si éclatant, si coloré. Pourquoi s'arrêter là ? Alors elle laissa l'idée s'infiltrer d'un bout à l'autre de la plante, jusqu'à ce que la lueur de son esprit resplendisse. Mais Lyvia n'avait pas anticipé la formidable quantité d'énergie que l'arbuste avait mobilisée pour parvenir à ce résultat. Cette énergie la frappa de plein fouet, et, dans un éclair de lumière, elle perdit connaissance.

Quelques secondes plus tard, elle ouvrit les yeux. Elle avait réintégré son corps, et sa mère l'avait rattrapée avant qu'elle ne heurte le sol. Aveuglée par la clarté de cette dimension, elle eut le temps de distinguer les bractées chatoyantes du bougainvillier, et la myriade de petites fleurs blanches. Elle esquissa un sourire, qui glissa de son visage un instant plus tard. Aussi vite qu'il avait fleuri, le bougainvillier se flétrissait à présent. Les fleurs se ternirent et tombèrent doucement, flottant comme des promesses non tenues. Les feuilles se recroquevillèrent et s'assombrirent avant de chuter à leur tour. Seule la tige demeura, agrippant encore de ses doigts frêles le treillage.

Le bougainvillier était presque mort, vieilli en quelques secondes de plusieurs années.

CHAPITRE II

— Tu savais ce qui allait se passer, tu le savais ! s'écria Lyvia, accusatrice.

Isadora affrontait la colère de sa fille sans se démonter, les bras croisés. Evan avait quant à lui entrepris de ramasser les fleurs et feuilles mortes du bougainvillier, autant pour épargner à Lyvia cette triste vision que pour se tenir à l'écart de la dispute qui se profilait.

— Je savais que c'était un risque, rétorqua Isadora d'un ton ferme. Je t'ai demandé de fleurir uniquement la branche, tu as décidé de fleurir tout le bougainvillier. Je sais pourquoi, tous les Voyageurs font cette erreur. Oui, il était plus beau ainsi. Oui, pourquoi s'arrêter à une branche lorsqu'on peut rendre à cette plante sa splendeur estivale ? Je voulais que tu fasses l'expérience de cette erreur, c'est important.

— Alors ce pauvre bougainvillier n'est qu'un dommage collatéral ? Tant pis s'il est mort, puisque j'aurai appris quelque chose, c'est ça ? s'insurgea Lyvia en désignant le cimetière de fleurs qu'Evan tentait de faire disparaître.

— Oui, je préfère que cette plante en fasse les frais, plutôt qu'un animal ou encore un homme. Je crois que tu l'as compris, Lyviana, le pouvoir des Voyageurs consiste à contrôler les êtres vivants. Quels êtres vivants, et quel niveau de contrôle, cela dépend entièrement de la puissance du Voyageur. Et tu es bien plus puissante que nous tous. Non, ne le démens pas. Te sous-estimer aura des conséquences terribles. Avec tes pouvoirs, tu peux contrôler n'importe quoi, et n'importe qui. Il est primordial que tu en connaisses les risques et les limites.

Effrayée par la gravité des mots de sa mère, Lyvia se laissa tomber dans le fauteuil qu'elle avait quitté. Apple se leva aussitôt pour la rejoindre. La petite chienne s'assit en face d'elle et posa la patte sur ses genoux pour quémander des caresses. Mais loin d'être attendrie par son doux regard, Lyvia se sentit mal à l'aise. Sa mère avait dit qu'elle pouvait contrôler les animaux. Avait-elle déjà inconsciemment imposé sa volonté à Apple ? À cette pensée, une horrible image s'imposa à elle : la petite chienne secouée de convulsions puis expirant son dernier souffle, épuisée par l'effort demandé par Lyvia. La gorge serrée par cette vision, la jeune fille repoussa la patte d'Apple.

— Alors je ne veux pas être une Voyageuse. Je ne veux contrôler personne, je ne veux faire de mal à personne. Ces pouvoirs sont mauvais, je refuse de m'en servir !

Isadora ne parut pas surprise par sa réaction. Elle s'assit sur l'accoudoir du fauteuil de Lyvia et posa une main apaisante sur son épaule.

— Et j'aurais été déçue si tu avais réagi différemment. Mais laisse-moi t'expliquer. J'ai voulu te montrer les risques avant toute chose, parce que trop de Voyageurs les prennent à la légère. Et considérant ta puissance, tu ne peux pas te le permettre. Mais ce qui est arrivé au bougainvillier était évitable. Il ne s'agit pas de contrôler pour le plaisir de contrôler. Vois-tu comme les plantes ont toujours atteint des tailles improbables dans notre maison ? Crois-tu qu'elles seraient si belles, si pleines de vitalité si elles se sentaient assujetties à mon contrôle ? Les Voyageurs aiment profondément la nature, Lyvia, plus que la plupart des gens. Nous avons la chance formidable de posséder de tels pouvoirs, presque divins. Et cette chance vient avec une grande responsabilité. Nous avons le devoir de les utiliser pour le bien.

— Pour le bien de qui ? Plutôt facile de décider pour la nature ce qui est bien pour elle, répliqua Lyvia, nullement convaincue.

Isadora ne répondit pas directement. Elle ferma les yeux et se concentra. Puis, doucement, les feuilles du bougainvillier se mirent à repousser, d'un vert éclatant. Bientôt, le mur fut de nouveau recouvert par le feuillage fourni de la plante, comme si Lyvia n'était jamais intervenue. Seules demeuraient quelques fleurs fanées au pied du mur, qu'Evan n'avait pas encore dispersées au fond du jardin. Isadora chancela avant de serrer plus fermement l'épaule de Lyvia pour se stabiliser. Son visage paraissait encore plus marqué par la fatigue.

— Je te l'ai dit, il était possible d'éviter au bougainvillier de s'affaiblir. Il te faudra apprendre à utiliser tes pouvoirs. Si tu offres un peu de ton énergie aux êtres que tu contrôles en échange du service que tu leur demandes, ils n'en seront pas affectés. Ça semble assez juste non ?

Lyvia devait avouer qu'elle se sentait rassurée. L'espace d'un instant, elle se vit chevaucher une immense plante jusqu'aux cieux, à la manière de *Jack et le Haricot Magique*. Mais à cette vision se substitua aussitôt celle d'Apple morte.

— Et les animaux alors ? Même en leur prêtant mon énergie, ça ne me paraît pas juste de les contrôler.

— Tu as raison, les choses se compliquent lorsqu'on en vient aux animaux. Mais d'abord, tu dois savoir que la grande majorité des Voyageurs est incapable de contrôler un animal, au sens où tu l'entends. Et c'était déjà le cas avant que les Traîtres n'affaiblissent grandement nos pouvoirs. Cela demande plus de puissance que le contrôle d'une plante. Et c'est de toute façon plus problématique, d'un point de vue éthique. Alors vois plutôt les choses ainsi : nos pouvoirs nous permettent de connaître l'esprit des animaux plus intimement que le meilleur des scientifiques. Ils nous permettent de communiquer avec les animaux, de les comprendre et d'établir avec eux une relation de confiance. Ce n'est pas un hasard si les Voyageurs ont quasiment toujours le Contact avec un cheval. Pas parce qu'ils les forcent, les chevaux sont libres et choisissent l'humain avec lequel ils se lient. Mais parce que les chevaux sont inexplicablement attirés par les Voyageurs, par ceux qui sauront les respecter mieux que quiconque. Ceux qui en ont le pouvoir ne contrôlent véritablement les animaux qu'en cas d'extrême urgence.

— Et les humains ? osa demander Lyvia, pleine d'appréhension.

Isadora baissa le regard vers ses mains, qu'elle avait croisées sur ses genoux. Cette fois, elle réfléchit plus longuement avant de répondre.

— Comme je te l'ai dit, il est absolument interdit de contrôler un humain. Et cela ne concerne qu'une poignée infime de Voyageurs très puissants, dont tu fais partie. Les autres en sont tout simplement incapables. Malheureusement, les Traîtres étaient parmi les Voyageurs les plus doués. Ils n'ont jamais su respecter cette interdiction. Ils ont donc été bannis.

— Mais… j'ai contrôlé ces gardes au château royal. Vais-je être bannie ?

Isadora esquissa un sourire las. Elle effleura la joue de sa fille, avant d'expliquer avec tendresse :

— Non, bien sûr que non ma puce. Tu ne savais pas ce que tu faisais. Et tu ne le referas plus. Kalaan t'apprendra à maîtriser tes pouvoirs.

— Attends ! Tu peux pas partir maintenant, j'ai encore un milliard de questions !

Isadora se retourna sur le pas de la porte, un demi-sourire au coin des lèvres.

— Je ne vais pas disparaître, Lyvia, je vais juste faire quelques courses. Il faut bien si vous voulez dîner ce soir ! Je répondrai à tes questions à mon retour, je te le promets.

La jeune fille esquissa une moue déçue mais ne protesta pas. Alors que sa mère s'apprêtait à sortir, elle s'exclama :

— Au fait, puisque tu vas faire des courses…

Isadora la coupa avec un sourire complice.

— Oui, je te ramènerai des tablettes de chocolat noir.

— Comment tu savais ce que j'allais dire ? Les Voyageurs lisent dans les pensées maintenant ?

Sa mère éclata de rire et lui adressa un clin d'œil plein de malice.

— Je sais ce que tu ressens après des semaines en Héliosis. La nourriture y est divine mais l'absence de chocolat est un sérieux point négatif !

Lyvia resta bouche bée alors qu'Isadora claquait la porte derrière elle. Comment sa mère pouvait-elle se montrer si joyeuse, si insouciante après les sujets graves qu'elles avaient abordés ? La mention d'Héliosis semblait l'avoir rajeunie de dix ans. Devait-elle encore se méfier des Voyageurs, qu'Isadora semblait tant estimer ? Le bruit du moteur qui démarrait la tira de ses réflexions. Elle écouta la voiture tourner au coin de la rue avant de rejoindre Evan qui attendait au milieu du salon, hésitant.

— Je suis désolée... Entre ma mère qui t'accueille comme un criminel et moi qui ne me préoccupe que de mes pouvoirs, tu ne dois pas te sentir très à l'aise...

Evan haussa les épaules.

— La réaction de ta mère est parfaitement compréhensible. Je t'ai mise en grave danger Lyvia, et tous les regrets du monde n'effaceront pas cela. Et, concernant tes pouvoirs, je suis très curieux de découvrir ce dont tu es capable. C'est incroyable...

— Je suis pas sûre d'être aussi enthousiaste... Tu as vu ce pauvre bougainvillier ?

Le jeune homme secoua la tête, un sourire indéchiffrable aux lèvres.

— Les plantes ne souffrent pas Lyvia. En revanche, si l'on en croit ta mère, il est urgent d'arrêter les Traîtres avant qu'ils ne causent encore plus de mal. Et je crois bien que tu es la clé.

Lyvia détourna le regard, gênée par les attentes que l'on faisait peser sur elle. Elle était encore bien loin de songer à combattre de mystérieux ennemis, bannis pour avoir contrôlé des humains… Désireuse d'alléger l'atmosphère, elle rétorqua avec humour :

— Tu as raison, je vais les attaquer à coups de branche de bougainvillier fleuri, ils n'auront aucune chance !

Evan voulut lui lancer un regard chargé de réprobation mais il ne put réprimer un sourire amusé.

— Sans vouloir m'avancer à parler de quelque chose que j'ignore, je crois que l'enseignement des Voyageurs est un peu plus poussé que cela.

— Me voilà bien déçue… Ça aurait fait une jolie guerre.

Avant que le jeune homme ne réplique, elle reprit avec enthousiasme :

— Voudrais-tu voir ma chambre ?

À en croire l'expression d'Evan, il avait bien compris qu'elle ne souhaitait pas parler davantage de ses pouvoirs, pas dans l'immédiat. Elle avait besoin de se sentir normale, pour quelques heures encore. Alors il acquiesça, et ils se rendirent à l'étage. Lyvia montra à Evan la salle de bain, la chambre de sa mère, la chambre d'amis – qui serait celle du jeune homme – puis ils pénétrèrent dans la chambre de Lyvia.

Soudainement intimidée, elle regarda sans mot dire Evan faire le tour de la petite pièce. Elle eut tout à coup honte du papier peint beige et violet, craignant qu'Evan ne le trouve enfantin. Mais le jeune homme, prêtant peu attention aux couleurs de la pièce, s'attarda surtout devant la bibliothèque, effleurant certains livres du bout des doigts. Enfin, il s'approcha du bureau, où trônaient un ordinateur portable, quelques livres scolaires et le carnet de dessin de la jeune fille. Caressant la couverture usée, il se tourna vers Lyvia pour lui demander :

— Qu'est-ce que c'est ?

— Mon carnet de dessin. Tu peux regarder si tu veux.

Saisissant délicatement le cahier comme s'il s'était agi d'un objet précieux et rare, Evan s'assit sur le rebord du lit. Lyvia le rejoignit en appréhendant sa réaction. Elle plia les genoux et les entoura de ses bras avant d'y poser la tête.

Evan feuilleta lentement le carnet en murmurant avec admiration :

— Tu dessines merveilleusement bien. Et dire que j'ignorais cet aspect de ta personnalité…

La jeune fille le remercia d'un sourire. Elle regarda défiler sous les doigts d'Evan paysages, lieux et portraits, tentant de se remémorer le contexte et l'état d'esprit dans lequel elle avait réalisé chacun de ces dessins. Evan s'attarda particulièrement sur un portrait de Liam, dessiné deux ans auparavant. Le jeune homme fronça les sourcils et demanda avec hésitation :

— Es-tu sûre qu'il n'est que ton meilleur ami ? À voir la façon dont tu l'as dessiné, on croirait que…

Lyvia rougit et avoua sans oser rencontrer son regard :

— J'étais – ou du moins je croyais être – amoureuse de lui à cette période. Je ne pensais pas que tu verrais cela à travers un simple dessin… Liam a toujours été le seul garçon à s'intéresser à moi, les autres ne voyaient que la Lyvia solitaire et un peu différente. Ils n'avaient pas envie de me connaître, et c'est certainement en partie de ma faute. Mais toujours est-il que j'ai un jour cru que l'affection que je ressentais pour lui était plus forte que de l'amitié. Cela n'a pas été facile, parce que Liam a toujours été un grand séducteur, et le voir avec une nouvelle petite amie me blessait chaque fois un peu plus. Pourtant j'ai fini par me rendre compte que c'était uniquement de l'amitié, seulement un peu trop possessive.

Gênée d'avoir tant parlé, Lyvia reposa la tête sur ses genoux pour dissimuler son trouble. À son grand soulagement, Evan continua de tourner les pages, comme à son habitude peu loquace. Pourtant, sans s'arrêter, il demanda d'une voix presque dégagée :

— Comment t'en es-tu rendu compte ?

— Eh bien… je suis tombée amoureuse d'un autre. Arnaud. Nous sommes sortis brièvement ensemble, mais… nous n'avions pas la même façon de voir les choses.

Malgré le ton amer de Lyvia, Evan ne se découragea pas et l'interrogea doucement, sans quitter des yeux un dessin représentant un chêne :

— Comment cela ?

Mal à l'aise, la jeune fille détourna le regard. Elle n'aimait pas évoquer cette histoire d'amour ratée, à peine esquissée et pourtant si décevante. Par ailleurs, elle doutait qu'Evan comprenne réellement, n'ayant pas été baigné dans la même culture.

— Je n'étais pas prête à… aller plus loin. Il m'a quittée.

Cette fois, Evan se tourna vers elle, l'air scandalisé. Il était tellement outré qu'il en perdait presque ses mots :

— C'est… c'est… abject, monstrueux ! Je te promets que si je croise cet immonde rat, je lui…

— Ne t'énerve pas pour ça. C'était l'an passé, je ne veux plus y penser. Tu sais, j'ignore comment c'est dans ton monde, mais ici j'ai l'impression que certains garçons voient cet acte comme une sorte de passage nécessaire à l'âge adulte. Ils ont besoin de se prouver à eux-mêmes et aux autres qu'ils en sont capables. J'ai pour ma part une conception plus romantique de la chose…

Légèrement apaisé, Evan répondit doucement :

— Ne laisse jamais personne te faire changer d'avis. Dans mon monde, c'est presque l'acte d'amour suprême, si on exclut la conception d'un enfant. C'est un gage de la confiance accordée dans un couple, et chacun est prêt à patienter des années si l'autre ne se sent pas prêt.

— Ton monde n'a pas que des défauts finalement…

— Je suis heureux que tu le reconnaisses, sourit Evan en ramenant son attention aux dessins de Lyvia.

Mais la jeune fille, préoccupée, n'osait pas poser à Evan la question qui lui brûlait les lèvres. Elle regarda défiler de nouveaux dessins sans vraiment les voir, tergiversant. Après avoir livré une part intime de sa vie à Evan, il lui semblait que ce dernier accepterait finalement de se confier. Par ailleurs, l'atmosphère calme et rassurante de sa chambre lui paraissait plus propice aux discussions que l'air empreint de danger d'Héliosis. Pressée par le besoin de savoir, elle laissa échapper :

— Accepterais-tu de me raconter ce qui s'est passé avec Maïwen ?

Evan tourna encore quelques pages, et Lyvia crut qu'il ne lui répondrait pas. Mais lorsqu'il eut fini le carnet, il le reposa sur le bureau et revint s'asseoir face à Lyvia. Il plissa le front, donnant à son visage une expression contrariée que la jeune fille avait appris à reconnaître. Enfin, il commença sans la regarder :

— Tu sais que je n'ai jamais reçu le moindre témoignage d'affection. Je ne me suis jamais senti aimé de mon père, ni de qui que ce soit. Ma vie entière a été régie par mon père, je n'ai pas eu beaucoup de temps libre. Je passais mon temps à étudier et combattre, ou à dîner en compagnie de la noblesse. C'est lors de l'un de ces dîners que j'ai rencontré Maïwen. Elle était sublime, comme toujours.

Lyvia ressentit un bref pincement de jalousie qui la surprit. Mais, ignorant son trouble, Evan poursuivit en fixant d'un air absent les plantes qui trônaient sous la fenêtre :

— Nous avons sympathisé, et je suis très vite tombé amoureux d'elle. Maïwen a toujours été une experte pour faire succomber les hommes, elle a profité de mon inexpérience. Mon père, étonnamment, ne m'a pas empêché de la revoir, car il pensait que « prendre du bon temps » ne me ferait pas de mal. Il n'a jamais rien compris à l'amour…

Le jeune homme laissa passer quelques secondes chargées de souvenirs, de moments partagés, véritables fragments de vie dont Lyvia ignorait tout. La gorge serrée, elle l'écouta raconter la fin de leur histoire :

— Et puis un jour, bien trop tard, j'ai fini par comprendre qu'elle ne s'intéressait qu'à mon futur poste. Elle était noble, mais elle n'était pas très riche, et elle espérait qu'en m'épousant, elle deviendrait une des femmes les plus fortunées d'Héliosis. Elle a ensuite rencontré un homme bien plus riche, une sorte de bandit plus ou moins toléré par le roi à cause de leur arrangement. Il est l'un des seuls à oser s'aventurer au plus profond du désert de Mortot, d'où il extrait un minerai extrêmement précieux qu'il revend à Syrian II. Elle m'a quitté comme on jette un jouet inutile, en me crachant que je n'avais qu'à être plus riche.

Envahie par la compassion, Lyvia voulut esquisser un geste en direction d'Evan avant de se raviser. Elle conçut du récit de son ami une véritable haine pour Maïwen, ce monstre vénal et sans cœur qui avait brisé Evan.

— Je sais que mon histoire ne paraît pas si triste, reprit le jeune homme, surtout après ce que tu m'as confié, après ce que tu as vécu en Héliosis, et tu serais en droit de t'étonner de la blessure que j'en garde. Mais il faut que tu comprennes que je n'avais - que je n'ai - jamais été aimé. Je lui ai offert mon cœur sans retenue, car j'ai découvert avec elle un monde de joies et de plaisirs qui m'avaient toujours été interdits. J'ai placé tous mes espoirs, tous mes rêves en elle, je l'ai idéalisée et j'en ai fait le centre de mon univers. Alors lorsqu'elle est partie, lorsque j'ai compris que son amour n'avait été qu'un leurre, qu'elle ne s'était jamais montrée sincère avec moi, j'ai été anéanti.

— Je comprends Evan, et je ne me permettrais pas de remettre en doute ta douleur. Mais tu as réussi à prendre du recul par rapport à tout ça, n'est-ce pas ? Je te sens plus ouvert, plus libre qu'aux premiers jours de notre rencontre.

Un véritable sourire s'étira sur le visage d'Evan, adoucissant son regard métallique.

— C'est vrai, et c'est grâce à toi princesse.

Lorsqu'Isadora revint une heure plus tard, Evan et Lyvia avaient pris leur douche. Lyvia avait prêté au jeune homme un maillot de football de la France que Liam lui avait donné, ainsi qu'un pantalon de jogging trop grand pour elle. Pendant ce temps, elle avait mis ses affaires à laver. La jeune fille remarqua avec étonnement que même dans cet accoutrement, Evan réussissait l'exploit de rester séduisant.

Isadora ayant acheté les ingrédients nécessaires pour préparer l'un des plats préférés de Lyvia, les lasagnes au chèvre et aux épinards, ils se mirent tous trois au travail. Les compétences culinaires d'Evan se limitaient à faire cuire le produit de sa chasse, mais, prêt à tout pour faire plaisir à Lyvia, il s'attela à la tâche consciencieusement. Ravie d'endosser le rôle de professeur, la jeune fille lui montra comment préparer une sauce béchamel, tandis qu'Isadora faisait précuire les feuilles de lasagne et les épinards. Evan se chargea d'émietter la bûche de chèvre, puis ils montèrent les couches d'ingrédients dans un plat à gratin. Alors qu'Isadora enfournait les lasagnes, Evan se pencha vers Lyvia pour lui demander à voix basse, les sourcils froncés :

— Mais vous n'avez pas de domestiques pour faire tout cela d'habitude ?

Lyvia ne put s'empêcher d'éclater de rire. Evan avait grandi d'une façon si différente de la sienne…

— Ah ces nobles ! s'exclama Isadora en refermant la porte du four.

Son ton était légèrement moqueur, mais une indulgence nouvelle perçait dans son regard. S'était-elle résignée à accepter la présence d'Evan, voyant combien les jeunes gens tenaient l'un à l'autre ? Lui pardonnait-elle d'avoir livré sa fille au roi, devant le dévouement dont il faisait à présent preuve ? Lorsqu'Evan adressa un sourire timide à Isadora, le visage de cette dernière se ferma et elle se détourna avec froideur pour mettre la table. Lyvia révisa aussitôt son jugement. Sa mère en voulait toujours autant au jeune homme… Gênée, elle entreprit de dérider Evan :

— C'était agréable de cuisiner non ? Pas besoin de domestique !

Evan laissa échapper un grognement peu convaincu, ni affirmatif ni désapprobateur.

— Alors, où sont passées les innombrables questions que tu voulais me poser ? demanda Isadora avec un sourire bienveillant.

Lyvia releva la tête, détachant son regard des lasagnes qu'elle fixait sans les voir. Avant le départ d'Isadora, mille interrogations se bousculaient sous son crâne. Mais à cet instant, elle ne savait plus si elle désirait vraiment en connaître les réponses. Voulait-elle réellement comprendre à quel point sa mère lui avait menti, toutes ces années ? Ne pouvait-elle pas plutôt prétendre que tout était revenu à la normale, le temps d'un dîner ? Puis son regard tomba sur Evan, qui semblait si peu à sa place dans la petite salle à manger. Il ne portait pourtant plus ses vêtements héliosiens, et pas une seule arme ne pendait à sa ceinture. Mais quelque chose dans son regard, dans la manière dont il observait son environnement, criait sa non-appartenance à ce monde. Il était pour Lyvia le dernier lien qui la raccrochait à Héliosis, le rappel constant qu'elle ne pourrait jamais retourner à son ancienne vie, même si elle le voulait. Et était-ce ce qu'elle désirait ?

— Pourquoi est-ce que tu m'as menti si longtemps ? Et ne me dis pas que c'était pour mon bien, pour que je vive normalement. Il y a plus que ça, j'en suis sûre !

Isadora tressaillit, ne s'attendant visiblement pas à une telle attaque de la part de sa fille. Elle reposa lentement sa fourchette et croisa les bras, le visage marqué par un étonnant mélange de défiance et de culpabilité.

— Il y a plus que cela, tu as raison Lyviana. Il y a mon égoïsme aussi. Quand j'ai fini ma formation, j'ai décidé de vouer ma vie au combat contre les Traîtres. J'étais – et je suis toujours – convaincue que ce qu'ils font est profondément mauvais. Rien ne peut justifier de contrôler sciemment une personne, de lui enlever sa volonté au nom d'un idéal. Alors j'ai voulu me battre pour ma vision, celle d'un monde où l'homme et la nature coexisteraient en harmonie. Je planifiais chaque attaque avec les Voyageurs, je participais à chaque combat. La haine était devenue mon moteur. Mais comment combattre ceux qui ont bravé l'ultime interdit ? Plus nous nous refusions à employer les mêmes méthodes qu'eux, plus ils se riaient de nous, et plus ils nous massacraient. Notre combat était vain. Puis je suis tombée enceinte de toi. Je suis sûre que tu penses que cela a changé ma manière de voir la vie, que j'ai arrêté de combattre. Bien au contraire. Quand j'ai eu vent de la prophétie, et que j'ai compris qu'il s'agissait de toi, je t'ai envisagée comme une arme contre les Traîtres, comme le fer de lance de notre combat.

Glacée par l'amertume qui tordait les traits de sa mère, Lyvia affronta difficilement son regard, incapable d'articuler un mot. Alors Isadora finit par reprendre, d'une voix presque étouffée :

— Puis tu es née. Je t'ai tenue dans mes bras, j'ai vu tes yeux, si semblables à ceux de ton père. Et j'ai eu honte, tellement honte. Je t'avais prise pour une arme ; tu n'étais qu'une enfant, mon enfant. Alors je me suis juré que si tu combattais un jour les Traîtres, ce serait de ton plein gré, par ta propre décision. Si tu avais grandi en

Héliosis, parmi les Voyageurs, tu aurais été baignée dans ce combat, tu aurais vite appris l'existence de la prophétie. Et tu aurais vécu avec ce poids que les Voyageurs auraient fait peser sur toi. Je suis retournée sur Terre, mon monde, où tu serais en sécurité. J'ai tout fait pour que les Voyageurs ne me retrouvent pas, pour qu'ils me laissent t'élever comme je le souhaitais, dans l'ignorance d'Héliosis. Pour que, le moment venu, tu décides de reprendre mon combat. Parce que c'est juste, et non à cause d'une prophétie.

Lyvia baissa les yeux sur son repas à présent froid, bouleversée par le récit de sa mère. Sans oser croiser son regard, elle remarqua doucement :

— Tu dis que tu m'as élevée dans l'ignorance d'Héliosis pour que je prenne ma propre décision, mais en même temps tu n'as pas l'air de douter un seul instant de cette décision. Et si je ne souhaite pas devenir l'arme que tu désirais ? Et si ce monde me fait peur, plus qu'il ne m'attire ? Et si mes pouvoirs m'effraient, plus qu'ils ne m'enthousiasment ?

Au dernier moment, elle leva brièvement les yeux vers sa mère, comme pour évaluer sa réaction. Un éclair de colère traversa les prunelles d'Isadora. Lyvia reporta son attention sur son plat, redoutant les mots que sa mère s'apprêtait à prononcer. Le silence s'étira quelques secondes, pesant. Puis la réponse d'Isadora tomba comme un couperet, sèche et emplie de déception.

— Je pensais que tu avais les mêmes idéaux que moi. Je pensais que l'abus de pouvoir des Traîtres, que le mal qu'ils commettent te seraient aussi intolérables qu'à moi. Mais il semble que je me sois trompée.

Blessée, Lyvia sentit un mélange d'émotions bouillonnant lui brûler le ventre : humiliation, ressentiment, et par-dessus tout, un profond sentiment de trahison. Où était passée la mère douce et aimante qui l'avait toujours protégée ? Que pouvait-il rester de leurs moments de complicité, de leurs joies partagées, après avoir entendu ces mots ? N'avait-elle été élevée que dans le but d'un jour affronter les Traîtres ? Comme pressentant l'orage qui menaçait, Apple se leva discrètement pour aller se coucher derrière un canapé, la tête baissée et la queue entre les pattes. Lyvia la suivit du regard un instant avant d'articuler difficilement, la voix tremblante :

— Est-ce que tu te rends compte de ce que tu dis ? Est-ce que tu sais ce que ça fait de découvrir du jour au lendemain que toutes tes certitudes sont fausses ? Est-ce que tu peux imaginer ce que je ressens, à écouter chaque personne que je croise m'informer de mon destin grandiose et du rôle crucial que j'ai à jouer dans un combat qui n'est pas le mien ? Je ne suis pas responsable de ce qui se passe en Héliosis, je n'ai rien demandé à personne ! Et si tu veux trouver des responsables, pourquoi pas tes chers Voyageurs ? Les Traîtres ont été des Voyageurs avant d'être ce qu'ils sont, non ? Alors il faudrait peut-être se remettre en question au lieu de confier le sort de l'univers à une fille de seize ans, tu crois pas ?

Lyvia se força à affronter le regard brillant de colère d'Isadora, et elle se crispa involontairement, comme si la réplique de sa mère allait s'abattre sur elle avec la force d'une gifle. Mais Evan se leva soudainement, faisant tressaillir les deux femmes qui se défiaient du regard. Lyvia avait presque oublié qu'il se trouvait aussi à table.

— Ma présence ici est tout à fait déplacée, s'excusa le jeune homme, le visage grave. À tout à l'heure Lyvia, je serai à l'étage.

— Non ne pars pas je t'en supplie, qu'il reste dans

cette pièce une personne qui se soucie de ce que je pense !

Mais les suppliques de Lyvia n'eurent pas l'effet escompté. Isadora laissa échapper un soupir irrité, tandis qu'Evan se détournait sur un dernier murmure :

— Je serai là si tu as besoin de parler.

Une fois le bruit de ses pas dans l'escalier évanoui, mère et fille se dévisagèrent en silence. Lorsque cette immobilité devint trop pesante, Isadora finit par reprendre d'une voix basse et contrôlée :

— Tu es une enfant Lyvia, tu ne comprends pas. Tu ne comprends pas les enjeux, tu ne comprends pas la gravité de la situation. Et tu oses me donner des leçons...

— Non je comprends pas, t'as raison ! Et tu sais pourquoi ? Parce que t'as décidé de contrôler ma vie entière, à m'élever comme une ignorante pour mieux me jeter aux loups. Tu m'as expliqué tout à l'heure comme tu avais tout prévu, comme je devais atterrir au quartier général des Voyageurs. Mais en fait c'est toute ma vie, tous mes choix que t'avais prévus ! Donc là je suis censée me jeter corps et âme dans ton combat, je suis censée me sentir investie d'une mission divine ? Eh bien non désolée, c'est horrible ce qui arrive en Héliosis mais je refuse d'en porter la responsabilité ! T'es pire que les Traîtres en fait, eux au moins doivent pas faire semblant d'aimer les gens qu'ils contrôlent...

Lyvia crut que sa mère allait perdre le contrôle et céder à la violence qui noircissait ses yeux, d'ordinaire d'un brun si calme. Ses traits se crispèrent en un rictus de colère. Puis elle éclata en un bruyant sanglot, prenant totalement Lyvia au dépourvu. Complètement déboussolée, elle se contenta de fixer sa mère, qui venait de plonger la tête dans ses mains, les épaules secouées par les pleurs. Pendant de longues minutes, elle fut incapable de prononcer un mot ou d'esquisser un geste, le cœur empli d'un affreux détachement. Elle avait l'impression d'être face à une inconnue, impulsive et émotive, bien loin de la mère calme et pleine de sang-froid qu'elle connaissait. Puis les hoquets d'Isadora finirent par fissurer sa coque d'indifférence jusqu'à enfouir un profond sentiment de malaise au creux de son estomac.

— Maman… chuchota-t-elle finalement, désespérément.

Comme un appel lancinant à la mère qu'elle aimait, qui se trouvait toujours face à elle, en dépit de tout. Isadora releva lentement la tête, le visage strié de larmes et les yeux gonflés. Lyvia y lut une tristesse infinie, qui acheva de lui fendre le cœur. Elle voulut s'excuser, retirer ses paroles si dures. Mais Isadora avait déjà pris la parole, d'une voix enrouée :

— Alors partons d'ici, si ce n'est pas la vie que tu désires. Je suis désolée ma puce, désolée d'avoir voulu t'imposer mes choix. Il est encore temps de fuir. On pourrait recommencer une nouvelle vie, loin de tout. En Mongolie par exemple, tu as toujours rêvé d'y aller.

Et Lyvia comprit combien il lui en coûtait de lui proposer de fuir, quand elle avait passé sa vie à combattre. Elle comprit combien sa mère tenait à elle, pour écarter brutalement des projets construits depuis seize ans, au nom du bonheur de sa fille. Et elle comprit combien il serait égoïste de fuir maintenant, sans avoir au moins pris le temps d'écouter sa mère. Alors elle secoua la tête, un sourire triste sur les lèvres. Au regard interrogateur d'Isadora, elle répondit simplement :

— Raconte-moi plutôt comment tu es devenue une Voyageuse.

CHAPITRE 12

« Mais croirais-tu l'avis d'une amitié fidèle ? »
L'Infante, Acte IV, Scène 2.

— Alors, qu'est-ce que tu veux savoir ?

Lyvia était assise en tailleur face à Isadora, sur le lit de cette dernière. Elles avaient débarrassé la table puis Lyvia était allée s'assurer qu'Evan était bien installé dans la chambre d'amis et qu'il avait tout ce dont il pouvait avoir besoin. Le jeune homme s'était inquiété de la dispute entre Lyvia et sa mère mais elle l'avait rassuré en lui expliquant qu'elles s'apprêtaient à discuter du passé d'Isadora. Après avoir souhaité une bonne nuit à Evan, elle s'était dirigée d'un pas hésitant vers la chambre de sa mère, craignant qu'elle ne se soit endormie. Heureusement, elle avait fini par distinguer un faible rai de lumière filtrant sous la porte. En entrant dans la pièce, elle avait trouvé sa mère assise sur le lit, un livre sur les genoux. Lorsqu'elle avait entendu le grincement de la porte, Isadora avait relevé la tête et esquissé un sourire. Elle avait retiré ses lunettes et les avait posées sur la table de chevet avec le livre.

Lyvia baissa les yeux sur ses genoux, réfléchissant aux questions qui tournoyaient dans son esprit. Qui était réellement sa mère ? Quand avait-elle découvert ses pouvoirs ? Quelle vie avait-elle menée avant d'avoir sa fille ? Qui était donc son père ? Ces questions étaient si vertigineuses que, sans pouvoir se l'expliquer, elle fondit soudainement en larmes, libérant toute la fatigue et la tension accumulées. Isadora la prit aussitôt dans ses bras et lui caressa doucement les cheveux en attendant que ses pleurs se tarissent. Une fois apaisée, Lyvia se détacha des bras de sa mère afin d'essuyer les larmes qui baignaient ses joues. Isadora écarta tendrement les cheveux humides de son visage en murmurant :

— Ça fait beaucoup d'un coup, n'est-ce pas ?

Lyvia hocha la tête en reniflant, le regard baissé. Isadora lui glissa une mèche de cheveux derrière l'oreille avant de demander doucement :

— Tu es sûre de vouloir discuter maintenant ? Nous pouvons parler de tout ça demain.

Lyvia tergiversa un instant, toujours rongée par la curiosité malgré ses tempes douloureuses.

— D'accord, souffla-t-elle finalement. Je… je peux dormir avec toi ?

Isadora eut un sourire attendri qui creusa des ridules au coin de ses yeux.

— Bien sûr ma chérie.

Elle éteignit la lumière et toutes deux se glissèrent sous la couette, blotties l'une contre l'autre. Lyvia ferma les yeux, envahie par le parfum rassurant de sa mère. Ici, elle était en sécurité, et elle pouvait oublier toutes ses craintes l'espace d'une nuit. Enveloppée dans la chaleur d'Isadora, elle se remémora toutes les soirées où elle avait supplié sa mère de la laisser dormir avec elle, feignant ou non une angoisse quelconque. Sa mère avait toujours su l'apaiser par son affection, même aux heures les plus dures de son adolescence.

Quand son lapin était mort alors qu'elle était âgée de douze ans, c'était Isadora qui avait contenu son chagrin dans son étreinte protectrice, avant de lui expliquer patiemment que la mort n'était pas cette fin abrupte et irrévocable qu'elle imaginait, mais une étape vers l'absolu. Lorsqu'Arnaud l'avait quittée, c'était sa mère qui l'avait serrée contre elle toute la nuit en lui murmurant des mots qui avaient pansé les plaies de son cœur, comme seule une mère sait le faire. Isadora avait toujours été là pour elle, et pourtant cette nuit-là, Lyvia ne pouvait s'empêcher de se demander si cela serait suffisant.

Car ce soir-là, son dernier repère s'était effondré. Et le sommeil fut long à venir, malgré l'épuisement qui pesait sur elle. Une interrogation la tourmentait sans relâche, chassant la fatigue et réveillant l'angoisse. En dépit de ses paupières lourdes, elle gardait les yeux grands ouverts sur l'obscurité, écoutant la respiration régulière d'Isadora.

Sa mère était-elle devenue une étrangère ?

— Il faut que tu m'expliques Lyvia, t'as... t'as pas le droit de disparaître comme ça, et ensuite te comporter comme si tout était normal.

Piétinant sur le seuil, avec une expression nerveuse que Lyvia ne lui avait jamais connue, Liam paraissait égaré. Il était dix heures du matin, et Evan et Lyvia étaient en train de prendre le petit-déjeuner lorsque la sonnette avait retenti. Isadora était partie de bonne heure pour s'occuper de la boutique qu'elle avait délaissée ces dernières semaines.

— Entre, l'invita Lyvia en reculant d'un pas.

Liam la suivit dans la cuisine, où Evan se leva pour l'accueillir. Mettant de côté sa froideur naturelle, le jeune homme s'efforça de se montrer agréable et tendit la main au meilleur ami de Lyvia :

— Bonjour Liam. Je ne me suis pas présenté la dernière fois, je suis Evan Loÿe.

Soupçonneux, Liam lui jeta un regard méfiant mais il lui serra tout de même la main. La poigne dure d'Evan lui arracha une grimace.

— Salut, articula-t-il en récupérant sa main avec soulagement.

Puis, se tournant vers Lyvia, il ajouta :

— Il faut que je te parle. Seule.

— Je n'ai pas de secret pour Evan, répliqua-t-elle en secouant la tête.

Liam sembla vexé, mais il ne contesta pas et s'installa sur une des chaises de bar devant le comptoir de la cuisine américaine. Lyvia lui servit un verre de jus d'orange, et les souvenirs que ce geste évoquait firent sourire le jeune homme. Évitant délibérément de regarder Evan, il commença :

— Où est-ce que tu étais ?

Lyvia jeta un coup d'œil soucieux vers Evan, incapable de décider ce qu'elle devait taire et ce qu'elle pouvait partager avec Liam. L'Héliosien lui renvoya un regard impuissant, faisant comprendre à la jeune fille qu'il ne pouvait pas l'aider.

— Loin d'ici… Je ne peux pas t'expliquer Liam.

— Tu ne peux pas ou tu ne veux pas ? rétorqua le jeune homme avec colère.

— Je ne peux pas, je t'assure que je donnerais tout

pour pouvoir te dire la vérité. Mais c'est juste impossible, ça ne dépend pas que de moi.

Liam parut se radoucir, mais il baissa le regard, fixant le fond de son verre avec une expression préoccupée. Lyvia n'osait pas reprendre la parole, espérant que son ami dirait quelque chose. Finalement, le jeune homme releva la tête et l'examina soucieusement, les sourcils froncés.

— Si c'est quelque chose de mal, de… de dangereux, j'ai besoin de savoir Lyvia. Tu dois me le dire.

— Dangereux ? répéta Lyvia, déconcertée. Qu'est-ce qui te fait penser ça ?

Liam s'agita, mal à l'aise, avant de lancer un regard mauvais à Evan. Ce dernier se tendit mais il se tint coi, par égard pour Lyvia.

— Tu es différente, plus… sombre. Je sais pas comment dire, t'es plus la même. Et lui, surtout, son… est-ce que tu trouves ça normal ?

— Mais de quoi est-ce que tu parles ? s'exclama Lyvia, égarée par l'incohérence de Liam.

Le jeune homme détourna les yeux avant d'observer Evan avec encore plus d'animosité. Désemparée, Lyvia suivit son regard, et elle finit par comprendre en avisant le poignard que le jeune homme gardait en permanence à la ceinture. Elle ne put s'empêcher de rire de l'inquiétude de Liam, et même Evan eut un sourire amusé.

Mortifié par leur comportement, Liam bondit sur ses pieds et jeta un regard blessé et empli d'incompréhension à sa meilleure amie. L'hilarité de cette dernière s'évanouit aussitôt.

— Ravi de t'amuser, mais moi je trouve absolument pas ça drôle. Ça me fait pas rire du tout que tu sortes avec un dealer, ou je sais quel autre rebut de la société.

Cette fois, Evan perdit patience. Il se leva à son tour, le regard aussi froid que la glace. Maîtrisant un mouvement de recul, Liam se campa sur ses pieds, les muscles tendus dans l'anticipation du combat. Terrifiée, Lyvia se plaça entre eux deux et s'écria :

— Arrêtez ça tout de suite ! Liam, tu te trompes complètement, Evan est quelqu'un de tout à fait respectable. Je t'assure qu'il ne me ferait jamais de mal, au contraire, il me protège.

Liam se détendit légèrement et se mit à les observer avec attention. Evan, le regard vigilant, avait posé une main sur le coude de Lyvia, prêt à la placer derrière lui au moindre geste agressif de Liam. Aux yeux de ce dernier, leur attitude corroborait les paroles de Lyvia. Il quitta donc sa posture de combat, au grand soulagement d'Evan qui ne désirait pas se battre contre le meilleur ami de Lyvia.

— Il te protège ? demanda Liam avec hésitation. Comme… un garde du corps ?

La jeune fille se retourna pour échanger un regard interrogateur avec Evan, qui finit par relâcher son coude. Reportant son attention vers Liam, elle haussa les épaules.

— Oui, on peut dire ça.

— Et de quoi est-ce qu'il doit te protéger ? T'es en danger ? s'alarma Liam.

Lyvia s'agita, indécise. Que pouvait-elle dire à son meilleur ami ? Que trois Voyageurs renégats désiraient la tuer à cause d'une mystérieuse prophétie ? Ou que, à cause de sa fuite du château royal, l'armée entière devait être à sa poursuite ? Non, elle ne pouvait rien dire à Liam. Ce dernier penserait qu'elle ne lui faisait pas suffisamment confiance, mais avait-elle le choix ?

— Non, non… pas vraiment. Ne t'inquiète pas.

Le visage du jeune homme s'affaissa, et son regard vert s'emplit d'amertume. Prêt à quitter la pièce, il déclara :

— Très bien. Passe le bonjour à ma meilleure amie, elle, elle ne me mentait pas.

— Ne le prends pas comme ça Liam, je t'en supplie. Je ferais tout pour avoir le droit de te le dire, essaie de me comprendre. Avant que je parte, on s'était caché des choses, moi mon angoisse au sujet de mon père, et toi tes envies de partir loin de tes parents qui se disputaient. On ne se disait pas tout, mais est-ce que notre amitié en a pour autant été affectée ? Non, ça n'a rien changé, et je ne vois pas pourquoi les choses seraient différentes aujourd'hui.

— Parce que t'as disparu pendant plus de trois semaines ! éclata Liam, désemparé.

— Et alors ? s'écria la jeune fille sur le même ton. Je suis revenue, je suis là maintenant ! Oui, peut-être que j'ai changé, peut-être que je ne suis plus la même. Mais… mais justement, j'ai besoin de mon meilleur ami pour me rappeler qui je suis, et toi, tu vas m'abandonner ? Je ne peux pas tout te dire, alors tu vas me laisser comme ça ? Je croyais qu'on était meilleurs amis ! Ça fait plus de dix ans, et toi, tu veux mettre fin à notre amitié à cause d'une seule chose dont je n'ai pas le droit de te parler ! « Quand un jour de neige sera embaumé de lilas », c'était ça la fin de notre amitié, pas un vulgaire secret…

Lyvia s'interrompit, la gorge serrée par les pleurs. À travers les larmes qui embuaient ses yeux, elle vit l'expression de Liam changer. Le jeune homme s'avança vers elle et la serra dans ses bras, oublieux de son amertume.

— Pardon Lily, je suis un idiot.

Puis il recula et lui demanda avec un sourire hésitant :

— On va s'asseoir dans le parc, comme avant ?

Lyvia lui rendit son sourire, les yeux encore un peu humides. L'idée était tentante, comme voler quelques instants de son ancienne vie – une vie qu'elle ne reprendrait peut-être jamais. Mais la jeune fille n'oubliait pas que, contrairement à elle, Liam allait toujours au lycée.

— Tu n'es pas censé avoir cours ?

— Je peux bien rater un jour, t'en as manqué beaucoup plus, remarqua-t-il en haussant les épaules.

— Oui mais je… je ne sais pas si je vais y retourner.

Liam la dévisagea longuement, l'air désemparé. L'énormité de ce qu'elle lui cachait semblait s'imposer presque physiquement entre eux deux, instaurant une distance qui n'existait pas auparavant. Alors, sachant qu'aucun d'entre eux ne serait dupe, elle voulut, pour quelque temps encore, ignorer cette montagne de secrets.

— Allez, tu as raison, allons nous asseoir dans le parc. Il faut que tu me racontes si les gens parlent de moi au lycée !

Pendant une seconde, elle crut que Liam allait à nouveau se mettre en colère. Qu'il ne supporterait pas qu'elle fasse semblant. Puis un air résigné passa sur son visage, avant de disparaître. Il acquiesça. Lyvia et Evan enfilèrent alors leur manteau, et les trois jeunes gens s'aventurèrent dans le froid de décembre. Le parc n'était pas très loin de chez Lyvia, et elle avait l'habitude, avec Liam, de s'asseoir au bord du lac. Sur le chemin, le jeune homme s'approcha d'elle et lui glissa à l'oreille :

— Est-ce que ton garde du corps est réellement obligé de nous suivre partout ?

Lyvia laissa échapper un petit rire, amusée que Liam ait pris la comparaison au pied de la lettre.

— Il n'est pas mon garde du corps, c'est un ami, et c'est à ce titre qu'il nous accompagne.

Le jeune homme grommela quelque chose d'inaudible, mais il cessa de protester. Ils s'installèrent sur l'herbe froide, en face du lac gelé. La vision de cet environnement familier serra le cœur de Lyvia, qui réitéra sa question afin de ne pas sombrer dans la mélancolie :

— Alors, est-ce qu'on a parlé de ma disparition ?

Liam esquissa un sourire avant de commencer :

— Au début, tu étais le sujet de toutes les conversations. Dans un petit établissement comme le nôtre, les nouvelles vont vite, et le problème c'est que personne ne savait rien. Chacun y allait de ses suppositions, et j'ai même entendu une fille dire que tu avais été internée dans un hôpital psychiatrique. Beaucoup sont venus me poser la question, et comme je ne voulais pas avouer que je n'en avais aucune idée, je leur ai dit que cela ne les concernait pas.

Redevenant sérieux, le jeune homme reprit en fronçant les sourcils :

— Ambre est venue me voir, tu sais, la fille dans ta classe ?

Lyvia hocha la tête, se souvenant de la jeune fille blonde aux yeux bleu lavande.

— Elle a été très gentille et compréhensive, contrairement à d'autres qui ne montraient qu'une curiosité morbide. Elle se faisait réellement du souci pour toi, et j'aurais aimé pouvoir la rassurer. Mais comme je ne croyais pas à la maladie que prétextait ta mère, je n'ai pas voulu lui en parler, d'autant qu'elle se serait encore plus inquiétée.

— J'ai dessiné son portrait, quelques jours avant de partir. Tu lui donneras de ma part, ce sera une bonne excuse pour aller lui reparler. Elle te plaît, n'est-ce pas ?

Liam haussa les épaules pour dissimuler son embarras. Il détourna le regard sans répondre, sachant que sa meilleure amie lisait de toute façon en lui. Se sentant un peu exclu de la conversation sans toutefois avoir la rudesse de le faire remarquer, Evan s'allongea dans l'herbe à côté de Lyvia. Au regard d'excuse que lui adressa la jeune fille, il répondit par un sourire rassurant avant de fermer les paupières, bercé par le murmure du vent.

— J'imagine que tu n'es plus avec Juliette ?

— Non, elle est trop superficielle, et elle ne supportait pas que je m'inquiète pour toi.

— Et Ambre alors ? insista Lyvia, le sourire aux lèvres.

— Je ne sais pas si elle m'aime bien, et puis on n'a pas beaucoup parlé.

— Je compte sur toi pour faire changer ça. Tu sais, je suis contente que tu t'intéresses à une fille normale, pour une fois.

— Une fille normale ? répéta Liam en haussant les sourcils.

— Oui, les autres sortent avec toi seulement parce que tu es beau et que tu t'appelles Liam Morin. Ambre, au contraire, est une fille adorable qui s'inquiète toujours de ce que ressentent les autres. C'est une fille comme elle dont tu as besoin, pas une énième fille insipide et populaire.

Le jeune homme eut un sourire amusé et il s'empressa de répliquer :

— Si tu ne m'avais pas dit que j'étais beau, j'aurais été offensé par ta description de mes anciennes copines.

Lyvia leva les yeux au ciel, ravie de retrouver le caractère enjoué de son meilleur ami.

— Et si on en revenait au sujet de notre discussion ? Comment les racontars ont-ils cessé ?

— Finalement, ta mère a demandé au proviseur d'annoncer votre déménagement dans le Var, et c'est ainsi qu'a été expliquée ta disparition. Les gens ont progressivement cessé d'en parler pour se jeter sur un autre commérage, comme un chien sur un os. Je n'y croyais pas, bien entendu, puisqu'au début ta mère était encore là. Puis lorsqu'elle est partie à son tour, je croisais parfois ta grand-mère, qui venait s'occuper d'Apple. Lorsque je lui ai demandé une explication, elle m'a dit que ton oncle était malade, et que vous étiez toutes les deux allées le voir. Sauf que je savais que Daniel allait très bien, il venait de m'envoyer une vidéo de son dernier vol en parapente.

— Mon pauvre, tout le monde s'est ligué pour te faire tourner en bourrique, le plaignit Lyvia.

— Oui c'était aussi mon impression, confirma le jeune homme, ayant pris assez de recul pour en rire.

— Je suis vraiment désolée Evan, tu dois te sentir tellement exclu…

Ils venaient de rentrer du parc, après que Lyvia eut promis à Liam de passer le voir le lendemain. Sitôt la porte refermée derrière eux, elle s'était adressée à Evan, embarrassée. Mais le jeune homme accueillit son inquiétude d'un haussement d'épaules.

— Non, pas du tout, cela ne me dérange pas. Je découvre ton quotidien comme un observateur extérieur, c'est assez amusant.

Lyvia lui jeta un regard incrédule, un sourcil levé.

— Je suis sûre que tu ne me le dirais pas de toute façon, si tu t'ennuyais…

Evan esquissa un sourire en coin, frottant inconsciemment sa joue recouverte d'une barbe de trois jours.

— Je serai à tes côtés lorsque tu seras prête à retourner en Héliosis. Et en attendant que tu le sois, je suis juste heureux d'être là.

Touchée, Lyvia le dévisagea sans mot dire. Puis une pensée soudaine lui vint, comme une bulle de savon qui éclate.

— Tu sais, je… j'ai envie de réessayer d'entrer dans l'Univers des Âmes. Est-ce que tu veux bien que je m'approche de ton esprit ?

Evan sembla hésiter un instant, et la jeune fille crut le voir rougir. Finalement, il acquiesça et ils s'installèrent sur le canapé, face au bougainvillier qui avait retrouvé sa verte placidité. Lyvia chercha un dernier assentiment dans le regard métallique du jeune homme, puis elle ferma les yeux et se concentra. Cette fois, le décrochement survint beaucoup plus rapidement. Une seconde plus tard, elle glissait dans l'Univers des Âmes, cette étrange dimension parallèle où des éléments familiers côtoyaient l'impensable. En dépit du voile noir qui semblait tout recouvrir, elle distinguait les murs de la maison, le mobilier. Mais tout ce qu'elle regardait directement était flou, ce qui la rendait presque nauséeuse. Seuls les éléments qui apparaissaient à la périphérie de sa vision semblaient parfaitement nets, une sensation totalement déconcertante. Elle s'obligea encore quelques instants à explorer sa vision si inhabituelle, avant de céder à la force irrésistible qui la poussait vers l'esprit d'Evan. Dès qu'elle y braqua son attention, elle se sentit comme happée par sa lumière, éblouie par son rayonnement. Son esprit était un soleil, éclipsant tout le reste de l'Univers des Âmes. Lyvia eut l'impression d'être enveloppée par sa chaleur – mais comment pouvait-on parler de chaleur dans un monde que la matérialité avait déserté ?

Incapable de résister plus longtemps à cette attraction, elle se rapprocha d'Evan. Elle commença à distinguer l'épais maillage de lumière qui ceignait son esprit et le protégeait des intrusions. Puis elle fut brutalement submergée par une vague d'impressions indescriptibles. C'était un torrent d'émotions, de sensations et de souvenirs mêlés, au cœur duquel Lyvia craignait de se noyer. Ici l'odeur du pain chaud ; là le regard d'une femme inconnue ; au loin des silhouettes qui s'entretuaient sur une plage. Chaque fois que la jeune fille croyait parvenir à se concentrer sur un élément, un autre le balayait et prenait sa place. Mais aussi sibyllins que soient ces fragments d'être, une certitude pulsait avec force en elle : ils étaient une part d'Evan, de son intimité la plus profonde. Et à cet instant, elle comprit qu'elle aurait dû faire demi-tour. Elle n'avait pas le droit de s'immiscer ainsi dans son esprit, de lire en lui ce qu'il ne partageait pas volontairement. Mais elle avait beau le savoir, elle était incapable de s'arrêter. Elle se sentait irrémédiablement attirée par son esprit.

Alors elle avança encore, comme courbée face aux rafales de souvenirs. Elle s'approcha au plus près de l'esprit d'Evan, et à chaque pas mental, les sensations s'intensifiaient, devenaient encore plus prégnantes. Une image s'imposa soudainement à elle, si chargée d'émotions contradictoires qu'elle assaillit Lyvia plus longtemps que les autres. C'était une jeune fille d'une grande beauté, aux cheveux d'or teintés de mille reflets et à la peau de nacre. Ses yeux noisette délicatement ourlés de longs cils ressortaient de façon frappante au sein de son visage en forme de cœur. Malgré elle, Lyvia ressentait presque comme s'ils étaient les siens les sentiments qui animaient Evan : les séquelles d'un amour immense, indélébile, la trahison et la haine, comme des vagues bouillonnantes. Puis la jeune fille disparut, remplacée par une cavalcade effrénée teintée de sang et d'horreur : la guerre. Mais en continuant d'avancer, Lyvia était incapable d'oublier le visage de Maïwen, assorti d'une certitude qui la rendait étrangement mélancolique : elle n'avait jamais aimé comme Evan avait aimé Maïwen. Cette pensée faillit la faire renoncer.

Puis, alors qu'elle s'apprêtait à lâcher prise et retrouver son corps, une sorte de miroitement attira son attention. Elle s'approcha, et elle eut l'impression de glisser dans une forme d'antichambre, qu'elle reconnut aussitôt comme la perception immédiate d'Evan. Elle sentit l'odeur du salon, mais comme déformée par le prisme du jeune homme. Pour Lyvia, cette senteur était devenue presque inodore tant elle était familière. Elle la redécouvrit à travers le nez d'Evan, un mélange de fleurs, de chien et de cuir. Elle entendit de façon assourdie le tintement de l'horloge, puis, plus faiblement, la respiration d'Evan. Enfin, elle vit ce que voyait le jeune homme, mais comme à travers une fenêtre. C'était elle qu'Evan observait, sans détourner le regard une seule seconde. Il était si étrange de se voir non pas dans un miroir, mais à travers les yeux de quelqu'un d'autre. Elle nota d'abord avec curiosité qu'elle fermait les yeux, un air concentré sur le visage. Ses lèvres frémissaient sans rien prononcer, témoins silencieux de ce qu'elle vivait dans l'esprit d'Evan.

Elle fut alors frappée par une pensée totalement incongrue, dont elle se sentit instantanément gênée : elle se trouvait inhabituellement jolie. Ses joues semblaient moins rondes, ses cernes presque invisibles sur sa peau pâle, son visage fin plutôt que banal. C'était absurde, elle ne s'était jamais trouvée particulièrement belle, et à vrai dire, elle s'en était toujours moquée. Elle estimait que la beauté tenait à bien d'autres choses, au-delà de l'apparence physique. Cette dernière pensée lui permit de comprendre d'où venait cette étrange impression. Elle se voyait à travers le regard d'Evan, telle que lui la voyait. C'était lui qui la trouvait belle, lui qui parait ses traits d'une grâce inhabituelle. C'était ce qu'il voyait en elle, au-delà de son corps, qui la rendait désirable.

Et en comprenant cela, elle comprit aussi à quel point elle était entrée dans l'intimité d'Evan. Le jeune homme, en acceptant qu'elle s'approche de son esprit, n'avait sans doute pas anticipé une telle vulnérabilité. Honteuse, Lyvia eut le temps de se voir rougir à travers les yeux d'Evan, puis elle sentit en réponse la propre gêne du jeune homme déferler comme une vague brûlante. Elle regagna brutalement son corps et cligna plusieurs fois des yeux, désorientée. Loin de l'irréalité de l'Univers des Âmes, et de l'esprit rayonnant d'Evan, elle croisa les bras pour se réchauffer. Et elle osa enfin rencontrer le regard du jeune homme.

Son visage d'ordinaire fermé était dévasté par une vulnérabilité très touchante, son regard embrasé par les émotions qui le traversaient. Lui, à qui l'on avait appris toute sa vie que s'ouvrir aux autres était une faiblesse, venait de la laisser parcourir son esprit. À quel point avait-il senti sa présence, à quel point avait-il perçu ce qu'elle voyait ? Aussitôt, Lyvia voulut s'excuser.

— Evan, je suis…

Sa voix lui parut rauque, comme marquée par l'intimité du moment qu'ils avaient partagé. Elle préféra se taire, mais Evan prit alors la parole, d'une voix tout autant altérée.

— Tu étais là, dans mon esprit. C'était… indescriptible. Qu'est-ce que… qu'est-ce que tu as vu ?

Et il semblait redouter infiniment la réponse de Lyvia. Cette dernière tâcha de prendre un ton mesuré, et de ne pas laisser transparaître l'étendue de ce qu'elle avait réellement vu.

— J'ai été frappée par des vagues de souvenirs et d'émotions mais il était presque impossible de se concentrer sur un élément. Rien n'était net. J'ai vu des visages et des formes que je n'ai pas compris. Tout allait trop vite. Il va vraiment falloir que j'apprenne à maîtriser mes pouvoirs. Pour le moment, j'essaie juste de ne pas me laisser happer.

Evan sembla rassuré par la réponse de la jeune fille, et elle tâcha d'étouffer son sentiment de culpabilité. Il aurait été dévasté s'il avait su combien elle s'était approchée de son passé, de ses pensées. Une chose était certaine, elle ne tenterait plus d'explorer son esprit sans qu'il n'en comprenne les conséquences.

CHAPITRE 13

— Comment est-ce que tu es devenue une Voyageuse ?

Lyvia garda les yeux baissés sur la feuille morte qu'elle tenait entre ses doigts, une des rares à ne pas s'être encore décomposées. Sa mère était assise à ses côtés, sur le banc au fond du jardin. À moitié dissimulé sous le couvert d'un large hêtre, ce banc était comme leur refuge. En été, il bénéficiait d'un ombrage salvateur, ce qui les amenait à y lire – ou dessiner pour Lyvia, des heures durant. Au printemps, s'y asseoir était comme se nicher au creux d'un écrin de verdure, avec trilles et pépiements en guise de berceuse. Pendant les mois les plus froids, comme en ce début du mois de décembre, Lyvia et Isadora délaissaient généralement ce banc pour les canapés plus chaleureux du salon. Pourtant, ce soir-là, il leur avait semblé propice à la discussion importante qu'elles devaient avoir.

— J'avais dix-sept ans, entama pensivement Isadora, quand j'ai fait mon premier Voyage. Avec tes grands-parents, nous habitions encore à Perpignan. Je suis arrivée en Héliosis, au quartier général des Voyageurs, comme ça aurait dû être le cas pour toi. Ils m'ont expliqué ce qu'il venait de m'arriver, et qui j'étais.

— Et Papi et Mamie, l'interrompit Lyvia, soudainement prise de vertige, est-ce qu'ils sont… ?

Isadora esquissa un sourire amusé.

— Non, tes grands-parents ne sont pas des Voyageurs, et ton oncle non plus. Mais nous avons dû avoir d'illustres ancêtres Voyageurs pour que le Don soit aussi fort en moi, et à plus forte raison en toi.

— Et est-ce qu'ils sont au courant ? Daniel, Papi et Mamie ?

Sa mère hocha la tête, et son regard retrouva son sérieux.

— Ça n'a pas été facile… Après mon premier Voyage, je suis vite rentrée sur Terre pour tout leur expliquer. Comme tu peux l'imaginer, ils ont d'abord cru que j'avais perdu la raison. Surtout qu'il a fallu leur dire que non, je ne poursuivrais pas mes études, et que j'allais plutôt repartir en Héliosis pour recevoir l'enseignement de mon professeur. Pendant longtemps, nos relations ont été difficiles. J'ai même songé à les quitter, tout simplement, puisqu'ils ne pouvaient pas accepter qui j'étais vraiment. Mais ils ont fini par comprendre que je ne leur mentais pas. J'ai dû leur faire une démonstration de mes pouvoirs pour les en convaincre… Daniel, lui, me soutenait davantage, même si je l'ai toujours soupçonné de me croire un peu folle. Puis je suis partie des années et des années en Héliosis. Je m'y sentais à ma place. Ce n'est qu'à ta naissance que je suis retournée vivre sur Terre. J'ai alors pu renouer avec tes grands-parents, qui étaient ravis d'avoir une petite fille. Mais nous évitions toujours de parler d'Héliosis, et des Voyageurs.

— Est-ce qu'ils savent pour moi ?

— Je l'ai dit à tes grands-parents oui, quand tu as fait ton premier Voyage. Je crois qu'ils m'en veulent beaucoup. Ils ont l'impression que je t'ai entraînée dans mes histoires, au lieu de te laisser mener une vie normale. Mais ils ne comprennent pas… Tu es une Voyageuse au plus profond de toi, tu ne peux pas ignorer cette partie de ton identité.

Lyvia ne sut quoi répondre, tant les objections de ses grands-parents faisaient écho aux siennes. Percevant son malaise, Isadora reprit aussitôt le fil de son récit.

— Bref, j'ai donc décidé de retourner en Héliosis pour recevoir l'enseignement de Tarak, l'homme le plus sage et le plus bienveillant qu'il m'ait été donné de connaître. J'espère que Kalaan saura être pour toi le guide indéfectible et le mentor incomparable que Tarak a été pour moi. C'est lui qui m'a appris le vrai sens de la vie, et je lui serai éternellement reconnaissante pour cela.

Troublée par la tristesse qui se mêlait à l'admiration dans la voix de sa mère, Lyvia demanda doucement :

— Est-il mort ?

Isadora baissa le regard afin que sa fille n'aperçoive pas les larmes qui perlaient au coin de ses yeux bruns.

— Oui, souffla-t-elle. Les Traîtres l'ont tué il y a bien des années.

Lyvia posa une main hésitante sur l'épaule de sa mère, touchée par le chagrin qui semblait encore habiter Isadora. En réponse, cette dernière lui adressa un sourire un peu triste.

— Ne nous attardons pas sur les épisodes malheureux de ma vie. J'ai également eu ma part de bonheur. L'enseignement de Tarak a constitué l'une des périodes les plus heureuses de ma vie, j'ai découvert avec lui tout ce que j'avais toujours recherché, et surtout j'ai découvert qui j'étais. Puis j'ai rencontré ton père.

À la mention de son père, Lyvia ne put s'empêcher d'intervenir. Depuis son arrivée en Héliosis, elle avait espéré chaque jour entendre son nom, mais personne ne le mentionnait jamais. Sa mère lui dirait-elle enfin la vérité ?

— Est-ce que Papa était un Voyageur ? osa-t-elle, le souffle presque coupé par le désir de savoir.

Isadora secoua la tête, et Lyvia perçut aussitôt la réserve habituelle dans l'attitude de sa mère dès que son père était évoqué.

— Non. Les relations amoureuses entre Voyageurs sont relativement rares, parce que le lien qui nous unit est presque fraternel. Mais elles existent, bien sûr. Et si je ne craignais que ton cœur ne fût déjà pris, je te souhaiterais de trouver l'amour parmi les Voyageurs, car ton âme est semblable à la leur.

Lyvia baissa les yeux, le visage brûlant. Faisait-elle allusion à Evan, lorsqu'elle parlait de son cœur déjà pris ? Soupçonnant sa mère de vouloir changer de sujet, elle l'interrogea à nouveau :

— Alors qui était-il ? Comment est-ce que tu l'as rencontré ?

Isadora glissa une mèche de cheveux derrière son oreille, et Lyvia crut déceler dans sa posture une certaine nervosité. Sa réponse fut courte et peu satisfaisante.

— Je l'ai rencontré au cours de mes voyages. Peu de gens auraient approuvé notre union, alors nous nous aimions en secret. C'est pour ça que très peu de personnes savent qui est ton père.

Agacée par l'attitude de sa mère, Lyvia répliqua avec une certaine agressivité.

— Toi tu le sais, mais tu ne veux toujours pas me le dire. Tous ces secrets, tous ces mystères, je croyais en avoir enfin fini ! Mais non, apparemment découvrir l'existence d'un monde parallèle et de mes pouvoirs ne suffit pas à lever ce mystère-là. Et après tu me demandes d'aller sauver le monde pour toi, alors que tu n'es pas capable de me dire qui est mon père…

Isadora la retint par le bras alors qu'elle faisait mine de se lever.

— Je te le dirai, je te le promets. Mais tu n'es pas encore prête. Quand tu auras appris à maîtriser tes pouvoirs, quand tu en sauras plus sur Héliosis et sur les Voyageurs, je te jure que je te le dirai.

Lyvia soutint son regard quelques instants. Il lui sembla que sa mère disait la vérité. C'était déjà un immense progrès, que de l'entendre faire cette promesse. Avant, elle s'était toujours contentée d'éluder la question. Alors elle hocha la tête et préféra relancer la conversation :

— Tu as eu le Contact ?

Soulagée par la réaction de sa fille, Isadora esquissa un tendre sourire. Son regard s'adoucit, reflétant toute l'affection qu'elle avait pour son cheval.

— Oui, elle s'appelle Melida. J'ai dû la laisser en Héliosis lorsque j'ai décidé de vivre sur Terre. Même si cela me fend le cœur, je sais qu'elle est plus heureuse là-bas.

— Comment est-elle ?

— Comme tous les chevaux en Héliosis, majestueuse, fière et généreuse. Sa robe est pie, fait assez rare dans ce monde. Tu as également eu le Contact, n'est-ce pas ?

Lyvia lui parla avec joie de Nebraska jusqu'à une heure tardive, puis elles décidèrent finalement d'aller se coucher. En passant devant la chambre d'Evan, Lyvia aperçut de la lumière. Étonnée de le voir éveillé à cette heure, elle entra dans la pièce avec l'intention de lui souhaiter une bonne nuit.

Evan était endormi en travers du lit, et un livre était tombé non loin de son visage. La jeune fille se pencha avec précautions afin de le saisir, curieuse de voir sur quoi le choix d'Evan s'était porté. C'était *La Bête humaine*, d'Émile Zola. Même s'il faisait partie de ses romans préférés, c'était un livre très noir, et la jeune fille fut surprise que l'Héliosien l'ait choisi. Elle posa le livre sur la table de chevet avant de recouvrir Evan d'un plaid, ne voulant pas le réveiller afin qu'il se glisse sous les couvertures.

Le jeune homme s'agita légèrement mais il ne se réveilla pas. Lyvia s'assit tout doucement à ses côtés, observant avec joie ses traits apaisés par le sommeil. Chaque fois qu'elle le voyait endormi, il semblait à Lyvia qu'Evan perdait quelques années, et c'était pour elle un plaisir de le voir heureux et insouciant. Surtout, cela le rapprochait d'elle, car en dépit de leur faible différence d'âge – Evan n'avait qu'un an de plus qu'elle, l'éducation stricte d'Evan l'avait obligé à mûrir plus vite.

Mais elle, n'avait-elle pas grandi au cours de ce voyage éprouvant en Héliosis ? Elle se sentait à des années-lumière de la jeune fille qu'elle était avant son périple, et Liam avait dit la trouver différente. Haussant les épaules, Lyvia se releva et souhaita une bonne nuit à Evan d'une voix à peine plus forte qu'un murmure.

Le lendemain matin, Lyvia décida d'accéder à la requête d'Evan. Ce dernier déplorait le manque d'exercice qui contrastait avec le rythme soutenu qu'il imposait d'ordinaire à son corps. Il voulait s'entraîner à manier l'épée. Lyvia voulut donc le mener en forêt afin qu'il puisse s'exercer à l'abri des regards dans un espace suffisamment grand. Lorsqu'elle en informa sa mère, elle crut d'abord qu'elle s'y opposerait. Un pli d'inquiétude lui barrant le front, elle finit par accepter en exigeant d'Evan :

— Je compte sur toi pour la protéger à tout instant. Ce n'est pas parce que nous sommes sur Terre que les Traîtres ne sont plus une menace. Au contraire, c'est quand notre vigilance est endormie qu'ils frappent.

— Ne vous inquiétez pas, Madame, je veillerai sur elle au prix de ma vie, lui assura sérieusement Evan.

Isadora inclina la tête, comme si elle n'exigeait rien de moins de sa part. Lorsqu'ils eurent quitté la maison, Apple à leurs côtés, Lyvia se tourna vers Evan et demanda timidement :

— C'est vrai que tu me protégerais au prix de ta vie ? Tu n'es plus en mission, personne n'exige de toi un tel sacrifice.

Evan esquissa un léger sourire, dans lequel perçait une pointe de tristesse.

— C'est mon cœur qui m'y oblige aujourd'hui, et c'est pourquoi je le ferais avec encore plus de conviction.

Touchée, Lyvia baissa le regard. Avec un pincement au cœur, elle se souvint d'une discussion avec Liam. Dans le bus, son meilleur ami lui avait dit qu'elle cherchait un garçon prêt à donner sa vie pour elle, et que ses fantasmes ne la mèneraient pas au bonheur. Aujourd'hui elle l'avait trouvé, et elle se sentait bien à ses côtés. Mais lui, que ressentait-il pour elle ?

Embarrassée par ses pensées, elle proposa à Evan de

se rendre en courant jusqu'à la clairière à laquelle elle avait songé pour qu'il puisse s'entraîner à l'épée. Traversant en hâte la rue, ils s'engouffrèrent sous le couvert des arbres avec soulagement. Evan put cesser de dissimuler son épée, qu'il accrocha soigneusement dans son dos. Lyvia détacha la laisse d'Apple qui s'ébroua joyeusement avant de s'élancer à leurs côtés. Ils coururent à petites foulées, empruntant surtout d'étroits chemins peu fréquentés et délaissant les grandes allées. Lyvia savait qu'elle courait bien plus lentement qu'Evan, mais ce dernier restait à sa hauteur sans protester. Comme toujours, il se souciait plus de son bien-être que du sien. Ils parvinrent à la clairière en un peu plus d'une demi-heure. Fatiguée, Lyvia se laissa glisser le long d'un arbre en attendant de reprendre sa respiration, tandis que sa chienne partait vagabonder au milieu des hautes fougères qui entouraient la clairière.

Pas plus essoufflé qu'après avoir monté un escalier, Evan détacha son épée et en empoigna la garde avec un plaisir évident, avant de la sortir du fourreau. Il se tourna vers Lyvia, le sourire aux lèvres, et avisa sa position.

— Tu ne devrais pas t'asseoir après avoir couru, indiqua-t-il presque sévèrement, c'est très mauvais pour la récupération, tu vas avoir des courbatures.

Lyvia laissa retomber sa tête contre l'écorce de l'arbre. Avec un sourire désinvolte, elle répliqua paresseusement :

— Contente-toi de t'entraîner Lieutenant.

Evan secoua la tête d'un air désapprobateur, mais il dut se mordre l'intérieur des joues pour ne pas lui rendre son sourire. Il lui tourna le dos et entama quelques mouvements simples pour s'échauffer, fendant l'air de son épée comme face à un adversaire invisible. Lyvia commença par l'observer distraitement, puis avec de plus en plus d'attention à mesure que les exercices se complexifiaient.

De nouveau, Evan prit à ses yeux l'apparence d'un artiste, son être tout entier noyé dans le ballet martial qu'il déployait. Le maniement de l'épée faisait partie de lui, et il ne semblait complet et réellement lui-même que lorsqu'il combattait. N'importe qui aurait admiré son adresse incomparable et son aisance confondante, car à le voir ferrailler contre le vent, on le jurerait né une épée à la main.

Pourtant, Lyvia se demandait si elle n'était pas la seule à distinguer la grâce et la poésie de ses gestes lorsqu'il combattait. Car enfin, comment imaginer qu'un homme aussi vil et méprisant que le général ait pu enseigner à son fils autant de finesse dans l'escrime ? La jeune fille se plaisait à croire que le lyrisme qu'Evan insufflait à sa manière de combattre était sa touche personnelle, l'expression de son âme sensible au cœur même de la discipline rigoureuse pour laquelle son père l'avait façonné. Lorsqu'il se battait, on devinait sans peine les rudes années d'entraînement qui avaient modelé ses muscles et fait de lui une machine de guerre. Mais malgré tout, son cœur était resté libre, hors d'atteinte du joug de son père, et cette soif de liberté se lisait dans l'harmonie de ses gestes.

Rêveuse, Lyvia faillit ne pas entendre le grognement de sa chienne. Evan, les sens toujours en éveil, se retourna d'un bond, l'épée brandie, lorsque le labrador fit brusquement irruption dans la clairière. Les babines relevées sur ses crocs luisants, la chienne bondit devant Lyvia comme pour la protéger d'un agresseur. Au même instant, une large branche de l'arbre sur lequel était appuyée Lyvia s'abattit brutalement sur Apple, manquant de peu la jeune fille.

Dans un couinement suraigu, la chienne retomba durement au sol, inerte. Lyvia eut à peine le temps de pousser un cri terrifié, déjà une nouvelle branche, plus fine, s'enroulait autour de son cou, exerçant une pression insoutenable.

Evan s'élança instantanément et sectionna prestement la branche, libérant Lyvia qui aspira une grande goulée d'air. Contrairement à la jeune fille, Evan avait l'habitude des situations d'urgence, ayant participé à plusieurs guerres. Comme il voulait avoir les deux mains libres, il rangea son épée malgré les risques que cela comportait. Gardant son sang-froid, il tira Lyvia par le poignet afin de la placer hors de portée de l'arbre, tandis que de l'autre main il saisissait Apple et la calait sous son bras.

— Il nous faut une surface réfléchissante, s'écria-t-il, où est l'étendue d'eau la plus proche ?

Lyvia, totalement paniquée, peinait à réfléchir correctement. Le regard froid et métallique d'Evan l'aida à clarifier ses pensées, et après un bref effort de mémoire, elle s'élança dans la bonne direction, Evan à sa suite.

Leur progression fut considérablement ralentie par les nombreux pièges que l'assaillant invisible plaçait sur leur chemin. L'herbe s'enroulait parfois autour de leurs chevilles telle une fallacieuse vipère, les faisant chuter. À chaque instant, d'autres branches retorses tendaient vers eux leurs doigts décharnés, comme autant de cadavres dont les ongles terreux leur griffaient la peau. Le cœur enserré par l'épouvante, Lyvia sentait des larmes d'angoisse dévaler ses joues.

Cette forêt amie, qu'elle avait toujours considérée

comme son refuge, se retournait à présent contre elle. Les arbres bienveillants, d'ordinaire fiers et immuables, se paraient aujourd'hui d'un masque effrayant, lacérant la peau de celle qui avait si souvent appuyé sa tête contre leur tendre écorce. La forêt exhalait son habituelle odeur de feuilles mortes et de terre, et pourtant le sol qu'elle aimait fouler inlassablement tentait de la retenir, creusant la terre sous ses pieds.

Celui qui les poursuivait devait se nourrir de ses peurs ancestrales pour agir avec cette froide méticulosité qui lui glaçait le cœur. Le comportement de la forêt qu'elle chérissait la terrifiait tant qu'elle se serait effondrée si Evan n'avait cessé de l'encourager. Si le jeune homme n'avait pas été là, elle aurait laissé les branches l'immobiliser sur le sol et l'herbe recouvrir son corps jusqu'à l'enfouir sous un tapis de feuilles. Mais Evan était à ses côtés, comme toujours, et il lui criait encore et encore d'avancer, il lui hurlait que le salut était proche.

Alors elle courait, ignorant la douleur de ses muscles au supplice, repoussant les branches qui s'abattaient sur eux sans tenir compte des larmes qui inondaient ses joues. Elle courait encore, à peine consciente de son propre corps, lorsque leurs efforts furent bientôt récompensés.

Jamais elle n'avait été aussi heureuse d'apercevoir la petite mare nauséabonde, regorgeant de moustiques à la belle saison et résonnant de coassements sonores.

— Allez Lyvia, tu peux le faire ! l'encouragea Evan, hors d'haleine, lorsqu'ils parvinrent au bord de l'eau.

La jeune fille lutta quelques instants pour trouver l'accès à la magie dans son esprit, puis celle-ci se répandit tel un flot salvateur à travers ses veines. Gravant de toutes ses forces l'image du salon sous son front, elle articula douloureusement :

— Maison.

Après cet incident, Isadora refusa que les jeunes gens quittent l'enceinte du domicile. Lorsque Lyvia avait interrogé sa mère quant à l'identité de l'assaillant, Isadora lui avait dit qu'il s'agissait probablement d'Aélia, une des trois Traîtres et certainement la plus dangereuse. Elle avait toujours su lire les peurs de ses adversaires, et cela faisait d'elle une ennemie redoutable.

Lyvia, qui s'était crue hors d'atteinte sur Terre, était bien obligée de reconsidérer les choses. Si la veille, elle doutait encore de faire le bon choix en se rendant en Héliosis, l'incident l'en avait convaincue. Apple avait été inconsciente pendant plus d'une heure, puis elle s'était réveillée sans la moindre séquelle, si ce n'est une terrible frayeur. Mais la jeune fille savait que les évènements auraient pu tourner bien plus mal. En restant ici, elle risquait de mettre ses proches en danger. Elle avait besoin d'apprendre à contrôler ses pouvoirs afin d'être capable de se défendre. Lorsqu'elle avait exposé ce problème à Evan en lui assurant qu'il était libre de partir s'il le désirait, le jeune homme avait paru cruellement offensé. Il lui avait répondu qu'il n'avait peur de rien, et qu'il préférait mourir plutôt que de la laisser affronter seule les dangers qui l'attendaient.

Les derniers jours s'écoulèrent rapidement, et Evan et Lyvia furent contraints de passer leur temps à lire ou à regarder la télévision. La jeune fille avait prévenu Liam de la situation – bien entendu sans lui en expliquer la raison – et son meilleur ami vint donc plusieurs fois lui rendre visite. Isadora n'était pas retournée au travail, préférant rester aux côtés de sa fille durant les derniers jours qu'elles pouvaient passer ensemble. La veille du rendez-vous avec Kalaan, Lyvia demanda par téléphone à Liam de la rejoindre, n'ayant toujours pas le droit de sortir de la maison. Ils montèrent à l'étage afin de discuter dans la chambre de Lyvia.

— Voilà, je t'ai demandé de venir pour te dire au revoir. Nous repartons demain, annonça-t-elle difficilement, la gorge serrée.

Liam braqua sur elle un regard triste, mais étrangement résigné. Ces derniers jours, il s'était fait à l'idée de son départ imminent, et il n'en était pas surpris. Il demanda toutefois :

— Nous ?

— Evan et moi.

— Est-ce que tu vas le suivre jusqu'au bout du monde ? protesta amèrement Liam.

La jeune fille esquissa un sourire mélancolique, songeant en son for intérieur qu'elle le suivrait plutôt dans un autre monde.

— Ce qui m'arrive n'est pas à cause de lui, comme tu sembles le penser. Evan m'accompagne mais il n'est pas la raison de mon départ.

Liam balaya la chambre du regard, à moitié convaincu. Lorsque ses yeux émeraude se fixèrent de nouveau sur Lyvia, il objecta avec un sourire tordu :

— Mais tu es tout de même amoureuse de lui.

Lyvia rougit violemment, incapable de rester impassible malgré ses efforts.

— Je n'ai pas dit ça.

— Non, mais je le devine. Lyvia, je suis ton meilleur ami, ne crois pas que tu puisses me dissimuler quelque chose comme ça. Je t'avais dit de trouver un garçon normal, et toi tu me ramènes un genre de fou peu bavard avec un poignard à la ceinture.

Lyvia éclata de rire, amusée par la description que Liam faisait d'Evan. Le jeune homme semblait avoir retrouvé le sourire, et rien ne pouvait lui faire davantage plaisir.

— En tout cas, je crois que tu as trouvé le garçon prêt à mourir pour toi que tu cherchais, non ?

— Oui… oui je crois, souffla Lyvia, hésitante.

Liam lui adressa un doux sourire, attendri par la timidité de sa meilleure amie. Il ajouta à voix basse, une pointe de tristesse dans la voix :

— J'espère que cela suffira à te rendre heureuse.

Émue par le souci que Liam se faisait pour elle, la jeune fille le serra dans ses bras avec force, les yeux débordant de larmes. Elle lui chuchota avec ferveur, la voix étouffée :

— Et moi je ne désire rien tant que de te voir heureux et insouciant pour le restant de ta vie. Tu vas me manquer Liam.

— Toi aussi, répondit-il en se détachant de son étreinte. Est-ce que tu me diras un jour où tu disparais ?

— Peut-être…

Oui, peut-être. Peut-être qu'un jour elle oserait avouer la vérité à Liam, et peut-être qu'alors cette faille creusée entre eux par les secrets se refermerait…

Cette fois, Lyvia était parée pour le voyage. Après avoir revêtu une tunique de toile héliosienne, elle avait rempli un grand sac à dos de vêtements et sous-vêtements, et elle avait pris soin d'emporter des essentiels de toilette, comme sa brosse à dents. Isadora avait également insisté pour qu'Evan et elle emmènent des provisions, et elle avait glissé avec un clin d'œil quelques tablettes de chocolat dans le sac de Lyvia. Evan avait quant à lui retrouvé avec joie sa cotte de maille et ses diverses armes.

— Bien, allons-y, s'exclama énergiquement Isadora. Nous allons utiliser le grand miroir dans l'entrée. Attendez-moi là deux minutes, je vais me préparer.

— Tu viens avec nous ? s'étonna Lyvia.

Elle avait présumé qu'Evan et elle retourneraient seuls en Héliosis, comme ils en étaient partis.

— Bien sûr que je viens avec vous. Tu crois que je vais te laisser affronter seule les dangers d'Héliosis une deuxième fois ? Je ne te quitterai que lorsque tu seras en sécurité avec Kalaan. À partir de ce moment-là, il prendra en charge ton enseignement et j'irai t'attendre au quartier général des Voyageurs.

— Oh...

D'un côté, Lyvia était rassurée par la nouvelle. Elle se sentait en sécurité auprès de sa mère, et cette dernière connaissait mieux qu'elle les mystères d'Héliosis. Mais d'un autre côté... Isadora ne semblait toujours pas apprécier Evan. Ce voyage à trois promettait de se dérouler dans une ambiance tendue. Lyvia se corrigea aussitôt : il ne s'agissait pas de voyager avec sa mère. Kalaan les attendait à côté du lac Taal, Isadora voulait simplement garantir sa sécurité jusqu'à ce qu'elle retrouve le Voyageur.

Lyvia et Evan se dirigèrent vers le grand miroir qui trônait au-dessus du meuble à chaussures de l'entrée, tandis qu'Isadora se hâtait à l'étage pour se préparer.

Elle descendit quelques instants plus tard, les cheveux tressés et vêtue d'une tenue traditionnelle héliosienne : tunique et pantalon de toile de couleur crème, et hautes bottes de cuir lacées. Une cape de laine grise doublée de fourrure était attachée autour de son cou par une broche ouvragée en forme de V. Lyvia resta bouche bée lorsqu'elle découvrit l'arc et le carquois accrochés dans son dos et la courte épée glissée dans un fourreau à sa ceinture. Isadora eut un petit rire en avisant l'expression de sa fille. Cette dernière ne put s'empêcher de remarquer que sa mère avait l'air parfaitement à l'aise avec cet équipement, comme si elle était redevenue elle-même...

— Ah, voilà qui est plus confortable, confia Isadora avec un sourire ravi. Allez, ne perdons pas plus de temps, Kalaan va nous attendre !

Ils se positionnèrent face au miroir, et, avant que Lyvia ne prenne les devants, Isadora posa une main sur son bras pour intervenir.

— J'ai encore le pouvoir de voyager entre les mondes, mais pas celui d'emmener quelqu'un avec moi. Tu n'auras donc qu'à te charger d'Evan. Même pour toi, emmener deux personnes serait difficile.

Lyvia hocha la tête et ferma les yeux pour retrouver dans sa mémoire l'image du lac Taal. Lorsqu'elle ouvrit les paupières, celle-ci s'était dessinée à la surface du miroir, ondulant comme sous l'effet d'une brise. De sa main gauche, elle saisit celle d'Evan, tandis qu'elle approchait sa main droite de la psyché. Isadora tendit le bras, et elles touchèrent en même temps la surface du miroir.

CHAPITRE 14

Lyvia eut à peine le temps de s'accoutumer au vent froid et puissant qui agitait le lac, chargé d'une multitude d'odeurs. Elle sentit aussitôt que quelque chose n'allait pas, à la tension de sa mère et d'Evan à ses côtés. Un instant plus tard, onze soldats ceints d'une armure de métal et armés de redoutables épées à double tranchant les avaient encerclés, menaçants. Submergée par la panique, Lyvia remarqua les armoiries du roi sur leur plastron. Au même moment, le guerrier en face d'elle s'exprima d'une voix forte et impérieuse :

— Lyviana Faye, nous sommes mandatés par le roi pour vous conduire à Soïka où vous serez exécutée en tant qu'ennemie du royaume.

Puis il se tourna vers Evan et ajouta :

— Le général Loÿe est prêt à pardonner tes écarts de conduite si tu nous livres la fille.

Au nom de son père, Evan se raidit et baissa la tête, le visage brûlant de honte. Tout son corps s'était rigidifié, et sa main serrait si fort le pommeau du poignard à sa taille que ses articulations avaient blanchi. Lyvia ne pouvait s'empêcher de fixer cette main, comme si son salut en dépendait. Allait-il la trahir maintenant ? Regrettait-il d'avoir désobéi à son père et quitté la capitale ? La main d'Evan se mit à trembler, tandis que les veines bleues saillaient douloureusement sous la peau.

Isadora se redressa alors fièrement, braquant un regard luisant de colère sur le soldat qui l'avait totalement ignorée.

— Soldat, tu pourras dire à ton roi que Lyviana n'est pas une ennemie du royaume mais seulement des Traîtres. Ceci est un conflit entre Traîtres et Voyageurs, l'armée royale est donc priée de rester en dehors.

Les yeux du soldat se plissèrent derrière son heaume. Il répliqua avec fiel :

— Tu n'es en droit de manquer de respect ni au roi ni à ses conseillers. Encore une parole de ce type et tu pourras rejoindre la fille à son exécution. Evan Loÿe, ceci est ta dernière chance d'obtenir le pardon de ton père. Si tu ne nous la livres pas, nous emploierons la force.

Evan n'avait pas levé son regard du sol. Sa main tremblait si fort à présent, que Lyvia se demandait si le pommeau n'allait pas se briser sous cette pression. Alors elle y posa la sienne, doucement, comme si aucun soldat ne les encerclait. Elle entoura chaque phalange de ses doigts, comme pour contenir le doute et la culpabilité qui dévoraient le jeune homme. Elle effleura ses articulations blanchies, dans l'espoir d'apaiser le tourment qui brûlait en lui.

Les tremblements s'espacèrent. Les veines se fondirent sous la peau. Les muscles se relâchèrent.

Evan releva la tête, et plongea son regard dans les

yeux bleu nuit de Lyvia. Elle y lut une résolution nouvelle, qui durcissait ses prunelles d'acier. L'hésitation s'évanouit, remplacée par une froide détermination. La main raffermit sa prise sur le pommeau, cette fois sans le moindre vacillement. Le jeune homme carra les épaules et s'adressa fermement au soldat.

— Je te remercie pour cette proposition Rohan, mais je suis dans l'obligation de la décliner. Si vous la voulez, il faudra d'abord me tuer.

Une vague de soulagement réchauffa le cœur de Lyvia, qui retira lentement sa main après une dernière pression. Le dénommé Rohan sembla hésiter. Pensait-il qu'Evan se montrerait raisonnable et reprendrait ses esprits sous la menace que représentait son père ? Lyvia crut comprendre à son expression qu'il n'envisageait pas de tuer le seul fils de son commandant, quelle que soit la force de l'attachement du général Loÿe pour son fils.

Profitant de son indécision, Evan bondit sur le soldat. Ce dernier n'évita le poignard qui s'apprêtait à lui trancher la gorge que grâce à son entraînement intensif, mais il ne put empêcher la lame de tracer un sillon sanglant sur son cou. Le jeune homme se coula d'un mouvement souple tout près du soldat, évita un coup de taille et passa à l'attaque. Son poignard, comme animé d'une vie propre, glissa le long du bras de l'homme et lui sectionna la main. Submergé par la douleur, le soldat ne put parer la lame qui trancha sa gorge et il s'effondra, accompagné d'un flot de sang. Le combat n'avait duré que quelques secondes, et lorsque les autres soldats chargèrent, Evan avait déjà pirouetté pour se mettre en garde.

Lyvia poussa un cri de surprise lorsqu'une branche de l'arbre voisin s'enroula autour de sa taille et la souleva jusqu'à l'asseoir sur une large branche dans les hauteurs. La jeune fille comprit que ce qu'elle avait pris pour une attaque était en fait l'œuvre de sa mère, qui avait voulu la mettre en sécurité. Isadora lui cria de ne pas bouger puis s'arma de son arc. Elle décocha une flèche, qui se planta avec une précision parfaite dans l'interstice entre le heaume et le plastron d'un soldat. Ce dernier tomba à genoux, les mains pressées autour de sa gorge. Elle eut le temps de décocher une seconde flèche, qui eut le même effet létal, avant d'être contrainte de dégainer son épée par la proximité des soldats restants. Evan avait parallèlement assené un coup d'estoc fatal à un autre soldat, et continuait de se battre avec fougue et habileté.

Choquée par la brutalité de la scène, baignée de sang et de cris, Lyvia dut réprimer une violente nausée. Le fait de voir sa mère transformée en guerrière assassine ne faisait qu'augmenter sa répulsion. En bas de l'arbre sur lequel elle était perchée, Isadora et Evan commençaient à être submergés par le nombre. Bientôt, ils furent contraints de se retrancher derrière une solide défense, combattant dos à dos. Lorsqu'une épée perça la garde d'Evan, trancha sa cotte de mailles et traça une ligne de feu sur son torse, Lyvia sentit une vague d'adrénaline clarifier ses pensées. Elle se jeta dans l'Univers des Âmes, tâchant d'oublier la nausée que provoquait en elle sa vision floue. Elle se précipita vers l'esprit de l'arbre sur lequel elle se tenait, ignora les vagues de souvenirs et de sensations qui ralentissaient sa progression, puis se propulsa comme un bélier contre le maillage de lumière qui protégeait son esprit. S'engouffrant par l'ouverture béante ainsi créée, elle évita les puissantes ondes de souvenirs qui l'assaillaient, pour se ruer vers une branche basse suffisamment large, qu'elle percevait comme une sorte de terminaison de l'esprit de l'arbre. Elle y jeta son propre esprit avec toute la force de sa volonté, et la branche s'anima pour venir percuter avec violence la nuque de trois soldats. À l'instant où Lyvia réintégrait son corps, les bras serrés autour du tronc de l'arbre pour ne pas chuter, les trois soldats s'effondrèrent, assommés sur le coup. Encouragés par cette aide inespérée, Isadora et Evan reprirent le dessus et vainquirent les soldats restants.

Lyvia se laissa aussitôt tomber en bas de l'arbre, étouffant un cri de douleur lorsque ses chevilles absorbèrent l'impact. Elle courut en boitillant vers sa mère, qui la prit dans ses bras en la félicitant d'une voix essoufflée :

— Merci ma puce, tu nous as certainement sauvé la vie. Que tu aies réussi à accomplir cela sans le moindre entraînement... Tu vas être une formidable Voyageuse.

Elle effleura les cheveux de sa fille, puis relâcha son étreinte en comprenant son intention. Lyvia se tourna aussitôt vers Evan, et une expression d'angoisse envahit ses traits lorsqu'elle avisa le sang qui s'écoulait sans discontinuer de la blessure sur son torse. Elle tendit la main vers lui par réflexe, avant de la rétracter par peur de lui faire mal.

— Ce n'est rien je t'assure, intervint le jeune homme. C'est impressionnant mais la blessure est superficielle.

Lyvia voulut protester mais sa mère prit la parole :

— Kalaan va bientôt arriver à l'auberge, il pourra le soigner. Nous n'aurons qu'à nettoyer la blessure en l'attendant.

Evan hocha la tête, peu préoccupé par le sang qui tachait sa tunique.

— Très bien, je vais d'abord vérifier l'état des soldats dont tu t'es... occupée, Lyvia.

Faisant fi des protestations de la jeune fille, il s'éloigna à grands pas vers les guerriers assommés. Il s'accroupit pour contrôler leur pouls, et Lyvia, qui l'avait rejoint, sentit une appréhension brûlante grandir au creux de son ventre. Avait-elle tué ces hommes ? Elle n'avait pas réfléchi sur le moment. Tout ce qu'elle avait voulu, c'était éloigner les soldats d'Isadora et d'Evan. Elle n'avait fait que défendre ceux qu'elle aimait, sans penser aux conséquences.

— Ils ne sont pas morts, laissa soudainement tomber Evan.

Le nœud qui tordait l'estomac de Lyvia se relâcha. Elle inspira brusquement une goulée d'air, comprenant qu'elle avait jusque là retenu son souffle. Ils n'étaient pas morts. La branche ne les avait qu'assommés. Evan ne paraissait pas aussi soulagé par la nouvelle – c'était même le contraire. Son front était plissé, trahissant sa contrariété. Lyvia finit par lui demander quel était le problème.

— Si je les laisse ici vivants, ils iront rapporter ce combat au roi et à mon père, expliqua Evan, les sourcils froncés. Pour le moment, ils doivent seulement supposer que je suis à tes côtés.

— Tu ne peux décemment pas tuer ces hommes alors qu'ils sont inconscients, ce serait un meurtre, s'insurgea Lyvia. Et de toute façon, il me semble que tu as décidé de m'accompagner, de me protéger. Tôt ou tard, ton père allait être au courant de ta défection.

Evan se releva et jeta un regard éperdu aux corps étendus autour d'eux. Il se passa une main sur le front pour écarter les mèches que la sueur du combat avait collées.

— Je sais bien, mais il y a une différence entre désobéir à mon père et combattre les soldats du royaume !

Lyvia le dévisagea quelques instants. Elle ne put s'empêcher de songer à la main tremblante qui avait serré le pommeau du poignard avec désespoir. Si elle n'avait pas posé sa main sur la sienne, aurait-il fait un choix différent ? L'avait-elle poussé à prendre une décision qu'il n'assumait pas ?

— Je suis une ennemie du royaume, Evan, tu as bien entendu ce soldat. Je croyais que tu me soutenais en connaissance de cause. Que tu savais ce que cela impliquait. Le roi est mon ennemi. Ton père est mon ennemi. Tu ne peux pas rester neutre, c'est impossible. Tu dois choisir et assumer ton camp.

— J'ai déjà choisi mon camp, princesse, souffla Evan en se détournant des soldats.

Lyvia se détendit légèrement, sans que le malaise au creux de son ventre ne disparaisse complètement. Ils retournèrent auprès d'Isadora, qui sembla approuver le choix de Lyvia de ne pas tuer les soldats assommés. Ils se dirigèrent tous trois vers l'auberge de Siobhane et payèrent une chambre – Isadora remit à cette occasion à Lyvia une bourse remplie de pièces de cuivre rondes percées alternativement d'un carré, d'un triangle ou d'un cercle. Remettant à plus tard ses questions concernant la monnaie héliosienne, la jeune fille s'empressa de demander une bassine d'eau et un torchon à l'aubergiste qui s'exécuta sans poser de questions. Isadora indiqua qu'elle allait attendre Kalaan dans la salle commune, tandis que Lyvia se hâtait vers la chambre où Evan était déjà installé, assis sur le lit.

Le jeune homme nettoyait soigneusement son poignard comme si rien n'était plus urgent, comme si la tache rouge sombre sur sa poitrine n'avait aucune importance. Lyvia perçut alors avec une douloureuse clarté la distance qu'il y avait entre eux. C'était une chose de savoir qu'Evan était un soldat, qu'il avait connu la guerre et la violence. C'en était une autre de le voir tuer des hommes sans hésitation, subir de graves blessures sans le moindre état d'âme.

Evan releva alors la tête, et la vit hésiter sur le pas de la porte, une bassine et un torchon à la main. Son visage se ferma, comme s'il avait deviné ce qu'elle pensait. Il posa le poignard sur une commode, puis il s'approcha de Lyvia et lui prit ce qu'elle avait dans les mains, sans la regarder.

— Je te remercie. Tu peux aller retrouver ta mère, je vous rejoindrai dès que j'aurai nettoyé cette blessure.

Lyvia s'agita d'un pied sur l'autre, mal à l'aise. Evan lui avait probablement sauvé la vie en tuant ces soldats. Elle aurait dû être reconnaissante, elle aurait dû le remercier. Et pourtant, elle ne pouvait pas lui cacher ce qu'elle ressentait. Elle ne pouvait pas se comporter comme si le voir prendre une vie ne la bouleversait pas.

— Evan, je…

Le jeune homme braqua son regard sur elle, empli d'une dureté qui la fit tressaillir. Son visage était un masque d'impassibilité, comme aux premiers jours de leur rencontre.

— Je suis un guerrier Lyvia, je ne te l'ai jamais caché. On m'a appris à tuer, à garder mon sang-froid en toutes circonstances. Je n'y prends aucun plaisir, mais cela ne m'empêche pas de dormir non plus. La mort est mon quotidien, elle est inévitable. Tuer ou être tué, c'est aussi simple que cela. Et je sais que tu n'as pas été élevée dans mon monde, que la violence te répugne. Alors je le comprendrais, si tu me disais que tu ne veux pas d'un meurtrier à tes côtés. Mais je veux que tu me le dises maintenant.

Catastrophée, Lyvia esquissa un pas vers lui, puis s'immobilisa.

— Bien sûr que je te veux à mes côtés Evan, n'en doute pas. Je sais tout ça, je sais qui tu es. Je suis désolée d'avoir réagi comme ça, mais je… je n'ai jamais vu autant de sang, autant de mort. J'étais terrifiée à l'idée de vous perdre, ma mère et toi. Et puis après, j'ai eu peur que tu regrettes ton choix. Que tu ne veuilles pas combattre l'armée à laquelle tu appartenais. Alors, je suis désolée, ça faisait beaucoup de choses, beaucoup d'émotions.

Evan hocha brièvement la tête, l'expression à peine radoucie.

— Je ne regrette pas mon choix, dit-il simplement, en se détournant pour retirer sa cotte de maille abîmée.

Lyvia le regarda lutter quelques instants, les muscles crispés par la douleur. N'y tenant plus, elle le rejoignit et posa une main sur son bras pour l'arrêter.

— Attends, laisse-moi t'aider.

Le jeune homme ne prononça pas un mot, mais il laissa retomber ses bras. Lyvia leva alors très doucement la cotte de mailles, veillant à ce qu'elle ne frotte pas contre sa blessure. Evan se pencha en avant pour l'aider à faire passer la protection par-dessus sa tête, et elle retomba alors lourdement à terre avec un tintement métallique. La tunique, déchirée et imbibée de sang, rejoignit ensuite la cotte de mailles sur le sol.

Lyvia sentit la tête lui tourner lorsque son regard se posa sur la plaie béante, qui exsudait un filet continu de sang. La voyant pâlir, Evan posa les mains de chaque côté de sa taille pour la stabiliser. Les picotements de chaleur s'estompèrent sous le front de la jeune fille, et sa vision se clarifia à nouveau. Voyant Evan la tenir, elle exhala un petit rire tremblant.

— C'est toi qui es blessé et c'est toi qui me soutiens pour que je ne tombe pas dans les pommes ! Je suis vraiment ridicule.

— Certainement pas. Tu n'as pas l'habitude, c'est tout.

Il lâcha sa taille une fois certain qu'elle n'allait plus faire de malaise. Ce fut comme si cet instant de proximité avait soufflé la tension qui régnait entre eux auparavant. Lorsque Lyvia s'empara du torchon et le plongea dans la bassine pour l'humidifier, le jeune homme ne protesta pas. Alors elle l'invita à se rasseoir sur le bord du lit, puis elle appliqua le torchon sur la blessure, le plus délicatement possible. Quand elle nettoya l'endroit où la plaie était la plus profonde, Evan ne put retenir un grognement de souffrance. Inquiète, Lyvia scruta son visage mais le jeune homme la rassura d'un sourire tordu qui s'apparentait plus à une grimace. Une fois cette tâche accomplie, elle rinça le torchon dans la bassine, l'essora puis intima à Evan de le garder pressé contre la blessure pour faire cesser le saignement.

À cet instant, Isadora entra dans la chambre, suivie de Kalaan. Il sembla à Lyvia que les yeux noisette de ce dernier brillaient avec encore plus d'intensité que lors de leur dernière rencontre, faisant écho aux reflets de ses cheveux roux noués en catogan. Lyvia remarqua cette fois qu'il n'était pas très grand, dépassant à peine Isadora, mais qu'il était plutôt large d'épaules et musculeux. La jeune fille inclina la tête en croisant son regard et le salua :

— Bonjour Kalaan. Vous n'avez pas l'air surpris de nous voir.

Les prunelles de Kalaan pétillèrent lorsqu'il

s'exclama :

— Je ne le suis pas demoiselle ! Je n'ai jamais douté de ton retour.

Puis il se tourna vers Evan et son ton se teinta d'humour :

— Alors, il paraît que nous avons un grand blessé ?

Evan poussa un grognement vexé, le visage fermé, avant de se lever en dissimulant habilement une grimace de douleur.

— Merci Kalaan mais je n'ai pas besoin de ton aide.

Lyvia comprenait bien qu'après avoir combattu et vaincu le Voyageur dans la forêt d'Alidore des semaines auparavant, Evan rechignait à le laisser le soigner. Mais elle n'avait pas l'intention de laisser une stupide histoire de fierté mettre sa santé en danger. Avant qu'elle ne puisse intervenir, Kalaan laissa échapper un rire plein de bonhomie.

— Allons Evan, c'est pour moi l'occasion parfaite de donner à Lyvia sa première leçon. Soigner les gens est l'une des plus belles choses que nous permet la magie.

La curiosité de Lyvia fut aussitôt piquée. Si ses pouvoirs lui permettaient de guérir les gens, alors c'était une chose qu'elle voulait apprendre au plus vite. Lisant l'enthousiasme sur le visage de la jeune fille, Evan se rassit de bonne grâce. Le sourire de Kalaan s'élargit, creusant des fossettes au coin de ses yeux noisette. Malgré sa méfiance naturelle, Lyvia était bien obligée d'avouer que cet homme possédait un caractère enjoué et sympathique qui lui plaisait beaucoup. Le Voyageur défit les boucles de sa large besace en cuir, pour en montrer le contenu à Lyvia. Celle-ci observa avec stupéfaction les nombreux bocaux soigneusement étiquetés et rangés dans des compartiments, tous remplis de mixtures ou végétaux différents.

— Ceci, présenta fièrement Kalaan, est l'indispensable besace de tout Voyageur qui se respecte. Nous collectons plantes et ingrédients au cours de nos voyages – ou les achetons lorsque nous n'avons pas d'autre choix. Puis nous élaborons diverses préparations, souvent renforcées par nos pouvoirs, répondant à un usage bien précis. Celle que je vais te présenter aujourd'hui est l'une des plus utiles : le *Vulneribus Mederi*. C'est un onguent qui permet de désinfecter et cicatriser la plupart des plaies et blessures – notamment celles obtenues au combat.

Kalaan sortit de sa besace un flacon rempli d'une substance d'apparence visqueuse, transparente mais traversée de petits filaments d'un bleu électrique qui semblaient se déplacer en pulsant. Une étiquette collée sur le flacon indiquait « *Vulneribus Mederi* ».

— Voilà à quoi ressemble l'onguent prêt à être utilisé. Toutefois, si Evan veut bien souffrir quelques minutes de plus, j'aimerais d'abord te montrer comment le préparer.

Lyvia jeta un regard interrogateur à Evan, qui lui répondit par un haussement d'épaules résigné. Kalaan s'assit alors en tailleur sur le sol et invita Lyvia à l'imiter. Il sortit de sa besace un pilon et un mortier en bois, puis deux bocaux. Il ouvrit le premier, qui semblait contenir des fils d'un bleu très vif, et sur lequel était écrit « Crocus électrique ».

— Voilà les pistils du crocus électrique, une plante assez rare que l'on trouve dans les collines de Nahima, au nord-ouest d'Héliosis. Sa récolte est assez difficile, du fait des petites décharges électriques que la plante émet lorsqu'on la touche. Nous allons réduire ces pistils déshydratés en poudre pour notre onguent. Il faut compter une vingtaine de pistils pour un flacon de *Vulneribus Mederi*.

Suivant les consignes de Kalaan, Lyvia préleva le nombre de pistils requis, et les disposa au fond du mortier. Elle les réduisit en une fine poudre bleue à l'aide du pilon. Kalaan se saisit alors du second bocal, beaucoup plus gros, qui contenait de larges feuilles charnues d'un vert orangé, bordées de pointes rouge carmin.

— Et voilà les feuilles de l'aloe sanglant, une plante succulente très commune dans les montagnes de Sangral. Nous allons utiliser son gel, c'est-à-dire la pulpe visqueuse qu'elle renferme, pour ses vertus cicatrisantes.

Kalaan s'empara du petit poignard qui était ceint à sa taille et le tendit à Lyvia, pommeau en avant. La jeune fille s'en saisit avec hésitation, et le tint avec maladresse, incertaine de la position à adopter. Comme le lui indiquait Kalaan, elle prit une feuille d'aloe sanglant, sectionna les pointes acérées à l'aide du poignard pour ne pas se blesser en manipulant la plante. Une fois ces pointes déposées dans une petite coupelle, elle trancha la feuille dans la longueur, plaça une moitié ainsi obtenue au-dessus du mortier et racla la pulpe gélatineuse qui s'amoncela au-dessus de la poudre bleue. Après avoir raclé le gel de l'autre moitié, Lyvia utilisa le pilon pour mélanger énergiquement la pulpe de l'aloe sanglant avec les pistils du crocus électrique réduits en poudre. Enfin, elle versa la substance visqueuse, mouchetée de paillettes bleues, dans un flacon vide que lui présentait Kalaan.

— Très bien, la félicita le Voyageur. Mais ce n'est pas fini, jeune fille. En l'état, cette préparation accélèrerait à peine la guérison d'Evan. Il reste une étape, celle de l'activation. Et pour cela, nous allons avoir besoin de ta magie. L'idée est de fusionner ces deux plantes, pour que leurs propriétés respectives se renforcent mutuellement. Si tu veux bien entrer dans l'Univers des Âmes…

Tenant le flacon entre ses mains, Lyvia ferma les yeux et se glissa dans l'Univers des Âmes. Il lui semblait qu'à chaque passage dans cette dimension, le décrochement se faisait plus naturellement et plus rapidement. Elle commençait à s'habituer à la vision floue et déroutante qu'elle possédait dans cet univers. Sans prendre le temps d'explorer, elle s'approcha du faible halo brumeux qui émanait du flacon. Elle percevait la vie qui traversait encore cet amas végétal, mais les particules d'esprit semblaient errer, sans unité ni cohérence. En s'approchant encore, elle finit par distinguer les deux végétaux : de petits éclats de crocus, comme autant de perles étincelantes, voguaient au cœur du brouillard diffus, faiblement lumineux, qu'était l'aloe sanglant. La voix assourdie de Kalaan lui parvint comme s'il était à mille lieues :

— Il faut que tu fasses exploser les fragments de crocus, pour qu'ils se diffusent encore plus parmi l'aloe.

Lyvia grogna intérieurement en entendant les directives de Kalaan. Il n'avait visiblement pas l'intention de lui détailler la marche à suivre pour faire exploser le crocus. Résignée à se débrouiller seule, la jeune fille suivit son instinct. Ciblant une particule de crocus qui flottait à proximité, elle lança son propre esprit à pleine vitesse pour venir percuter le fragment avec toute la force de sa détermination. Sous l'impact, la perle explosa en une myriade de particules presque indiscernables, qui furent aussitôt happées par l'esprit nébuleux de l'aloe. Satisfaite, Lyvia reproduisit cette manœuvre jusqu'à ne plus distinguer de fragment de crocus électrique. Elle recula alors pour admirer son travail : devant elle flottait un amas lumineux indescriptible. Elle n'aurait su dire où se trouvait le crocus et où se tenait l'aloe. Estimant qu'elle devait avoir réussi, elle regagna son corps et cligna des yeux plusieurs fois afin de fixer son regard sur le flacon. Plus aucune paillette bleue ne flottait dans la substance visqueuse, mais celle-ci était d'un bleu pâle et non plus transparente. Fronçant les sourcils, elle observa le flacon étiqueté que lui avait initialement présenté Kalaan, dans lequel pulsaient des filaments d'un bleu électrique. Suivant son regard, le Voyageur expliqua :

— Effectivement, ce n'est pas encore l'onguent final. Nous allons devoir le laisser reposer quarante-huit heures, le temps que l'aloe sanglant et le crocus électrique s'unissent réellement pour former une entité unique. Ton flacon ressemblera alors au mien. Dans l'immédiat, nous allons donc utiliser mon *Vulneribus Mederi* pour soigner Evan.

Lyvia déboucha le flacon que lui tendait Kalaan, et s'assit à côté d'Evan sur le rebord du lit. D'une main, elle abaissa doucement le bras du jeune homme, avec lequel il maintenait le chiffon imbibé de sang contre la blessure. Lyvia réprima difficilement une grimace à la vue de la plaie, bien que le saignement fût moins abondant. Elle préleva un peu de *Vulneribus Mederi* – remarquant au passage que l'onguent était bien plus solide que la préparation visqueuse qu'elle venait d'achever – et l'appliqua délicatement sur la plaie. Elle réitéra l'opération jusqu'à ce que la pâte recouvrît toute la blessure. Le saignement fut instantanément stoppé, comme si l'onguent formait une sorte de barrage.

Au début, Lyvia n'observa rien d'autre de notable. Puis les petits filaments d'un bleu électrique qui pulsaient en ondoyant au cœur de la pâte se mirent en mouvement avec une parfaite unité. Scindés en deux groupes, ils se rapprochèrent de chaque bord de la plaie, puis se plantèrent dans la peau un à un, comme autant de minuscules aiguilles. Evan étouffa un grognement de douleur. Déjà, les petits filaments se remettaient au travail. Frétillant inlassablement, ils reprirent la direction opposée, vers le centre de la plaie. De façon presque indiscernable, les bords de la blessure se rapprochèrent lentement, jusqu'à ce que les filaments issus de chaque côté se rejoignissent. Ils s'entrelacèrent quatre à quatre pour former une sorte de quadrillage. À cet instant, les filaments se teintèrent d'un rouge de plus en plus intense à mesure que leur frétillement s'accentuait, et que les mailles ainsi tissées se resserraient. Lyvia comprit à la mâchoire serrée d'Evan que les filaments étaient devenus très chauds. Lorsqu'ils furent si lumineux qu'il était douloureux de les observer, et qu'une volute de fumée commença à s'en échapper, Lyvia se tourna avec alarme vers Kalaan, mais celui-ci la rassura. Tout cela était apparemment parfaitement normal.

Le temps que la jeune fille reporte son attention sur la blessure d'Evan, la fumée achevait de s'estomper, et les restes de filaments tombaient en une fine poudre sur les genoux du jeune homme. Sur son torse n'apparaissait plus qu'une mince cicatrice à peine rosée, qui blanchissait à vue d'œil. Ébahie, Lyvia laissa échapper une exclamation de surprise. Elle s'apprêtait à échanger un regard impressionné avec Evan, mais ce dernier n'avait absolument pas l'air étonné.

Lisant l'expression de Lyvia comme si elle avait pensé à voix haute, Kalaan expliqua aussitôt, un soupçon d'amusement dans le regard :

— En tant que soldat, ce n'est pas la première fois qu'Evan reçoit de telles blessures. Il n'est donc pas novice en matière de *Vulneribus Mederi*.

— Alors… ce sont les Voyageurs qui soignent les gens en Héliosis ? l'interrogea Lyvia, les sourcils froncés.

— Oui et non. Tous les Voyageurs sont capables de préparer des remèdes et soins de base, cela fait partie de l'enseignement dispensé à tout élève. Toutefois, certains d'entre nous sont pris d'une véritable vocation pour le soin, et perçoivent comme une contradiction d'autres aspects de cet enseignement – notamment le combat. Ils décident alors de quitter les Voyageurs, pour rejoindre l'ordre des Guérisseurs, où ils se perfectionnent et apprennent à confectionner des remèdes autrement plus complexes.

— Est-ce qu'il y a un conflit entre les Voyageurs et les Guérisseurs ? Un peu comme avec les Traîtres ? Eux aussi ont décidé de quitter les Voyageurs, non ?

Cette fois, Isadora prit la parole pour lui répondre.

— Non, il n'y a aucun conflit avec les Guérisseurs. Nous comprenons parfaitement leur vocation, et leur désir d'abandonner l'enseignement des Voyageurs. Nous – et les Héliosiens – leur sommes infiniment reconnaissants pour leur dévouement. Nous les considérons un peu comme des cousins. Rien à voir avec les Traîtres donc, qui ont décidé de quitter les Voyageurs pour mener à bien leurs crimes en toute impunité.

Lyvia ne manqua pas la sécheresse et la haine qui perçaient dans son ton chaque fois que les Traîtres étaient mentionnés. Et, encore une fois, la jeune fille se sentit mal à l'aise face à sa mère, dont le comportement avait tant changé depuis qu'elle connaissait sa véritable nature. À cet instant, Kalaan se racla la gorge, et Lyvia remarqua avec surprise que lui aussi paraissait gêné. Il s'adressa à Isadora, la voix hésitante :

— Bien, Isa… maintenant que Lyvia a reçu son premier enseignement… Tu sais ce dont nous avons parlé, n'est-ce pas ?

Un éclair de colère traversa le regard d'Isadora, si bref que Lyvia crut l'avoir imaginé. La seconde d'après, son visage était parfaitement serein, et elle hocha la tête en signe d'assentiment.

— Bien sûr, je n'interfèrerai pas dans son enseignement. Je vous retrouverai au Quartier Général dans quelques semaines. Mais… Kalaan… peux-tu me promettre de veiller sur elle comme si elle était ta propre fille ?

Le visage inhabituellement sérieux, le Voyageur posa une main sur l'épaule d'Isadora et lui assura avec force :

— Je te le promets.

La gorge serrée, Lyvia intervint :

— Mais Maman, comment est-ce que tu vas y aller ? À travers un miroir ?

Isadora secoua la tête, et sortit un objet de la poche de sa veste.

— Non, nous n'avons plus le pouvoir de Voyager au sein d'un même monde, contrairement à toi. Le moment est venu de retrouver ma fidèle Melida…

Elle tenait entre ses mains un ocarina d'un brun chaud, étonnamment uni en comparaison avec celui de Lyvia qui comportait mille nuances de bleu et même quelques éclats d'or. La jeune fille cessa d'observer l'instrument pour étreindre sa mère, qui lui chuchota à l'oreille :

— Sois prudente ma chérie, nous nous reverrons

bientôt.

Isadora fit ensuite ses adieux à Kalaan et salua Evan
– bien plus froidement – avant de quitter les lieux. Kalaan brisa le silence puis sortit à son tour de la chambre :

— Retrouvez-moi en bas pour dîner lorsque vous serez prêts.

Restée seule avec Evan, Lyvia tourna vers lui un regard un peu égaré. Cela faisait beaucoup de choses à
assimiler en si peu de temps… Mais le jeune homme, lui,
venait apparemment de se souvenir qu'il était torse nu,
et que cela n'était plus vraiment nécessaire. Comprenant
sa gêne, Lyvia lui tendit aussitôt la tunique propre qu'il
avait préalablement laissée sur la commode. Maintenant
qu'aucune plaie béante ne la faisait défaillir, la jeune fille
ne put empêcher son regard de s'attarder un peu trop
longuement sur Evan. Une curieuse sensation de chaleur
presque douloureuse venait de naître au creux de son
ventre, et il lui parut soudainement très important
qu'Evan se vêtisse au plus vite. Elle se détourna en rou-
gissant, espérant que le jeune homme n'aurait pas
remarqué son trouble. Dès qu'Evan fut prêt, ils quittèrent
la chambre et empruntèrent l'escalier pour retrouver Kalaan.

Ce dernier était nonchalamment assis à une table au
fond de l'auberge. Ses yeux noisette scrutaient la pièce
avec vigilance, démentant son apparente décontraction.
Lorsqu'il aperçut les deux jeunes gens, un petit sourire
éclaira son visage et il leur fit signe de le rejoindre. Lyvia
s'assit et le fixa avec circonspection. Elle s'apprêtait à poser une question lorsqu'il leva une main pour
l'interrompre, le regard braqué sur un point derrière elle.
Alarmée, elle se retourna vivement, pour se retrouver
face à l'aubergiste qui apportait un plat fumant et trois

assiettes. Kalaan poussa un soupir de contentement et esquissa un sourire amusé en avisant l'expression incrédule de Lyvia. Bientôt, l'attention de cette dernière fut accaparée par le plat que l'aubergiste venait de déposer devant eux. L'aspect n'était pas particulièrement appétissant – une sorte de ragoût d'un marron tirant sur le vert, avec des morceaux d'aliments que Lyvia était incapable d'identifier. Mais le fumet qui s'en dégageait était absolument divin ; il faisait saliver la jeune fille tout en ne ressemblant à rien de connu.

— Ce n'est pas le loras arc-en-ciel, présenta Kalaan avec enthousiasme, mais c'est une spécialité de la région tout aussi goûteuse, si ce n'est plus ! Sur les berges du lac Taal, le gurval pousse en abondance. Une petite plante qui ne paie pas de mine, mais dont les rhizomes renferment un véritable trésor. On en fait une épice au goût incomparable, qu'on utilise traditionnellement dans la confection de ragoûts. Celui-ci est aux légumes, c'est mon préféré !

Les trois convives remplirent généreusement leur assiette de ragoût. Lyvia prit une première cuillérée prudente, et étouffa une exclamation en sentant une explosion de parfums inconnus réveiller son palais. Les légumes étaient délicieux, et cuits à la perfection, mais la sauce au gurval était si merveilleuse qu'elle ferma les yeux pour mieux en goûter la saveur. Elle aurait voulu prendre le temps de déguster chaque bouchée mais elle ne put s'empêcher d'engloutir le reste de l'assiette. Lorsqu'elle eut terminé, elle releva les yeux d'un air penaud, honteuse de ses manières. Kalaan éclata de rire, bientôt rejoint par Evan.

— Le gurval fait souvent cet effet-là la première fois, commenta le Voyageur avec indulgence. Mais je te rassure, on ne cesse jamais vraiment de s'en émerveiller. Bien, maintenant que notre estomac est plein, le temps des discussions sérieuses est venu. Qu'as-tu pensé de ce premier enseignement ?

Lyvia recula sur sa chaise et prit le temps de rassembler ses pensées avant de répondre :

— C'était impressionnant et... j'ai hâte d'en apprendre plus sur les soins et remèdes. Mais avant toute chose, j'ai besoin de pouvoir me défendre contre tous ces ennemis qui me veulent du mal : les Traîtres, l'armée du roi... Et je n'ai pour l'instant aucun contrôle sur ma magie, j'ai peur de ce que je suis capable de faire. Combien de temps devrai-je attendre avant de maîtriser la magie ? Votre enseignement a-t-il une durée précise ?

Kalaan frotta distraitement sa joue mal rasée, jaugeant la jeune fille du regard. Sous une apparente bonhomie, Lyvia entrevit l'espace d'un instant l'homme inflexible et le professeur exigeant qui sommeillaient en lui.

— Tout dépendra de tes progrès. Ta magie est remarquable, mais je crains qu'elle ne soit pas aisée à dompter. Pour te répondre, cela peut aller de quelques mois à plusieurs années.

Lyvia grimaça, mais quels que soient les sacrifices nécessaires, il lui semblait primordial de maîtriser le feu inconnu qui brûlait en elle. Par ailleurs, sa mère lui avait décrit son enseignement avec son professeur Tarak comme une des périodes les plus heureuses de sa vie. Pourquoi en serait-il autrement avec Kalaan ?

— Quand commençons-nous ?

Une flamme exaltée s'embrasa dans le regard de Kalaan, qui tenta de dissimuler la joie que l'impatience de Lyvia lui procurait.

— Tout de suite, si tu es d'accord.

CHAPITRE 15

L'obscurité tombait progressivement sur le village d'Erida, parant le lac Taal de reflets moirés. Evan était resté à l'auberge, Kalaan ne l'ayant pas autorisé à assister à la leçon de Lyvia. Le jeune homme avait voulu protester, craignant pour la sécurité de Lyvia, mais cette dernière l'avait rassuré : elle avait confiance en Kalaan. C'est donc à contrecœur qu'Evan l'avait laissée partir. Il faisait sans doute les cent pas dans l'auberge, attendant son retour avec inquiétude.

Lyvia resserra son manteau autour de ses épaules, observant avec envie la fumée qui s'échappait de la plupart des cheminées. Le soir était glacial en ce mois de décembre. La jeune fille songea à sa mère, qui voyageait seule, avec quelques heures d'avance sur eux. Était-elle en sécurité ? Pouvait-elle se défendre seule ? Puis elle revit Isadora tuer les soldats du roi cet après-midi-là, à l'arc et à l'épée, sans la moindre hésitation. Une nouvelle vague de froid la fit frissonner, cette fois sans rapport avec la température extérieure.

— Tu es bien silencieuse, fit remarquer Kalaan, qui marchait à ses côtés.

Tirée de ses sombres pensées, Lyvia releva la tête. Elle attendit que trois enfants héliosiens les croisent au pas de course, brandissant des bâtons en riant. Elle fit un écart lorsque l'un d'entre eux sauta à pieds joints dans une flaque. Les ruelles en terre d'Erida étaient presque impraticables à cette période. Lorsque leurs rires se furent estompés, Lyvia répondit :

— Où allons-nous ?

— Tu vois ce petit bois au bord du lac ? Une belle surprise attend celui qui sait quel sentier emprunter.

La jeune fille se contenta de cette réponse énigmatique et préféra questionner plus avant le Voyageur.

— Qu'allez-vous m'enseigner ?

— L'apprentissage des Voyageurs a deux aspects : la maîtrise des pouvoirs et l'art de combattre. Ou devrais-je dire « avait ». À part toi Lyvia, les Voyageurs n'ont presque plus de pouvoirs, ce que je t'enseignerai sera donc principalement théorique, je pourrai rarement t'imiter. Ce soir, nous essayerons de dompter ta magie.

Le regard de Kalaan se posa sur l'ocarina pendu au cou de Lyvia.

— Fantastique, tu as eu le Contact ! Appelle ton cheval, nous allons profiter d'une agréable chevauchée nocturne.

Impatiente de retrouver Nebraska, la jeune fille souffla fébrilement dans son ocarina la mélodie qu'Evan lui avait enseignée. Elle ignorait où se trouvait son fidèle destrier. Kalaan sortit son propre instrument qui évoquait irrésistiblement l'automne, d'un noisette mêlé d'acajou. Quelques secondes plus tard, Nebraska émergea du bosquet vers lequel ils se dirigeaient, la crinière parsemée de feuilles mortes. Lyvia enfouit son visage dans son encolure, le cœur gonflé d'une joie indescriptible. Lorsqu'elle releva la tête, les yeux brillants, une jolie jument alezane se tenait aux côtés de Kalaan. Celui-ci se jucha souplement sur son dos et lança un regard interrogateur à Lyvia qui restait au sol, hésitante.

— Nos chevaux n'ont ni selle ni filet, constata la jeune fille, perplexe.

— As-tu besoin d'enchaîner un ami pour le guider ? demanda Kalaan d'un ton grave.

— Non, non bien sûr, bafouilla la jeune fille, gênée, mais comment Nebraska va-t-il savoir où je veux aller ?

— Monte, je t'expliquerai après.

Lyvia prit appui sur une souche, posa ses mains à plat sur le dos de son étalon et se hissa difficilement à la force de ses bras. Nebraska, patient, resta immobile lorsque la jeune fille passa laborieusement la jambe droite au-dessus de sa croupe. Kalaan lui lança un regard indulgent puis murmura :

— À présent, ferme les yeux et ouvre ton esprit. Sens la vie qui t'entoure, la respiration des êtres autour de toi.

Lyvia s'exécuta, comprenant que Kalaan lui demandait de rejoindre l'Univers des Âmes. Elle calqua son souffle sur le rythme de son cœur et abaissa les frontières de son esprit. Il lui sembla qu'elle quittait son corps à mesure qu'elle s'éloignait de toute perception matérielle. Enfin, elle reconnut le voile noir et la vision floue qui caractérisaient l'Univers des Âmes. Elle sentit la présence de l'esprit de Kalaan, aussi étincelant qu'une étoile, et protégé par un mur infranchissable. Elle ne tenta pas de l'approcher. Elle s'ouvrit aux autres traces de vie, moins décelables que les humains. Autour d'elle, la jeune fille perçut soudain une centaine de présences, comme autant de petites taches de lumière, qui faillirent lui faire réintégrer son corps sous l'effet de la surprise. En se concentrant, elle comprit qu'il s'agissait de petits animaux tapis sous terre. Les esprits de Nebraska et de l'autre jument semblaient plus faciles à atteindre, tels deux brasiers rassurants dans l'obscurité. Elle se sentit irrésistiblement attirée par l'âme de son étalon, qui irradiait une chaleur familière.

Lyvia s'approcha de son esprit. Des bribes de souvenirs et de sensations l'effleurèrent, doucement d'abord puis avec une intensité croissante. Mais bien que puissantes, ces impressions ne la bousculaient jamais. Elle naviguait entre ces fragments, comme bercée par les histoires qu'ils racontaient. La douceur du soleil sur la plaine d'Enolanthe, et l'herbe gorgée d'eau. L'ivresse de la course et de la liberté. La fraîcheur de la rivière. La peur parfois, d'une créature inconnue, d'un bruit soudain. Mais la présence rassurante de Carthago, son courage. Et elle enfin, sa compagne humaine, sa sœur de cœur.

Touchée, Lyvia s'approcha encore, jusqu'à distinguer le maillage lumineux, ces fils de magie qui protégeaient l'âme de son étalon. Elle ne tenta pas de les défaire, comme elle l'aurait fait si elle avait souhaité le contrôler. Elle s'en approcha au plus près, et tenta de manifester sa présence, comme on toque à la porte. Elle murmura son prénom, tenta de le faire porter au-delà des mailles. Au début, le cheval ne parut pas conscient de son intrusion, son esprit luisant doucement d'une assurance tranquille. Puis lorsque Lyvia répéta son prénom, avec plus de force, un étonnement bref traversa la conscience de Nebraska avant de céder la place à une indéniable affection lorsqu'il reconnut Lyvia. Celle-ci s'en émut, submergée par la plénitude que lui procurait la liaison de leurs esprits. Lorsqu'elle sentit une complicité inébranlable les lier, elle tenta ce que Kalaan attendait d'elle. Nebraska, parfaitement à l'écoute, obéit lorsque sa cavalière lui enjoignit de passer au pas dans son esprit.

Lyvia, brutalement ramenée à son corps, cligna des yeux éblouis sur la nuit qui l'entourait. Le vent frais cingla son visage, contrastant durement avec l'univers ouaté de son esprit. La jeune fille tourna un regard égaré vers son professeur qui l'observait attentivement.

— C'est très bien pour un premier essai, la félicita Kalaan avec un hochement de tête appréciateur. Tu t'es bien débrouillée.

— Mais… mais pourquoi le contact s'est-il rompu quand Nebraska est passé au pas ? bredouilla Lyvia, déboussolée.

— Pour l'instant, tu ne peux pas rester consciente de ton environnement et voguer en même temps dans l'Univers des Âmes. Cela viendra avec le temps, lorsque ta relation avec ton cheval se sera développée et que ta maîtrise de tes pouvoirs se sera affinée. Ne désespère pas, répète souvent cet exercice et tu y arriveras vite, j'en suis certain.

La jeune fille obtempéra et se résigna à guider son cheval avec la voix et les genoux. Ils chevauchèrent plusieurs minutes en silence, Lyvia s'abîmant dans ses réflexions. Ils parvinrent enfin au petit bois indiqué par Kalaan, et empruntèrent un chemin à peine assez large pour que les deux chevaux marchent de front. Lorsque les minutes s'étirèrent, Lyvia, n'y tenant plus, décida de questionner son professeur :

— Êtes-vous marié ?

Surpris, Kalaan écarquilla les yeux avant d'éclater de rire.

— Tu es unique toi, pas vrai ? Un élève n'est pas censé connaître la vie de son professeur mais je peux faire une exception, tu n'es pas n'importe quelle élève. Non, je ne suis pas marié, jeune fille.

— Comment un maître et son élève peuvent-ils travailler en harmonie s'ils ignorent tout l'un de l'autre ?

Kalaan considéra sa question d'un air grave. Il commençait à se demander si la jeune fille n'allait pas lui apprendre plus que lui ne pourrait lui enseigner.

— Tu as sûrement raison, c'est un point auquel je n'avais jamais réfléchi. Eh bien, soit, pose-moi des questions si tu le désires.

— Comment s'appelle votre jument ?

— Nymphéa.

— C'est un joli nom. Quand avez-vous établi le Contact ?

Kalaan eut un sourire amusé et secoua la tête d'un air faussement désabusé.

— Il y a une dizaine d'années.

— Quel âge avez-vous ?

Le professeur éclata d'un rire franc et s'exclama :

— Quelle impudence ! Mais bon, j'étais comme toi à ton âge, et je sais que ta curiosité n'a pas pour but d'être déplacée. J'ai trente-deux ans, jeune insolente, et toi ?

— Seize. Comment se fait-il que vous ayez la charge de me former alors que vous êtes aussi jeune ?

Sans se formaliser, Kalaan rétorqua :

— La valeur ne se mesure pas à l'âge jeune fille, tu en es le parfait exemple. Bien, avant que tes questions ne deviennent vraiment vexantes, arrêtons-nous, nous sommes arrivés.

Honteuse, Lyvia détourna le regard et observa la clairière au milieu des bois où ils avaient abouti. L'endroit était féérique. Un petit ruisseau sinuait en bordure des arbres, berçant la scène de doux clapotements. La lune ronde parait l'herbe fournie d'un éclat argenté, jouant avec les pétales délicats de fleurs qui semblaient faites de verre. Une petite créature ressemblant à un rongeur détala à leur approche, perfectionnant ce tableau idyllique d'une touche sauvage.

Kalaan mit pied à terre et s'assit en tailleur sur le sol de la clairière, tandis que Nymphéa s'éloignait pour paître. Intriguée, Lyvia imita son professeur après avoir flatté l'encolure de Nebraska.

— Isadora m'a dit qu'elle t'avait montré comment demander à une plante de fleurir. Tu as également su utiliser la branche d'un arbre pour assommer les soldats qui assaillaient Evan et ta mère. Je pense donc que tu as compris le principe de base pour contrôler un être vivant : créer une ouverture dans le maillage qui protège l'esprit, pénétrer dans cet esprit et enfin affirmer ta volonté jusqu'à ce que l'être s'exécute. Toutefois, tu as sans doute remarqué que cet effort n'est pas sans prix pour l'être contrôlé. Ce que tu lui demandes est coûteux en énergie, parfois au-delà de ce qu'il est capable de supporter.

Lyvia hocha gravement la tête. Sans faire attention, elle avait plongé ses doigts dans l'herbe épaisse, un geste qui l'avait toujours rassurée.

— Ma mère m'a dit qu'il est possible de donner un peu de mon énergie aux plantes, pour qu'elles ne soient pas affectées par l'effort.

— Très juste. Et c'est précisément ce que je désire

t'apprendre aujourd'hui. Il y a plusieurs choses qui motivent ce don d'énergie. Je suis sûr que tu penses d'abord à l'aspect moral, parce qu'il n'est pas très louable de demander aux plantes d'exécuter notre volonté pour en mourir ensuite. Mais ce n'est pas la seule raison. Pendant un combat, tu auras besoin de garder tes alliés végétaux en bonne forme, le plus longtemps possible. Et sans ton énergie, ils ne tiendront pas. Enfin, tu voudras parfois que les plantes maintiennent ta volonté dans la durée, même quand tu n'es plus là. Par exemple, si tu ne veux pas tuer tes ennemis, tu peux décider de les ligoter à l'aide d'une plante. Mais il faut que cette plante garde sa prise sur tes ennemis assez longtemps pour que tu aies le temps de t'enfuir. Et pour cela, elle aura besoin d'être alimentée en énergie. Une dernière chose très importante est de toujours finir par refermer l'ouverture créée dans le maillage lumineux qui protège les esprits des êtres. Si tu laisses l'ouverture, la plante finira forcément par mourir.

Une vague glacée traversa Lyvia lorsqu'elle entendit les derniers mots de Kalaan. Désemparée, elle s'exclama :

— Je ne savais pas ! Tout à l'heure, j'ai utilisé un arbre pour assommer les soldats contre qui ma mère et Evan se battaient, et je n'ai pas refermé le maillage ! Est-ce que ça veut dire que je l'ai tué ?

— Connaissant Isadora, je pense qu'elle a vérifié que son maillage était intact avant de repartir, la rassura Kalaan avec un clin d'œil. Et si on passait à la pratique ?

Soulagée, Lyvia acquiesça, puis écouta attentivement les instructions de son professeur. Enfin, elle allait apprendre comment utiliser ses pouvoirs justement, sans abuser des êtres vivants. Pour la première fois, la jeune fille se demanda si elle allait réussir ce que le Voyageur attendait d'elle. Tout paraissait si complexe… Tâchant de faire taire ses doutes, elle se glissa dans l'Univers des Âmes quand Kalaan eut terminé ses explications. Sans s'attarder sur les milliers d'êtres qui peuplaient la clairière, elle dirigea aussitôt son esprit vers celui de l'herbe haute, semblable à une nuée vaporeuse. Un fin maillage irrégulier entourait l'herbe, comme s'il s'agissait d'un unique être et non d'une somme d'individualités.

Lors de sa première véritable incursion dans l'Univers des Âmes, avec le bougainvillier, elle s'était demandé si son esprit avait des sortes de doigts. Cette fois, il lui sembla distinguer plus clairement les tentacules de lumière qui prolongeaient son esprit, lui permettant d'interagir avec les autres êtres. Le plus délicatement possible, elle utilisa ces tentacules pour tirer sur les fils de lumière qui protégeaient l'esprit de l'herbe. Elle put ainsi créer une minuscule ouverture par laquelle elle s'infiltra. Une fois à l'intérieur de l'esprit, elle ne chercha pas tout de suite à lui communiquer sa volonté. Elle devait d'abord tisser un lien entre leurs deux esprits pour que l'énergie puisse se propager. Et, sans pouvoir se l'expliquer, elle savait que les tentacules de lumière ne lui seraient d'aucune aide pour cela. Elles lui permettaient uniquement de dénouer les mailles dorées qui protégeaient les êtres.

Lyvia se concentra pour se remémorer les explications de Kalaan. Elle tenta de visualiser son propre esprit, ou du moins le maillage lumineux qui le protégeait, comme pour tout être vivant. C'était une tâche incroyablement frustrante, car elle ne savait pas où chercher. Après de multiples tentatives infructueuses, elle commençait à se demander si ce que lui demandait Kalaan était seulement possible. Pourtant, elle avait confiance en cet homme. Cet exercice faisait partie de l'enseignement classique des Voyageurs. Et si eux en étaient capables, pourquoi pas elle ? N'était-elle pas censée avoir des pouvoirs fabuleux, bien plus puissants que le commun des Voyageurs ? Motivée par cette pensée, elle redoubla d'efforts. Enfin, en remontant le long des tentacules, elle aperçut un scintillement autour d'elle, que sa vision occultait depuis le début. En se concentrant davantage, elle finit par distinguer les milliers de fils d'or tressés en un robuste maillage, une œuvre que le meilleur des tisserands jalouserait. Comme Kalaan le lui avait demandé, elle tira sur un des fils et l'approcha de l'ouverture qu'elle avait créée dans l'esprit de l'herbe. Aussitôt, le fil s'enroula fermement autour d'un des filaments qui flottaient librement. Lyvia sentit une connexion s'établir avec la plante, mais elle n'en mesurait pas encore réellement les implications.

Elle poursuivit enfin son incursion, pour enjoindre à l'herbe haute d'encercler les chevilles de Kalaan. La partie la plus difficile de cet exercice était de visualiser précisément le corps du Voyageur, pour que la plante s'enroule exactement là où elle le souhaitait. Pour cela, elle devait apprendre à maîtriser sa vision floue dans l'Univers des Âmes, et à superposer cette dimension avec la réalité. Pour le moment, elle était loin d'être capable d'une telle maîtrise. Elle s'exécuta donc à l'instinct, demandant à l'herbe de s'enrouler ensuite autour des mollets du Voyageur, de ses genoux, de ses poignets et de ses avant-bras. Lorsqu'elle s'estima satisfaite de son travail, elle quitta l'Univers des Âmes pour retrouver son corps. Mais dès qu'elle l'eut réintégré, elle comprit que quelque chose était différent. Elle sentait toujours la connexion avec l'herbe dans son esprit, comme une présence discrète mais persistante.

Lyvia observa alors le résultat de ses efforts. L'herbe haute encerclait solidement les jambes et les bras du Voyageur, mais la jeune fille ne manqua pas plusieurs erreurs. À certains endroits, l'herbe semblait entourer le vide, tandis que le poignet droit de Kalaan était totalement libre. Déçue, Lyvia esquissa une moue de mécontentement. Le Voyageur ne semblait toutefois pas de cet avis. Il sourit avec ravissement et s'exclama :

— Tu es douée, je savais que l'on m'avait confié le plus grand des honneurs en me désignant comme ton professeur ! Obtenir un tel résultat au premier essai est très impressionnant jeune fille, ne sois pas trop exigeante avec toi-même. Tu sais ce qu'il te reste à faire à présent ?

Un peu rassurée, Lyvia hocha la tête et se releva. Sa vision se troubla soudainement, et elle faillit chuter. La plante avait donc déjà commencé à lui prendre son énergie… Fronçant les sourcils, la jeune fille se concentra. Elle se détourna et partit d'un pas aussi vif que sa fatigue le lui permettait. Comme Kalaan le lui avait demandé, elle franchit le ruisseau qui traversait la clairière en prenant appui sur quelques gros rochers. À chaque pas, elle sentait la connexion avec la plante saper son énergie. Il lui semblait que le fil qui les reliait était bien prégnant, et qu'il exerçait une véritable pression physique à mesure qu'il s'étirait.

— C'est bon Lyvia, cela suffit. C'est très bien ! Coupe la connexion maintenant !

Ignorant l'injonction de Kalaan, elle voulut se prouver qu'elle était capable de résister. Elle avança encore, jusqu'à retourner sous le couvert des arbres. De petits points noirs apparurent devant ses yeux, tandis que ses jambes lui paraissaient faites de coton. Chaque pas était une épreuve. Elle se sentait faible, si faible… Dans un dernier sursaut de raison, elle coupa la connexion qui la liait encore à la plante, comme d'un coup de ciseau. Au même moment, elle sentit ses jambes céder sous son poids et elle entendit la voix assourdie de Kalaan crier son nom.

Des bruits de pas dans l'eau.

Le goût de la terre.

Puis tout devint noir.

Lorsque Lyvia s'éveilla, la première sensation qui l'assaillit fut une délicate fragrance de miel. Les yeux toujours clos, elle inspira doucement, envahie par des impressions contradictoires. Elle se sentait parfaitement reposée, et en même temps son corps lui semblait profondément las, comme après un marathon. Elle fut tentée de se rendormir, puis se ravisa et ouvrit les yeux. Ses paupières papillonnèrent sous l'assaut de la lumière crue du soleil qui se déversait abondamment par les fenêtres. Un grognement lui échappa et elle enfouit son visage dans l'oreiller.

Une main caressa tendrement ses cheveux. La jeune fille se figea, aux aguets. Puis elle se détendit en entendant une voix familière :

— Allez debout princesse, il est temps de te lever.

Un petit sourire flotta sur les lèvres de Lyvia, toujours sous le couvert de son oreiller. Elle saisit la main d'Evan et entremêla ses doigts aux siens en ouvrant de nouveau les yeux. Une fois accoutumée à la lumière, elle leva leurs mains enlacées et les fit jouer dans les rayons du soleil. Finalement, elle relâcha Evan et se tourna vers lui en s'étirant avec délice.

— Combien de temps ai-je dormi ? s'enquit-elle.

— Treize heures. Il est déjà midi et demi.

Un sourire espiègle se peignit sur le visage de Lyvia.

— Et tu n'as rien de mieux à faire que me regarder dormir ?

Evan afficha un air vexé. Il croisa les bras sur sa poitrine et lança un regard noir à la jeune fille. Celle-ci éclata de rire et s'assit sur le lit. Elle se sentait inhabituellement joyeuse, plus heureuse qu'elle ne l'avait été depuis l'incident de Soïka. Elle venait enfin d'apprendre comment utiliser ses pouvoirs sans nuire aux êtres qu'elle contrôlait. C'était comme si la plante, en la vidant de son énergie, l'avait aussi débarrassée de toutes ses émotions négatives. C'était pour elle un nouveau départ. Réconciliée avec elle-même, elle était apte à tout surmonter. Elle se sentait prête à découvrir la voie des Voyageurs.

Réjouie par cette décision, elle examina la chambre plus attentivement. Elle remarqua qu'elle portait son pyjama et elle se demanda brièvement avec une pointe d'embarras comment elle avait pu changer de vêtements. Ne désirant pas s'attarder sur la question, elle reporta son attention sur le visage renfrogné d'Evan.

— Je plaisantais, arrête de bouder comme un enfant.

Mais Evan, touché par le sourire lumineux de la jeune fille, avait cessé de feindre l'exaspération.

— Tiens, Kalaan a laissé cela pour toi.

Lyvia saisit avec curiosité la besace en cuir que lui tendait Evan, semblable en tous points à celle que portait Kalaan. À l'intérieur se trouvaient de nombreux remèdes étiquetés et plusieurs plantes nécessaires à la confection d'autres soins. Elle remarqua le petit flacon empli de *Vulneribus Mederi*, qu'elle avait préparé la veille avec l'aide de Kalaan. Le mélange n'avait déjà plus la même apparence : de petits filaments d'un bleu électrique avaient commencé à se former, mais ils ne pulsaient pas encore comme dans l'onguent final. Kalaan lui avait indiqué que quarante-huit heures étaient nécessaires pour que le remède atteigne son plein potentiel.

— Est-ce que Kalaan m'en veut ? osa-t-elle demander, le visage empli d'appréhension. Je ne sais pas s'il t'a raconté mais… je ne l'ai pas écouté et c'est pour ça que j'ai perdu connaissance.

Evan esquissa un demi-sourire amusé.

— Il m'a raconté dans les grandes lignes, sans non plus dévoiler ce qu'il t'a appris. Il a passé la moitié de la matinée à déplorer l'indiscipline des jeunes d'aujourd'hui, et l'autre moitié à s'émerveiller de tes pouvoirs. Je ne sais pas dans quel état d'esprit tu le trouveras.

Lyvia ne put retenir un éclat de rire, ses inquiétudes concernant la réaction du Voyageur balayées. Gardant un sourire sur les lèvres, elle avoua :

— Je l'aime bien, Kalaan. Je pense que c'est un bon professeur, non ?

— C'est certain, et quelqu'un qui ne manque pas de cœur. Je regrette de l'avoir battu à plate couture dans la forêt d'Alidore…

Amusée par son ton faussement modeste, Lyvia répliqua :

— Si j'étais toi, je me montrerais un peu moins présomptueux ! Si Kalaan t'entend, tu risques plutôt de regretter d'avoir dit ça…

Evan attrapa un coussin et le jeta vers elle. Ravie de voir combien le jeune homme semblait rajeunir lorsqu'il se laissait gagner par la gaieté, elle faillit rater le coussin.

Elle s'en saisit de justesse, tandis qu'Evan concluait :

— Allez, habille-toi, ensuite nous irons manger et nous nous mettrons en route.

Le jeune homme quitta la pièce sous le regard brillant de tendresse de Lyvia, en se baissant pour éviter le coussin qu'elle venait de lui renvoyer.

— Je n'aime pas être inutile. Pourrais-je enseigner le maniement des armes à Lyvia ?

Ils avaient chevauché toute l'après-midi en direction du Sud, et partageaient à présent un repas copieux autour d'un feu de camp. Lyvia, bercée par la chaleur du feu et le murmure du vent, somnolait.

Kalaan eut un sourire amusé en entendant la requête d'Evan.

— Non jeune homme, c'est le professeur, autrement dit moi, qui apprend tout à son élève. Et puis, je crois que ta façon de te battre, si elle est efficace, manque cependant de finesse.

Un chuintement feutré à peine audible précéda l'attaque d'Evan. Piqué au vif, le jeune homme avait dégainé son épée et fondu sur Kalaan. Le professeur, plus rapide, contra l'attaque d'un mouvement nonchalant, son sabre déjà en garde. Evan crispa les mâchoires. Refusant d'avouer son infériorité, il attaqua derechef, redoublant d'adresse et de technique. Il combattait avec rage et détermination, exploitant chaque parcelle de son enseignement pour triompher, parant avec grâce et feintant avec brio. Cependant, alors qu'Evan s'essoufflait et transpirait beaucoup à mesure que la fatigue le gagnait, Kalaan déjouait la plus astucieuse de ses offensives avec une facilité déconcertante et ripostait avec la vivacité d'un serpent. Le professeur, lassé de ce combat, effectua une pirouette impensable et se retrouva derrière Evan. Le jeune homme n'eut pas le temps d'être surpris, déjà Kalaan avait plaqué son sabre sur sa gorge en répétant d'une voix à peine essoufflée :

— Un manque de finesse, disais-je.

Evan poussa un grognement désabusé et se libéra d'un mouvement rageur. Il s'éloigna à grands pas sans un mot pour ses compagnons et grimpa dans un arbre pour ruminer sa rancœur, assis sur une branche.

— Vous l'avez vexé, reprocha Lyvia à son professeur, après avoir suivi le combat avec inquiétude.

Kalaan sourit brièvement.

— Il s'en remettra. Il vient au moins d'apprendre une leçon primordiale.

La jeune fille haussa un sourcil interrogateur, se demandant quelle leçon le jeune homme avait pu recevoir en se faisant battre à plate couture.

— Laquelle ?

Kalaan posa un regard songeur sur Evan qui taillait une branche avec un poignard pour se calmer.

— L'humilité.

CHAPITRE 16

« Ah ! qu'avec peu d'effet on entend la raison,
Quand le cœur est atteint d'un si charmant poison ! »
L'Infante, Acte II, Scène 5.

— Et ceci, jeune fille, est le pont de Braanan, présenta Kalaan d'un ample mouvement du bras.

Les trois chevaux s'immobilisèrent tandis que leurs cavaliers contemplaient le large pont en pierre. Quoique conçu très simplement, il avait une sorte de beauté humble qui forçait l'admiration. Construit dans le prolongement de la route de Braanan, le pont permettait de traverser le fleuve Aël.

— Il n'était pas possible de contourner le fleuve ? Je croyais que vous vouliez éviter les grandes routes.

Kalaan secoua la tête, l'expression plus sérieuse qu'à l'accoutumée. Depuis qu'ils avaient rejoint la route de Braanan, il semblait davantage sur ses gardes.

— Cela aurait fait un trop grand détour. Il n'y a pas d'autre pont avant des centaines de kilomètres. Allons-y, je me sentirai plus tranquille lorsque nous aurons quitté la route.

Nymphéa, la jument de Kalaan, se mit en mouvement. Carthago et Nebraska la suivirent, un peu en retrait. Evan était très peu loquace depuis son combat de la veille avec le Voyageur. Blessé dans son orgueil, il gardait un silence pesant. Comme Kalaan le lui avait conseillé, Lyvia en profitait pour s'entraîner à se rendre dans l'Univers des Âmes. Elle s'approchait de l'esprit de Nebraska et tentait régulièrement de lui donner des ordres simples – se décaler à droite, s'arrêter, passer au trot… Pour le moment, elle ne parvenait toujours pas à rester dans l'Univers des Âmes lorsque l'étalon s'exécutait. À chaque fois, son corps déséquilibré par le changement d'allure ou de direction de sa monture se rappelait à elle. Persévérante, elle poursuivait néanmoins ces essais.

Les fers des chevaux se mirent à tinter bruyamment lorsqu'ils s'engagèrent sur le pont, chassant Lyvia de l'Univers des Âmes. Ils croisèrent une carriole tirée par un animal très large, la tête surmontée de deux cornes longues et épaisses qui se déployaient sur un bon mètre de chaque côté de ses flancs. Les chevaux firent un écart pour éviter les cornes de ce que Kalaan indiqua être un buffle aplati. L'Héliosien qui tenait les rênes de la bête les salua d'un hochement de tête. Lyvia vit qu'il transportait de nombreux sacs de toile qui, d'après Kalaan, contenaient des céréales. L'homme devait vendre sa marchandise dans les villages environnants.

Lorsque la carriole fut derrière eux, ils demandèrent aux chevaux d'accélérer le pas. Le pont s'étirait sur plusieurs centaines de mètres, et Kalaan semblait pressé d'atteindre l'autre rive. Bientôt, ils entamèrent la phase descendante. Alors qu'ils s'approchaient de la rive, Lyvia remarqua qu'une nuée d'oiseaux semblait voler vers eux. Elle fronça les sourcils et interrogea ses compagnons :

— Qu'est-ce que…

Elle n'eut pas le temps d'achever sa phrase. Les oiseaux, bien plus rapides qu'elle ne le pensait, venaient de fondre sur les trois cavaliers. Dans la cacophonie de battements d'ailes, Lyvia distingua avec peine le cri de Kalaan :

— Fuyez, vite !

Sans attendre l'injonction de sa cavalière, Nebraska bondit à la suite de Nymphéa. Lyvia agrippa sa crinière d'une main tandis qu'elle tentait de chasser les oiseaux qui tournaient autour de son visage de l'autre main. Soudain, l'un des oiseaux sembla se plaquer sur ses yeux et s'enroula solidement autour de sa tête comme un bandeau. Paniquée, elle porta les mains à ses yeux pour tenter d'arracher l'animal, et elle comprit alors que leurs assaillants n'étaient absolument pas des oiseaux. Son bandeau était entièrement végétal, fait d'une feuille incroyablement souple et solide. Alors qu'elle essayait de le déchirer, une autre feuille s'enroula implacablement autour de ses poignets et les ligota. Impuissante, elle se pencha en avant, priant de tout son cœur pour que Nebraska la mène en lieu sûr. Pendant que l'étalon continuait de galoper – elle entendait aussi le fracas des sabots de Nymphéa et Carthago – elle s'immergea dans l'Univers des Âmes et tenta d'approcher les feuilles qui l'entravaient. Aucun souvenir, aucune sensation ne l'effleurèrent, comme si ces végétaux n'avaient rien de vivant. Elle finit par distinguer le maillage de fils de lumière, mais il était tressé bien plus solidement et de façon bien plus complexe que tout ce qu'elle avait observé jusque-là. Comme elle le craignait, elle fut incapable de dérouler les fils pour percer une ouverture dans le maillage. C'était comme si ces fils étaient faits d'acier, totalement imperméables à l'action de Lyvia.

Nebraska poussa un hennissement déchirant et freina des quatre fers, déstabilisant complètement Lyvia qui retomba sur l'encolure. Lorsque l'étalon se cabra, terrifié, elle fut incapable de rester en selle et retomba brutalement au sol avec un cri de douleur. Ignorant la souffrance qui pulsait dans sa hanche, elle se traîna sur quelques mètres à l'aveugle, essayant de s'éloigner de son cheval terrorisé pour qu'il ne la piétine pas.

— Lyvia ! Où es-tu ?

Lyvia comprit à la question d'Evan et à l'angoisse qui perçait dans son ton que lui aussi avait les yeux bandés. Elle entreprit alors de le guider à la voix jusqu'à elle. Lorsqu'il la trouva enfin à tâtons, il l'aida à se relever et siffla pour appeler Carthago. Le hongre les rejoignit au trot, renâclant et piaffant nerveusement. Sans sa loyauté indéfectible envers Evan, il se serait déjà enfui depuis longtemps. Evan hissa Lyvia sur son dos puis monta derrière elle. Carthago s'élança aussitôt au galop.

— Je crois que Nebraska a été aveuglé par ces saletés, comme nous, expliqua Evan derrière elle, haletant. Mais pas Carthago, il va nous emmener loin d'ici.

Le dos appuyé contre le torse d'Evan, et la taille fermement maintenue par le bras du jeune homme, Lyvia voulait croire qu'elle était en sécurité. Mais elle n'en était pas moins aveugle, et ses poignets étaient toujours ligotés. Elle se sentait tellement impuissante, incapable de faire appel à ses pouvoirs pour les sauver. Toutefois, Carthago filait sous eux, et le tintement des fers sur la pierre fut bientôt remplacé par le bruit plus doux des sabots sur la terre. Ils avaient enfin quitté la route. Au bout de quelques minutes, Evan demanda à Carthago de ralentir.

— Ils ne nous ont pas suivis. Il faut qu'on essaye de retirer ces feuilles de malheur avant de chercher Kalaan.

Mais aucun poignard ne vint à bout des plantes. Les tentatives de Lyvia dans l'Univers des Âmes se soldèrent à nouveau par un échec. Alors qu'Evan s'apprêtait à essayer une énième arme, Lyvia sentit ses liens se desserrer, se flétrir et enfin tomber au sol en une fine poudre ocre. Les feuilles venaient de se décomposer en quelques secondes. Un profond soulagement tomba sur la jeune fille, qui évalua alors leur environnement. Ils étaient au milieu d'une plantation de roses-pommiers, qui s'étendait à perte de vue. Lyvia distingua au loin une grande ferme, où résidaient sûrement les paysans qui exploitaient le terrain. Carthago, le corps trempé de sueur, avait décidé de croquer quelques roses-pommes pour se remettre de sa cavalcade.

— Tu es blessée, fit remarquer Evan, le front barré par un pli soucieux.

Lyvia suivit son regard et constata effectivement que son bras gauche était largement éraflé, certainement à cause de sa chute. La blessure saignait légèrement.

— Rien de grave. Allons chercher Kalaan.

Retrouvant son attitude de soldat, Evan obtempéra et entraîna Carthago loin des fruits juteux à la peau rose vif. Ils se remirent en selle et partirent au trot vers la grande route. À mi-chemin, ils aperçurent Kalaan qui filait au galop sur sa jument alezane dans leur direction. Nebraska était à ses côtés, et le dépassa lorsqu'il aperçut Carthago et ses deux cavaliers. Lyvia sauta aussitôt à terre et courut pour rejoindre son étalon. Elle jeta ses bras autour de son encolure, ravie de le retrouver sain et sauf.

— Il n'est pas blessé ? demanda-t-elle à Kalaan lorsqu'il arriva à leur hauteur.

— Non, il a juste eu une grosse frayeur. Et je ne suis pas blessé non plus, je te remercie de t'en inquiéter.

Honteuse, Lyvia leva les yeux vers son professeur. Mais le regard de ce dernier était rieur, et un sourire en coin plissait les fossettes au coin de ses yeux. Son expression redevint sérieuse lorsqu'il se tourna vers Evan :

— Merci d'avoir mis Lyvia en sécurité. Je sais que je peux compter sur toi pour veiller sur elle, et c'est très rassurant pour moi. Elle a beaucoup trop d'ennemis pour un seul homme…

Evan hocha la tête avec gravité et répondit spontanément :

— Je suis désolé pour hier soir. Je me suis comporté comme un enfant arrogant. Je n'oublierai pas cette leçon.

Kalaan, conscient de l'effort fourni par Evan, lui adressa un grand sourire.

— Ce n'est pas grave, tant que tu as appris quelque chose. La vie est une source d'enseignements inépuisable. D'ailleurs, comme tu t'es excusé, tu pourras lui enseigner le tir à l'arc, je n'excelle pas en la matière, confessa-t-il avec une grimace.

— Qui nous a attaqués ? interrompit Lyvia, désirant ramener la conversation à un sujet plus pressant.

Kalaan pinça les lèvres, et la jeune fille eut l'impression qu'il ne savait pas s'il devait lui dire la vérité ou non. Finalement, il opta pour l'honnêteté et lâcha :

— Aélia. L'une des trois Traîtres. J'ai fini par la trouver, dissimulée sous le pont, alors qu'elle venait d'aveugler Nebraska. J'ai engagé le combat avec elle, mais j'avais toujours les yeux bandés. Elle est déjà une adversaire redoutable en temps normal, alors sans mes yeux, je ne pouvais espérer la vaincre. Mais bizarrement, elle n'a pas essayé de prendre le dessus. Elle s'est enfuie en riant.

— Comment as-tu fait pour la retrouver en ayant les yeux bandés ? l'interrogea Evan, curieux.

— Nymphéa m'a prêté ses yeux, répondit le Voyageur, un sourire mystérieux aux lèvres.

Angoissée de savoir que la Traîtresse la poursuivait inlassablement, et que ses pouvoirs étaient infiniment supérieurs aux siens, Lyvia demanda :

— Pourquoi est-ce qu'elle s'est enfuie ? Elle nous avait à sa merci. Elle aurait facilement pu nous retrouver avec Evan, on n'arrivait pas à enlever les feuilles.

Kalaan passa une main sur son front parsemé de taches de rousseur, l'air profondément soucieux.

— Je ne voudrais pas m'avancer à deviner les motifs d'une personne aussi vile qu'Aélia, mais j'ai l'impression qu'elle te teste. Je ne crois pas qu'elle veuille te tuer pour le moment. Effectivement, si elle le voulait… Bien entendu nous mettrions tout en œuvre pour te protéger, nous y laisserions nos vies mais… je ne sais pas si cela serait suffisant. Je ne veux pas t'effrayer Lyvia, mais Aélia est extrêmement puissante. Il est impératif que tu apprennes au plus vite à maîtriser tes pouvoirs.

Chevaux comme cavaliers étant exténués par l'incident, les trois compagnons décidèrent de s'arrêter pour la nuit. Ils préparèrent un ragoût de viande et de légumes, un repas copieux qui leur rendit des forces. Lyvia prit le temps d'appliquer du *Vulneribus Mederi* sur sa blessure au bras, et elle observa avec émerveillement les filaments qui réparaient sa peau. Kalaan soumit ensuite

Lyvia à quelques exercices de magie – en lui montrant notamment comment aveugler quelqu'un comme Aélia l'avait fait. Puis il partit chercher quelque chose dans les bats de Nymphéa. Lorsqu'il revint près de Lyvia, il tenait une courte épée glissée dans un fourreau, lui-même attaché à une ceinture. Il aida Lyvia à la fixer autour de sa taille.

— Et voilà ta première épée ! Elle devrait être à ta taille. Comme je te l'ai dit, l'enseignement des Voyageurs comporte aussi une partie sur le combat physique. Il est primordial de savoir se défendre sans magie. Tu pourrais te retrouver isolée, sans aucune plante autour de toi pour te venir en aide. Les Traîtres pourraient réussir à te priver de tes pouvoirs. Il faut que tu sois capable de faire face à ces éventualités. Et bien sûr, l'apprentissage du maniement des armes a été largement développé depuis que nous avons perdu une grande partie de nos pouvoirs à cause des Traîtres.

Lyvia hocha la tête et sortit l'épée du fourreau. Elle la tint dans sa main droite, évaluant cette sensation inhabituelle. La lame était courte et de forme triangulaire, avec une pointe acérée. L'épée était plutôt légère, et dans l'ensemble très sobre. Lyvia décida qu'elle lui plaisait. Kalaan lui enseigna alors les bases du combat – les mouvements de jambes, la posture défensive à adopter, quelques attaques simples. Alors que Lyvia commençait à trouver l'épée très lourde, et que les muscles de son bras droit étaient en feu, Kalaan rengaina son épée et conclut sommairement :

— C'est bien, nous reprendrons demain.

Il se détourna et s'allongea à côté du feu, enroulé dans une couverture. Lyvia leva les yeux au ciel puis promena un regard incertain sur le campement. Elle ne savait pas monter la tente seule, et, comme Evan n'avait pas le droit d'assister à ses leçons, il était allé courir pour se maintenir en forme. Décidant d'attendre le retour du jeune homme, elle s'approcha de Nebraska qui somnolait debout, à côté de Carthago et Nymphéa. Elle prit une brosse dans les sacs pour nettoyer la robe de l'étalon, incrustée de sueur et de poussière. Le cheval se détendit progressivement sous la douceur du pansage, et Lyvia sourit en voyant sa lèvre inférieure s'agiter imperceptiblement chaque fois que l'étrille grattait un point sensible. La jeune fille était heureuse de voir Nebraska si apaisé après la terreur qui l'avait envahi quelques heures plus tôt.

Les chevaux redressèrent la tête d'un même mouvement, les oreilles pointées vers un bruit que Lyvia ne percevait pas. Puis Carthago fut le premier à reprendre le broutage méticuleux de l'herbe fournie. Rassurés, Nymphéa et Nebraska l'imitèrent. Lyvia comprit en voyant Evan la rejoindre en courant, essoufflé par son entraînement. La faible clarté de la lune et la lueur mouvante du feu permirent à Lyvia de distinguer le rouge qui colorait ses joues, et la sueur qui plaquait ses cheveux contre son front. Il avait dû se soumettre à un entraînement particulièrement intensif.

— Alors, comment étaient tes leçons avec Kalaan ? s'enquit-il en posant la main sur le flanc de Carthago le temps de reprendre son souffle.

— Pas mal. J'ai appris comment aveugler quelqu'un comme Aélia, et on a commencé l'entraînement à l'épée.

— Excellent, s'enthousiasma Evan. Nous allons bientôt pouvoir croiser le fer, toi et moi !

Lyvia ne dissimula pas une grimace sceptique.

— Oh non, ne t'emballe pas, ce n'est vraiment pas

pour tout de suite. C'est tout juste si j'arrive à tenir l'épée correctement…

— Cela viendra.

Puis, remarquant que Lyvia frissonnait, il demanda :

— Tu as froid ? Pourquoi est-ce que tu n'as pas monté la tente ?

— Je ne savais pas comment faire, confessa la jeune fille. Alors je t'attendais.

— Tu aurais dû me prévenir, je serais rentré plus tôt !

— Et comment est-ce que j'aurais pu te prévenir ? Avec un téléphone ? ironisa Lyvia.

Evan haussa les sourcils mais ne releva pas.

— Non, par la pensée. Comme tu avais fait dans le château royal.

Lyvia détourna le regard, mal à l'aise. Certes, elle avait réussi spontanément à communiquer avec Evan cette fois-là, puis une seconde fois lors de l'attaque des brigands, mais elle avait aussi appris depuis combien il était dangereux et prohibé de contrôler un être humain. Et bien que la télépathie ne ressemblât en rien à du contrôle, elle se souvenait aussi combien elle s'était sentie gênée d'avoir envahi l'intimité d'Evan lorsqu'elle s'était approchée de son esprit, sur Terre. Elle s'était alors promis de ne plus le faire sans qu'il n'en comprenne les conséquences.

— Je ne sais pas si je serais capable de le refaire… C'était très impulsif à l'époque. Mais je pense que c'est un peu comme lorsque j'essaie de donner des ordres à Nebraska par la pensée, je m'approche juste de son esprit et j'essaie de faire porter ma voix jusqu'à lui.

— Tu n'as qu'à réessayer sur moi, proposa Evan en haussant les épaules. C'est assez utile de pouvoir communiquer à distance ou silencieusement non ?

La jeune fille tergiversa, tentée par la proposition d'Evan mais honteuse à l'idée de ne pas respecter la promesse qu'elle s'était faite. Elle opta pour une forme d'honnêteté :

— Oui ce serait très utile mais... Evan il faut que tu comprennes que lorsque je m'approche autant de ton esprit, je ne contrôle pas ce que je vois. Je ne veux pas me montrer intrusive mais c'est un risque.

Evan baissa le regard, hésitant. Puis il redressa la tête, ses prunelles durcies par la résolution.

— Cette faculté peut m'aider à garantir ta sécurité, à te maintenir en vie. C'est bien plus important que de garder mes pensées secrètes.

Touchée, Lyvia le remercia en pressant brièvement sa main. Puis elle ferma les yeux et se glissa dans l'Univers des Âmes. Chaque incursion se faisait plus fluide, plus évidente. Elle se dirigea immédiatement vers l'esprit d'Evan, raidissant son propre esprit comme pour faire face à une attaque. Comme la première fois, elle fut percutée par une déferlante de souvenirs et d'images fugaces. Elle se força à ignorer les sensations qui la bousculaient, mais c'était impossible. Elle vit le bonheur qu'il avait éprouvé à courir au cœur de la nature silencieuse, jusqu'à ce que son corps atteigne et dépasse ses limites. Mais aussi l'inquiétude qui ne le quittait pas lorsqu'il était loin d'elle, la peur d'une nouvelle attaque de ses ennemis. Se focalisant sur sa tâche, Lyvia navigua entre les souvenirs, pour s'approcher au plus près du maillage lumineux. Comme la dernière fois, elle glissa dans une forme d'antichambre, où se trouvait la perception immédiate du jeune homme. Elle sentit à travers lui l'odeur de la nuit, des chevaux et de sa sueur. Elle entendit le crépitement du feu, l'herbe arrachée par les dents des chevaux, le hululement d'un oiseau. Et enfin elle se vit à travers les yeux du jeune homme, comme lors de sa dernière incursion.

Refusant de s'attarder sur cet aspect, elle se concentra plutôt pour lui communiquer sa pensée, comme avec Nebraska. Elle prononça son nom mentalement, plusieurs fois, avec de plus en plus de force. Avec à chaque fois le désir de faire glisser ces mots à travers le maillage lumineux, pour venir trouver l'âme du jeune homme.

— *Je t'entends.*

La réponse d'Evan lui parvint comme à travers une caisse de résonance. Comme si elle venait de partout à la fois. Et comme si elle était chargée de mille émotions. Ce n'étaient plus de simples mots. Chaque syllabe était colorée d'une infinité de nuances, associée à une myriade d'images volatiles. La communication mentale était si riche, si intime… Et lorsqu'elle répondit à son tour, elle comprit qu'elle non plus ne pouvait pas dissimuler les émotions qui entachaient ses mots.

— *J'ai réussi ! Est-ce que tu peux redire quelque chose, pour vérifier ?*

— *J'ai un cadeau pour toi. Ouvre les yeux.*

Surprise, Lyvia réintégra brutalement son corps. Mais pas avant d'avoir perçu tous les sentiments dont les mots d'Evan étaient empreints. Tendresse, amusement, et une once d'appréhension. Evan tenait entre ses mains un petit cheval de bois. La jeune fille se souvint alors de l'avoir vu sculpter une branche la veille, lorsqu'il ruminait sa défaite contre Kalaan, perché dans un arbre.

— Il est magnifique. Tu m'avais caché un de tes talents.

Evan déposa le petit cheval dans sa main, avec un

simple sourire. Elle comprit à son silence que lui aussi était encore bouleversé par l'intimité de leur échange mental. Comme si parler allait évaporer la proximité presque magique qu'ils avaient connue. Elle glissa le petit cheval de bois dans sa besace, et souffla doucement, pour ne pas briser l'enchantement :

— Merci. Maintenant tu seras toujours avec moi, même à des milliers de mondes.

Elle-même ignorait si elle faisait référence au cadeau d'Evan, ou à leur faculté de communiquer par la pensée. Les deux, sans doute. Evan avala difficilement sa salive et ferma les yeux, comme pour dissiper son trouble. Mais lorsqu'il les rouvrit, son regard avait l'ardeur du métal en fusion. Il semblait en proie à une douloureuse agitation, la respiration saccadée. Cet Evan était à des lieues du fils du général des armées héliosiennes, toujours mesuré et en parfaite maîtrise de ses émotions. Depuis qu'elle l'avait rencontré, Lyvia assistait de plus en plus à de telles pertes de contrôle. C'était dans ces instants qu'elle percevait ses peurs, sa fragilité, ou plus simplement, son humanité. Et elle ne l'en aimait que plus.

— Merci… souffla-t-il, la voix altérée. Merci d'être toi, de…

Il avala de nouveau sa salive, incapable de poursuivre. Lyvia l'observait sans mot dire, percevant la tension qui enflait entre eux, créant un équilibre instable au futur incertain. Elle voulait qu'il poursuive, tout autant qu'elle le redoutait. Elle craignait de ne pas savoir comment réagir s'il se livrait, et pourtant elle rêvait de connaître le fond de son cœur. Étaient-ils prêts pour cela ? Et s'il était trop tôt ?

Evan jeta un bref regard vers Kalaan, que Lyvia avait presque oublié. Évitant toujours de regarder la jeune fille, il attendit que sa respiration s'apaise. Finalement, il rompit le silence, brisant la tension qui s'évapora comme si elle n'avait jamais existé.

— On… on monte la tente ?

Lyvia acquiesça d'un signe de tête. Soulagés de trouver une échappatoire, ils se mirent à l'ouvrage rapidement. Le travail dissipa toute trace de malaise en leur permettant de retrouver l'harmonie qui régnait durant leur voyage à deux. Lorsqu'ils eurent fini, Evan apporta de nombreuses couvertures dans la tente et souhaita une bonne nuit à la jeune fille. Perplexe, celle-ci le regarda s'installer dehors en frissonnant.

— Tu ne dors pas avec moi ?

Evan la considéra d'un air surpris et gêné avant de répondre en grimaçant :

— Ce ne serait pas très… convenable.

— On n'est plus au dix-neuvième siècle tu sais.

— Je ne vois pas le rapport. Et je dois prendre le premier tour de garde de toute façon.

Lyvia baissa le regard, et se surprit à insister, la voix à peine plus forte qu'un murmure :

— Tu pourrais me rejoindre à la fin de ton tour de garde. Je n'ai pas envie de dormir seule après l'attaque d'Aélia. Je me sentirais plus en sécurité si tu étais avec moi.

Elle releva la tête, et lut l'indécision sur le visage d'Evan. Il finit pourtant par acquiescer, lui promettant de la rejoindre quelques heures plus tard, lorsque Kalaan prendrait la relève. Rassurée, elle le remercia et partit se coucher dans la tente. Pendant longtemps, elle fut incapable de trouver le sommeil. Chaque fois qu'elle croyait plonger dans une nuit apaisante, elle était happée par de sombres cauchemars. Les plantes aveuglantes d'Aélia s'enroulaient autour de sa gorge, de sa bouche, jusqu'à la faire suffoquer, tandis que le rire de la Traîtresse résonnait autour d'elle. C'est en sursaut qu'elle se réveillait à chaque fois, le cœur battant et la respiration saccadée.

Lorsqu'Evan entra dans la tente, elle ne dormait pas. Elle garda toutefois les yeux fermés, soudainement consciente de la proximité du jeune homme, de son souffle, du bruit de ses mouvements. Toutes ces choses auxquelles elle n'avait pas songé en lui demandant spontanément de dormir avec elle. Evan se glissa doucement sous les couvertures, prenant visiblement soin de ne pas la réveiller. Il demeura à une certaine distance d'elle, et pourtant, Lyvia sentit aussitôt sa chaleur l'envelopper. Elle perçut son odeur comme si elle la découvrait pour la première fois. Si elle avait dû y mettre des mots, elle l'aurait décrite comme un subtil mélange de miel, de cannelle et de pluie.

Et sans qu'elle ne s'en rende compte, elle sombra dans un sommeil réparateur, dénué de rêves.

Les jours suivants semblèrent passer à toute vitesse, dans un brouillard indistinct. Ils parcouraient entre trente et quarante kilomètres par jour, en partant souvent tôt le matin. Ces heures de chevauchée laissaient Lyvia exténuée, et pourtant la journée était loin d'être terminée. Chaque soir, Kalaan la soumettait à des exercices de magie. Elle maîtrisait de mieux en mieux ses pouvoirs : il lui suffisait de quelques secondes pour que les plantes exécutent sa volonté, et il lui était chaque fois moins coûteux en énergie de maintenir son action dans le temps. Elle avait fini par comprendre comment percer la plus petite ouverture possible dans le maillage lumineux protégeant l'esprit des plantes, ce qui lui permettait de lier son esprit à celui de l'être contrôlé de manière plus solide. Ainsi, les déperditions d'énergie étaient moindres, et elle pouvait maintenir cette connexion de plus en plus longtemps. Enfin, elle prenait toujours soin de refermer le maillage pour garantir l'intégrité de la plante après son départ.

Kalaan l'entraînait également à l'épée. Ses progrès dans cette discipline étaient bien moins flagrants, et elle craignait de ne jamais atteindre le niveau attendu. L'épée lui semblait toujours aussi lourde, ses mouvements toujours aussi lents. Mais Kalaan ne laissait paraître aucun signe de déception, il continuait de l'entraîner chaque soir, jusqu'à une heure tardive. Et sur les quelques moments de répit qui lui restaient, Evan avait entrepris de lui enseigner le tir à l'arc. Cela lui plut tout de suite, et le jeune homme se montrait très pédagogue. Mais à la fin de la journée, elle ne rêvait que d'une chose, pouvoir enfin s'écrouler de fatigue dans la tente, avec la présence rassurante d'Evan à ses côtés.

Dix jours s'écoulèrent ainsi, alors qu'ils progressaient toujours vers le sud en longeant la route de Braanan sans l'emprunter. Lyvia avait beau se sentir éreintée, ce quotidien la rendait heureuse. Elle sentait son corps se muscler, ses pouvoirs s'affirmer. Et pour rien au monde elle n'aurait échangé ses deux compagnons de voyage contre d'autres. Sans pouvoir se l'expliquer, elle avait l'impression de devenir elle-même, chaque jour un peu plus.

— Lyvia, ta garde ! répéta Kalaan pour la dixième fois sans montrer le moindre signe de lassitude.

La jeune fille, épuisée, réajusta sa garde. L'épée pourtant légère qu'elle maniait lui semblait lourde et inutile. Comment pouvait-elle espérer atteindre un niveau convenable ? Evan devait s'entraîner depuis qu'il avait appris à marcher… Le regard inflexible de Kalaan la dissuada de protester. Elle attaqua à nouveau avec détermination, tentant d'oublier qu'il n'y avait absolument aucune probabilité pour que son épée effleure seulement son professeur. Ce dernier retenait ses coups pour ne pas blesser Lyvia, se contentant de hocher la tête en signe d'approbation lorsque la jeune fille tentait une feinte audacieuse ou réussissait une parade délicate. Enfin, alors que Lyvia sentait son bras trembler de fatigue et s'apprêtait à crier grâce, Kalaan abaissa son sabre et recula d'un pas.

— C'est tout pour aujourd'hui, tu es libre jusqu'à ce soir.

Evan étant parti chasser, Lyvia profita de son absence pour aller se prélasser dans le lac Katel. Elle ne rêvait que d'une chose : se débarrasser de la sueur et de la poussière accumulées pendant le voyage et dénouer ses muscles crispés par l'entraînement. Même si la température au sud était plus clémente, l'eau froide rappela rapidement à la jeune fille que l'on était tout de même en décembre et elle ne s'attarda pas. Elle se vêtit et rejoignit le camp prestement, étant toujours un peu anxieuse loin de ses compagnons. Elle redoutait constamment une attaque des soldats impériaux ou des Traîtres. Elle ne comprenait pas pourquoi Aélia ne s'était pas manifestée depuis l'attaque sur le pont de Braanan. Qu'attendait-elle ? La Traîtresse n'avait pas pu perdre leur trace, elle n'y croyait pas un seul instant. Non, elle devait attendre le moment opportun pour frapper à nouveau, comme un serpent tapi dans l'ombre.

Kalaan et Evan devisaient en faisant rôtir la chèvre carnivore que le jeune homme avait chassée. Ce dernier sourit en voyant Lyvia et lui tendit un bol de soupe de légumes en attendant que la viande soit cuite. Reconnaissante, la jeune fille s'assit à ses côtés et serra le bol entre ses mains pour se réchauffer. Elle remarqua alors une profonde trace de morsure sur l'avant-bras d'Evan, qui saignait légèrement.

— Comment est-ce que tu t'es fait ça ?

— La chèvre carnivore, répondit Evan en haussant les épaules. Elle était particulièrement agressive.

Lyvia ouvrit sa besace et en sortit le flacon de *Vulneribus Mederi*. Comprenant son intention, le jeune homme protesta :

— Non, non, ce n'est pas la peine, ce n'est rien. Ne gâche pas ton onguent pour cela.

— Ce n'est pas gâcher, c'est précisément fait pour ce genre de choses, répliqua Lyvia avec un regard sévère.

Alors qu'Evan faisait mine de se débattre, Lyvia plongea dans l'Univers des Âmes et demanda à l'herbe haute de s'enrouler autour de ses jambes et de ses poignets. Lorsque le jeune homme essaya d'attraper son poignard avec ses mains ligotées pour sectionner ses liens, Lyvia se pencha pour attraper l'arme avant lui, aussi vive qu'une couleuvre. Ses réflexes s'étaient décidément améliorés. Elle déposa le poignard un peu plus loin dans l'herbe, hors d'atteinte.

— Confisqué, déclara-t-elle avec un sourire satisfait.

Profitant de l'immobilité d'Evan, elle appliqua l'onguent sur son avant-bras.

— Tu triches, protesta-t-il avec un regard courroucé vers l'herbe qui l'entravait.

— Pas du tout. Je fais juste appel à toutes mes capacités.

Elle reboucha le flacon, un sourire victorieux sur le visage, et le rangea dans sa besace. Profitant de son inattention, Evan venait de plonger vers le poignard. En moins d'une seconde, il trancha l'herbe qui entravait ses poignets et ses jambes. Lyvia eut à peine le temps de relever la tête que le jeune homme l'avait plaquée au sol. Elle se retrouva sur le ventre, les bras fermement maintenus dans le dos par la poigne d'Evan.

— Ça, c'est pour avoir triché, assena-t-il fièrement.

Lyvia éclata de rire, amusée par l'orgueil du jeune homme. Il ne supportait vraiment pas la défaite.

— Ne jamais considérer un adversaire vaincu avant de s'en être assuré, déclara tranquillement Kalaan de l'autre côté du feu.

Disait-il cela pour elle, ou pour Evan ? La jeune fille se glissa dans l'Univers des Âmes, gardant le visage baissé vers l'herbe pour dissimuler son expression de concentration aisément reconnaissable. L'arbre au-dessus d'eux enroula ses branches sous les aisselles d'Evan et autour de sa taille. Un instant plus tard, le jeune homme était suspendu dans les airs, fermement maintenu dans l'étreinte de l'arbre. Son expression déconfite arracha un nouvel éclat de rire à la jeune fille.

— Bon les enfants, quand vous aurez fini de jouer, vous songerez à venir manger, intervint Kalaan d'un ton faussement sévère.

Mais ses yeux noisette pétillaient d'amusement – et peut-être d'une pointe de fierté devant la victoire de Lyvia. Les branches relâchèrent leur étreinte et déposèrent doucement Evan sur le sol. Le jeune homme avait visiblement envie de se venger mais il se retint et ils se rassirent pour dîner. La viande de chèvre carnivore n'était pas aussi savoureuse que celle du cerf-feuillage, mais son goût était tout de même supérieur à tout ce que Lyvia avait l'habitude de manger sur Terre. Poussant un soupir de contentement, la jeune fille décida d'interroger son professeur :

— Au fait Kalaan, pourquoi est-ce que ma mère ne pouvait pas voyager avec nous ? Elle aurait pu ne pas assister aux leçons, comme Evan.

Le Voyageur prit le temps de finir son bol de soupe avant de répondre, comme pour se laisser plus de temps.

— Il est beaucoup plus délicat de demander à un autre Voyageur de ne pas assister aux leçons. Il n'est pas question de tenir notre enseignement secret dans ce cas, mais simplement de préserver le droit du professeur à organiser ses leçons comme il le souhaite. Et... Isadora est ta mère Lyvia, elle aurait voulu participer à ton enseignement, interférer dans mes choix.

Lyvia ne le démentit pas. Elle avait vu combien sa mère pouvait parfois imposer ses décisions. La manière dont elle avait géré l'existence de sa fille en était la preuve...

— Je comprends. On va donc la retrouver au quartier général, c'est ça ?

— Exact. Nous devrions y parvenir d'ici trois semaines. Nous avons presque fait le tiers du trajet.

Lyvia hocha la tête. Puis un détail attira son attention, auquel elle n'avait pas songé auparavant.

— Mais ça ne pose pas de problème qu'Evan vienne avec nous ? Le quartier général doit être plus ou moins secret non ?

Le silence éloquent qui suivit sa question glaça la jeune fille. Evan fixait ses mains, le visage renfermé, et Kalaan affichait un air désolé. Lyvia comprit enfin ce qu'elle était visiblement la dernière à réaliser.

— Non, je ne suis pas d'accord ! Evan n'a nulle part où aller, il a défié son père ! Je ne l'abandonnerai pas, c'est hors de question ! tempêta la jeune fille, hors d'elle.

Kalaan inspira et croisa posément ses mains sur ses genoux. C'était une discussion qu'il avait dû anticiper.

— Nous en avons parlé avec Evan, il reconnaît que je n'ai pas le choix. Les Voyageurs ont toujours été secrets, une personne extérieure ne peut pas assister à nos cérémonies ou à une formation.

— Je me fiche de vos coutumes ! Que va devenir Evan, hein ? Vous pouvez répondre à ça peut-être ?

Kalaan lui adressa un regard sévère. Mais Lyvia se moquait complètement du ton qu'elle employait. Elle se releva, le visage embrasé par la fureur.

— Répondez-moi ! Qu'est-ce que vous proposez qu'il fasse maintenant qu'il est à des centaines de kilomètres de la ville où il a grandi ?

Kalaan ne se laissa pas démonter et assena calmement :

— Evan savait depuis le début dans quoi il s'engageait.

Lyvia, désemparée, lança un regard interrogateur au jeune homme. Celui-ci lui répondit avec un petit sourire triste.

— C'est vrai princesse, mais je ne regrette rien, ces semaines avec toi ont été merveilleuses. Je resterai le plus longtemps possible pour assurer ta sécurité, puis je vous quitterai.

Les yeux de la jeune fille se remplirent de larmes et

elle jeta un regard éperdu autour d'elle.

Ses prunelles rencontrèrent les beaux yeux chocolat de Nebraska.

Un courant brûlant au parfum de l'évidence circula entre eux.

Le bel étalon s'élança vers elle et la jeune fille eut à peine le temps d'empoigner sa crinière de neige pour se jucher sur son dos, déjà ils filaient au triple galop, abandonnant derrière eux soucis et discordes.

CHAPITRE 17

« Mon âme au désespoir, ma flamme en liberté. »
Chimène, Acte V, Scène 5.

Le vent cinglait le visage de Lyvia sans toutefois sécher ses larmes intarissables. La jeune fille n'avait même plus conscience du monde qui l'entourait, les perles salées qui embuaient ses yeux brouillant sa vue. Les seuls sons qu'elle entendait étaient les battements de son cœur, calqués sur le galop effréné de Nebraska. Tout le reste lui était égal, elle flottait dans un état second. Peu lui importait la direction dans laquelle elle allait, elle voulait seulement s'éloigner pour prendre le temps de réfléchir.

Aussi ne perçut-elle pas l'éclat argenté d'une lame dans un fourré, pas plus qu'elle n'entendit un sifflement incongru dans cet endroit …

Dès que Lyvia disparut, Evan sauta sur ses pieds et voulut courir vers Carthago. La poigne de fer de Kalaan l'en empêcha.

— Elle a besoin d'être seule, déclara-t-il avec force.

— Et s'il lui arrive quelque chose ? s'exclama Evan, inquiet.

— Elle sait se défendre, cesse de la couver comme une enfant !

Le jeune homme libéra brutalement son bras et s'éloigna d'un pas rageur. Le souvenir de Lyvia effondrée sur les pavés de la capitale, sa tunique arrachée par les brigands, était trop fort dans son esprit pour qu'il ne doute pas de sa capacité à se défendre. Depuis, elle avait certes commencé à apprivoiser sa magie, mais cela suffirait-il ? Malheureusement, malgré l'angoisse qui l'étreignait, Evan se contenta de faire les cent pas autour du feu, décidant de s'en remettre au jugement de Kalaan.

Le sergent Milas réprima un frisson d'exaltation. S'il parvenait à tuer la fille, il monterait considérablement dans l'estime du général Loÿe, car sa mort semblait revêtir une importance capitale pour le roi. Son escouade s'apprêtait à attaquer le groupe et voilà que la jeune fille venait s'offrir à eux ! Involontairement, bien entendu, mais cela leur faciliterait grandement la tâche. Milas avait trop d'expérience pour sous-estimer ceux qu'il projetait d'attaquer, et de plus, le général Loÿe avait interdit de tuer son fils. Les soldats survivants de l'attaque du lac Taal avaient rapporté au commandant la défection de son fils, et s'il était entré dans une colère noire, il avait cependant ordonné qu'on ne le tue pas et qu'on lui ramène vivant. Connaissant la valeur guerrière d'Evan, Milas savait qu'il aurait été extrêmement difficile de résister à ses assauts sans pouvoir lui porter de coups.

Heureusement, le destin jouait en leur faveur et la jeune fille galopait à bride abattue droit vers leur piège. Milas avait hâte de tuer cette fille qui l'empêchait de participer à une guerre formidable. Lorsque la nouvelle de sa réussite parviendrait au général, celui-ci l'autoriserait à combattre à ses côtés. Milas chassa toute pensée parasite. Il devait réussir.

Lorsque la fille ne fut plus qu'à quelques mètres, il siffla, lançant ainsi le signal de l'attaque. Ses vingt soldats surgirent des roseaux pour barrer le chemin à la jeune fille. Son étalon se cabra, cherchant vainement une échappatoire. Mais leur embuscade était trop bien conçue : la fille s'était engagée dans les marécages, sur le seul chemin praticable. Aussi, lorsque les soldats se déployèrent devant et derrière la jeune fille, elle n'eut plus aucune possibilité de fuite, bloquée par les marais à ses côtés.

Le sergent Milas eut la satisfaction de voir le visage de sa cible submergé par la panique.

Lyvia, pétrifiée, était incapable de raisonner de façon cohérente.

Heureusement, Nebraska fut plus prompt qu'elle à réagir. Le bel étalon décocha une puissante ruade qui envoya deux hommes au sol et d'un bond, fit volte-face en sautant par-dessus leurs corps. Alors qu'il s'élançait, aussi rapide que le vent, Lyvia recouvra ses esprits.

Les soldats avaient dégainé leurs arcs et une volée de flèches s'abattit sur les fugitifs. La jeune fille se jeta dans l'Univers des Âmes pour chercher une solution, mais un projectile fut plus rapide. Il se ficha avec un bruit sourd dans la croupe de Nebraska qui s'écroula dans la poussière, entraînant sa cavalière avec lui. Poussant un cri horrifié, Lyvia se releva et se précipita aux côtés de son étalon qui respirait lourdement, les naseaux dilatés et l'encolure luisante de sueur.

Un ordre bref tonna derrière elle. Ses sens aiguisés par la terreur firent exploser la voix rocailleuse de l'ennemi dans son esprit. Ils avaient fait du mal à son frère d'âme. Ils avaient infligé une souffrance intolérable à un être innocent. Ils pouvaient la traquer, la tuer cent fois, mais jamais elle ne leur permettrait de blesser encore une fois son cheval.

Ce fut comme si la colère avait brisé une digue dans son esprit. Comme si une infinité de possibilités s'ouvraient devant elle, et en même temps comme si elles avaient toujours été là. La magie ne lui avait jamais paru si facile, si évidente. Lyvia se campa fièrement sur ses jambes tremblantes et plongea dans l'Univers des Âmes. Les algues transparentes qui pullulaient dans les marais sortirent de l'eau, évoquant les cheveux décolorés de mille cadavres. Avant que les soldats n'aient le temps de réagir, les algues s'entremêlèrent et s'étirèrent jusqu'à former une sorte d'écran de protection autour de la jeune fille et de son cheval. Les mains sur les hanches, elle lança un regard empli de défi aux soldats à travers les algues transparentes.

Suivant l'ordre du sergent, les soldats décochèrent une nouvelle volée de flèches. Lyvia regarda les flèches rebondir une à une sur l'écran protecteur, sans pouvoir réprimer un rictus de haine. La colère enflait peu à peu en elle, embrasée par chaque attaque qu'elle imaginait dirigée contre son frère d'âme. Lorsqu'elle rencontra le regard cruel de celui qui menait l'escouade, elle y lut un début d'hésitation, et peut-être un soupçon de... peur. Oui, cet homme surentraîné, dressé pour tuer, cet homme insensible la craignait. Et ce fut cette certitude d'être redoutée qui signa sa perte.

Dans un éclat de rire exalté, elle s'abandonna à la démence. La magie qui parcourait ses veines s'enflamma brusquement, triomphale. Elle devint acide, d'une intensité insoutenable. C'était un poison qui la détruisait un peu plus à chaque seconde, un poison dont elle ne se débarrasserait qu'en libérant ses pouvoirs. Et tout son être lui chantait de le faire, de venger enfin son frère d'âme qui se tordait de douleur dans la poussière. Elle se sentait toute-puissante, telle une géante devant ces fourmis armées de piques.

Alors elle ignora toute conséquence, ne songea à rien d'autre qu'à son besoin de libérer l'énergie qui la consumait. Elle s'engagea plus profondément dans l'Univers des Âmes. Dans un coin de son esprit, elle gardait une connexion constante avec les algues pour qu'elles maintiennent l'écran de protection aussi longtemps que nécessaire. Mais ce n'étaient pas les algues qui l'intéressaient cette fois. Elle s'approcha de l'esprit de celui qui semblait être le commandant, aussi éclatant qu'un orbe de lave. Elle avança brutalement, repoussant sans ménagement les sensations qui lui parvenaient. Enfin, elle parvint aux abords du maillage tissé de fils de lumière qui protégeait l'esprit du sergent. Et comme un bélier, elle se jeta à l'assaut de cette protection, encore et encore. Jusqu'à ce que le maillage cède et qu'apparaisse une ouverture béante vers l'esprit de l'homme. Armée de sa volonté démesurée, elle insuffla dans l'âme du sergent une idée unique : celle de déposer les armes. L'épée de l'homme tomba immédiatement de sa main pour s'échouer sur la terre humide des marécages, comme si ses doigts avaient cessé de fonctionner.

La jeune fille arrêta de respirer. Loin, très loin, une voix faible se lamentait, tour à tour suppliante et pleine de regrets. Elle tourmentait ses oreilles d'un bourdonnement incessant, agaçant. Mais la magie était plus forte. Elle chantait la haine et la victoire, le triomphe et la destruction. Elle chantait toujours plus haut, jusqu'à couvrir les lamentations. Lorsque le bourdonnement disparut dans un sanglot, la magie laissa éclater sa joie, brasier gigantesque à l'avidité insatiable. Elle explosa, invincible.

Les hommes lâchèrent leurs armes un à un, une expression étrangement vacante sur le visage. Les arcs rejoignirent les épées et les dagues dans un tintement assourdi par la vase. Un calme effrayant tomba sur les marécages, semblable à celui qui précède la tempête. Lyvia eut le temps de remarquer le regard atrocement vide des soldats, avant d'être frappée par un ouragan de souvenirs étrangers. La connexion avec les algues fut brutalement coupée et l'écran de protection s'effondra en un amas de végétaux en décomposition. Au même instant, la jeune fille tomba à genoux, les yeux révulsés par l'assaut mental qui menaçait de noyer son esprit. Les souvenirs des soldats l'agressaient un à un. Ils ne demeuraient pas plus d'une seconde sous ses paupières avant d'être violemment remplacés par un autre. Incapable de traiter les informations multisensorielles qui lui parvenaient à un rythme effréné, et donc incapable de saisir le sens de ces souvenirs fugaces, son esprit était à l'agonie. Lyvia pressa inconsciemment ses mains sur ses yeux, comme pour en extraire les images qui défilaient sous son crâne. Mais c'était un geste dérisoire, suscité par une détresse innommable. Ses yeux ne pouvaient rien.

Elle ne pouvait pas se soustraire à cette torture. Celle-ci ne finirait que lorsque les soldats auraient perdu jusqu'à leur dernier souvenir. Lorsqu'ils ne seraient plus que des enveloppes vides.

Le flot de souvenirs finit par se tarir. Lyvia put ouvrir les yeux, passant une main tremblante sur son visage baigné de larmes et lacéré de profondes griffures infligées par ses propres ongles. Mais ce qu'elle vit était encore pire que l'agonie mentale qu'elle venait de vivre. Le sergent fut le premier à porter les mains à sa propre gorge, la bouche ouverte en un cri silencieux, tentant vainement de happer l'air qui se dérobait à lui. Son visage prit une affreuse couleur bleutée. Puis il fut secoué de convulsions et finit par perdre connaissance, heurtant le sol vaseux comme un pantin inanimé. Les autres soldats connurent le même sort. Enfin, le dernier homme chuta, aussi impuissant que les autres. Son regard vide fixait désespérément le ciel, figé à jamais. Un souffle de vent balaya les marécages, rétablissant le silence. La magie huma l'air putride, repue. Elle savoura quelques instants sa victoire avant de refluer dans l'Univers des Âmes, monstre latent. Lyvia crut entendre un rire, et elle pensa brusquement à Aélia, sans pouvoir se l'expliquer.

La jeune fille tomba en avant, l'estomac retourné par une violente nausée. Elle vomit à plusieurs reprises, les spasmes se mêlant aux sanglots qui déchiraient ses tempes. Elle aurait voulu vomir les dernières minutes, vomir le temps pour pouvoir empêcher la magie de la transformer en monstre. Exténuée, le cœur meurtri, elle s'effondra, frémissant comme un animal blessé.

Un souffle rauque et douloureux s'éleva derrière elle, distinct de sa propre respiration de bête. Dans une étincelle de clairvoyance, elle se souvint de la présence de son frère d'âme. Mais l'était-il toujours ? L'âme d'un monstre et celle d'un ange de pureté pouvaient-elles être sœurs ?

Elle se précipita vers Nebraska et s'accroupit près de lui. Murmurant des paroles rassurantes à son étalon épuisé, elle retira délicatement la flèche avant de la jeter au loin, comme brûlée par son contact. Elle défit avec empressement la boucle de sa besace et déboucha le fla-con de *Vulneribus Mederi*, avant d'en déverser la totalité du contenu sur la plaie de Nebraska. Un soupir de sou-lagement lui échappa lorsqu'elle vit les petits filaments d'un bleu électrique s'agiter pour désinfecter et souder la blessure. La plaie finit par se réduire à une fine cicatrice, où les poils de neige de l'étalon ne repousseraient jamais.

Une fois cela fait, Lyvia promena un regard nau-séeux sur le carnage. Elle ne pouvait plus supporter la vue de ces cadavres, figés dans la peur et l'oubli. Ras-semblant ses ultimes forces, elle plongea dans l'Univers des Âmes une dernière fois, à contrecœur. Les longues plantes semblables à de minuscules et souples pins qui poussaient dans les marais s'enroulèrent autour des bras et des jambes des soldats, pour les entraîner sous l'eau avec elles. Dans un dernier remous, les corps disparurent pour s'enfoncer dans la bourbe au fond des marais.

Seuls demeuraient deux êtres dans le silence, un cheval et une jeune fille. S'agissait-il d'une victime et d'un bourreau, ou de deux victimes ? S'agissait-il d'une créature immaculée et d'un monstre de noirceur, ou n'étaient-ce que deux corps blessés ? Il y avait en tout cas une âme brisée, marquée au fer rouge. Une âme divisée, terrifiée par son ombre.

Mais elle avait une sœur, chaude et réconfortante. Une sœur qui l'aimait.

Les épées s'entrechoquaient avec violence, soutenues par le bras infatigable des adversaires. Le fracas de l'affrontement faisait serrer les dents à Lyvia, qui regardait obstinément ailleurs, le visage sombre.

Sombre, c'est ce qu'elle n'avait cessé d'être depuis les *meurtres* qu'elle avait commis. Elle ne parvenait pas à considérer autrement la mort de ces soldats. Elle les avait abattus un à un, impitoyablement, comme un chasseur tirant sur des cailles affolées. Tout comme le chasseur, elle avait d'abord ressenti une forme d'ivresse satisfaite, avant que la gravité de son acte ne la rattrape. Et cette prise de conscience la détruisait chaque jour un peu plus. Kalaan lui avait expliqué ce que sa magie avait fait en ce triste jour. Ce qu'*elle* avait fait.

Lorsqu'elle créait une ouverture dans le maillage qui protégeait l'esprit d'un être vivant, des souvenirs s'en échappaient. Ce que Kalaan ne lui avait jamais précisé auparavant, en revanche, c'était que ces souvenirs étaient perdus pour toujours. Ils n'existaient plus pour l'être contrôlé. Lyvia aurait voulu s'insurger, se récrier qu'elle aurait aimé savoir que les plantes qu'elle contrôlait se trouvaient diminuées par son acte. Elle se souvenait avec une cruelle ironie du temps où elle se souciait de l'immoralité des pouvoirs des Voyageurs, capables de décider pour la Nature. Pouvait-elle encore prétendre s'inquiéter de l'intégrité des plantes après avoir tué ces soldats ? Car comme Kalaan le lui avait expliqué, les souvenirs qui l'avaient assaillie, torturée, étaient ceux que les soldats perdaient pour toujours. À travers l'ouverture béante qu'elle avait créée, tous leurs souvenirs s'étaient envolés, jusqu'au dernier. Ils avaient oublié jusqu'à leur nom. Et surtout, ils avaient fini par oublier comment respirer. Ils étaient morts d'asphyxie.

Le silence revenu soudainement sur le plateau d'Erode tira Lyvia de ses horribles réflexions. Kalaan la surplombait, l'épée à la main et le souffle court. Elle leva rapidement les yeux vers lui avant de les détourner, maussade.

— Viens t'entraîner s'il te plaît. En dépit de ce que j'ai pu dire, Evan est déjà un excellent bretteur, tu en as plus besoin que lui.

La jeune fille se contenta de secouer la tête, le regard toujours rivé vers l'horizon. Kalaan adressa un signe à Evan et ils reprirent le combat sans un mot, comme si le refus de Lyvia importait peu. Pourtant, si cette dernière avait observé avec attention son professeur, elle aurait remarqué l'inquiétude qui marquait son visage, un peu plus profondément à chaque nouveau rejet.

Mais Lyvia n'arrivait plus à prêter attention aux autres. Elle comptait inlassablement les nuages, butant chaque fois sur le nombre vingt-et-un. Elle revenait alors à zéro, en réprimant durement les sanglots qui brûlaient sa gorge et enserraient ses tempes. Elle comptait encore et encore, comme si les chiffres avaient pu être une source d'apaisement.

Dix-neuf. Vingt. Vingt-et-un.

Vingt-et-un hommes morts de sa main.

Les jours s'écoulaient, lents et pesants. Lyvia ne s'adressait à ses deux compagnons que lorsqu'elle ne pouvait faire autrement. Le seul avec lequel elle communiquait réellement était Nebraska. Au cours de leurs chevauchées interminables, elle entremêlait ses doigts dans la crinière de neige de l'étalon, tandis qu'elle mêlait son esprit au sien dans l'Univers des Âmes. C'était le seul acte de magie qu'elle se permettait.

Elle se demandait souvent si elle devait suivre Kalaan jusqu'aux Voyageurs. Elle n'avait plus aucune envie de rencontrer ce peuple fasciné par une magie qu'elle détestait tellement. Mais s'il lui restait au moins une certitude, c'était qu'elle ne pourrait jamais reprendre son ancienne vie. Retourner sur Terre et contempler le quotidien immuable des autres était au-dessus de ses forces. Si elle s'était un jour sentie différente, plus mature que les autres adolescents, ce n'était rien en comparaison de l'impression d'étrangeté qui l'envahissait à présent. Alors elle entretenait un mince espoir, celui de trouver du réconfort parmi les Voyageurs. Peut-être comprendraient-ils sa détresse devant la toute-puissance de la magie…

— Ça suffit Lyvia ! s'exclama fermement Kalaan en plaçant sa jument devant Nebraska pour que ce dernier s'immobilise.

La jeune fille venait encore une fois de refuser un exercice de magie qui aurait mis à profit leurs longues heures de chevauchée.

— Lyvia, écoute-moi, et regarde-moi je t'en prie.

La jeune fille jeta un bref regard vers Evan, qui avait immobilisé Carthago afin d'observer la scène dans une attitude à la fois alerte et prudente. Elle riva finalement ses yeux bleu nuit au visage grave de Kalaan, dans l'expectative. Le soulagement décrispa les épaules du Voyageur, qui commença d'une voix forte :

— Nous sommes en guerre. Peut-être pas ouvertement, mais nous vivons des temps troubles. S'il n'existe pas deux camps précisément définis, je peux me risquer à nommer cela la lutte du bien contre le mal.

— Ce doit être confortable de se considérer comme l'incarnation du bien, ironisa Lyvia d'un ton mordant.

Elle regretta aussitôt ses paroles. Elle avait gardé le silence si longtemps, et elle avait accumulé tant de douleur et de regrets que sa rancœur se retournait contre ceux qui tentaient de l'aider.

— Le moindre mal, si tu préfères, répliqua Kalaan sans se démonter. Mais tu ne me feras pas dire que le mal n'est pas en train de ronger Héliosis. Il est en train de prendre tout ce que nous chérissons. À commencer par nos vies. Tu étais en danger Lyvia, et tu t'es défendue. Tu ne dois pas t'en vouloir éternellement pour cela. Je ne suis pas en train de dire que ton acte était sans gravité, bien au contraire. Tuer n'est jamais un acte anodin, et la première vie humaine que l'on ôte nous marque pour toujours. Je me souviens bien trop clairement de ma première fois, tout comme Evan, j'en suis convaincu.

Il se tourna vers le jeune homme qui inclina la tête, l'air sombre.

— Comme si c'était hier.

— Lorsqu'on prend une vie, il est primordial de se souvenir de sa valeur inestimable. Mais cela ne doit pas te hanter jusqu'à la fin de tes jours. Tu n'as pas tué par envie, mais parce que ces hommes voulaient t'éliminer. Tu as le droit d'être en état de choc, il serait même étonnant que tu ne le sois pas, mais il ne faut pas que tu te replies sur toi-même. Nous sommes tous deux là pour t'aider à surmonter cette épreuve. Ce n'est pas parce que tu as ôté la vie à ces hommes que tu dois cesser de vivre. Je sais que la magie te fait peur, que tu ne veux plus toucher une arme parce que le pouvoir de tuer t'effraie. Mais tu n'es pas obligée de le faire. La science des armes et la maîtrise de ta magie te permettent justement de dominer ton adversaire sans mettre fin à ses jours. Là réside la vraie force, c'est à cela que l'on reconnaît celui qui contrôle parfaitement la situation. Accepte mon enseignement, et tu sauras laisser partir celui que ton épée aura mis à genoux. Laisse-moi t'apprendre, et tu pourras quitter en paix celui que ta magie aura rendu inoffensif.

Lyvia avait encore détourné le regard, mais cette fois, ce n'était pas par défiance. Elle avait envie de croire aux mots de Kalaan, d'être capable de dominer le monstre qu'elle avait senti en elle cette fois-là. Aussi prit-elle la parole avec hésitation, tentant d'insuffler un peu de fermeté à son ton :

— Pouvez-vous me garantir une maîtrise absolue ?

Le Voyageur la regarda avec une gravité qui le vieillit soudainement. Lyvia crut lire dans ses yeux qu'il aurait pu lui mentir, mais qu'il ne le ferait pas. Tout ce qu'il lui avait dit avait été sincère, et il ne désirait pas la convaincre autrement. Il lui devait la vérité jusqu'au bout, même si elle était difficile à entendre.

— Non Lyvia, jamais. La force de ta volonté aura toujours une importance non négligeable dans tes choix. Dans le combat que nous menons, nos désirs les plus sombres tentent à chaque instant de refaire surface et de nous noyer dans leur obscurité. Comme chaque homme et chaque femme, tu devras lutter pour la pureté de ton âme. En dépit de tous les enseignements du monde, je ne pourrai jamais te protéger contre ta propre volonté.

Alors, si tu cèdes au mal, il n'y aura pas d'autre responsable que toi.

La dureté des propos de Kalaan fit réagir Evan qui ouvrit la bouche pour intervenir, avant de se raviser en voyant que Lyvia n'en était pas blessée. Elle réfléchissait, ses doigts jouant nerveusement avec les crins de Nebraska. Elle réfléchissait, et pourtant, elle savait qu'elle avait déjà décidé. Il ne pouvait en être autrement.

— Alors ne perdons pas de temps. Apprenez-moi.

Ils reprirent aussitôt l'entraînement, à un rythme plus soutenu que Kalaan ne l'avait prévu au début de leur périple. Mais Lyvia avait retrouvé sa détermination, et elle ne désirait rien tant que de se noyer dans l'effort. Tandis que les trois chevaux marchaient résolument vers le Sud-Est, Kalaan prodiguait à son élève des enseignements théoriques afin qu'elle connaisse la nature de la magie. Selon lui, l'ignorance de Lyvia décuplait sa crainte vis-à-vis de ses pouvoirs. Parallèlement, il lui apprenait à s'en servir, méthodiquement et non instinctivement comme elle avait l'habitude de le faire. Il voulait qu'elle comprenne ses propres actions au moment où elle utilisait la magie, afin qu'elle en garde le contrôle.

Lorsque le jour baissait, ils installaient leur campement et Kalaan initiait la jeune fille au maniement de l'épée. Il cédait parfois sa place à Evan pour permettre à Lyvia de se mesurer à différents adversaires. Le jeune homme retenait souvent ses coups en se cantonnant à une position défensive par peur de blesser Lyvia, ce qui le faisait encourir les réprimandes de Kalaan. Cependant,

Evan cessa bientôt de ménager la jeune fille lorsqu'il constata les immenses progrès qu'elle avait réalisés en si peu de temps. Son ardeur au travail en faisait une élève modèle, ce qui ne rassurait pourtant pas entièrement Kalaan.

Lyvia ne souriait pas. Concentrée durant la journée, elle lâchait prise une fois que ses compagnons de voyage sombraient dans le sommeil. Elle offrait alors son âme tourmentée à la nuit, cherchant du réconfort dans l'œil bienveillant de la lune. Mais cette dernière ne lui montrait que les étoiles, brillants démons dansant malicieusement sur le velours du ciel. Les étoiles faisaient la ronde, disparaissaient et bondissaient à nouveau pour se soustraire au dénombrement de Lyvia. Chaque fois que la jeune fille tentait de les compter, les petits astres démoniaques l'entraînaient dans une valse confuse, la laissant incapable de dépasser le nombre vingt-et-un. Et la lune partait dans un grand éclat de rire, le visage auréolé de joie.

Ce fut au cours de l'une de ces nuits qu'Evan sortit prendre l'air, incapable de trouver le sommeil. Il s'immobilisa en avisant Lyvia, recroquevillée sur le sol, les genoux serrés contre la poitrine. Elle tremblait de tout son corps, le regard perdu dans les étoiles. Ne sachant trouver les mots pour alléger son mal-être, Evan ouvrit quelques sacs avant de dénicher une couverture. Empressé, il fit tomber un petit carnet noir en même temps, qu'il mit dans sa poche en fronçant les sourcils.

Lorsqu'Evan enroula la couverture autour des épaules de la jeune fille, celle-ci ne réagit pas, comme absente. S'étant approché d'elle, Evan remarqua que ses lèvres remuaient sans qu'un son n'en sorte. Profondément inquiet, il s'assit à ses côtés en s'efforçant de trouver quelque chose à dire. Alors que le dramatique incident de Soïka les avait rapprochés, l'embuscade des marécages semblait avoir fait perdre à Lyvia toute confiance en lui. Elle ne lui parlait plus, ne lui souriait plus, comme s'ils étaient devenus des étrangers. Et lui en souffrait terriblement. Il avait tout quitté pour elle, il avait trahi la confiance que son père avait en lui, il avait renoncé à la vie solide et assurée qui l'attendait. Il n'existait rien qu'il ne ferait pour elle. Et elle ne le voyait plus.

— Lis-moi un de tes poèmes.

La voix de Lyvia venait de s'élever dans un souffle, à peine audible parmi les sons qui agitaient la plaine. Le cœur battant, Evan se rendit compte qu'il serrait compulsivement le petit carnet entre ses mains. Lyvia ne le regardait toujours pas, mais elle s'était adressée à lui comme si rien n'avait changé entre eux. Et il avait tellement envie de le croire qu'il n'hésita qu'une fraction de seconde. Même s'il n'avait jamais montré ses poèmes à quiconque, même s'il avait longtemps considéré ce carnet comme son secret le plus intime, il s'exécuta aussitôt. Sans même se demander comment elle en connaissait l'existence, il ouvrit le carnet à la dernière page.

« Exhalaisons toxiques, vapeurs délétères,
Serpent insidieux distillant son venin,
Poison pernicieux déposé de sa main,
Amour.

Infâme fruit d'une turpide réflexion,
Arsenic exalté dévorant tout espoir,
Scorpion brûlant porteur de désillusion,

Trahison.

Poids du ressentiment accablant mon humeur,
Oppressante amertume pesant sur mon cœur,
Rancœur causée par un amour immarcescible,
Tourment. »

Le dernier mot resta suspendu un instant, avant qu'Evan ne se réfugie dans un silence embarrassé. Il se sentait si petit, à se lamenter sur un amour artificiel devant Lyvia, qui venait de traverser l'épreuve la plus difficile de sa vie. Comment pouvait-il parler de tourment, quand la jeune fille parvenait à peine à dormir ? Mais Lyvia n'émit aucun jugement.

— J'espère que tu vois les choses différemment maintenant.

— Depuis longtemps, princesse, répondit-il sur le même ton, d'une voix à peine plus forte qu'un chuchotement.

Lyvia laissa passer quelques secondes, puis elle prit la main d'Evan dans la sienne. Le silence s'étira, chargé d'une douceur hésitante. Les mots flottaient entre eux sans être prononcés, promesses implicites au parfum de tendresse. Tous les doutes du jeune homme s'évanouirent, dissipés par l'étreinte silencieuse de Lyvia. Pourtant, sa main dans la sienne, bien que tangible et rassurante, avait l'apparence d'un rêve qui pouvait s'évaporer à chaque seconde. Et c'est ce qui poussa Evan à prendre la parole, pour s'assurer que ses craintes étaient infondées.

— Je croyais que tu ne voulais plus me parler.

— Je croyais que tu ne me quitterais plus.

Le ton de Lyvia était dénué d'amertume, et pourtant, Evan se sentit accablé par la culpabilité. La jeune fille lui en voulait, comme il l'avait deviné, mais ce n'était pas parce qu'il n'avait pas su la sauver, contrairement à ce qu'il avait cru. Elle lui reprochait ce qu'il devrait bientôt faire contre son gré : la laisser affronter seule les Voyageurs.

— Lyvia, ce n'est...

Mais l'harmonie qui avait régné entre eux quelques instants plus tôt s'était dissipée. Lyvia retira sa main de la sienne et enroula de nouveau ses bras autour de ses genoux. Elle reporta son attention sur les étoiles, le regard absent. Ses lèvres se remirent à bouger, formant régulièrement des mots que le jeune homme ne comprenait pas. Frustré par sa propre impuissance, Evan serra le poing avec colère. Contre lui-même, contre les Voyageurs qui lui prendraient Lyvia, et surtout contre tous ceux qui avaient brisé son âme innocente. Comme un écho à ses propres pensées, des pleurs brisèrent le silence.

Lyvia avait planté ses ongles dans ses paumes, dans l'espoir de réprimer les sanglots qui montaient inexorablement. Mais la fatigue l'avait dépossédée de toute volonté de se battre, en particulier contre elle-même. Elle oublia Evan, oublia ce qui l'entourait. Elle ne voyait plus que ces maudites étoiles qui se dérobaient sans cesse, qui refusaient qu'elle continue de vivre. Oui, elle le sentait ; si elle ne parvenait pas à surmonter cette épreuve, elle ne guérirait jamais. Mais elle savait qu'elle ne pourrait pas y arriver seule.

Alors, lorsqu'Evan referma ses bras autour d'elle en lui murmurant des mots apaisants, elle s'abandonna dans son étreinte. Elle lui dit tout, ses appréhensions et ses regrets. Elle lui parla du monstre qui sommeillait en elle, elle évoqua la magie terrifiante et enivrante qui avait pris le pas sur son humanité. Elle ne cacha rien de l'ivresse qu'elle avait ressentie, ni du pouvoir exaltant qui l'avait envahie.

Evan ne desserra jamais son étreinte. Pas une seule fois la répulsion ne marqua son visage. Il se contenta de la soutenir en silence, caressant doucement ses cheveux. Les sanglots de la jeune fille finirent par se tarir, chassés par l'écoute attentive et la tendresse d'Evan. Elle se sentit plus légère, débarrassée du poids des mots accumulés et jamais exprimés. Si Evan ne la rejetait pas, alors peut-être, oui peut-être pouvait-elle accepter la part d'ombre en elle… Et si lui se battait pour qu'elle soit heureuse, peut-être pouvait-elle lutter contre les tentations obscures…

Evan saisit délicatement son visage pour qu'elle lui offre enfin son regard, si semblable à la nuit étoilée au-dessus d'eux. Il lui fit une promesse, la plus sincère qu'il n'avait jamais faite :

— Je tuerai tous tes ennemis, pour que tu n'aies pas à le faire. Je ne laisserai jamais personne faire de toi ce que tu ne veux pas être. Je serai toujours ton ombre, prêt à te rappeler qui tu es.

Lyvia effleura le pli qui barrait le front du jeune homme, comme pour chasser son inquiétude. Elle caressa sa joue d'un geste infiniment doux.

— Je préférerais que tu sois ma lumière.

— Tout ce que tu voudras, souffla-t-il. Je serai tout ce que tu voudras.

Le cœur battant, Lyvia traça le dessin de sa mâchoire. Elle osa demander d'une voix tremblante :

— Est-ce que tu voudrais être…

Regardant par-dessus l'épaule d'Evan, Lyvia se tut brusquement, les yeux écarquillés. La voix débordante d'excitation, elle s'exclama :

— Les étoiles ont cessé de danser !

Délaissant le visage déboussolé du jeune homme, elle se mit à compter rapidement, le visage de plus en plus exalté. Elle atteignit enfin le chiffre honni, celui qui lui refusait une existence normale. Elle le dépassa dans un cri de joie, le cœur brûlant de l'ivresse de la victoire. Elle poursuivit sur sa lancée, versant cette fois des larmes de bonheur.

— Vingt-deux, vingt-trois, vingt-quatre… Vingt-deux, c'est grâce à toi Evan !

Elle bondit sur ses pieds en tendant la main à Evan, avant de l'entraîner dans quelques pas de danse. Elle éclata de rire et jeta les bras autour de son cou, se sentant plus légère qu'elle ne l'avait été depuis des jours. Evan gardait un silence confus, simplement heureux de la voir rire. Il ne comprenait pas, mais il lui suffisait de voir qu'elle allait mieux pour se sentir joyeux.

Retrouvant son sérieux, Lyvia recula afin de rencontrer le regard du jeune homme.

— Je regretterai cet acte toute ma vie, mais il ne m'empêchera plus de vivre. Je travaillerai chaque jour à mettre ma magie au service du bien, et j'ai besoin de toi pour me guider. Seras-tu là ?

— Je serai toujours là princesse, je te l'ai promis.

CHAPITRE 18

Le reste du voyage s'acheva dans une ambiance singulière. Si Lyvia avait retrouvé l'envie de vivre, elle demeurait très affectée par ce qui s'était passé. À chaque lever du soleil, Kalaan et Evan redoutaient de découvrir son humeur. Sans être outrageusement joyeuse, elle se montrait parfois placide, prête à converser avec ses compagnons de voyage. Au contraire, certains jours la trouvaient sombre et taciturne, perdue dans ses pensées, exécutant les exercices de magie de Kalaan de mauvaise grâce. Ce dernier savait que Lyvia lui gardait rancune de sa décision concernant Evan, mais il ne pouvait se résoudre à faire entrer le jeune homme dans leur quartier général pour satisfaire les désirs de sa protégée. Être Voyageur impliquait aussi une certaine maturité, et la jeune fille devrait apprendre qu'elle ne pouvait se permettre de mettre en danger leur peuple à cause de ses sentiments.

Enfin, une matinée de janvier, alors que le froid devenait de plus en plus intolérable au fil des jours, Kalaan arrêta son cheval. Lyvia ne daigna même pas lui jeter un regard, plongée dans de douloureuses pensées, mais le professeur expliqua en réponse à l'interrogation muette d'Evan :

— C'est ici que nous nous séparons, tu en sais déjà plus que n'importe qui sur la direction de notre quartier général.

Le jeune homme serra les mâchoires mais ne contesta pas : il s'y préparait depuis longtemps. Lyvia sentit sa gorge se serrer. Elle mit pied à terre comme ses compagnons et tenta de refouler ses sanglots. Evan serra la main de Kalaan et déclara avec une assurance de façade :

— Merci pour ce que tu m'as appris, je ne sous-estimerai plus jamais un adversaire. Et, s'il te plaît, en faisant de Lyvia une Voyageuse accomplie, n'oublie pas qu'elle est fragile. Et surtout je veux la voir heureuse à mon retour.

Lyvia protesta faiblement :

— Je ne suis pas fragile !

Evan se tourna vers elle, ses traits froids contrastant avec le métal en fusion de ses prunelles.

— À bientôt Lyvia, mes pensées t'accompagnent.

Il avança d'un pas et effleura brièvement sa joue rosie par le froid, puis bondit sur son cheval et s'éloigna après un ultime regard.

Lyvia se mordit la lèvre si violemment que du sang y perla, puis releva fièrement le menton et remonta sur Nebraska. Son visage se ferma à la manière d'Evan et elle ignora le regard compatissant de Kalaan, concentrée sur son objectif.

— Attends-moi deux minutes avec les chevaux,

d'accord ? Je n'en ai pas pour longtemps.

Lyvia hocha la tête et prit les rênes de Nymphéa en plus de celles de Nebraska, tandis que Kalaan s'engouffrait dans une boutique qui ressemblait plutôt à un bric-à-brac. Ils avaient fait une halte dans le village d'Anor, le dernier village qu'ils rencontreraient avant d'entamer la phase finale de leur voyage vers le quartier général. La végétation s'était déjà faite beaucoup plus rase, et le sol était plus sec. Après Anor, ils traverseraient de grandes étendues arides et incultes, faites de plateaux et de combes, où les seules plantes qui arrivaient à pousser étaient épineuses. Ils iraient ainsi jusqu'à la mer. Leur progression promettait d'être plus lente et moins agréable, après les centaines de kilomètres qu'ils avaient parcourus à travers le plateau herbeux d'Erode.

Kalaan avait souhaité s'arrêter à Anor pour acheter quelques provisions mais surtout des flacons et ingrédients végétaux dont les Voyageurs avaient besoin pour confectionner des remèdes. Lyvia attendait donc devant la boutique, promenant un regard curieux sur le petit village d'Anor. Depuis sa position, elle pouvait voir la coquette place centrale, construite autour d'un immense arbre qui ombrageait toute la place. En plein mois de janvier, le soleil se faisait rare et l'air était froid, mais elle imaginait que l'ombre de cet arbre devait être bienvenue le reste de l'année. La chaleur devait être écrasante en été avec si peu d'humidité et de végétation.

Des cris résonnèrent soudainement à sa droite, arrachant la jeune fille à ses pensées. Ses doigts se crispèrent sur les rênes des chevaux qui se mirent à renâcler nerveusement lorsqu'elle avisa la source du bruit. Deux soldats en uniforme la dépassèrent. Elle tenta de dissimuler son visage derrière la tête de Nebraska, mais ils ne lui prêtèrent aucune attention. Ils tenaient chacun le bras d'un jeune garçon qui ne devait pas avoir plus de quinze ans, avec des boucles blondes qui retombaient sur ses épaules. Les soldats semblaient avoir des difficultés à tenir le garçon, qui se débattait violemment, une expression de fureur écumante déformant son visage. Une femme d'une quarantaine d'années arborant les mêmes cheveux blonds suivait le trio en pleurant, une main implorante tendue vers le jeune homme.

— Ne me prenez pas mon fils ! Je vous en supplie, j'ai déjà perdu ma fille…

Un des soldats, l'air peiné, répondit simplement en raffermissant sa prise sur le bras du jeune homme en furie :

— Il n'est plus votre fils madame, je suis désolé.

Lyvia ne comprit pas, jusqu'à ce que le garçon éructe avec rage :

— Je vais te tuer ! Je jure que je vais te tuer !

Et les sanglots de la femme redoublèrent.

— Je sais que tu es là, quelque part, reviens-moi Héli je t'en prie… Maman t'aime.

Mais le jeune homme réitérait ses promesses de mort, inlassablement. Lyvia eut le temps de distinguer un cercle rouge au fond de ses prunelles vertes, puis ses cheveux blonds retombèrent devant ses yeux. Bientôt, les soldats disparurent au fond de la rue, traînant entre eux un garçon devenu fou, suivis d'une mère éplorée. Glacée par ce tableau, Lyvia mit quelques secondes à réaliser que Kalaan l'avait rejointe, ses achats dans les bras. Son visage était sombre.

— Tu viens d'assister aux ravages de la Noirceur. Du jour au lendemain, ce fils ne connaît plus sa mère, et jure de la tuer. Aucune cure n'a été trouvée.

— Il est impossible de le faire revenir à lui-même ?

— Quasiment impossible. Nous en reparlerons lorsque tu auras progressé.

Lyvia savait qu'il était inutile d'insister. Si Kalaan estimait qu'elle n'était pas prête à évoquer la Noirceur, elle ne pourrait pas le faire changer d'avis.

Ils parvinrent au quartier général une semaine plus tard. Elle avait fini par accepter la décision de Kalaan par rapport à Evan et ne lui en voulait plus, bien que l'absence du jeune homme lui pesât beaucoup. Cependant, lorsque l'odeur persistante d'iode qui flottait dans l'air depuis la veille s'expliqua par la présence majestueuse de la mer, Lyvia oublia le jeune homme. Béate d'admiration, elle arrêta Nebraska pour se délecter pleinement de l'univers qui s'ouvrait à ses sens. À perte de vue, la mer s'étalait en contrebas de la falaise au bord de laquelle ils se tenaient, écrasant les deux compagnons de son immensité et se confondant avec le ciel dans la mince ligne d'horizon qui prétendait les séparer. Le ressac des vagues qui déferlaient sur les rochers et les cris des oiseaux rappelaient à la jeune fille ses vacances avec Isadora, agissant ainsi comme un baume apaisant sur son âme. Le vent chargé d'embruns emmêlant ses cheveux acheva de la rasséréner et elle ferma les yeux, savourant cette paix intérieure. Enfin, le visage radieux, elle se tourna vers Kalaan et l'interrogea du regard. Celui-ci fixait son élève avec un sourire ravi, heureux de la retrouver comme avant.

— Nous allons laisser les chevaux ici et descendre la falaise pour atteindre la petite crique en bas, annonça-t-il.

Lyvia déglutit difficilement en pensant à ce qui l'attendait mais ne contesta pas, connaissant suffisamment son professeur pour savoir que toute discussion était inutile. Ils mirent pied à terre et soufflèrent quelques mots à leurs montures pour leur enjoindre de partir sans les attendre. Devant le regard hésitant de son élève, Kalaan la rassura :

— Ne t'inquiète pas, l'enseignement des Voyageurs ne comporte pas ce genre de choses, c'est juste pour rejoindre le Q.G. La falaise n'est pas très abrupte et après une brève désescalade, nous n'aurons qu'à suivre un petit chemin sûr.

Lyvia acquiesça en silence et suivit son professeur. Comme le promettait Kalaan, la descente fut moins terrible que ce qu'envisageait la jeune fille, si l'on exceptait le moment où elle avait failli tomber. Son professeur l'avait rattrapée de justesse d'un prodigieux réflexe. Lorsqu'ils parvinrent sur la plage, Lyvia s'assit sur le sable et s'imprégna du calme qui régnait, apaisant son cœur que la descente avait affolé.

— On y va ? demanda fébrilement Kalaan.

La jeune fille lui jeta un regard surpris ; son professeur d'ordinaire si calme et réfléchi trépignait en se mordant l'intérieur des joues, tel un enfant impatient.

— Vous êtes si pressé de rejoindre les Voyageurs ? Excusez-moi, pour ma part je suis plutôt anxieuse.

— Non, pas les Voyageurs, quelqu'un en particulier, répondit-il avec un clin d'œil complice.

Lyvia sourit et sauta sur ses pieds, enthousiaste. Kalaan la guida vers une anfractuosité dans la roche derrière eux et saisit la chaîne en or autour de son cou afin de retirer le pendentif dissimulé sous sa chemise. En le voyant, la jeune fille écarquilla les yeux, impressionnée. Le bijou semblait composé d'une unique pierre précieuse, parfaitement polie – mais était-ce réellement une pierre ? Elle était d'un vert profond incomparable, strié par une infinité de veines et comme animé de reflets mouvants. Son aspect était si singulier que Lyvia n'aurait su dire s'il s'agissait de jade ou d'une matière vivante, comme si l'on avait voulu matérialiser le cœur d'un arbre. L'armature en or qui soutenait la pierre – faute de meilleur terme – s'arquait en un grand V sur la face supérieure.

Kalaan lui adressa un nouveau clin d'œil et appliqua son pendentif contre la falaise, à un endroit précis que Lyvia aurait été incapable de trouver. Une arche dorée se dessina sur la roche qui frissonna avant de pivoter légèrement, s'écartant juste assez pour laisser la place à une personne. Kalaan poussa la jeune fille en avant et lui chuchota un encouragement. Lyvia refoula son appréhension et se força à avancer, le menton relevé.

Ils pénétrèrent dans une immense grotte éclairée par de petites boules flottantes qui dispensaient une lueur bleutée tamisée. Le plafond était constitué de hautes voûtes en croisées d'ogives, soutenues par de nombreux piliers superbement sculptés. La faible luminosité conjuguée aux effets d'ombre et de lumière ne permettait pas à Lyvia de distinguer les parois de la grotte, lui donnant ainsi un aspect démesuré. Et, dissimulés parmi les ombres, des reflets bleutés projetés sur leur visage, se tenaient les Voyageurs. Des hommes, des femmes, des enfants et des personnes âgées. Lyvia était incapable d'estimer leur nombre : étaient-ils cent, deux cents ou plus ? Lorsqu'elle croisa le regard de certains, elle n'eut plus qu'une envie : disparaître sous terre. Ils la détaillaient avec admiration, l'expression indéniablement pleine d'espoir. C'était plus qu'elle ne pouvait supporter.

Elle recula d'un pas et entra en collision avec Kalaan qui était resté derrière elle. Alors qu'elle s'apprêtait à le contourner pour faire demi-tour, des prunelles d'obsidienne happèrent les siennes. Elle oublia aussitôt son malaise, accaparée par le propriétaire de ces yeux dont la profondeur témoignait d'une sagesse infinie. C'était un vieillard à la peau parcheminée qui s'avançait lentement vers elle, mais dont les gestes avaient conservé force et dignité malgré le poids des années. Lyvia entrouvrit les lèvres, tentant vainement de parler, mais le regard du vieil homme semblait transpercer son cœur et son âme, bloquant les mots dans sa gorge. La noirceur de ses prunelles aurait pu être effrayante, mais l'aura grandiose et bienveillante qui émanait de lui semblait éclairer les gens qu'il approchait.

Cependant, lorsque le vieil homme posa une main sur son bras, la connexion qui régnait entre eux se dissipa et la jeune fille sortit violemment de sa léthargie.

— Ne me touchez pas, assena-t-elle en reculant vivement.

Le temps n'y faisait rien : depuis l'agression qu'elle avait vécue à Soïka, elle ne tolérait pas qu'on la touche. Le vieillard fronça les sourcils et déclara d'une voix grave :

— Tu as vécu de terribles épreuves Lyviana, puissent les Voyageurs apaiser ton cœur.

— Je ne suis pas venue trouver la paix, mais des réponses, répliqua-t-elle aussitôt, sur la défensive.

— Bien sûr Lyviana, je comprends. Mais ne laisse pas la rancœur et la culpabilité corrompre ton cœur.

Était-il au courant de ce qu'elle avait fait ? Savait-il pour les soldats, tous morts de sa main ? Et comment l'aurait-il su ? Kalaan ne l'avait pourtant pas quittée… Abîmée dans ces interrogations, elle sursauta lorsque le vieil homme prit la parole d'une voix forte, afin que tous les Voyageurs l'entendent.

— Réunion du Conseil dans une demi-heure. Solara, je te charge de tenir compagnie à l'Élue. Elle participera au Conseil aujourd'hui, c'est toi qui l'y conduiras.

Les Voyageurs se dispersèrent et une jeune fille à la peau caramel et aux longs cheveux d'ébène s'inclina devant Lyvia. Solara semblait un peu plus âgée qu'elle, d'autant plus que sa silhouette était grande et musclée. Son visage était doux, fait d'ombres et de courbes, comme si ses pommettes saillantes avaient été esquissées au pinceau.

— Quel honneur pour moi de rencontrer l'Élue ! Soyez la bienvenue !

Lyvia s'empourpra devant tant de manières et bredouilla :

— Je… S'il te plaît… tutoie-moi, et ne t'incline pas comme ça, nous avons à peu près le même âge.

Solara répondit par un sourire éclatant, ses dents blanches ressortant particulièrement sur sa peau foncée, et entraîna la jeune fille par le bras.

— J'espérais que tu allais dire ça. Tout le monde est fasciné par l'Élue, mais moi je suis certaine que tu es très gentille ! Non pas que je ne sois pas fascinée, bien au contraire ! Mais j'adorerais être ton amie, parce que tu comprends, tout le monde ici parle de toi très sérieusement avec un air solennel, alors que tu es sûrement une adolescente comme les autres, qui aimerait peut-être qu'on la laisse tranquille. Enfin après, je ne sais pas, je ne suis pas à ta place, mais si j'étais toi j'aimerais qu'on cesse de me parler d'une stupide prophétie et d'un destin grandiose. Mais si c'est vrai, tu vas vivre des aventures formidables, comme je t'envie ! Enfin pas si formidables que cela quand on y repense. Vaincre la Noirceur n'est pas chose facile. Bref, j'arrête de t'assommer avec toutes ces bêtises d'adultes, pour moi tu es simplement une jeune fille que tous les Voyageurs envient parce qu'ils ont tous perdu leurs pouvoirs sauf toi ! Au fait, tu veux que je te présente les autres ?

Lyvia éclata de rire devant ce flot continu de paroles. Solara venait de lui transmettre une bouffée de légèreté et d'impudence, une sensation dont elle avait cru être privée à jamais après la mort des soldats. Elle commençait déjà à croire que les Voyageurs sauraient lui apporter ce qui lui manquait. Elle s'exclama, enfin à l'aise :

— Avec plaisir. Tu as raison, je n'ai pas envie d'entendre parler de tout cela pour l'instant, présente-moi donc tous les Voyageurs !

— Super ! Alors l'homme à qui tu as parlé est Aadil, il a œuvré toute sa vie pour le bien de notre peuple. C'est un homme sage et bon, et c'est en combattant la Noirceur qu'il est devenu aveugle, murmura-t-elle tout bas.

Lyvia décela une admiration profonde dans sa voix et se mordit la lèvre.

— Je n'avais même pas remarqué qu'il était aveugle, cela ne se voit pas !

— Non, en fait la seule chose visible est la couleur de ses prunelles, passée du bleu au noir, mais ses yeux ne sont pas vitreux, personne ne sait vraiment ce qui lui est arrivé, et il est fortement déconseillé d'en parler à Aadil, chuchota Solara en grimaçant, avant de poursuivre d'un ton plein d'entrain. Bref, là c'est Anna, la fiancée de Kalaan, leur amour est censé être secret, mais chez les

Voyageurs, on ne peut pas mentir, alors ils refusent simplement de l'avouer.

Lyvia jaugea la petite blonde aux yeux bleus pétillants de vitalité et décida en lui souriant qu'elle correspondait parfaitement à son professeur.

Solara poursuivit en parlant si vite que Lyvia devait se concentrer pour tout comprendre :

— Le beau garçon blond là-bas c'est Neil, il est génial ! La grande brune au visage sévère c'est Clarisse, ma prof, mais c'est un air qu'elle se donne, en vérité elle est adorable. Ici c'est Kaëla, la grande sœur de Lior, un très bon ami. L'homme tout en noir qui ressemble à un vampire c'est Winoc, il est très bizarre, si tu veux un conseil évite-le…

La jeune fille continua ainsi les présentations pendant une quinzaine de minutes, et Lyvia peinait à retenir le nom de tous ces gens. Elle décida donc plutôt d'interrompre une nouvelle tirade pour interroger Solara sur sa vie :

— Et toi Solara ? D'où viens-tu ? Ça fait longtemps que tu suis l'enseignement de Clarisse ?

Surprise d'être coupée dans son monologue, Solara fixa son regard d'un brun si sombre qu'il en paraissait noir sur le visage de Lyvia.

— Oh, moi ? Ça fait quatre ans que j'ai rejoint les Voyageurs, je m'en souviens comme si c'était hier ! J'ai grandi avec mon père et mes deux grands frères dans un tout petit village de pêcheurs sur la côte, au sud-ouest d'Héliosis, de l'autre côté du fleuve Aël. C'était une vie agréable mais je n'avais pas tellement envie de faire comme mes frères et devenir pêcheur à mon tour… Alors quand Clarisse a débarqué en longue robe et talons hauts comme à son habitude – elle ne fait rien comme tout le monde – pour me dire que j'avais un don et me proposer de devenir une Voyageuse, je n'ai pas hésité longtemps ! J'avais quatorze ans à l'époque. Depuis, j'ai parcouru tout Héliosis, j'ai appris à manier l'épée, à combattre, à soigner les gens… Je ne regrette absolument pas, j'adore ma vie de Voyageuse ! Bon, mon enseignement n'est pas encore fini, je ne suis qu'une élève mais tu m'as comprise.

— Ta famille ne te manque pas ? osa demander Lyvia, curieuse.

— Oh, si bien sûr, mais je continue à leur rendre visite. Devenir Voyageuse ne veut pas dire couper tout lien avec sa famille ! Je retourne dans mon petit village une fois tous les deux ou trois mois.

Avant que Lyvia ne puisse répondre, Solara poussa un cri et se mit à parler encore plus vite :

— Oups, c'est l'heure du Conseil, je vais t'y accompagner mais je n'ai pas le droit d'y assister. Tu y verras tous les membres du Conseil, ils sont au nombre de sept, huit en comptant Aadil. Viens, dépêchons-nous !

Lyvia courut derrière la jeune fille dans un dédale de couloirs taillés dans la roche, ayant à peine le temps de s'ébahir devant l'étendue de ce labyrinthe. Enfin, elles s'arrêtèrent devant une arche semblable à celle de l'entrée du quartier général, et Solara frappa trois coups brefs. Une anfractuosité semblait destinée à accueillir un pendentif des Voyageurs, mais Lyvia remarqua une différence avec celui de Kalaan : deux petits arcs de cercles en forme de C encadraient le V. Lyvia en déduisit qu'il fallait appartenir au Conseil pour avoir un tel pendentif, c'est pourquoi Solara s'était contentée de toquer. L'arche pivota et Aadil apparut dans l'encadrement.

— Entre Lyviana, nous t'attendions.

Intimidée, la jeune fille se retourna pour adresser un sourire reconnaissant à Solara. Celle-ci le lui retourna avec enthousiasme, assorti d'un clin d'œil encourageant, puis elle tourna les talons. Lyvia regarda la porte se refermer derrière elle avec un pincement d'appréhension, avant de reporter son attention sur l'endroit où elle se trouvait.

Semblable à une petite grotte élégamment sculptée, la salle était majoritairement occupée par une imposante table en pierre et les huit sièges qui l'entouraient. Trois hommes et quatre femmes étaient assis autour de la table. Aadil prit place sur le huitième siège et lui désigna la chaise en bois qui avait été ajoutée à son intention. Lyvia s'y installa en promenant un regard hésitant sur l'assemblée.

Aadil tourna aussitôt ses yeux aveugles vers elle, et la jeune fille se sentit comme apaisée par une vague de bienveillance.

— Lyviana, bienvenue parmi nous, commença-t-il avec un large sourire qui creusa singulièrement sa figure. Après tant de semaines d'incertitude, enfin, te voilà devant nous, saine et sauve. « Saine et sauve », ce n'est sans doute pas comme cela que tu te décrirais, n'est-ce pas ? Oui, tu as souffert, Lyviana. Ton arrivée en Héliosis n'a pas été la découverte en douceur que nous aurions voulue pour toi. Et pour cela, nous te présentons nos excuses. Nous avons failli à notre devoir de Voyageurs. Nous avons passé chaque jour à craindre pour ta vie, à nous demander quels périls te guettaient. Et nous n'avons pas su te protéger.

Malgré elle, Lyvia sentit sa gorge se serrer. Les paroles d'Aadil la touchaient profondément. Et pourtant, elle ne cessait de se répéter que seuls ses pouvoirs l'intéressaient, que si la prophétie n'avait pas existé, il n'aurait pas fait preuve d'une telle inquiétude à son sujet. Mais une part d'elle-même avait envie de croire aux mots d'Aadil, à sa sollicitude.

— Evan était là pour me protéger, intervint-elle après s'être raclé la gorge. Puis Kalaan, à mon retour en Héliosis.

Une femme aux cheveux noirs relevés en un chignon strict, âgée d'une quarantaine d'années, objecta aussitôt :

— Le fils du Général des armées héliosiennes vous a surtout menée au roi, lui-même infecté par la Noirceur. Qui sait ce que les Traîtres vous auraient fait si vous étiez restée ?

— Allons, Orane, tu sais bien ce que Kalaan nous a expliqué, tempéra Aadil. Ce jeune homme était initialement sous le commandement du roi, mais il a ensuite choisi de suivre l'Élue et lui a maintes fois sauvé la vie. Même si Kalaan ne l'a pas autorisé à venir ici – et avec raison – il lui fait confiance, et cela devrait nous suffire à tous.

La désapprobation était très marquée sur le visage d'Orane, mais elle garda finalement le silence. Un homme aux longs cheveux blonds prit alors la parole avec impatience. Sa position assise ne parvenait pas à dissimuler sa haute taille et la largeur de ses épaules : Lyvia se sentit minuscule face à lui.

— Nous avons déjà évoqué ce sujet. L'urgence est de présenter à Lyviana la situation en Héliosis et le rôle qu'elle pourrait jouer.

— Tu as raison, Govran, confirma Aadil avec fermeté. Lyviana, il me semble que ta mère t'a parlé de la Noirceur, n'est-ce p… ?

— Oh, est-elle bien arrivée ici ? l'interrompit-elle

dans un sursaut, honteuse de ne pas avoir interrogé le Conseil plus tôt à ce sujet. Elle est partie du lac Taal avec de l'avance sur nous mais je n'ai pas de nouvelles depuis. Je ne l'ai pas vue parmi les autres Voyageurs.

Aadil s'empressa de la rassurer, nullement offensé par son interruption.

— Oui, son voyage s'est déroulé sans encombre, tu pourras la voir après la réunion.

Soulagée, Lyvia sentit un nœud se relâcher dans son ventre. Elle verrait bientôt sa mère. Comprenant que les membres du Conseil attendaient tout de même sa réponse concernant la Noirceur, elle reprit :

— Oui, ma mère m'a parlé de la Noirceur. Et avec Kalaan, nous avons vu un jeune garçon atteint, dans le village d'Anor. C'était… terrifiant.

Aadil hocha gravement la tête, le visage sombre. Son expression se reflétait sur la figure des autres membres du Conseil.

— Cela fait presque vingt ans. Vingt ans que cette horreur a fait irruption dans nos vies. Vingt ans que les Héliosiens se réveillent chaque jour avec la crainte de voir ce fléau s'abattre sur leur famille. La crainte de voir un père, une épouse ou un fils, soudainement possédé, dévoré par un mal innommable, au point de vouloir blesser ses proches. Nous pensions que la situation était déjà suffisamment atroce, quand le roi a été infecté par la Noirceur. C'était l'an passé. Ce régent autrefois plein de bonté est devenu tyrannique, méconnaissable. Nous recherchons inlassablement un remède, jusqu'ici en vain.

— Mais qu'est-ce que la Noirceur exactement ? Une maladie ? s'enquit Lyvia, les sourcils froncés par la concentration.

Govran, l'homme à la forte carrure et aux longs cheveux blonds, prit la parole pour lui répondre :

— Faute de meilleur terme, nous la qualifions effectivement de maladie, d'origine magique. Ce n'est pas contagieux, et les personnes atteintes semblent aléatoires. Mais il y a un signe extérieur qui permet de reconnaître à coup sûr une personne infectée par la Noirceur : un cercle rouge au fond des prunelles, comme une marque au fer du mal qui l'habite. Et ce mal… Il faut l'avoir vu de près pour le comprendre. Et pour cela, il faut avoir accès à l'Univers des Âmes. La Noirceur se manifeste sous la forme d'un magma noir abominable, qui envahit l'esprit des personnes contaminées pour les déposséder de leur volonté. Cette corruption effroyable, c'est comme si l'on avait distillé toute la cruauté et toute l'horreur des trois mondes. Comme si l'on avait voulu annihiler tout ce qui est beau, tout ce qui est bon. Pour anéantir toute lueur d'espoir.

Lyvia fut traversée par une vague glacée, effrayée par les fantômes qui hantaient le regard de Govran. Ce fut Aadil qui poursuivit, après avoir remercié Govran d'un signe de tête pour son intervention.

— Lyviana, ta mère t'a révélé la prophétie qui existe à ton sujet.

« L'Élue naîtra de l'union de l'Ombre et de la Lumière.
Son pouvoir n'aura d'égal que sa pureté. Droite et fière,
Elle se lèvera contre tout ce qui l'assaillira,
Et considèrera les malheurs comme des épreuves,
Lorsqu'en ces hostiles contrées elle s'aventurera,
Montagnes escarpées, déserts arides et tant de fleuves,
Elle domptera, à la recherche du mal radical,
Qui sommeille en tout homme et en elle, ô âme bestiale »

Tu es l'Élue que nous attendions tous, depuis que les Traîtres ont largement affaibli nos pouvoirs. Et tu l'auras peut-être deviné, si nous te parlons autant de la Noirceur, c'est que nous pensons que tu es capable de mettre un terme à cette abomination. « *À la recherche du mal radical* » : quel est ce mal radical sinon la Noirceur elle-même ? Tu dois détruire ce fléau Lyviana, tel est ton destin.

Les derniers mots d'Aadil tombèrent comme un couperet. Encore plus que lorsqu'elle avait évoqué le sujet avec sa mère, elle sentit combien ce destin pesait lourd sur ses épaules, combien elle se sentait incapable de réaliser ce que l'on attendait d'elle. Et le voulait-elle ? Qu'avait-elle fait pour mériter une telle responsabilité ? Elle se souvint comme les paroles d'Aadil l'avaient émue, au début de cette réunion, comme elle avait apprécié sa sollicitude. Et encore une fois, elle songea qu'elle n'était qu'une arme pour ces gens, la même arme que sa mère avait vue en elle. Elle n'était précieuse que pour ses pouvoirs, que pour ce destin incroyable qu'on lui prêtait.

Alors, blessée par toutes ces réflexions, c'est avec âpreté qu'elle finit par répondre :

— Oui, ma mère m'a déjà annoncé que je suis censée sauver le monde. J'aimerais toutefois souligner que j'ai seulement seize ans, que vous en savez certainement bien plus que moi sur ce fléau et qu'il me paraît compliqué de vaincre une maladie, fût-elle d'origine magique. Il y a par ailleurs une armée qui a pour ordre de me tuer et trois Traîtres aux pouvoirs magiques bien supérieurs aux miens qui s'amusent à me traquer. Lorsque Kalaan m'a proposé de suivre l'enseignement des Voyageurs, j'ai accepté parce que je voulais apprendre à maîtriser ces pouvoirs qui m'effraient, et parce que je voulais être capable de me défendre contre ceux qui me veulent du mal. Je n'ai jamais promis de suivre aveuglément le combat de ma mère, ni d'exécuter vos ordres parce qu'une stupide prophétie m'enchaîne.

Lyvia regretta aussitôt la véhémence de ses mots. Plusieurs membres du Conseil la vrillaient de leur regard désapprobateur. Elle remarqua une femme aux traits doux et aux cheveux blonds, qui la regardait avec compassion. Ce fut cette dernière qui prit la parole, d'une voix chantante qui apaisa Lyvia :

— Nous comprenons la difficulté de ta situation Lyvia, et en aucun cas nous ne te demandons de partir immédiatement combattre un ennemi que tu ne connais pas. Ce qu'Aadil voulait dire, c'est que, prophétie ou non, tu es la seule à avoir conservé de tels pouvoirs. Et après avoir reçu l'enseignement de Kalaan, tu pourras affronter sans rougir les Traîtres que tu crains aujourd'hui. Et tu seras sans doute capable de faire disparaître la Noirceur, ce fléau qui a pris tant de vies… Alors non, nous ne t'obligeons à rien, ce n'est pas un ordre. Nous nous mettons à genoux devant toi et nous plaçons notre sort entre tes mains, tout simplement. Avec l'espoir que tu sois notre salut.

Touchée par la force de ses paroles, Lyvia fut incapable de prononcer un mot. Elle remarqua toutefois que les autres membres du Conseil n'auraient sans doute pas formulé cette idée de la même façon. Leurs regards désapprobateurs se portaient à présent sur la femme, qui gardait le menton haut, ses yeux bruns plongés dans ceux de Lyvia. Alors ce fut plutôt à eux que la jeune fille répondit, à eux qui n'oseraient jamais avouer ce que la femme venait de dire.

— Vous placez votre sort entre mes mains, mais savez-vous combien ces mains sont tachées de sang ? Est-ce que Kalaan vous a dit que j'ai tué vingt-et-un hommes, que je les ai contrôlés, que je les ai vidés de leurs souvenirs jusqu'à ce qu'ils en oublient de respirer ? « *Son pouvoir n'aura d'égal que sa pureté* », avez-vous oublié cette partie de la prophétie ? Comment pourrais-je être votre Élue ? Je crois savoir que contrôler des humains est l'interdit suprême des Voyageurs, que vous devriez me bannir dans la seconde. Mais je vois à vos visages que vous savez ce que j'ai fait, et que vous ne changerez pas votre discours. Vous avez besoin de moi mais vous me craignez. Vous voulez m'avoir dans votre camp plutôt que comme ennemie, mais vous ne serez jamais certains de ma loyauté. Alors quand tout cela sera fini, voudrez-vous vous débarrasser de moi ?

Un silence glaçant planait sur le Conseil. Même la femme avait baissé les yeux. Ce fut Aadil qui reprit la parole, d'un ton infiniment grave.

— Tes pouvoirs sont une malédiction, tout autant qu'une bénédiction. Comme Camilia l'a dit, tu as le pouvoir de tous nous sauver, mais tout aussi certainement celui de tous nous détruire. Nous te laissons cette immense décision, Lyviana. Les Traîtres ont fait leur propre choix, il y a bien des années. Crois-tu sincèrement que je te mettrais face à ce choix si je doutais un seul instant de la bonté de ton cœur ? Tu as contrôlé des hommes, oui, et tu les as tués. Parce qu'ils avaient blessé ton frère d'âme, et qu'ils s'apprêtaient à te tuer. Tu as découvert l'existence de tes pouvoirs il y a deux mois, et tu commences seulement à apprendre à les maîtriser. Ne penses-tu pas que ces éléments entrent en compte, dans la balance de ton jugement ?

Lyvia soutint le regard aveugle d'Aadil, puis finit par hocher la tête, lentement.

— Alors si tu es d'accord Lyviana, nous célèbrerons

ton intronisation dans une semaine, au lever du soleil comme le veut la tradition. En attendant, tu poursuivras ta formation avec Kalaan, pour apprendre à maîtriser ces pouvoirs que tu redoutes. Tu es maintenant des nôtres, n'en doute jamais plus, je t'en prie. Cette séance est close, si tu as des questions n'hésite pas à les poser, les membres du Conseil sont là pour t'aider, conclut Aadil.

La jeune fille promena un regard égaré sur les membres du Conseil, surprise d'être congédiée aussi vite. Puis elle acquiesça et Camilia se leva pour apposer son médaillon sur le mur, faisant de nouveau pivoter l'arche. Lyvia salua les membres du Conseil d'un mouvement de tête puis quitta la salle, l'esprit tourmenté.

CHAPITRE 19

Lyvia trouva sa mère à l'angle du couloir, en pleine discussion avec une femme aux longs cheveux blonds. Lorsque cette dernière aperçut Lyvia, elle pressa la main d'Isadora et lui assura avec un doux sourire :

— Je ne te retiens pas plus longtemps. Ne nous quitte pas trop vite, il est si bon de t'avoir de nouveau parmi nous.

— Merci Délila, il n'est pas de plus grand bonheur que celui de retrouver sa famille.

Le prénom « Délila » sembla tout de suite familier à Lyvia, mais elle fut incapable de se rappeler où elle avait bien pu l'entendre. La femme adressa un sourire chaleureux à Lyvia avant de s'éloigner, laissant mère et fille savourer leurs retrouvailles.

Isadora regardait sa fille approcher avec un immense sourire, tremblant d'émotion. Ce n'est qu'en arrivant tout près d'elle que Lyvia remarqua l'inquiétude qui faisait briller son regard noisette, humide des larmes qu'elle réprimait. D'un même mouvement, elles tombèrent dans les bras l'une de l'autre. Blottie dans l'étreinte de sa mère, Lyvia ferma les yeux, avec l'espoir qu'en les ouvrant, toutes les épreuves qu'elle avait traversées ne seraient qu'un mauvais rêve. Elle aurait pu y croire l'espace d'un instant, alors qu'Isadora lui caressait tendrement les cheveux, comme elle l'avait si souvent fait. Combien de tristes songes avait-elle jetés dans l'oubli d'une douce étreinte ? Combien de monstres son affection avait-elle chassés ? Mais que pouvait-elle aujourd'hui contre le monstre qui dormait dans le cœur de sa fille, prêt à dévorer sa raison ?

Frémissant à cette pensée, Lyvia recula doucement pour observer le visage cerné de sa mère. Elle semblait avoir vieilli, alors que leur séparation n'avait duré que quelques semaines. Mais Lyvia fut distraite de ses pensées par la main qu'Isadora passait tendrement sur son visage. Elle dessinait du bout des doigts les traits creusés de sa fille, tentant de ne pas laisser transparaître sa tristesse.

— Tu as l'air si fatiguée, ma chérie. J'aurais voulu ne pas te voir grandir si vite, souffla-t-elle, dévastée par sa propre impuissance.

Lyvia tenta de rassurer sa mère d'un sourire, sans montrer à quel point ses mots la touchaient. Comme si les rôles avaient été inversés, elle répondit d'un ton léger, désireuse de ne pas inquiéter Isadora. Elle lut dans le regard de sa mère qu'elle savait pour les hommes qu'elle avait tués, mais qu'elle n'en parlerait pas.

— Je ne pouvais pas rester ton bébé toute ma vie.

Isadora esquissa un sourire attendri.

— Oh, tu le seras toujours, ma petite Lily. Mais aujourd'hui, je dois te partager avec tous ceux qui attendaient désespérément l'Élue. Et surtout te laisser voler de tes propres ailes pour affronter le monde seule.

— Je ne suis jamais seule, Maman. Beaucoup sont là pour m'aider.

Isadora soupira, le regard las.

— Oui je sais, Kalaan était avec toi, et je lui fais entièrement confiance. Mais tout de même…

— Il y avait Evan aussi, tu sais bien avec quel dévouement il me protège !

Un sourire amusé se dessina sur les lèvres d'Isadora, qui écarta tendrement une mèche du visage de sa fille.

— Voilà une autre preuve que mon bébé a grandi… Il me semble me revoir il y a vingt ans, jeune et amoureuse.

Lyvia rougit et détourna le regard, préférant changer de sujet.

— Qui était cette femme avec toi ?

— Oh, Délila ? C'est une très bonne amie, qui m'a toujours soutenue quand beaucoup auraient désapprouvé ma relation avec ton père. Ici, tu la connaîtras en tant que professeure de Lior, l'un des jeunes Voyageurs avec lequel tu te lieras certainement d'amitié. Tu ne peux pas savoir comme je suis heureuse d'être de retour après toutes ces années d'absence…

Lyvia comprit enfin où elle avait entendu le prénom « Délila ». C'était sa mère qui l'avait prononcé, lors de leur première discussion à son retour sur Terre. Délila était la personne qui avait dessiné ses parents dans la forêt d'Alidore. Elle était la personne que Lyvia avait tant souhaité retrouver, certaine qu'elle pourrait lui parler de son père. Puisqu'Isadora persistait à lui cacher l'identité de son père, ne pouvait-elle pas interroger discrètement Délila ? Se sentant un peu coupable d'avoir de telles pensées, Lyvia reporta son attention sur sa mère.

— Est-ce que tu vas rester ici ?

— Oui. Nous vivons des temps difficiles, je me dois d'être aux côtés des Voyageurs, surtout maintenant que tu prends part au combat. Et, si j'ai apprécié la tranquillité de ma vie sur Terre, cela me tuait de rester inactive alors que les Traîtres s'évertuent à faire sombrer les mondes dans le chaos.

Elle ajouta en souriant :

— Il y a bien longtemps que je ne m'étais pas servie d'une épée avant ce combat au lac Taal. Tarak ne serait pas fier de moi, je suis toute rouillée.

Une ombre passa sur le visage de Lyvia. Un malaise tenace lui retournait l'estomac, à entendre sa mère évoquer si légèrement l'épisode du lac Taal. Elle avait vu Isadora tuer des soldats ce jour-là, sans la moindre hésitation. Ce n'était pas une vision qu'elle souhaitait se remémorer.

Se méprenant sur l'expression de sa fille, Isadora reprit avec sérieux :

— Lyvia, je veux que tu saches… Je sais que tu as l'impression que je t'ai caché beaucoup de choses, mais c'était uniquement pour ton bien. Je voulais attendre que tu sois prête. Et je n'ai jamais porté de masque avec toi. Tu es ma plus grande fierté Lyvia, et si je devais choisir une vérité primordiale à propos de celle que je suis, ce serait avant tout la mère que tu m'as permis de devenir.

Émue, Lyvia relégua les tristes images de la bataille du lac Taal au fond de son esprit. Elle s'avança pour prendre sa mère dans ses bras. En dépit de tous les reproches qu'elle avait pu lui faire, en dépit de sa rancœur devant la façon dont sa mère avait contrôlé sa vie, elle aurait voulu lui dire combien elle lui était reconnaissante de ce qu'elle lui avait apporté. Car enfin, n'était-ce pas aussi cela être parent ? Faire des choix à la place de ses enfants, lorsqu'ils sont encore trop jeunes pour prendre de telles décisions eux-mêmes. Et risquer ensuite de se faire reprocher ces choix…

Elle aurait voulu lui assurer qu'elle avait été une mère parfaite, et qu'elle n'aurait pu rêver d'une meilleure enfance. Elle aurait voulu lui promettre que, quoi qu'il se passe, elle garderait toujours le souvenir de ses étreintes, de ses paroles rassurantes. Elle aurait voulu qu'elle sache qu'elle était pour elle l'incarnation du mot « Amour », et qu'elle serait toujours sa force. Mais les mots restaient bloqués dans sa gorge, incapables d'exprimer ce qu'elle ressentait. Seuls quelques-uns parvinrent à franchir ses lèvres, brefs, et presque ordinaires. Mais peut-être disaient-ils tout à la fois, peut-être étaient-ils finalement plus riches qu'un discours. C'étaient des mots de géant, des mots que Lyvia refuserait toujours de prononcer à la légère.

— Je t'aime, Maman.

— Lily !

Lyvia sourit en entendant l'exclamation de Solara, comme si elles étaient déjà meilleures amies. La jeune fille avait un caractère extraverti et exubérant qui était très rafraîchissant.

— So ? répondit-elle avec un clin d'œil.

— J'aime bien, approuva Solara en souriant. Alors tout s'est bien passé ?

Lyvia haussa les épaules et répondit d'un ton faussement désinvolte :

— Oh, rien d'extraordinaire. Il faut que j'éradique la Noirceur et que je sauve les trois mondes. La routine.

Solara éclata de rire et poursuivit avec sa gaieté habituelle en entraînant Lyvia par le bras :

— De beaux projets en perspective alors ! Viens je vais te présenter mes amis, qui seront bientôt les tiens. On s'entraîne tous ici depuis des années, ils sont géniaux tu vas voir ! Bon, je ne les vois pas aussi souvent que je le voudrais, puisqu'on voyage beaucoup avec Clarisse, mais à chaque fois que l'on se retrouve c'est comme si on ne s'était jamais quittés. Et là, tout le monde est réuni au quartier général grâce à toi, donc tu vas pouvoir apprendre à les connaître.

Elles parcoururent quelques couloirs puis pénétrèrent dans une petite chambre dont le mobilier était plutôt sommaire. Lyvia adressa un sourire avenant aux trois adolescents nonchalamment étendus sur un des deux lits ronds, puis rougit en voyant leurs yeux s'écarquiller. Elle lança un regard gêné à Solara qui s'exclama :

— Arrêtez de la regarder comme ça, vous ne voyez pas que vous l'embarrassez ? Non mais vraiment ! Donc Lyvia je te présente Neil, que tu as déjà vu, Lior, dont je t'ai parlé, et Viana. Et vous autres, je ne vous présente pas l'Élue !

Neil, le garçon blond bien bâti qu'elle avait déjà aperçu fut le premier à se ressaisir. Il se releva souplement et s'approcha de Lyvia pour lui serrer la main avec entrain.

— Ravi de faire ta connaissance Lyvia !

La jeune fille sentit sa main disparaître dans la poigne ferme de Neil. Ses mains étaient larges et calleuses, de véritables mains de guerrier. Il était grand et large d'épaules, la tête surmontée d'épais cheveux d'un blond vénitien. Lyvia remarqua les quelques taches de rousseur qui parsemaient son visage et ses bras. Son regard était franc et bienveillant, d'un bleu très clair assez frappant. Ses traits n'étaient pas parfaits – sa bouche était notamment un peu large – mais il dégageait une telle assurance et une telle bonté que Lyvia comprenait pourquoi Solara l'avait qualifié de « beau ».

Lior s'avança ensuite, ses yeux bruns immenses derrière ses lunettes rectangulaires. Il était maigre et plutôt petit, avec un visage fin encadré par de courts cheveux noirs. Malgré sa petite corpulence et sa discrétion, Lyvia songea qu'il avait l'air un peu plus âgé que les autres. Contrairement à Neil et Solara, il ne ressemblait en rien à un guerrier. Il lui apparut plutôt comme un érudit.

— Enchanté, sourit-il en lui tendant la main. Ce n'est pas tous les jours que l'on rencontre quelqu'un avec un destin aussi formidable !

— Mais nous ne voudrions surtout pas te mettre la pression, intervint Viana avec un léger accent que Lyvia ne sut pas identifier, un sourire ironique aux lèvres.

Elle venait de se couler souplement entre Lior et Lyvia pour serrer la main de cette dernière. Lyvia frissonna en croisant son regard perçant, d'un bleu glacial. Ni ses traits doux ni les fins cheveux roux flamboyants qui lui tombaient jusqu'à la taille ne parvinrent à réchauffer cette première impression. Sa peau de porcelaine était quasiment translucide, piquetée d'une infinité de taches de rousseur. Son corps était finement musclé, avec peu de formes – presque androgyne.

Lyvia s'efforça de ne pas laisser paraître son malaise et adressa un sourire maladroit aux jeunes Voyageurs.

— Je suis très contente de vous rencontrer. Je désespérais d'enfin parler à des jeunes de mon âge… à part

Evan bien sûr.

— C'est qui Evan ? demanda Solara, curieuse. Oh attends je sais, tu vas tout nous raconter depuis le début ! Parce que bon, l'Élue ceci, l'Élue cela, le Conseil s'enferme depuis deux mois pour parler de toi, et les pauvres jeunes que nous sommes n'ont pas beaucoup d'informations. Qu'est-ce que tu en dis ? C'est d'accord ? Génial ! Alors assieds-toi confortablement et racontenous tout dans les moindres détails…

Lyvia laissa échapper un petit rire et s'assit en tailleur sur l'un des deux lits. Elle rassembla ses pensées puis se lança dans le long récit des événements ayant suivi la découverte de ses pouvoirs. Elle prit le temps de développer certains éléments, encouragée par l'intérêt profond qu'elle lisait dans le regard des adolescents – et par les exclamations enthousiastes de Solara. Les jeunes Voyageurs lui rappelaient l'insouciance de son ancienne vie, et elle se sentit rapidement à l'aise avec eux. Toutefois, elle resta très évasive au moment d'évoquer l'attaque tragique des marécages, désireuse de ne pas effrayer ses nouveaux amis. Elle termina son récit par la réunion du Conseil puis se tut, la bouche sèche d'avoir trop parlé.

— Tu as vécu tellement de choses en si peu de temps, s'émerveilla Lior en remontant ses lunettes sur son nez fin. Et dire que ce n'est que le commencement…

— Tes pouvoirs ont l'air… remarquables, commenta Viana avec davantage de réserve. J'ai hâte d'assister à une démonstration.

Neil se racla la gorge en jetant un regard étrange à Viana, puis il prit la parole d'une voix forte :

— Et moi j'ai hâte de te battre à l'épée, il est temps que tu affrontes un adversaire digne de ce nom !

Lyvia ne put réprimer un sourire face à l'arrogance du jeune homme, qui lui faisait penser à Liam. Ignorant la bouffée de nostalgie qui l'avait envahie au souvenir de son meilleur ami, elle répliqua :

— Je pense que Kalaan serait ravi que tu ne l'estimes pas être un adversaire digne de ce nom. Au fait, vous savez tout de moi maintenant, mais je ne connais pas votre histoire – à part toi Solara. Lior par exemple, d'où viens-tu ?

— Mon histoire est assez simple, répondit le jeune homme en haussant les épaules. Je viens d'une famille de Voyageurs : mes deux parents et ma grande sœur Kaëla sont tous trois des Voyageurs. J'ai voyagé avec eux depuis tout petit, et l'un de mes premiers souvenirs est au quartier général. Nous y demeurons très souvent alors chacun a une responsabilité permanente ici : Kaëla gère la bibliothèque, ma mère dirige les cuisines et mon père s'occupe des stocks de remèdes – il a failli devenir Guérisseur. Délila a pris en charge mon enseignement il y a quelques années, il devrait déjà être terminé si je n'étais pas aussi nul à l'épée. Alors tu vois, je suis chanceux, je vois ma famille bien plus souvent que les autres !

Effectivement, Neil était comme Solara issu d'une famille dépourvue de Voyageurs. Ses parents étaient des paysans cultivant une céréale à l'est d'Héliosis. Il avait quatre frères et sœurs, dont une petite sœur de sept ans qui lui manquait beaucoup. Son professeur Lohan était venu lui proposer de suivre l'enseignement des Voyageurs alors qu'il n'avait que treize ans. La voie des Voyageurs lui correspondait parfaitement, mais il tentait de rendre visite à sa famille le plus souvent possible.

— Et moi je viens de la Terre, comme toi, expliqua Viana en ramenant sa longue chevelure rousse sur une épaule.

Surprise, Lyvia ne put s'empêcher de l'interrompre :

— Oh, j'avais l'impression que tout le monde venait d'Héliosis à part moi ! Enfin, ma mère est aussi née sur Terre, mais je n'avais entendu parler de personne d'autre dans le même cas.

— Oui, c'est extrêmement rare. Nous sommes apparemment l'exception, mais il y a à peu près un Voyageur issu de la Terre tous les vingt ans. Notamment parce que les Voyageurs ne peuvent pas aller les chercher sur Terre comme ils l'ont fait pour Neil et Solara, c'est bien trop vaste. Ce sont donc seulement les Voyageurs terriens qui arrivent d'eux-mêmes en Héliosis lors de leur premier Voyage. Et pour ceux qui ne viennent pas de France, il y a la barrière de la langue.

— Alors les Héliosiens parlent vraiment français ? s'étonna Lyvia. Je pensais qu'il y avait une sorte de magie pour que tout le monde se comprenne sans forcément parler la même langue.

Viana laissa échapper un petit rire moqueur.

— Ce serait un peu simple non ? La magie nous permet de contrôler les êtres vivants – surtout les plantes – pas d'abolir les langues.

Décidant de ne pas se formaliser de l'air railleur de Viana, Lyvia poursuivit :

— Mais alors pourquoi est-ce que les Héliosiens parlent français ? Pourquoi pas anglais, arabe ou japonais ?

Lior répondit aussitôt, le regard brillant de passion sous ses lunettes rectangulaires.

— Ça, c'est un point extrêmement intéressant que tu aborderas lors d'une leçon sur l'histoire des Voyageurs !

— « Extrêmement intéressant », c'est tout à fait l'expression que j'aurais employée, commenta Solara en levant les yeux au ciel, provoquant un ricanement de Neil.

— Alors tu n'es pas Française ? demanda Lyvia à Viana, toujours incapable de reconnaître l'accent de la jeune fille.

— Non, je suis Finlandaise. Je viens d'Espoo, au sud du pays. J'ai fait mon premier Voyage alors que j'avais treize ans. Je suis arrivée dans un monde inconnu, au milieu de gens qui parlaient une langue que je ne comprenais pas. Heureusement, les Voyageurs ont un manuel pour ce genre d'éventualité, écrit dans toutes les langues. C'est un manuel qui m'a expliqué ce qui m'arrivait, un manuel qui a été mon premier interlocuteur en Héliosis. J'ai dû ensuite faire un choix : rentrer chez moi avec des pouvoirs que je ne maîtrisais pas, ou rester en Héliosis et apprendre une langue inconnue, le plus vite possible. Tu devines bien ce que j'ai fini par faire.

Lyvia inclina la tête, emplie de compassion pour la jeune fille. Elle avait dû franchir de nombreux obstacles pour devenir une Voyageuse…

— Est-ce que tu retournes souvent voir ta famille en Finlande ?

Le visage de Viana se ferma, et elle détourna le regard.

— Non, pas vraiment.

Gênée d'avoir abordé un sujet épineux, Lyvia cherchait désespérément quelque chose à dire. Solara la tira finalement d'embarras en s'exclamant :

— Eh mais c'est l'heure de dîner ! Qui a faim ?

Suivant l'enthousiasme général, Lyvia suivit les jeunes Voyageurs à travers un dédale de couloirs jusqu'à la salle commune. C'était une pièce immense, décorée très simplement, où trônait une table de bois démesurée. Des dizaines de Voyageurs avaient déjà pris place sur les bancs et conversaient allègrement. Les rires et tintements de couverts s'entrecroisaient dans un joyeux tintamarre. Les jeunes Voyageurs s'installèrent un peu à l'écart pour pouvoir discuter. Lyvia adressa un signe de la main à sa mère qui dînait avec Délila, la professeure de Lior, quelques places plus loin.

— Filets de poisson chanteur et purée de carotte étoilée, annonça Neil en attirant à eux les plats fumants qui trônaient sur la table.

Lyvia ne put retenir un sourire amusé à la mention des plats et interrogea les jeunes Voyageurs :

— Je me suis plusieurs fois posé la question, pourquoi est-ce que quasiment tous les animaux et végétaux ont des noms composés qui les comparent à des espèces terriennes ? Comme le loup cornu ou les roses-pommes.

Lior entreprit aussitôt de lui répondre.

— C'est étroitement lié à l'utilisation du français, tout te sera expliqué lors de ton premier cours sur l'histoire des Voyageurs et d'Héliosis. Je ne voudrais pas priver Kalaan du plaisir de te raconter tout cela, tu verras c'est...

— « Extrêmement intéressant » ! se moquèrent Neil et Solara en cœur, avant de partir dans un éclat de rire complice.

Viana tapota la main de Lior pour le réconforter.

— Ne t'occupe pas d'eux, ils n'ont jamais rien compris à la beauté de l'Histoire.

Le repas était délicieux – comme tous les mets en Héliosis – et la compagnie des jeunes Voyageurs un véritable plaisir. Bientôt, Lyvia sentit un sourire tenace envahir son visage et refuser de quitter ses lèvres. Au moment de quitter la table, elle se sentait déjà chez elle, à sa place dans cette grande famille. Solara et Viana installèrent un troisième lit pour Lyvia dans la chambre que les cinq amis avaient occupée tout l'après-midi, et qui était en fait celle des deux jeunes filles. Après avoir pris un bain revigorant dans les sortes de thermes qu'abritait le Q.G., la jeune fille se coucha avec soulagement, éreintée mais satisfaite.

Enfin seule avec elle-même, elle prit le temps de réfléchir. En passant en revue les événements de la journée, elle fut médusée par son propre comportement. Elle se trouvait si différente de la jeune fille tourmentée qui voyageait avec Evan et Kalaan depuis l'incident des marécages ! Avait-elle pour autant porté un masque tout au long de la journée ? Avait-elle réprimé le souvenir des épreuves qu'elle avait traversées ? Non, elle avait agi avec un naturel bouleversant. La compagnie des Voyageurs semblait lui offrir la possibilité d'un bonheur auquel elle aspirait. Avec un pincement au cœur, elle se rendit compte qu'elle n'avait aucune envie de contacter Evan au moyen de la magie, ce qu'elle s'était juré de faire au plus tôt. Contrairement à lui, les Voyageurs ne craignaient pas qu'elle se brise à chaque instant comme une poupée de porcelaine. Et c'était exactement ce dont elle avait besoin.

— Lily, debout ! Allez, réveille-toi, on a plein de choses à faire !

Lyvia ouvrit les yeux de mauvaise grâce, et la surprise de voir le visage de Solara juste au-dessus d'elle éclaircit brusquement son esprit brumeux. Elle se redressa péniblement et articula d'une voix éraillée par le sommeil :

— Pourquoi est-ce que tu me réveilles à l'aube ?

— À l'aube ? Tu plaisantes ? Il est déjà neuf heures ! Allez, habille-toi ! Tu as cinq minutes pour te rendre dans la salle commune. Et ne te perds pas surtout, rappelle-toi en sortant tu tournes à droite puis tu vas jusqu'au bout du couloir, là tu prends à gauche et c'est la troisième porte sur ta gauche ! Tu as compris ? On y a dîné hier mais on ne sait jamais… Allez à tout de suite !

Lyvia regarda la jeune fille sortir de la chambre en coup de vent. Elle jeta un regard circulaire sur la pièce et chercha son sac, qu'elle était certaine d'avoir posé au pied du lit la veille. Elle fronça les sourcils, ne le voyant nulle part, puis avisa une commode de bois sombre entre son lit et le mur de pierre, sur laquelle trônait une jolie plante verte. Elle y découvrit ses vêtements soigneusement pliés et son sac rangé dans le dernier tiroir. Embarrassée, la jeune fille se demanda brièvement qui avait bien pu prendre cette initiative. Elle se promit de poser la question à Solara puis se vêtit prestement, choisissant au hasard parmi les vêtements de toile claire typiques d'Héliosis.

Lyvia jeta un bref coup d'œil à son reflet dans l'unique miroir de la chambre, natta rapidement ses cheveux et souligna son regard d'un trait de crayon avant de quitter la pièce en refermant la porte ronde derrière elle. Elle se retrouva dans un couloir parfaitement rectiligne, éclairé à intervalles réguliers par les petites lampes rondes en suspension qu'elle avait déjà remarquées la veille. Elle tourna à droite, respectant les indications de Solara, et prit le temps d'observer les lieux. Le silence qui régnait l'étonna, et c'est en abaissant son regard qu'elle remarqua le doux tapis sombre qui étouffait le bruit de ses pas. Elle releva la tête et écarquilla les yeux en avisant des détails qu'elle n'avait pas remarqués la veille. Alors qu'elle avait cru ce labyrinthe grossièrement taillé dans la roche, elle découvrait à présent les têtes d'animaux sculptées sur les poignées de porte, les délicates gravures représentant des fleurs exotiques et de sublimes paysages inconnus qui s'épanouissaient sur le mur de gauche. La lumière bleutée dispensée par les petites boules flottantes conférait une ambiance feutrée et sous-marine au lieu et parait de reflets changeants le mur de pierre, évoquant les mystérieuses profondeurs de l'étendue pélagienne. Sur sa droite, de nombreuses portes rondes identiques à celle que Lyvia venait de fermer cachaient certainement les autres chambres des Voyageurs, et la jeune fille sourit en voyant des noms gravés en lettres d'or. Le quartier général des Voyageurs était peut-être rarement habité, mais chacun avait sa place et pouvait toujours être accueilli dans ce havre de paix.

Souriante, Lyvia poursuivit son chemin en laissant sa main effleurer le mur gravé, goûtant l'agréable fraîcheur de la pierre sous ses doigts. Parvenue à une intersection, elle regarda à droite et vit un enchevêtrement de portes rondes, de couloirs adjacents et de lignes courbes qui lui arracha un soupir désespéré. Elle n'était pas près de connaître par cœur les méandres du quartier général…

Gardant en tête les explications de Solara, elle tourna à gauche, remarquant au passage que le couloir s'élargissait considérablement. Cette fois, des portes de toutes les formes et de toutes les tailles s'étendaient sur les deux murs, certaines pièces s'ouvraient directement sur le couloir par une arche élégante, et de nombreux petits couloirs perpendiculaires s'enfonçaient dans la pénombre, certains étant presque des boyaux. Perdue, elle en oublia totalement les indications de son amie et regarda de tous côtés, les yeux écarquillés.

— Besoin d'aide ?

Lyvia sursauta et se tourna vers l'endroit d'où venait la voix. Dissimulée dans un sombre boyau, une silhouette était adossée au mur, le visage plongé dans l'ombre. La jeune fille se rapprocha pour distinguer ses traits et reconnut Winoc, l'homme étrange que Solara lui avait conseillé d'éviter... Lyvia reprit ses esprits et répondit :

— Oui, je... en fait je devais retrouver les autres dans la salle commune mais je ne sais plus où elle est. Pourriez-vous me l'indiquer ?

Winoc s'avança dans la lumière bleutée d'un lampion et Lyvia tressaillit en voyant la cicatrice qui barrait sa joue, de ses yeux sombres cerclés de noir à son menton. Il était entièrement vêtu de noir et ses longs cheveux d'encre évoquèrent désagréablement à Lyvia l'image d'une araignée géante.

— Oui, je pourrais, chuchota-t-il d'une voix étrange. T'es-tu égarée sur le chemin de ta vie comme tu viens de te perdre dans le délicieux labyrinthe du quartier général ?

— Euh, je... je ne comprends pas, bredouilla la jeune fille en reculant involontairement.

— As-tu perdu de vue le sentier fuyant de ton avenir ?

— Hum, actuellement j'ai surtout perdu de vue le chemin de la salle commune mais si c'est ce que vous me demandez, je sais quel est mon destin et j'ai une vague idée d'où je vais.

— Mais sais-tu qui tu es jeune Élue ?

— Oui, Lyviana Faye et visiblement prochaine sauveuse de l'humanité, railla-t-elle.

Winoc la considéra d'un long regard scrutateur, les yeux plissés, et la jeune fille regretta son accès de confiance. Ce n'était pas un homme avec qui plaisanter.

— Tu as encore un long chemin à parcourir Lyviana Faye avant d'acquérir la maturité nécessaire à l'accomplissement de ta tâche. Crois-tu en Dieu ?

— Pas vraiment. Quelle est la religion en Héliosis ?

— Nous croyons en Jundur, le père des mondes. C'est à lui que nous devons tout, et il faut l'honorer et le remercier chaque jour.

— Je n'ai pas vu de temple ou d'église en Héliosis, où l'honorez-vous ?

Winoc rit brusquement, comme si Lyvia avait proféré une absurdité.

— Dans nos cœurs, jeune Élue. La foi nous guide et nous garde des noirs chemins, aucune institution n'interfère entre Jundur et son peuple. Cependant, si un jour tu ne sais plus qui tu es, ni où les destins te mènent, rends-toi au Cœur transpercé, et bois les larmes de Jundur. La lumière reviendra là où l'espoir t'aura fait défaut.

Lyvia considéra ses propos sibyllins avec perplexité et en conclut que Winoc était définitivement fou. Elle cherchait un moyen de prendre congé lorsqu'il déclara :

— La double porte juste derrière toi donne sur la salle commune.

La jeune fille se retourna et reconnut effectivement les majestueuses portes à la poignée sertie de pierres précieuses. Elle revint à son interlocuteur pour le remercier, mais Winoc avait disparu, laissant derrière lui un couloir encore plus silencieux qu'auparavant. Frissonnant, Lyvia ouvrit la porte avec difficulté compte tenu de l'épaisseur de la pierre.

L'immensité de la pièce et l'abondant éclairage rassérénèrent Lyvia, contrastant avec les sombres et étroits couloirs. Une gigantesque table de bois sombre flanquée de nombreux bancs occupait presque tout l'espace, et un grand sourire se dessina sur les lèvres de la jeune fille lorsqu'elle avisa les dizaines de Voyageurs qui bavardaient joyeusement en partageant le petit déjeuner. Solara la héla depuis l'extrémité opposée de la table. Lyvia s'empressa de la rejoindre et la trouva en compagnie de Neil et Viana.

— Enfin ! J'ai cru que tu n'arriverais jamais ! Tu t'es perdue ?

— Oui, mais Winoc m'a aidée à retrouver mon chemin.

Les trois jeunes Voyageurs grimacèrent mais ne relevèrent pas. Lyvia les interrogea sur l'absence de Lior.

— Oh, il se lève toujours à point d'heure pour dévorer des livres totalement abscons, je crois qu'il n'a même pas besoin de manger, il se nourrit de pages, ça en devient inquiétant, je t'assure ! s'exclama Solara avant d'engloutir une pâtisserie dorée qui semblait tout juste sortie du four.

— Quel est le programme aujourd'hui ? demanda Lyvia en s'emparant d'une pâtisserie fumante.

C'était un savoureux mélange de sucre, de fruits et de crème onctueuse. Lyvia ne put s'empêcher de dévorer une seconde pâtisserie sous le regard amusé des jeunes Voyageurs. Solara lui tendit un verre de jus de rose-pomme en répondant :

— Ce matin, on peut aller faire un tour à la bibliothèque si cela t'intéresse, ensuite on te montrera la Caverne et...

— Et cet après-midi on va se baigner ! l'interrompit Neil avec un large sourire.

— Avec plaisir pour la bibliothèque ! Qu'est-ce que c'est la Caverne ?

— Tu verras... répliqua Solara avant de boire son propre verre de jus d'une traite.

Lyvia comprit qu'elle n'aurait pas plus d'explication et finit rapidement son petit déjeuner, impatiente de découvrir la bibliothèque. Ils ne traversèrent que deux couloirs avant d'arriver devant une sublime arche d'un blanc éclatant. Elle était ornée d'élégants motifs faits de fils d'or entrelacés, et à son sommet brillaient ces quelques mots : *Verba volant, scripta manent.*

Lyvia s'avança et balaya l'immense bibliothèque d'un regard empli d'admiration. De gigantesques rayonnages supportaient des milliers de livres, et ils s'élançaient si haut vers le plafond de pierre que des échelles étaient mises à disposition pour accéder aux étagères les plus élevées. Des plaques informatives attirèrent l'œil de Lyvia et délimitaient des sections : magie, science des armes, culte de Jundur, histoire... Chaque section étant divisée en plusieurs parties, la bibliothèque représentait une formidable réserve d'informations sur tous les sujets imaginables. La jeune fille vit même les sections gastronomie ou encore agriculture. Solara interrompit son examen pour lui expliquer :

— Tu peux prendre n'importe quel livre, le garder autant de temps que tu veux mais il faut en informer Kaëla si tu l'emmènes hors des murs, c'est elle qui gère la bibliothèque. Bon nous on te laisse, si tu en as assez demande à Lior de t'emmener à la Caverne, on sera là-bas.

Amuse-toi bien !

— D'accord, merci beaucoup, à tout à l'heure !

Seule, plongée dans le silence sacré empreint de la splendeur du lieu, Lyvia s'avança lentement entre les rayons, s'arrêtant parfois pour effleurer un livre du bout des doigts ou en lire le titre. Elle se dirigea vers la section « Magie » et choisit un livre dont la couverture usée rouge lui plut beaucoup : « Exercices simples d'exploration de l'Univers des Âmes ». Elle s'installa dans un large fauteuil de velours bleu et s'amusa à reproduire les exercices. Les premiers étaient d'une facilité déconcertante – comme se déplacer dans l'Univers des Âmes d'un bout à l'autre de la pièce, mais ils se complexifièrent peu à peu, jusqu'à ce que la jeune fille s'avoue incapable d'y arriver. Elle ne parvint notamment pas à renforcer le maillage lumineux protégeant son esprit.

Au début inquiète, elle s'acharna puis referma le livre avec un claquement sec, frustrée. Avant d'éclater de rire, stupéfaite par sa réaction. Elle n'avait jamais été la meilleure en cours, et n'avait jamais eu peur de l'échec. Mais depuis qu'elle avait découvert sa magie et son statut d'Élue, elle s'était habituée à ce qu'on lui prête un formidable potentiel, et s'attendait donc souvent à réussir. Elle se dit que cette leçon d'humilité ne pouvait que lui être profitable, et qu'elle apprendrait à faire ces exercices en temps et en heure, sous la tutelle de Kalaan.

Satisfaite, elle se releva et jeta un coup d'œil à la pendule au-dessus de l'entrée. Cela faisait déjà deux heures qu'elle était là ! Cette pensée lui fit prendre conscience de la fatigue qui pesait sur elle, certainement due aux exercices magiques auxquels elle venait de s'adonner. Lyvia décida de garder le livre en souvenir de cette leçon et se dirigea vers le bureau derrière lequel était assise Kaëla près de l'entrée. Celle-ci semblait âgée d'environ vingt-cinq ans et ressemblait beaucoup à Lior. Elle portait les mêmes lunettes rectangulaires et ses cheveux étaient relevés en un chignon, accentuant son air sévère. Cependant, c'est avec un large sourire qu'elle accueillit Lyvia.

— Salut Lyvia, alors tu as trouvé ton bonheur ?

— Oui, cet endroit est fantastique, je reviendrai dès que j'aurai du temps libre. Est-ce que je peux emprunter ce livre ? demanda-t-elle en le montrant à la jeune fille.

— Oui, bien sûr, je vais juste noter le titre, garde-le autant de temps que tu veux !

— Il n'y a pas d'auteur ? s'enquit Lyvia en remarquant ce détail, perplexe.

— Non, jamais. Nous estimons que seul le travail de l'auteur compte, et non qui il est.

— Mais… dans un livre, la personnalité de l'auteur transparaît, non ? Il y a toujours une pointe de subjectivité.

— C'est exact, mais en taisant le nom de l'auteur, nous n'aspirons pas à détruire cette subjectivité. C'est au contraire cet aspect-là qu'il nous appartient de découvrir, sans s'appuyer sur ce que nous pourrions connaître de l'auteur.

Intriguée par la vision de Kaëla, Lyvia ne pouvait s'empêcher de défendre ce qui lui avait toujours semblé être une évidence.

— Pourtant, connaître la vie de l'auteur peut éclairer le texte sous un jour différent. C'est se priver d'une lecture inédite que de maintenir l'anonymat.

— Sans doute, mais le plaisir de la lecture en est-il amoindri ? Lorsque tu lis un livre, un lien se crée entre l'auteur et toi, un lien de partage, de découverte. Et ce lien, c'est la seule chose qui compte. Que t'importent son nom, son passé, ses habitudes ?

Les yeux bruns de Kaëla scintillaient de passion derrière les verres de ses lunettes.

— Il semble que mes certitudes soient à reconsidérer… reconnut Lyvia avant de reprendre plus énergiquement. Au fait, est-ce que tu sais où se trouve ton frère ? Solara m'a dit qu'il était ici mais je ne l'ai pas vu.

— Oh, c'est parce qu'il se cache toujours dans le même coin, du côté des Z pour la Zoologie, il adore les animaux. Actuellement je crois qu'il dessine une carte d'Héliosis.

— D'accord, je te remercie Kaëla, à bientôt j'espère !

— Je l'espère aussi Lyvia, c'était un plaisir.

Lyvia trouva effectivement Lior au fond de la bibliothèque, penché sur une table ronde. Il releva la tête au bruit de ses pas et remonta ses lunettes sur son nez.

— Oh salut Lyvia ! Alors, comment as-tu trouvé notre bibliothèque ?

— Fabuleuse, j'imagine qu'on ne s'ennuie jamais ici !

— Et encore tu n'as pas visité sa meilleure section, la Zoologie ! La faune d'Héliosis regorge de créatures plus astucieuses les unes que les autres ! Par exemple, savais-tu que le héron touffu laissait des poils derrière lui pour que ses congénères le suivent lors de ses migrations ?

Lyvia éclata de rire, déjà conquise par la personnalité du jeune homme. Elle s'entendrait merveilleusement bien avec Lior, cela ne faisait aucun doute.

— Non je ne savais pas, j'ai hâte d'en savoir plus sur le héron touffu et ses congénères ! Kaëla m'a dit que tu dessinais une carte d'Héliosis, je peux la voir ?

Lior mit un peu d'ordre dans la confusion qui régnait sur la table, puis exhiba fièrement une feuille noircie de dessins et de notes.

— Voilà le fruit d'une semaine de travail ! Qu'en penses-tu ?

Lyvia se pencha pour examiner la carte et fut frappée par la minutie et le soin apportés. Lior avait répertorié le moindre cours d'eau, le plus petit bosquet et chaque village avec une précision extraordinaire.

— C'est stupéfiant, tu es vraiment doué !

Le jeune homme la remercia et se pencha pour ajouter le nom du lac Katel, avant de se tourner vers elle, radieux.

— Voilà, ton cadeau de bienvenue chez les Voyageurs est terminé !

— C'est pour moi ?

— Oui, inutile de protester tu en auras besoin !

— Merci beaucoup Lior, c'est adorable !

— Pas de quoi. Allez, viens, on va retrouver les autres à la Caverne.

Lyvia le suivit hors de la bibliothèque, son livre dans une main et la carte dans l'autre.

— On peut passer les déposer dans la chambre ?

Une fois cela fait, et après avoir traversé un dédale de couloirs dont un si étroit qu'ils durent se courber pour avancer, ils entrèrent dans la Caverne. C'était en fait une immense salle qui ne semblait avoir qu'un seul but : la détente. Un ensemble disparate de fauteuils et canapés de toutes les formes et de toutes les couleurs jonchaient le sol comme autant d'appels à la paresse. Le parquet était recouvert d'un assemblage hétéroclite de tapis moelleux tandis que les murs étaient chargés de rideaux et tapisseries diverses. Une jolie plante grimpante accrochée au plafond balançait mollement ses tiges fleuries. Elle effleurait presque les petites tables rondes sur lesquelles étaient posés des plateaux d'échecs et de nombreux jeux de société.

Lyvia tomba aussitôt sous le charme du joyeux désordre de la Caverne, et c'est avec un grand sourire que Lior et elle rejoignirent Neil, Viana et Solara. Ces deux dernières étaient plongées dans une partie d'échecs tandis que Neil les observait distraitement, affalé dans un fauteuil de cuir partiellement déchiré.

— Ah vous êtes là vous deux, il est déjà onze heures et demi ! Je crois qu'on a trouvé un deuxième rat de bibliothèque, gémit Solara en dévorant le fou de Viana.

— Oh non ! Tiens, vengeance ! Tu n'as plus de cavalier ! s'exclama Viana en replaçant une mèche rousse derrière ses oreilles, visiblement très concentrée.

Neil se tourna vers Lyvia en balayant la pièce d'un ample geste du bras :

— Alors, qu'en dis-tu ?

— J'adore déjà cet endroit, répliqua-t-elle en se laissant choir sur un canapé.

— Tant mieux parce que tu n'es pas près de l'oublier, nous y passons tout notre temps libre ! Comme beaucoup de Voyageurs d'ailleurs.

— Même les membres du Conseil ? s'étonna la jeune fille.

— Euh, non, ce rang implique une certaine... dignité.

Solara lança un coup d'œil moqueur au jeune homme avachi en répliquant :

— C'est sûr que tu n'es pas près d'en faire partie alors !

Neil lui tira la langue en réponse et s'étira mollement.

— Qu'est-ce qu'on mange à midi ? demanda-t-il en étouffant un bâillement.

Tous les regards se tournèrent vers Lior qui rougit de cette attention.

— Eh, ce n'est pas parce que ma mère dirige les cuisines que je connais le menu par cœur !

Les autres éclatèrent de rire et Lior finit par se joindre à eux. Lyvia soupira d'aise, ravie par cette atmosphère insouciante de franche camaraderie qu'elle n'avait jamais vraiment su trouver au lycée.

CHAPITRE 20

« Instruisez-le d'exemple, et rendez-le parfait,
Expliquant à ses yeux vos leçons par l'effet. »
Le Comte, Acte I, Scène 3.

L'après-midi qui suivit fut pour Lyvia un délicieux moment d'abandon et de félicité. Les jeunes Voyageurs l'avaient emmenée sur la crique à l'entrée du quartier général. Abritée par la haute falaise que Lyvia avait descendue avec Kalaan, elle avait tout le charme d'une plage sauvage réservée aux Voyageurs. Ils jouèrent et se dépensèrent pendant des heures dans les vagues, s'affrontant parfois dans des courses exaltantes. Il sembla à Lyvia qu'elle ne s'était pas autant amusée depuis des lustres.

Le dîner rassemblant tous les Voyageurs dans la salle commune les trouva harassés et affamés. Kalaan s'installa à côté de son élève à moitié endormie sur son repas, la tête dans une main, et lui ébouriffa joyeusement les cheveux.

— Alors jeune fille, cette journée s'est bien passée ?

Lyvia lui répondit par un grognement à peine audible, les yeux mi-clos.

— Je t'ai laissée libre pendant deux jours, à présent il

est temps de reprendre ta formation en main. Je te lèverai demain à six heures et nous commencerons par la magie.

— Pardon ? s'exclama Lyvia, à présent parfaitement réveillée.

Ses amis gloussèrent de sa surprise, mais leur sourire glissa de leur visage lorsque Kalaan rétorqua :

— Ne vous réjouissez pas trop vite jeunes gens, ceci est valable pour vous également. Je me suis arrangé avec vos professeurs, nous essaierons un cours collectif, je pense que c'est un bon moyen de s'instruire en se mesurant aux autres.

— Et quel est le reste du programme ? demanda Neil avec appréhension.

— En ce qui concerne l'après-midi, nous avions pensé à un cours théorique sur l'origine des Voyageurs mais…

— Oh non pas encore !

— Mais on connait ça par cœur !

— Mais, disais-je, reprit Kalaan d'une voix forte pour couper court aux protestations des jeunes gens, nous avons finalement opté pour quelque chose de plus… ludique. Donc demain après-midi… maniement des armes ! Nous ferons un tournoi.

Lyvia sursauta lorsque les hurlements de joie de Neil et Solara succédèrent aux paroles de son professeur. Visiblement Lior était loin de partager cet enthousiasme puisqu'il grommela dans sa barbe quelques mots inaudibles, et Viana se contenta de recevoir cette information sans manifester de réaction.

Après le repas, ils firent un tour aux bains avant de s'écrouler sur leurs lits respectifs, épuisés. Toutefois, avant de dormir, Lyvia décida de contacter Evan pour la première fois depuis qu'ils s'étaient quittés. Avec appréhension, elle ferma les yeux et pénétra dans l'Univers des Âmes. Elle explora d'abord la pièce, sa vision devenant floue à chaque fois qu'elle portait le regard sur un élément. Seule la périphérie de sa vision demeurait nette, une sensation à laquelle elle ne s'habituerait probablement jamais. Les esprits de Solara et Viana brillaient comme deux étoiles au cœur de la nuit. Une fois accoutumée à l'Univers des Âmes, elle tenta de localiser l'esprit d'Evan. Elle songea à la familiarité de son esprit, qu'elle avait approché de très près à plusieurs reprises. Elle songea à tout ce qui faisait d'Evan une personne unique, à cette quintessence d'être que renfermait son âme. Elle songea à son parfum, sa voix, son visage.

Et elle sentit un décrochement. Elle se força à lâcher prise, puis elle sentit son esprit se déplacer à toute vitesse. Il lui était impossible de distinguer son environnement, elle savait simplement que celui-ci changeait à chaque seconde. Après avoir parcouru une distance qu'elle était incapable d'évaluer, son esprit s'arrêta. En face d'elle, plus éblouissant qu'un soleil, brillait l'esprit d'Evan. Elle s'en approcha doucement, naviguant entre les vagues de souvenirs, tâchant de ne pas s'y noyer. Comme les fois précédentes, elle parvint à la petite antichambre des perceptions immédiates du jeune homme. Elle vit à travers ses yeux le ciel étoilé, immense et insondable. Elle entendit le hululement des oiseaux nocturnes, le murmure du vent. Elle sentit la fraîcheur de la nuit, l'odeur persistante des bûches qui terminaient de se consumer. Puis elle prononça son nom avec force, pour que sa voix porte au-delà du maillage lumineux.

Elle sentit la surprise d'Evan, vive et puissante, comme une déferlante. Elle comprit que le jeune homme se redressait lorsqu'elle ne vit plus le ciel nocturne mais le campement. Elle crut apercevoir un mouvement à la périphérie de sa vision, avant qu'Evan ne s'allonge à nouveau. La nuit étoilée reprit son empire.

— *Lyvia.*

La jeune fille sentit sa gorge se serrer d'émotion. Ce n'était qu'un mot, et pourtant c'était tout. De l'affection, de la joie, de la tristesse et de la peur. Sa voix chaude – quoique mentale – était si familière. Comment avait-elle pu penser un seul instant poursuivre sa vie chez les Voyageurs en oubliant son passé ? Evan faisait partie d'elle, pour toujours.

— *C'est bien moi. Est-ce que tout va bien ?*

Il lui sembla sentir quelque chose affleurer sous l'esprit d'Evan, puis cette impression reflua, vite oubliée.

— *Tout va bien pour moi princesse, c'est à ton sujet que je m'inquiète. Raconte-moi tout.*

— *Tu n'as vraiment pas à t'inquiéter. Je vais mieux Evan, réellement mieux. Les Voyageurs sont… tout ce qui me manquait. Ils m'ont acceptée telle que je suis, ils m'ont accueillie à bras ouverts dans leur grande famille. J'ai retrouvé un foyer parmi eux.*

— *Tu mérites ce bonheur, et bien plus. J'espère qu'ils seront toujours là pour toi.*

La gravité d'Evan troubla la jeune fille, qui s'empressa de le rassurer :

— *Une fois que je serai l'une des leurs, je serai comme leur sœur. Il existe une entraide formidable parmi les Voyageurs, je suis certaine qu'ils n'abandonnent jamais leurs pairs.*

— *Alors c'est parfait. Tu seras heureuse parmi eux.*

Lyvia fut de nouveau saisie par l'étrangeté des émotions d'Evan. Sa voix d'outre-tombe semblait lui dire adieu, comme s'ils n'étaient jamais amenés à se revoir. Elle le lui avait pourtant promis ! Evan craignait-il que les Voyageurs ne les séparent ?

— *Je ne t'oublie pas pour autant, Evan ! Mon intronisation devrait avoir lieu dans quelques jours. Une fois cela fait, je viendrai te voir dès que possible, que j'en aie l'autorisation ou non.*

— *Alors j'attendrai ta venue. Puisse-t-elle arriver sans tarder.*

— *Je ferai au plus vite. J'aurais voulu t'avoir à mes côtés. Si seulement Kalaan t'avait laissé venir…*

Evan se tut pendant quelques secondes, avant de laisser tomber quelques mots, lourds de sens :

— *Les choses auraient sûrement été différentes…*

Lyvia sentit encore cet étrange flux et reflux, comme si le jeune homme empêchait une pensée ou une émotion de remonter à la surface. Elle s'apprêtait à l'interroger, quand il ajouta faiblement :

— *Tu me manques princesse.*

Lyvia ne tenta même pas de réprimer l'émotion qui la submergea aux paroles d'Evan, elle savait que ce serait inutile : elle ne faisait qu'un avec le jeune homme, ils ressentaient la même chose.

— *Toi aussi Evan, tu me manques beaucoup. Je te promets que nous nous reverrons très vite. Je dois te laisser, Kalaan va me réveiller tôt demain. À bientôt !*

Quelques secondes passèrent, puis Evan lui répondit comme on dit adieu :

— *À bientôt…*

Lyvia ne comprit pas la tristesse dans sa voix.

— Debout jeunes filles, je veux vous voir dans la salle commune dans moins de six minutes.

L'injonction de Kalaan tira un grognement endormi à Lyvia :

— Sinon quoi ?

Devant l'absence de réponse de son professeur, la jeune fille s'apprêtait à replonger avec délice dans son rêve lorsqu'une concentration de magie presque imperceptible autour d'elle attira son attention. Elle ouvrit les yeux brusquement, l'esprit enfin alerte, et avisa la plante grasse et visqueuse qui avançait vers son visage, sans doute pour la bâillonner. Elle se jeta dans l'Univers des Âmes et se précipita vers l'innocente plante verte qui trônait sur sa commode. Cette dernière allongea anormalement ses feuilles, qui s'enroulèrent autour de l'agresseur visqueux afin de l'immobiliser. Malheureusement, dans la précipitation, la plante bouscula la carafe d'eau qui se tenait sur la commode, renversant tout son contenu sur la jeune fille. Lyvia poussa un cri lorsque l'eau glacée s'infiltra dans ses vêtements et elle se leva d'un bond, fusillant Kalaan du regard.

— Toujours rester sur ses gardes Lyvia, ne t'ai-je donc rien appris ? la sermonna son professeur, impassible.

— J'ai contré votre attaque au cas où vous ne l'auriez pas remarqué, répliqua-t-elle, acerbe.

— Avec un cruel manque de rapidité et d'efficacité, certes.

L'homme ignora l'air vexé de son élève et se contenta d'ajouter avant de tourner les talons :

— Il ne vous reste plus que trois minutes et trente secondes.

Lyvia tourna un regard menaçant vers ses deux nouvelles amies parfaitement réveillées, tout dans son attitude les défiant de se moquer. Cependant, le sourire compatissant de Viana et Solara la dérida et c'est avec un entrain nouveau qu'elle se vêtit.

Trente minutes et un petit déjeuner plus tard, maîtres et élèves se rassemblèrent dans une salle assez spacieuse jouxtant la bibliothèque. Avant toute chose, Lyvia fit la connaissance d'Hanko, Lohan, Délila et Clarisse, les professeurs respectifs de Viana, Neil, Lior et Solara. Pour cette première épreuve pratique de magie de la matinée, Kalaan et Clarisse prirent en charge les élèves tandis que Délila, Lohan et Hanko se retiraient.

Les maîtres firent asseoir leurs élèves en cercle dans des fauteuils de velours pourpre autour de Clarisse tandis que Kalaan reculait de quelques pas avant de s'immobiliser, les mains croisées dans le dos. Alors que Clarisse, très droite, scrutait de son regard perçant chaque élève dans un silence complet, Lyvia la détailla en s'efforçant de ne pas la dévisager, impressionnée par l'attitude sévère de la femme. À la grande surprise de Lyvia, elle était chaussée d'immenses talons aiguille, chose très inhabituelle chez les Voyageurs qui privilégiaient le pragmatisme avant tout. Par ailleurs, contrairement à la plupart des femmes Voyageurs qui s'habillaient comme tous les habitants d'Héliosis : pantalons et tuniques de toile claire, Clarisse était vêtue d'une ample robe sombre. Ses cheveux bruns ondoyant jusqu'à la poitrine ne parvenaient pas à adoucir les traits de son visage, mais faisaient au contraire ressortir la pâleur de sa peau. Finalement, lorsque Lyvia remonta les yeux jusqu'au regard bistre de la femme, elle tressaillit. Les yeux plissés, Clarisse la fixait sans aménité, visiblement consciente de l'examen auquel l'avait soumise la jeune fille. Lyvia rougit et baissa le regard sur ses genoux, priant pour que Clarisse se détourne d'elle.

— Lyviana, ton professeur aurait-il oublié de t'enseigner les bonnes manières ?

Lyvia jeta un regard furtif vers le visage impassible de Kalaan puis osa enfin lever les yeux.

— Pardonnez-moi, je… je ne voulais pas…

Clarisse se fendit d'un petit sourire et répliqua :

— Ce n'est rien jeune fille, dis-moi plutôt ce que tu conclus de cet examen.

Lyvia se mordit la lèvre, soulagée de voir enfin le visage de la femme se dérider mais inquiète à l'idée de mal formuler sa pensée. Après avoir tergiversé quelques instants, elle trouva du courage dans le sourire rassurant de Solara :

— Je trouve que vous faites preuve d'originalité et que vous vous démarquez des autres Voyageurs.

— Prudente, n'est-ce pas ? Il va falloir apprendre à assumer son opinion et à la défendre jeune fille, la demi-mesure n'est pas le mot d'ordre de notre confrérie.

Piquée au vif, Lyvia n'hésita pas à répondre avec audace. Elle était habituée à ce qu'on lui reproche sa franchise, pas le contraire. Elle avait voulu faire preuve de respect en modérant ses paroles, et si Clarisse n'appréciait pas cet effort, Lyvia ne restreindrait pas sa sincérité.

— Ces chaussures ne doivent pas être idéales pour le combat.

La jeune fille entendit Kalaan étouffer un rire. Clarisse tourna son regard perçant vers lui et s'exclama :

— Pas de doute, cette enfant est bien ton élève. Je m'en souviendrai avant de requérir sa franchise la prochaine fois. Et jeune fille, nous verrons cela cet après-midi, sur le terrain d'entraînement. Bien, à présent que je connais chacun d'entre vous, nous allons pouvoir commencer. Vous avez l'habitude de vous servir de votre magie sans réfléchir, mais savez-vous quelle est sa nature profonde ?

— C'est de l'énergie pure, répondit Neil.

— Exact, mais c'est une explication assez facile. Comment conservez-vous cette énergie en vous ? Comment ordonnez-vous à cette énergie d'agir sur les végétaux ?

— Nous puisons cette énergie dans l'Univers des Âmes, plus précisément dans Animae Vivorum, la dimension dans laquelle nous voguons. Puis, ces flux d'énergie que nous modelons par la force de notre volonté, nous les faisons agir directement sur les êtres vivants, expliqua Lior. Une personne aux pouvoirs plus puissants pourra mobiliser des flux d'énergie plus importants, et ainsi percer une ouverture dans les Armures les plus solides et les plus complexes – l'Armure étant le maillage lumineux qui protège l'esprit des êtres vivants. Et cette personne pourra demander à l'être des actes plus ardus et le faire maintenir cette action plus longtemps.

— Ah très bien, voilà qui est plus explicite. J'aimerais toutefois nuancer ce dernier point : la quantité d'énergie mobilisée dépend certes du don inné des personnes, mais peut aussi s'accroître avec l'entraînement. Même si nous sommes tous limités par nos capacités à un moment ou à un autre.

Clarisse balaya du regard les visages attentifs des jeunes Voyageurs avant de reprendre vivement :

— Bien, nous avons donc évoqué la façon de contrôler un être vivant, que vous connaissez tous. Cependant, ce que la plupart d'entre vous ignore, c'est comment arracher le contrôle d'un être vivant à un ennemi. En plein combat, lorsque vous ne voyez pas d'autre issue, cela peut être la différence entre la vie et la mort. Alors dites-moi, comment faites-vous pour vous emparer d'une plante contrôlée par l'ennemi ? Lyvia, as-tu déjà réussi ?

La jeune fille secoua la tête, gênée de devoir avouer son échec.

— Non, la fois où Aélia nous a attaqués en nous aveuglant avec de grosses feuilles, je n'ai pas réussi à en prendre le contrôle. C'était comme si le maillage lumin... comme si l'Armure était renforcée, aussi impénétrable que de l'acier.

Clarissa hocha la tête, compréhensive.

— Oui, c'est tout à fait l'impression que donne une plante contrôlée. Et bien sûr, la difficulté est accrue lorsqu'il s'agit d'une plante contrôlée par quelqu'un d'aussi puissant qu'Aélia. Mais alors comment transpercer cette Armure d'acier ? Oui, Viana ?

— Il faut distraire l'ennemi par une attaque différente – c'est là que peut par exemple intervenir l'épée. Il faut en parallèle guetter dans l'Univers des Âmes le moment où l'Armure s'affaiblit en réponse, et en profiter pour percer une ouverture. C'est difficile parce qu'il faut maintenir sa défense en même temps.

— Mais comment est-ce qu'on renforce l'Armure une fois qu'on a gagné le contrôle de la plante ? interrogea Solara, les sourcils froncés.

Viana répondit à la place de Clarisse, son regard de glace plus intense que Lyvia ne l'avait vu jusqu'à présent.

— C'est quand tu lies ton esprit à celui de la plante pour lui prêter ton énergie durant le combat que l'Armure se renforce. C'est un peu comme si tu prêtais la solidité de ta propre Armure à celle de la plante que tu contrôles.

— Exact, appuya Clarisse. Et il est maintenant temps de passer à la pratique.

Elle adressa un signe de tête à Kalaan, qui actionna une manivelle située dans un coin de la pièce. Aussitôt, ce que Lyvia avait pris pour le plafond se révéla être un faux plafond escamotable. Au-dessus apparut le véritable plafond, recouvert de plantes grimpantes et de lianes en tout genre qui se déplièrent jusqu'à toucher le sol pour certaines. Lyvia poussa une exclamation de surprise devant la transformation inattendue de la pièce. Les autres élèves devaient avoir l'habitude de cet effet puisqu'ils ne montrèrent pas le moindre étonnement.

Clarisse et Kalaan se mirent en position pour une démonstration. La professeure de Solara attaqua la première, enroulant une sorte de large liane violacée autour du corps de Kalaan, l'immobilisant totalement. Le Voyageur tenta de distraire Clarisse par divers moyens, sans succès. Finalement, une discrète plante souple s'accrocha à chaque talon de la Voyageuse pour les relier. Celle-ci ne s'en rendit pas compte et s'apprêtait à avancer lorsqu'elle trébucha, prise par surprise. Kalaan en profita pour prendre le contrôle de la liane violacée qui desserra son étreinte et vint ligoter les poignets de Clarisse.

Les jeunes Voyageurs applaudirent et Kalaan s'inclina, un large sourire creusant ses fossettes. Clarisse, visiblement vexée, se redressa et annonça d'un ton brusque :

— Allons, nous ne sommes pas au spectacle. C'est à vous maintenant. Deux par deux.

Lyvia se retrouva face à Lior, tandis que Neil affrontait Viana. Compte tenu de leur nombre impair, Solara s'entraîna avec Kalaan. Lior adressa un sourire encourageant à la jeune fille pour lui faire signe de commencer.

Elle se glissa alors dans l'Univers des Âmes, choisit une liane tressée dont l'esprit irradiait une lueur qui lui plaisait, puis utilisa les tentacules de lumière prolongeant son propre esprit pour y percer une ouverture. Une fois cela fait, elle lia leurs deux esprits pour prêter son énergie à la plante, puis elle demanda à cette dernière de maintenir les poignets de Lior dans son dos. Le jeune Voyageur entreprit alors de la distraire pour prendre le contrôle de la plante. Il tenta plusieurs attaques que Lyvia contra avec facilité, sans jamais affaiblir son emprise sur la liane. Au bout d'un moment, lassée par les assauts prévisibles du jeune homme, elle observa du coin de l'œil les autres Voyageurs. Solara peinait à prendre le contrôle de la plante qui l'entravait – mais la jeune fille avait la malchance d'affronter Kalaan. Viana avait en revanche arraché le contrôle de sa plante à Neil avec une rapidité et une efficacité impressionnantes. Le jeune Voyageur s'escrimait à présent, le front emperlé de sueur, sans que la plante ne change d'allégeance. Au vu de sa performance, Lyvia jugea que Viana était la plus douée en matière de magie parmi ses amis.

Une branche épaisse frappa le front de Lyvia avec force, lui arrachant un cri de douleur et de surprise mêlées. Lior prit aussitôt le contrôle de la plante tressée qui lui enserrait les poignets, puis lui demanda de s'enrouler autour de la tête de la jeune fille, la rendant aveugle.

— Toujours être vigilante jeune fille et ne jamais sous-estimer un adversaire, énonça sèchement Clarisse derrière elle.

Poussant un grognement de dépit, Lyvia plongea dans l'Univers des Âmes pour évaluer l'Armure de la liane tressée. Celle-ci était loin d'être aussi impénétrable que celle des feuilles semblables à des oiseaux qu'Aélia avait contrôlées. Lyvia aurait presque pu y percer une ouverture en s'y précipitant comme un bélier… Mais sachant que ce n'était pas le but de l'exercice, elle tenta d'évaluer la position de Lior dans l'Univers des Âmes. Elle repéra ensuite une longue liane juste derrière lui, qui emprisonna fermement les jambes de Lior à sa demande. Le jeune Voyageur chuta, déséquilibré, et relâcha complètement son contrôle sur la plante qui aveuglait Lyvia. En à peine trente secondes, la jeune fille venait de reprendre le contrôle de la liane tressée, qui rejoignit l'autre plante pour achever d'immobiliser Lior.

Nullement vexé d'être ainsi maintenu à plat ventre sur le sol, le jeune Voyageur se fendit d'une exclamation d'admiration :

— Wow, comment est-ce que tu as fait ça aussi rapidement ? Et aveuglée en plus !

Lyvia rougit en sentant les autres élèves s'interrompre pour la regarder, mais elle nota avec plaisir le sourire teinté de fierté de Kalaan. Cherchant à se donner une contenance, elle libéra son emprise sur les lianes et tendit la main à Lior pour l'aider à se relever. À la demande de Clarisse, Lior partit affronter Solara, qui poussa un soupir de soulagement en voyant Kalaan s'éloigner. Lyvia en profita pour interroger Clarisse :

— Excusez-moi, je me demandais comment un tel combat se déroulerait si des animaux étaient utilisés à la place des plantes. Ce serait cruel non ? Là, les plantes ne paraissent pas souffrir de ce changement incessant d'allégeance mais…

Une ombre passa sur le visage de la professeure de Solara. Elle braqua son regard bistre sur la jeune fille, mais cette dernière était incapable de le déchiffrer. Venait-elle de se souvenir que Lyvia était capable de contrôler bien plus que des plantes ? La craignait-elle ? Pourtant, lorsqu'elle répondit, son ton était posé, celui d'une enseignante :

— Les Voyageurs capables de prendre le contrôle d'un animal sont extrêmement rares, c'était déjà le cas avant que nos pouvoirs ne soient sapés par les Traîtres. Seule une poignée le peut, les plus puissants. Tu en fais partie, indubitablement. Mais je te conseille de l'éviter autant que possible, parce que le contrôle d'un être n'est pas sans conséquence. Même à travers l'ouverture dans l'Armure la plus petite et la plus minutieuse, des souvenirs sont perdus pour l'être, à tout jamais. Alors pour répondre à ta question, si nous reproduisions un tel combat avec des animaux, ils deviendraient fous.

Glacée par la réponse, Lyvia hocha la tête et se détourna, faisant mine d'observer les jeunes Voyageurs qui luttaient encore. Décidément, elle ne se sentirait jamais pleinement à l'aise avec ce que ses pouvoirs lui permettaient de faire… Serait-elle un jour capable de les maîtriser totalement, pour ne plus avoir à craindre sa propre magie ? La voix de Kalaan la tira de ses réflexions, tonnant avec force pour couvrir le bruit des combats :

— Bravo à tous, vous avez bien compris la technique. Le reste est une question d'entraînement, alors n'hésitez pas à répéter souvent cet exercice entre vous.

Les jeunes Voyageurs s'interrompirent avec soulagement. Lyvia remarqua qu'ils avaient tous transpiré et qu'ils respiraient lourdement, comme après un intense exercice physique. L'utilisation de la magie semblait bien plus les fatiguer qu'elle.

— Pour poursuivre cette matinée, nous allons apprendre à confectionner un remède très utile, l'*Aconitum*

Repellere. Qui peut me dire à quoi sert ce remède ?

— C'est un antidote à la plupart des poisons et venins, répondit Neil.

— Très juste. Et de quels ingrédients aurons-nous besoin pour le confectionner ? Solara ?

La jeune fille entrecroisa ses doigts avec nervosité, visiblement bien moins à l'aise en cours de magie qu'au quotidien.

— Hum, les tubercules de l'aconit noir, que l'on trouve dans les montagnes d'Algaar.

— Absolument. Quoi d'autre ? Viana ?

— Le chapeau de l'amanite des cendres, que l'on peut cueillir dans le désert de Mortot.

— Et du jus de rose-pomme, intervint tout de suite Lior sans attendre que Kalaan ne l'interroge.

Intriguée par ce dernier ingrédient bien moins impressionnant que les précédents, Lyvia porta son attention sur Kalaan, qui confirma pourtant les mots de Lior :

— Tout à fait, le jus de rose-pomme va aider à lier le remède, et à rendre son goût supportable. Allons-y !

Le Voyageur partit chercher plusieurs bocaux qu'il déposa sur une table ronde. Les élèves prirent place sur des tabourets autour de la table avant de s'emparer de flacons vides. Suivant les instructions de Kalaan, ils commencèrent par réduire en poudre le chapeau de l'amanite des cendres à l'aide de leur pilon. Puis ils sectionnèrent un tubercule d'aconit noir et le frottèrent contre une pierre râpeuse pour obtenir une cuillérée de poudre. Mélangeant ces deux ingrédients au fond de leur flacon, ils complétèrent ensuite par une généreuse quantité de jus de rose-pomme. À ce stade, la préparation était très fluide, d'une délicate couleur rose pâle. Une fine poudre noire y flotta quelques instants avant de s'accumuler au fond du flacon.

— Parfait, les félicita Kalaan en tapant dans ses mains. Il ne vous reste plus que la phase d'activation. Dans l'Univers des Âmes, faites éclater les fragments d'amanite et d'aconit pour qu'ils se diffusent dans le jus de rose-pomme. Lorsque vous aurez terminé, la préparation devra reposer une semaine afin de former une nouvelle entité, l'*Aconitum Repellere*.

Lyvia s'exécuta en quelques secondes, puis finit par venir en aide à Neil que l'exercice précédent avait épuisé. Lorsque tous eurent soigneusement rangé leur flacon de remède antipoison dans leur besace, Clarisse les congédia :

— Bien les enfants (les élèves se renfrognèrent en entendant ce qualificatif), pour finir cette matinée, vous trouverez à la bibliothèque préparés pour vous des ouvrages sur la faune et la flore d'Héliosis. Je compte sur vous pour les étudier sérieusement : l'autonomie est une qualité essentielle pour tout Voyageur accompli. Vous retrouverez tous vos professeurs dans l'arène après le déjeuner, à treize heures. Allez, hâtez-vous !

CHAPITRE 21

« *Et dans ce grand bonheur je crains un grand revers.* »
Chimène, Acte I, Scène 1.

Le tournoi se déroula dans une immense grotte assez semblable à une arène, où le sol était recouvert de sable, probablement prélevé sur la plage. Lyvia tourna un regard abasourdi vers ses amis et s'exclama :

— Combien est-ce qu'il y a de grottes dans ce labyrinthe au juste ?

— Oh, une bonne centaine, répliqua joyeusement Solara, et à chacune sa fonction. Ici, nous nous entraînons quasiment quotidiennement, et tu peux trouver dans la pièce adjacente une véritable armurerie.

Lohan, Délila, Hanko, Clarisse et Kalaan s'approchèrent des jeunes gens qui se turent respectueusement. Lohan, le professeur de Neil, arborait une carrure impressionnante et sa seule vue imposait le silence. Ses épais cheveux noirs étaient nattés en une infinité de tresses qu'il rassemblait dans son dos en une unique queue de cheval. Il portait fièrement une longue barbe, elle aussi finement nattée. Il commença d'une voix de stentor :

— Avant toute chose, il est nécessaire de bien
s'échauffer. Vous allez courir pendant vingt minutes autour de l'arène. Allez c'est parti !

Après la course, ils s'échauffèrent diverses parties
du corps, notamment les bras et les poignets puis travail-
lèrent les accélérations et les changements de direction.
Enfin, lorsque Lohan les considéra suffisamment préparés, il reprit d'une voix forte :

— Ce tournoi va être harassant, et je vous conseille
d'être au maximum de vos capacités. Vous allez devoir
faire preuve d'endurance et de maîtrise technique pour
remporter les combats sans faiblir. Vous combattrez
deux à deux et vous affronterez chacun de vos cama-
rades. Oui, si parmi vous se trouvent des génies du
calcul mental, cela nous donne dix duels en tout. Pour
gagner du temps, deux duels auront lieu en même temps
pendant que le cinquième élève se reposera. Pour vous
simplifier la tâche, voilà un récapitulatif des duels sur
cette feuille.

Lyvia découvrit avec soulagement qu'en cette première manche, elle était celle qui ne combattait pas. Elle
assisterait donc à deux duels : Lior contre Solara et Neil
contre Viana.

— Pour éviter un duel inégal, vous aurez tous vos
épées habituelles, elles sont rangées dans l'armurerie.
Lyvia, celle avec laquelle Kalaan t'a entraînée pendant le
voyage est maintenant la tienne, tu la trouveras dans
cette salle. Je sais combien ce tournoi est important pour
certains d'entre vous, aussi avons-nous pris une décision.
Contrairement à d'habitude, les coups portés ne seront
pas interdits et vous n'aurez aucune limite. Combattez à
l'audace, à la technique ou par traîtrise, je m'en moque,
contentez-vous de gagner. Cependant, pour éviter les

blessures, nous avons fixé sur vos lames des protège-tranchants. Bien, allez chercher vos armes.

Solara et Neil se précipitèrent avec des cris de joie tandis que les trois autres récupéraient leur épée avec un peu moins d'enthousiasme. Les quatre combattants se mirent en position tandis que Lyvia et les professeurs reculaient.

— Une défaite vaut un point, une égalité deux points et une victoire trois points. À la fin nous comptabiliserons les points. Pour gagner un duel, il vous faut toucher le plus possible l'adversaire, un arbitre par duel se chargera de compter. Chaque duel dure dix minutes, et vous aurez une pause de cinq minutes entre chaque. Vous êtes prêts ? Trois, deux, un, c'est parti !

Lyvia observa avec fascination les deux duels, admirant la fougue et la maîtrise de ses amis. Solara semblait battre Lior à plate couture, virevoltant autour de lui, insaisissable, son épée atteignant sa cible à tous les coups. Si Solara combattait en finesse et élégance, Neil lui n'était que force brutale et inévitable. Viana peinait sous la charge de ses attaques mais esquivait la plupart du temps avec célérité. Cependant, loin d'être lourd et pataud, Neil réajustait sa garde en une fraction de seconde et possédait une défense d'acier : Viana parvenait très rarement à le toucher. Au bout de dix minutes, Lohan et Clarisse annoncèrent les scores auxquels Lyvia s'attendait : victoire pour Solara et Neil. Lior laissa tomber son sabre au sol sans plus de considération et se hâta vers la carafe d'eau à leur disposition.

Après cinq minutes de repos, les nouveaux adversaires se firent face : Neil contre Lyvia et Solara contre Viana. Lyvia se trouva aussitôt en difficulté face à la technique de combat violente du jeune homme, si différente de la légèreté de Kalaan. Elle opta pour une solide défense et restreignit ses assauts, mais Neil parvenait quand même parfois à percer sa garde. Malgré ce que Lohan avait affirmé, les protège-tranchants ne garantissaient pas une absence de douleur : l'épée ne les entaillait pas mais les contusions étaient inévitables. Aussi Lyvia souffla-t-elle de soulagement lorsque le duel s'acheva. Le corps douloureux et submergée par la fatigue, elle apprit la victoire de Neil sans surprise puis entendit Hanko annoncer une égalité entre Solara et Viana. Elle trouva les cinq minutes de récupération bien courtes avant de devoir affronter Lior, tandis que Solara faisait face à Neil.

Dès les premières minutes, Lyvia prit l'avantage, heureuse de constater que ses leçons avec Kalaan avaient tout de même été efficaces. Lior lui paraissait raide et trop faible dans ses attaques, et elle parvint à le toucher quatre fois tandis que le jeune homme ne l'atteignit qu'une fois, alors qu'elle s'était montrée trop lente à se remettre en garde après l'échec d'un coup de taille. Déçue de ne pas avoir assisté au combat entre les deux meilleurs, elle apprit la victoire de Neil avec intérêt.

Durant le duel suivant, elle affronta Solara, ce qui se solda par un échec cuisant, tandis que Viana remportait son combat face à Lior.

Enfin, le dernier duel arriva, et c'est à bout de forces que Lyvia se présenta face à Viana. Lior refusa de combattre contre Neil, s'attirant les railleries de ce dernier. Comme le leur annonça Lohan, déclarer forfait faisait gagner deux points à l'adversaire qui ne pouvait combattre. Tout le monde assista donc au combat entre la jeune fille rousse et l'Élue.

— N'oublie pas que tous les moyens sont bons pour gagner, lui glissa Viana avec un clin d'œil avant le combat.

Durant les trois premières minutes du combat, les adversaires se jaugèrent et tentèrent de découvrir les failles de l'autre. Les attaques étaient rares et consistaient surtout en des feintes plus ou moins couronnées de succès. À l'issue de ces premières minutes, Lyvia et Viana avaient marqué un point chacune. Elles avaient une technique de combat plutôt semblable, et paraissaient de niveau égal. Viana décida donc de tenter de gagner différemment… Après avoir paré une attaque de Lyvia, elle ne la laissa pas dégager son arme et appuya au contraire de toutes ses forces avec sa lame contre elle, jusqu'à ce que Lyvia recule, les muscles de ses bras mis à rude épreuve. D'un mouvement brusque, elle lui fit perdre l'équilibre et Lyvia s'écroula sur le dos dans le sable. Viana en profita pour lui porter quelques coups et porta son score à six points en un rien de temps. Furieuse et humiliée, Lyvia se redressa d'une roulade sur le côté et redoubla d'agressivité dans ses assauts lorsqu'elle se fut remise en garde. Surprise par cette fougue nouvelle, Viana ne fut pas assez rapide à contrer ses attaques et fut touchée à plusieurs reprises. Quand elle retrouva la cadence du combat, Lyvia avait élevé son score à cinq points. Mais la fatigue commençait à alourdir ses gestes, et le combat retrouva un rythme moins soutenu alors qu'elle perdait toujours.

— Plus qu'une minute, les avertit Kalaan.

Viana et Lyvia échangèrent un regard, et c'est d'un même mouvement qu'elles se précipitèrent vers l'autre avec une volonté décuplée par la proximité d'une possible victoire. Plus rien n'importait d'autre à Lyvia que les mouvements de Viana et la sensation douloureuse de l'épée dans sa main. D'un mouvement habile, elle fit glisser son épée le long de celle de la jeune fille, imposant une torsion douloureuse à son poignet jusqu'à ce que Viana cède avec un cri de souffrance et laisse tomber sa lame. Fière de l'avoir désarmée, Lyvia se porta en avant et marqua deux points avant que ne sonne la fin du combat. Tous applaudirent ce duel et saluèrent la prestation de chacune des jeunes filles, mais plus particulièrement celle de Lyvia.

— Elle m'a désarmée, elle n'avait pas le droit ! protesta Viana, agacée par cette défaite.

— Puisque je ne l'ai pas précisé, c'était autorisé jeune fille, la contredit Lohan avec un sourire à l'intention de Lyvia.

— Bien, le vainqueur de ce tournoi est donc Neil avec onze points, suivi de Solara qui marque neuf points, puis Lyvia avec huit points, Viana qui marque sept points et enfin Lior avec trois points.

Neil poussa un véritable rugissement de joie qui tira un regard noir à Solara, visiblement mauvaise perdante. Kalaan ébouriffa les cheveux de Lyvia – une nouvelle habitude que la jeune fille déplorait – et la félicita pour sa troisième place, affirmant qu'elle s'en était très bien sortie. Viana était encore contrariée par sa défaite mais elle adressa tout de même un sourire à Lyvia.

— Bravo jeunes gens pour ce tournoi, mais avant de vous retirer, nous avons prévu une petite démonstration, veuillez vous asseoir.

Les jeunes Voyageurs obtempérèrent, enthousiasmés par la perspective de voir leurs maîtres combattre. Hanko, Lohan, Délila, Kalaan et Clarisse se scindèrent en deux groupes : les femmes contre les hommes. Le but de ce combat était de montrer aux élèves comment combattre à plusieurs contre des adversaires, c'est-à-dire comme lors d'une vraie guerre. Avec un clin d'œil en direction de Lyvia, Clarisse retira ses talons aiguilles et le combat débuta. Durant quinze minutes, les professeurs offrirent une brillante démonstration d'esprit de groupe et de maîtrise parfaite qui fit soupirer d'envie les élèves. Lyvia eut la surprise de voir la douce et blonde Délila se transformer en combattante aguerrie sur le sable de l'arène, et les deux femmes, pourtant en infériorité numérique, se défendirent avec brio et une agilité incomparable.

C'est avec le sentiment de ne pas avoir assez d'une vie pour tout apprendre que Lyvia se rendit aux bains. Tous les Voyageurs se réunirent pour un dîner exceptionnellement savoureux, et Lyvia se retrouva pour le deuxième soir de suite à somnoler sur sa table, repue et les muscles las. Elle fut impressionnée de voir Solara déborder d'énergie malgré cette journée fatigante, en pleine dispute avec Neil au sujet de la légitimité de sa victoire.

— Tu m'as battue injustement, à force de taper comme un bourrin c'est sûr que tu as marqué des points. Les Voyageurs ne doivent pas combattre ainsi, tu manques de finesse !

— Peut-être, mais en tout cas c'est efficace, répliqua-t-il avec un sourire narquois.

— Je suis certaine que si le combat avait duré cinq minutes de plus je t'aurais battu à plate couture !

— Mais je n'en doute pas belle guerrière…

Neil se fendit d'un sourire franc et embrassa la joue d'une Solara rougissante. Puis il se leva gracieusement et ajouta avec un air malicieux :

— … par compassion, j'aurais fini par te laisser gagner.

Solara bondit de sa chaise et se lança à sa poursuite

en lui hurlant des imprécations.

Lyvia les suivit du regard avant d'échanger un sourire amusé avec Lior et Viana.

— Ah, voilà ce que je cherchais, déclara Kalaan avec satisfaction, en abattant sur la petite table ronde un livre épais à la couverture usée.

Un nuage de poussière s'échappa des pages. Lyvia se pencha pour déchiffrer le titre : « De l'origine des Voyageurs ».

— Je pense que tu as maintenant compris pourquoi je t'ai demandé de me rejoindre à la bibliothèque, n'est-ce pas ?

Lyvia avait été déçue de ne pas avoir de cours collectif avec les jeunes Voyageurs comme la veille, mais sa curiosité avait repris le dessus à la vue de l'ouvrage. Allait-elle enfin obtenir les réponses à toutes ses interrogations et ainsi entendre le récit « extrêmement intéressant » promis par Lior ?

— Pour un cours d'histoire ? supposa-t-elle avec enthousiasme.

— Je ne pensais pas entendre un jour ces mots prononcés avec une telle joie, sourit Kalaan. Mais oui, c'est bien cela. Nous allons étudier la découverte d'Héliosis et la naissance des Voyageurs, deux aspects qui ne forment qu'une seule et même histoire.

Très attentive, Lyvia regarda son professeur feuilleter le vieil ouvrage. Finalement, Kalaan tourna le livre vers elle et pointa du doigt un dessin. La jeune fille se pencha pour détailler la scène. Il s'agissait d'un homme d'une quarantaine d'années, à la barbe et aux cheveux blonds, vêtu de la tenue traditionnelle héliosienne : tunique et pantalon de toile crème. Il était agenouillé devant ce que la jeune fille estima être un plant d'aloe sanglant. Ses deux mains étaient écartées de chaque côté de la plante, sans toutefois la toucher.

— Cet homme est le premier Voyageur de l'Histoire, ou du moins le premier Voyageur connu. Il est aussi la première personne à avoir foulé le sol d'Héliosis.

Fascinée, Lyvia reporta son regard sur son professeur.

— Qui était-il ? demanda-t-elle, l'esprit fourmillant d'interrogations.

— Il est né en France, en l'an 1586. Lorsque ses pouvoirs ont commencé à se manifester, ils n'ont pas été vus d'un bon œil par ses contemporains. Cette période en Europe était celle de la chasse aux sorcières. Il risquait d'être persécuté, condamné pour sa magie. À l'époque, il avait d'abord pris conscience de ses pouvoirs sur les plantes, et il s'en servait pour concevoir des remèdes. Il était guérisseur, et l'un des plus renommés. Mais son talent a fini par lui attirer l'attention des délateurs. On a voulu le condamner pour sorcellerie, et c'est dans la peur qu'il a trouvé la force de faire son premier Voyage, en 1613. Il a découvert Héliosis, qui était alors une terre inhabitée, riche d'une faune et d'une flore extraordinaires, mais dépourvue du moindre humain.

Kalaan tourna les pages de l'ouvrage pour lui montrer un dessin d'Héliosis en tant que terre sauvage. Pressée d'entendre la suite du récit, Lyvia l'interrogea :

— Mais alors comment est-ce que ce monde a été peuplé ?

— Ce premier Voyageur a vu en Héliosis une sorte d'eldorado. Mais pour rien au monde il n'aurait partagé cette découverte avec ses contemporains, qui l'avaient persécuté. Il y a plutôt vu l'opportunité de construire une société nouvelle, nettoyée des vices de la société qu'il avait connue. Il y a d'abord emmené sa famille, puis il a proposé à diverses personnes finement sélectionnées – des bâtisseurs, des scientifiques, des paysans, des artisans etc. – de venir construire ce nouveau monde avec lui. Ces personnes avaient une chose en commun : c'étaient des opprimés, des perdants de la société. Le marché était simple : il leur proposait de venir avec leur famille sur cette terre fertile pleine de promesses, où tout était à faire, à une seule condition : il était impossible de revenir sur Terre. Il ne voulait pas que l'existence d'Héliosis soit ébruitée. C'est ainsi qu'une première génération s'est établie en Héliosis, et a posé les bases d'une société nouvelle.

— Mais alors il était le seul Voyageur ?

— Au début oui. Puis il s'est donné la mission de rechercher d'autres personnes avec des pouvoirs semblables aux siens. Pendant que les Héliosiens construisaient ce monde, et que son fils devenait le premier Roi d'Héliosis, lui est retourné sur Terre. Allant de pays en pays, se fiant aux rumeurs et aux réputations, il a fini par trouver des femmes et des hommes aux capacités inhabituelles. Ensemble, ils ont bâti l'ordre des Voyageurs. Au début, les Voyageurs étaient surtout des Guérisseurs, c'est le savoir le plus ancestral de notre confrérie. C'est pour cela que le nom des remèdes est en latin, une tradition que nous avons conservée.

Kalaan feuilleta le livre jusqu'à tomber sur une illustration d'un loup cornu, légendée et accompagnée d'un texte descriptif.

— J'imagine que tu comprends mieux pourquoi

beaucoup d'animaux et de plantes ont été nommés à partir de la faune et de la flore terrienne, comme le loup cornu ou la carotte étoilée. Les premiers Héliosiens, qui étaient auparavant des Français, ont décrit ce qu'ils voyaient en fonction de ce qu'ils connaissaient. Par la suite, génération après génération, les Héliosiens ont perdu tout lien avec la Terre. De nouvelles espèces ont été découvertes et portent un nom original, comme le loras arc-en-ciel.

Émerveillée d'avoir enfin obtenu les réponses à ses interrogations, Lyvia resta muette quelques instants. Cela faisait beaucoup d'informations à assimiler. Un point finit toutefois par émerger dans son esprit.

— Et Ombrume alors ? Comment les Voyageurs ont-ils découvert ce monde ?

Kalaan esquissa un sourire qui illumina ses yeux noisette. Frottant d'un geste distrait la barbe rousse éparse qui commençait à manger ses joues, il répondit :

— Très bonne question jeune fille. C'est encore ce premier Voyageur qui a découvert Ombrume. Ce n'était cette fois pas une terre inhabitée, mais un monde peuplé de créatures d'aspect humain, qui parlaient une autre langue. Le Voyageur était un homme sage, qui a décidé de ne pas commettre les mêmes erreurs que les Français, en proie aux débuts de la colonisation. Il a établi le grand principe qui guide les Voyageurs depuis toujours : la nécessité de préserver les peuples de chaque monde en réprimant les volontés hégémoniques de certains. Il a simplement entamé un processus de dialogue avec les Ombrois, qui se poursuit encore de nos jours : les Voyageurs apprennent la langue des Ombrois, et les Ombrois apprennent la langue des Héliosiens.

— Oh, je vais apprendre à parler Ombrois ?

— Absolument, mais pas tout de suite. La découverte d'Ombrume et de sa langue vient en dernier dans l'enseignement des Voyageurs.

Déçue, Lyvia reporta son attention sur le livre. Elle le feuilleta sous l'œil vigilant de Kalaan, qui lui pointait régulièrement des textes ou des dessins illustrant le récit qu'il venait de lui faire. Au bout d'un moment, ils refermèrent l'ouvrage et s'apprêtaient à clore cette leçon, lorsque Kalaan se redressa, le regard malicieux.

— Une dernière chose. Tu sais quelle est la religion en Héliosis ?

Se souvenant de sa discussion avec Winoc, Lyvia répondit avec assurance :

— Les Héliosiens croient en Jundur, le père des mondes. Winoc m'a dit qu'il n'y avait pas de temple ou d'église en Héliosis, parce qu'il ne doit pas y avoir d'intermédiaire entre Jundur et son peuple.

— Très juste. Et je vais t'exposer un paradoxe : le premier Voyageur n'était pas croyant, parce qu'il avait vu suffisamment de persécutions au nom d'une religion. Il voulait bâtir une société sans religion, où Dieu n'existerait pas. Est-ce que tu devines ce qu'il s'est passé, pour que l'on s'éloigne ainsi de son vœu initial ?

Lyvia secoua la tête, les sourcils froncés par la confusion. Elle ne comprenait pas où Kalaan voulait en venir.

— Eh bien, tu ne trouves pas que ce Voyageur ressemble un peu à un prophète, menant son peuple vers une terre fertile, pas encore entachée par les hommes ? Un prophète avec des pouvoirs magiques, qui lui permettent de sauver de nombreuses vies. Plusieurs générations après sa mort, les Héliosiens ont fini par douter de son existence humaine. N'était-il pas plutôt un dieu, le créateur d'Héliosis ? N'était-il pas plutôt le père des mondes ?

Les yeux écarquillés, Lyvia avait fini par comprendre. Et lorsque Kalaan lui posa une dernière question, elle répondit sans hésitation.

— Est-ce que tu devines comment s'appelait ce premier Voyageur ?

— Jundur.

— Hum, qu'est-ce que c'est que ça ? demanda Lyvia en fronçant le nez de dégoût.

Avant de la laisser retrouver les jeunes Voyageurs pour déjeuner, Kalaan avait voulu faire un détour pour montrer quelque chose à Lyvia. Ils avaient parcouru une infinité de couloirs et de boyaux humides jusqu'à déboucher dans une immense grotte, vaste mais basse de plafond, où régnait une persistante odeur de moisissure. Sur le sol s'étendaient des rangées et des rangées de terre et de végétaux en décomposition.

— Ceci, répondit Kalaan, fier de son effet, est l'or des Voyageurs.

Lyvia haussa les sourcils, attendant une explication rationnelle à cette déclaration. Kalaan laissa échapper un petit rire devant l'expression incrédule de son élève.

— Crois-tu que les kornels tombent du ciel ? Des années et des années de travail ont permis aux Voyageurs d'élaborer une recette miracle. Nous cultivons d'abord l'agaric des rois, ce champignon au pouvoir de décomposition incomparable. Puis nous parsemons les cultures de divers végétaux particulièrement riches. À l'aide de nos pouvoirs, nous décuplons les propriétés de l'agaric lors d'une cérémonie mensuelle qui réunit tous les

Voyageurs. Lorsque le champignon se décompose à son tour, nous obtenons notre produit final : un engrais surpuissant que nous vendons aux paysans d'Héliosis. La terre ainsi fertilisée obtient des rendements exceptionnels, ce qui bénéficie à tous.

— Wow, je ne savais pas que l'économie d'Héliosis reposait sur le super engrais des Voyageurs, ironisa Lyvia.

— Tu ne crois pas si bien dire. Depuis que nous avons perdu une grande partie de nos pouvoirs à cause des Traîtres, notre engrais à base d'agaric des rois n'est plus aussi efficace. Nous le vendons moins cher, et les paysans ont de moins bons résultats. Les aliments deviennent plus chers pour les Héliosiens…

Décidément, les actions des Traîtres semblaient avoir une infinité de répercussions négatives pour les Héliosiens… C'était une nouvelle raison de les combattre.

— Et après ce formidable cours d'économie, je te libère, conclut Kalaan d'un ton soudainement plus léger. Tu peux aller retrouver Solara, Viana, Neil et Lior dans la salle commune pour déjeuner. Je suis sûr que l'odeur et l'aspect de cet engrais t'ont mis l'eau à la bouche !

Pour toute réponse au trait d'humour de son professeur, Lyvia leva les yeux au ciel. Puis elle fila sans demander son reste, de crainte que Kalaan ne change d'avis et ne décide de lui montrer une autre curiosité nauséabonde.

Lorsque le jour de son intronisation arriva, Lyvia n'aurait su dire si elle était arrivée chez les Voyageurs la veille, ou une éternité auparavant. Elle aimait déjà ce quotidien, fait de moments de complicité avec ses nouveaux amis, et de cours toujours plus passionnants. Elle était entrée au quartier général emplie d'appréhension, rongée par la culpabilité et la mélancolie. En quelques jours, elle avait trouvé des amis, une famille, une communauté. Sa mère avait eu raison, finalement. Elle était une Voyageuse, au plus profond de son âme.

C'est donc avec assurance que Lyvia bondit hors de son lit, le matin de l'intronisation. Elle commença par revêtir la belle robe de soie pourpre que Solara avait déposée sur une chaise à son intention. Elle observa son reflet dans le miroir de la chambre d'un œil critique, tentant de dompter ses boucles folles. À cet instant, Solara entra discrètement dans la pièce et proposa de l'aider à se maquiller, ce que Lyvia accepta avec joie.

Solara s'affaira avec un plaisir évident, déposant quelques touches de couleur sur son visage. Elle utilisa un pigment rosé pour souligner le creux de ses joues, et appliqua sur sa bouche une sorte de rouge à lèvres contenu dans un petit pot. Puis, à l'aide de deux crayons, elle cercla son regard de bleu et d'or. Pour finir, Solara releva ses cheveux en un chignon élégant duquel s'échappaient quelques boucles brunes. La jeune Voyageuse rangea le matériel puis posa un regard satisfait sur son modèle : Lyvia était resplendissante.

— Merci beaucoup So, tu es vraiment douée, loua la jeune fille, reconnaissante.

Ravie du compliment, Solara lui adressa un sourire lumineux, qui fit saillir ses pommettes rondes.

— Il faut dire que j'avais un excellent modèle !

Puis elle retrouva son sérieux, et posa une main encourageante sur son épaule.

— Il est temps d'y aller Lily.

Lyvia inspira profondément en tentant vainement de calmer les battements de son cœur, mais la gravité inhabituelle de son amie l'inquiétait. Finalement, Solara la conduisit dans la salle à l'entrée du quartier général, jetant des coups d'œil furtifs au visage fermé de Lyvia. Celle-ci sentit son pouls s'accélérer en arrivant dans la pièce. C'était la salle au plafond constitué de hautes voûtes en croisées d'ogives, éclairée par une faible lumière bleutée, où les piliers sculptés jetaient des ombres mystérieuses.

Un silence quasi-religieux y régnait. Les Voyageurs se tenaient par la main autour d'une estrade circulaire où Aadil attendait Lyvia. Solara pressa une dernière fois l'épaule de son amie avant de rejoindre discrètement le cercle des Voyageurs. Lyvia s'arma de courage et avança d'un pas lent mais résolu. Le cercle se déchira pour la laisser passer puis se reforma derrière elle. Aussitôt, une quiétude formidable l'envahit et c'est avec un sourire serein qu'elle s'approcha d'Aadil. Instinctivement, elle s'agenouilla et courba la tête, impressionnée par l'aura lumineuse d'Aadil. Celui-ci lui releva doucement le menton et ses prunelles aveugles emprisonnèrent celles de la jeune fille.

— Lyvia, que désires-tu ?

Elle savait ce qu'elle devait répondre. Cette cérémonie était ancrée dans son sang.

— Faire partie de la communauté des Voyageurs.

— Promets-tu de n'exercer tes pouvoirs que pour le bien ?

— Je le promets.

— Promets-tu de respecter et d'aimer chaque membre de notre famille ?

— Je le promets.

— Quelle est la devise du Voyageur ?

— Liberté, partage et entraide.

— Si tu dois donner la mort, promets-tu de le faire dans le respect ?

— Je le promets.

— Lorsque tu utilises tes pouvoirs, promets-tu de rendre à la Nature ce que tu lui as pris ?

— Je le promets.

— Ton cœur est-il pur ?

Lyvia sentit sa gorge se serrer. Tout était si naturel jusqu'à présent, mais un souvenir avait brisé l'enchantement. Incapable de répondre, la jeune fille était hantée par les visages des hommes qu'elle avait tués. La voix tremblante, refusant de mentir, elle souffla :

— Non.

Un murmure étonné parcourut la salle. Elle n'était pas censée répondre non. Aadil leva la main pour les faire taire puis posa sa paume sur le front de la jeune fille. Aussitôt, Lyvia sentit une profonde communion lier leurs esprits, il lui sembla que le vieil homme lisait dans son cœur comme dans un livre ouvert. Elle se dévoila totalement, lui offrant le moindre de ses secrets sans aucune gêne : ils étaient liés pour toujours. Lyvia fut submergée par l'émotion en réalisant que chaque Voyageur devait avoir le même lien avec Aadil. Cette impression fut décuplée lorsque ce dernier l'entraîna à sa suite dans l'univers étrange des esprits. Alors qu'habituellement, elle était entourée par un voile noir ponctué par quelques éclats de lumière, cet univers était maintenant éblouissant de clarté, illuminé par les centaines d'esprits qui entouraient la jeune fille. Tous les Voyageurs s'unirent dans l'univers des Âmes, fusionnant en une seule entité. Lyvia se sentait plus vivante que jamais, membre à part entière de cette communion spirituelle, entourée de ceux qui étaient à présent sa famille. Il lui était impossible de distinguer une personne en particulier dans cette chatoyante confusion mais elle savourait simplement la puissance et le bonheur qu'elle ressentait. L'irréalisable semblait à portée de main grâce à cette formidable union de magie.

Enfin, les Voyageurs se retirèrent peu à peu et Lyvia fut la dernière à regagner la réalité, bouleversée. La magie de l'instant se prolongea dans les regards brillant d'une émotion tangible qu'échangeaient les Voyageurs.

— Ton cœur est pur Lyvia, si pur, murmura Aadil juste pour elle, mais tu dois accepter de te pardonner ce qui s'est passé.

Puis il reprit d'une voix forte afin que tous l'entendent :

— Lyvia, te voici à présent membre de la communauté des Voyageurs et j'ai l'honneur de te remettre le signe de ton appartenance à notre famille.

Aadil passa autour du cou de la jeune fille le même pendentif que celui de Kalaan. La chaîne était en or, tout comme l'armature qui enserrait solidement une large pierre précieuse. Cette dernière était magnifiquement polie, d'une profonde couleur verte, et semblait comme animée d'une lueur interne. Les doigts tremblants, elle effleura le V qui ornait la pierre, dans le prolongement de l'armature.

— Ouvre-le, lui enjoignit-il.

Surprise, Lyvia constata qu'un mécanisme permettait effectivement d'ouvrir le médaillon. À l'intérieur de la première face, ces quelques mots étaient écrits en lettres d'or :

« Âme et racine, sang et esprit, songe et lumière,
fusion onirique et rationnelle du feu et de l'onde
dans un même corps :
Foule la terre, rêve le vent et suis ton cœur. »

À l'intérieur de la face de droite, un miroir renvoya à Lyvia le reflet de ses yeux bleu nuit. La jeune fille sentit sa gorge se serrer.

— Avec ce miroir, tu pourras toujours Voyager, où que tu sois, expliqua Aadil.

— Mais, n'est-il pas trop petit ? objecta Lyvia, décontenancée.

— Ah, Kalaan ne t'a pas expliqué précisément le principe du miroir, répondit le vieil homme en ébauchant un sourire lorsqu'il sentit l'embarras de ce dernier. Tu ne passes pas à travers le miroir quand tu l'utilises, tu ouvres une fenêtre sur ton âme afin de clarifier ton désir.

La jeune fille hocha lentement la tête en signe d'assentiment et Aadil s'exclama :

— Bien, pour sceller ton intronisation, tu dois Voyager vers l'endroit de ton choix, sans changer de monde, et revenir.

Isadora quitta le cercle des Voyageurs et protesta, le visage marqué par l'inquiétude :

— C'est trop dangereux, nous ne savons pas où elle pourrait arriver ! Nous savons tous qu'elle en est capable, alors pourquoi mettre sa vie en danger ? De toute façon, cette tradition n'a plus aucun sens, puisque les autres Voyageurs ne sont plus capables de Voyager au sein d'un même monde. Pourquoi ne le demander qu'à Lyvia ?

— N'aie crainte Isadora, Lyviana sait se défendre.

Allez jeune fille, vas-y, répliqua Aadil d'un ton sans appel.

Lyvia lança un regard d'excuse à sa mère puis se concentra sur son miroir. La seule personne qu'elle connaissait et qu'elle avait envie de voir dans ce monde était Evan, mais elle ignorait où il se trouvait. Elle décida tout de même de tenter de le rejoindre. L'image du jeune homme flottant dans le noir apparut sur le miroir, et Lyvia effleura la surface.

Lorsque ses pieds touchèrent une surface plus douce, elle balaya rapidement le paysage du regard, gênée par le timide mais opiniâtre soleil matinal. Evan, adossé contre un arbre, referma vivement le livre qu'il parcourait avant de bondir à sa rencontre. Au lieu de la joie qu'elle s'attendait à voir sur ses traits, elle découvrit une sourde inquiétude qu'il s'appliquait à dissimuler. Alors que son corps dégageait une impression de retenue paisible, son regard chargé de nuages sombres semblait surveiller les alentours. Toutefois, lorsqu'il s'approcha d'elle, son visage s'éclaira. Avec une honnêteté déroutante, il confessa :

— Tu es splendide.

Troublée par la note de tristesse au fond de sa voix, Lyvia jeta un regard embarrassé vers sa robe de soie. Sans relever la tête, elle murmura un bref remerciement, observant le tableau dissonant de ses souliers sur l'herbe folle. Afin de briser la tension incompréhensible qui flottait entre eux, elle rencontra à nouveau le regard d'Evan et expliqua rapidement :

— Je ne pourrai pas rester plus de cinq minutes, les Voyageurs m'attendent.

Evan ne parut pas contrarié, ne demanda pas de précision. Ses épaules se relâchèrent même – était-ce sous l'effet du soulagement ? Blessée, Lyvia commença à devenir suspicieuse. Lorsqu'il glissa un coup d'œil inquiet vers le sommet de la colline voisine, elle ne put réprimer son agacement.

— Est-ce que tu me caches quelque chose ?

Surpris, Evan tourna vivement la tête vers elle. Incertain de la conduite à tenir, il balbutia d'abord :

— Non, je…

Le cri d'un rapace survolant la cuvette dans laquelle ils se trouvaient fit tressaillir le jeune homme. Lyvia écarquilla les yeux, déstabilisée par le comportement inhabituel d'Evan. Son exaspération s'évanouit aussitôt, étouffée par l'inquiétude.

— Lyvia, il faut que je te dise quelque chose.

Fronçant les sourcils, la jeune fille le pressa de poursuivre d'un hochement de tête.

— L'armée héliosienne a quitté la capitale. Une guerre se prépare.

— Une guerre ? Contre qui ?

Evan risqua un regard anxieux derrière lui avant d'avouer sombrement :

— Ombrume.

Lyvia resta pétrifiée pendant quelques secondes, le cœur battant follement dans sa poitrine. C'était une annonce si incroyable et monstrueuse qu'elle se trouvait incapable de réfléchir correctement. Puis ce qu'elle devait faire s'imposa clairement à elle, comme énoncé par une voix extérieure.

— Je retourne là-bas, les Voyageurs prendront leur décision. Tu me devras des explications, mais plus tard, conclut-elle froidement.

Alors qu'elle avait saisi son nouveau médaillon, la main d'Evan recouvrit la sienne, douce mais pressante.

— Ne... ne m'oublie pas, princesse, murmura-t-il d'une voix vacillante.

Une tristesse indicible émanait de ces quelques mots, prononcés d'un ton implorant. Lyvia s'immobilisa aussitôt, bouleversée. Quelque chose inquiétait profondément Evan, et il ne s'agissait pas uniquement de la guerre qu'il avait tue.

— Evan, qu'est-ce que...

Pressant toujours la main de Lyvia dans la sienne, Evan posa son autre paume sur la joue de la jeune fille, la réduisant instantanément au silence. Il plaqua durement ses lèvres contre les siennes, à la fois avide et suppliant. D'abord pétrifiée, la jeune fille répondit timidement à son étreinte, tentant de rassurer le jeune homme dont elle sentait frémir les lèvres. Il n'y avait nulle douceur dans ce baiser, mais du désespoir, des remords et de la peur. Evan semblait dans un tel état d'agitation que Lyvia en oublia presque la guerre imminente. Lorsque la main tenant son visage se mit à trembler, Lyvia mit fin à cette étreinte brûlante. Elle recula d'un pas, examinant soucieusement la figure désemparée d'Evan.

— Evan, tu...

— Va, la coupa-t-il d'un ton impérieux, en lâchant doucement son visage et sa main.

Elle lui adressa un dernier regard hésitant, avant de se volatiliser à l'aide de son médaillon. Le jeune homme passa une main dans ses cheveux, l'air hagard, le regard fixé sur l'endroit d'où venait de disparaître Lyvia. Puis il inspira profondément et se retourna bravement, le menton haut, déjà en posture de combat.

Il était temps d'affronter leur colère.

CHAPITRE 22

Lyvia réapparut sur l'estrade, les joues rouges et les cheveux ébouriffés. Au regard alarmé que les Voyageurs posaient sur son visage, elle imaginait sans peine sa propre expression paniquée.

— Le roi va attaquer Ombrume ! s'exclama-t-elle sans détour, la voix haletante.

La nouvelle eut l'effet d'une explosion. Les Voyageurs prirent tous la parole en même temps dans un brouhaha incompréhensible. Et Lyvia crut étouffer. Ceux qui se trouvaient autour d'elle sollicitaient son attention, qui d'une question angoissée, qui d'un cri de colère, jusqu'à ce que certains agrippent son bras pour obtenir une réponse. Peut-être se serait-elle évanouie, ou peut-être aurait-elle fait appel à ses pouvoirs de manière involontaire, si Aadil n'était pas intervenu.

— Silence ! tonna-t-il avec une telle force que tous les Voyageurs se turent instantanément.

Lyvia inspira profondément, soulagée, alors que les mains pressantes la relâchaient. Une fois assuré que le calme était rétabli, Aadil tourna vers Lyvia un visage grave.

— Lyviana, comment sais-tu cela ?

— Peu importe, c'est urgent nous devons agir rapidement !

Qu'attendaient-ils pour se mettre en mouvement ? Pourquoi restaient-ils donc si paisibles alors qu'elle-même était totalement affolée ? C'était une question de vie ou de mort, comment ne le voyaient-ils pas ? Ne lui faisaient-ils donc pas confiance ?

— Du calme, tempéra Aadil, sais-tu seulement quand cette attaque supposée aura lieu ?

Cette fois, Lyvia perdit son sang-froid.

— Elle n'est pas supposée, j'en suis certaine ! L'armée est déjà en marche. Il n'y a pas de temps à perdre ! Je suis des vôtres maintenant, vous devez me croi...

— Cela suffit jeune fille, la coupa sèchement Orane, la femme membre du Conseil dont le chignon était aussi strict que sa personnalité. Vous n'êtes pas en droit de dicter à Aadil sa conduite.

Isadora déboucha alors sur l'estrade, le visage brûlant de fureur. Elle avait visiblement joué des coudes pour parvenir jusqu'à Lyvia. Cette dernière crut d'abord cette colère dirigée contre elle, jusqu'à ce que sa mère fixe son regard ombrageux sur Orane. Ainsi vêtue de sa tenue héliosienne, les poings fermement posés sur les hanches, Isadora lui parut plus impressionnante que jamais. Et son cœur se gonfla de fierté lorsqu'elle comprit que sa mère était venue la défendre.

— Laisse ma fille parler, Orane. Si elle dit qu'une guerre contre Ombrume se prépare, alors c'est la vérité. Oserais-tu la traiter de menteuse devant moi ? Nous savons tous que le roi est devenu fou, qu'il est asservi par les Traîtres. Qu'il décide d'attaquer Ombrume est-il si impensable ? Alors la question n'est pas de savoir si c'est vrai, ni comment Lyvia l'a su, mais ce que nous devons faire à présent. Si l'armée du roi parvient en Ombrume, c'est l'équilibre du monde qui sera en danger ! Nous sommes des Voyageurs, maintenir la paix entre les mondes est notre mandat ! Alors nous devons agir, maintenant !

De nombreux Voyageurs saluèrent l'intervention d'Isadora d'un cri guerrier. Lyvia, elle, sentit une vague de gratitude lui réchauffer la poitrine et humidifier ses yeux. Elle se tourna vers sa mère, et elles échangèrent un sourire ému. Les mots étaient inutiles.

— Isadora, tu n'es pas...

Orane venait de commencer à parler, les traits tordus par l'amertume, quand elle fut aussitôt interrompue par Aadil. L'expression du vieil homme s'était assombrie, creusant encore son visage las.

— Malheureusement, je crains qu'elle n'ait raison, ma chère Orane. Nous devons prendre une décision. Les quelques Voyageurs qui surveillent le Passage vers Ombrume ne pourront rien face à l'armée royale, surtout que les Traîtres seront sûrement présents.

Le fait qu'Aadil admette la gravité de la situation plongea à nouveau les Voyageurs dans le chaos.

— Que devons-nous faire, Aadil ? le pressa Kaëla, la sœur de Lior, d'un ton angoissé.

— Nous allons protéger le Passage coûte que coûte ! s'exclama Kaï, un jeune homme que la perspective d'une bataille semblait enthousiasmer.

Le vieil homme écouta encore les interventions de plusieurs Voyageurs, avant de laisser tomber d'un ton sans appel :

— Réunion d'urgence du Conseil.

— Pardon ? s'insurgea Lyvia, les yeux écarquillés. Mais nous n'avons pas le temps, il faut partir immédiatement !

Elle jeta un regard éperdu vers ses amis, quêtant leur soutien. Mais Solara et Lior, les seuls qu'elle apercevait, la fixaient d'un air désolé. Comme s'ils s'étaient résignés depuis longtemps à l'inaction des Voyageurs. Comme s'ils avaient trop de respect envers Aadil pour contester son jugement.

— Nous avons entendu l'avis de tous ceux qui souhaitaient l'exprimer, lui répondit Govran, le membre du Conseil aux longs cheveux blonds et aux puissantes épaules. Le Conseil va à présent se réunir pour délibérer. Nous reviendrons ensuite vers vous au plus vite. Nous avons bien compris l'urgence de la situation, mais se précipiter sans la moindre stratégie ne servirait à rien.

Et sur ces mots, tous les membres du Conseil disparurent.

Lyvia en aurait hurlé de frustration, si sa mère ne lui avait posé une main réconfortante sur l'épaule.

— Ça va aller, ma chérie. Ils prendront la bonne décision, je te le promets. Les Voyageurs ne sont pas des lâches.

— Et Govran a raison, jeune fille, intervint Kalaan qui venait de les rejoindre sur l'estrade. Une guerre, cela se prépare, si telle est bien la résolution du Conseil. Quelle est notre stratégie face aux Traîtres ? Qui doit partir ? Quel trajet empruntons-nous ? Comment gérons-nous la nourriture et l'eau ? Autant de détails qui te paraissent accessoires mais qui deviennent essentiels si l'on veut se placer dans de bonnes conditions. C'est la responsabilité du Conseil de les déterminer.

— J'ai compris, merci, grommela Lyvia. Il est tout de même intolérable de tourner en rond au quartier général en attendant qu'ils délibèrent, pendant que l'armée progresse à chaque seconde.

Kalaan croisa les bras et haussa les sourcils, l'air inquisiteur.

— Eh bien puisque nous devons attendre, pourquoi ne nous dirais-tu pas qui est ton mystérieux informateur ? C'est Evan, non ?

La jeune fille hocha la tête sans un mot, redoutant la réaction de son professeur, et encore davantage celle de sa mère.

— Je me demande depuis quand il en avait connaissance, réfléchit Kalaan, son front parsemé de taches de rousseur plissé par l'incompréhension.

— Je ne sais pas, soupira Lyvia, mais grâce à lui nous savons ce que l'armée projette.

— Bien sûr, mais… et s'il était au courant depuis un moment ? Et s'il nous l'avait caché ?

Puis Isadora prit enfin la parole. L'explosion de colère à laquelle Lyvia s'attendait ne vint jamais. À la place, sa mère secouait tristement la tête, une lueur de compassion dans les yeux.

— C'était un homme du roi, Lyvia. Tu ne peux pas t'attendre à ce que des années de loyauté s'effacent en quelques semaines. Je sais combien tu l'aimes ma puce, mais il faut que tu acceptes d'ouvrir les yeux. Il n'est pas digne de confiance.

Toute la gratitude que Lyvia avait ressentie quelque temps plus tôt s'évapora, remplacée par une colère révoltée.

— N'importe quoi ! S'il n'était pas digne de confiance, il ne m'aurait pas parlé de la guerre.

Et pour ne plus entendre les paroles moralisatrices de sa mère et de son professeur, Lyvia partit faire les cent pas au bout de la pièce. Ce n'est qu'une éternité plus tard que les membres du Conseil surgirent enfin. Ils montèrent sur l'estrade d'un pas infiniment lent, tandis que Lyvia accourait pour écouter le verdict. Suspendue aux lèvres d'Aadil, elle l'entendit déclarer d'une voix ferme :

— Les trois quarts des Voyageurs iront protéger le Passage, tandis que les autres resteront ici au cas où les choses finiraient mal. Lyvia est maintenant officiellement des nôtres, et ses pouvoirs seront un atout majeur pour protéger Ombrume. Govran prendra la tête de l'expédition, et Jassim est en charge de la logistique. Je vais à présent proposer à chacun de partir ou de rester, selon la recommandation du Conseil, mais vous êtes bien évidemment libres de votre choix.

Quatre-vingt-treize Voyageurs furent désignés et acceptèrent de partir, et la trentaine de Voyageurs restants, principalement les plus jeunes et les plus âgés, reconnurent à contrecœur la sagesse de la décision d'Aadil. Ceux qui devaient partir rassemblèrent rapidement leurs affaires. La même expression angoissée était peinte sur tous les visages : que pouvaient moins d'une centaine de personnes presque dénuées de pouvoir contre les milliers de soldats surentraînés du Roi ? Et pis encore, comment combattre des hommes n'ayant à se reprocher que la folie de leur dirigeant ?

Tant de questions qui tourmentaient les Voyageurs, désespérés de ne pouvoir retarder l'échéance de cette terrible attaque.

— Où se trouve le Passage ?

— Au sommet des montagnes de Sangral. Cela nous donne un avantage certain, l'armée aura du mal à monter, répondit Solara avec assurance.

Celle-ci marchait entre Lyvia – montée sur Nebraska – et Viana, elle-même montée sur un petit cheval bai. De tous leurs amis, Solara était la seule à ne pas avoir eu le Contact. Elle ne montrait aucune jalousie, arguant qu'elle préférait marcher. Mais changerait-elle de discours après plusieurs jours ? Quelque chose dans le regard que Neil posait sur Solara semblait indiquer qu'il ne la laisserait pas s'épuiser ainsi.

— Et dans combien de temps est-ce qu'on y sera ? Il me semble que les montagnes sont au nord-est d'ici non ?

— Oui c'est bien ça. Il nous faudra presque un mois.

— Un mois ? s'alarma Lyvia. Mais c'est beaucoup trop ! L'armée est déjà en marche !

— Ne t'inquiète pas, on y sera avant l'armée. Ils sont partis de Soïka, ce qui veut dire qu'ils ont une plus grande distance à parcourir. Et bien peu d'entre eux ont des chevaux.

Lyvia leva un regard chargé de désespoir sur leur environnement. Ils progressaient très lentement, ralentis par le relief important et le sol rocailleux qui marquaient le paysage aux alentours du quartier général. D'autant plus qu'environ un quart des Voyageurs n'avaient pas de cheval. Lyvia examina les cavaliers devant elle jusqu'à localiser la silhouette droite d'Aadil, fièrement juché sur son magnifique cheval alezan. Les membres du Conseil chevauchaient à ses côtés. Après un moment d'hésitation, elle lança un regard d'excuse à Solara et talonna Nebraska pour qu'il se rende en tête du groupe, près d'Aadil. Ce dernier continuait de fixer l'horizon, un pli soucieux barrant son front. Rien dans son comportement n'indiquait qu'il avait remarqué la présence de la jeune fille, mais qui pouvait donc échapper à l'attention d'Aadil ?

— Aadil, êtes-vous sûr que nous arriverons à temps ? Solara m'a dit que l'on mettrait un mois…

Le vieil homme ne modifia pas son attitude, ne montra en rien qu'il l'avait entendue. Lyvia s'apprêtait à reposer sa question, lorsqu'Aadil finit par répondre d'un ton plein de fermeté :

— N'aie crainte Lyviana, nous arriverons avant l'armée. Le Conseil n'a aucun doute à ce sujet.

Légèrement rassurée par l'assurance d'Aadil, Lyvia n'était toutefois pas entièrement apaisée.

— Et qu'avez-vous prévu de faire face à l'armée ? Vous n'avez pas du tout évoqué la stratégie préparée par le Conseil. Avons-nous la moindre chance d'arrêter le roi ?

Cette fois, Aadil tourna la tête vers elle, l'expression chargée d'un mélange d'affection et d'agacement.

— Tranquillise-toi, la stratégie montée par le Conseil est bien solide. Mais tu n'as pas besoin de la connaître, cela ne ferait que t'angoisser davantage. Nous devons tous préserver nos forces avant la bataille. Je te promets que rien ne sera laissé au hasard : nous tiendrons tête à l'armée aussi longtemps qu'il le faudra.

Lyvia se sentit extrêmement frustrée qu'Aadil refuse de lui parler de la tactique des Voyageurs. Les membres du Conseil n'éprouvaient aucune difficulté à lui rappeler son statut d'Élue, à lui demander d'éradiquer la Noirceur. Mais elle était soudainement trop jeune pour entendre leurs plans.

— Je suppose que j'ai un rôle à jouer dans votre stratégie, non ? Vous avez dit tout à l'heure que mes pouvoirs seraient un atout majeur pour protéger Ombrume. Je pense que je suis en droit d'entendre ce qui me concerne, assena-t-elle d'un air obstiné.

— Nous ne nous permettrions pas de t'assigner une tâche dans cette guerre sans t'en faire part, la démentit posément Aadil. Tu viens juste de nous rejoindre, et tu nous es très précieuse, Lyviana. Nous ne te demanderons rien que tu ne sois prête à faire de toi-même. Si tu ne souhaites pas prendre part à ce combat, nous ne le contesterons pas. Il ne s'agit que d'une bataille après tout, dans notre lutte contre les Traîtres et la Noirceur. Et dans cette lutte, à plus long terme, tu es la clé.

— Alors c'est donc ça ? Vous avez besoin de moi pour terrasser la Noirceur alors vous voulez me garder en vie le plus longtemps possible ? Vous êtes abject ! cracha Lyvia en demandant à Nebraska de faire demi-tour.

Aadil baissa les yeux, les épaules courbées par la lassitude. Il ignora les visages interrogatifs des membres du Conseil, tandis que Lyvia rejoignait son amie au galop, brûlante de rage.

— Alors ? l'interrogea Solara lorsque Nebraska se remit au pas à ses côtés. Qu'est-ce que tu as dit à Aadil ? Je parie que tu ne m'as pas crue et que tu lui as demandé si nous arriverions à temps. Et je ne sais pas ce qu'il t'a répondu, mais visiblement, ça ne t'a pas beaucoup plu…

Lyvia grommela quelques mots, toujours énervée par la réaction d'Aadil.

— Apparemment je n'ai pas besoin de connaître leur stratégie. Et je suis même libre de ne pas participer à la guerre, puisque je suis trop précieuse pour aller me faire tuer. Enfin pour aller me faire tuer tout de suite, si c'est après avoir détruit la Noirceur c'est moins grave.

Lyvia sentit un regard peser sur elle, et elle tourna la tête vers Viana, qui chevauchait de l'autre côté de Solara. La jeune fille rousse la toisait avec une animosité non dissimulée. Désapprouvait-elle sa conduite ? Dérangée par les prunelles de glace de Viana, elle reporta son attention sur Solara. Cette dernière leva les yeux au ciel.

— Arrête de dire n'importe quoi, tu sais très bien que les Voyageurs tiennent à toi, et pas seulement à cause de tes pouvoirs. Et Aadil a raison Lily, le Conseil sait ce qu'il fait. Il faut que tu leur fasses confiance. Je t'ai dit de ne pas t'inquiéter, on y sera avant l'armée, je te le promets ! On va marcher vite, on a plein de stock de *Corpus Firmare* pour reprendre des forces. Ça va aller, je t'assure ! Et si tu ne me crois pas, contacte donc ton mystérieux informateur, lui doit connaître la progression de l'armée non ?

Lyvia fixa la crinière de Nebraska, gênée. Le souvenir du baiser avec Evan embrasa ses joues et la plongea dans la confusion. Pourquoi l'avait-il embrassée ? Etait-ce simplement par crainte de la perdre ou y avait-il plus que cela ? Son comportement avait été si étrange ! Après cela, elle n'oserait jamais le recontacter...

— Qu'est-ce qu'il y a ? s'enquit Solara, soupçonneuse. Toi, tu me caches quelque chose !

— Non, rien du tout. Je... je vais essayer de lui parler, se résolut la jeune fille.

Elle inspira profondément, ferma les yeux et se glissa dans l'univers des Âmes. Elle se focalisa sur l'esprit d'Evan et chercha à le localiser. Elle sonda en vain les alentours, puis alors qu'elle croyait l'avoir enfin trouvé, elle fut expulsée de l'Univers des Âmes et regagna brutalement son corps. Lyvia lança un regard déboussolé à son amie et avoua :

— Je n'y arrive pas.

Solara fronça les sourcils, impuissante.

— Tu es peut-être trop angoissée. Tu réessaieras plus tard, mais pour le moment arrête de t'inquiéter s'il te plaît. Ça ne sert à rien.

Neil, qui chevauchait quelques mètres en arrière, héla Solara. Son étalon était un monstre de muscles, plus grand et plus large que tous les autres chevaux. Avec sa robe d'un noir intense, il ne passait pas inaperçu.

— Je vais voir Neil, annonça Solara. Et quand je reviens, je veux te voir un peu plus optimiste que ça, d'accord ?

Lyvia répondit par un grognement peu convaincu, et Solara s'éloigna avec un soupir découragé. De nouveau seule, la jeune fille s'abîma dans ses noires pensées. La journée se poursuivit ainsi, faite d'heures de chevauchée ponctuées par des conversations éparses. L'humeur des Voyageurs n'était pas à la gaieté. Lyvia avait essayé de contacter Evan à plusieurs reprises, mais chaque tentative s'était révélée aussi infructueuse que la première. Et l'angoisse de Lyvia ne faisait qu'augmenter à chaque échec.

Les semaines s'écoulèrent, insupportables de lenteur. Jamais Lyvia n'avait regretté avec tant d'ardeur la technologie terrienne. Si seulement ils avaient pu se déplacer en avion, ou au moins en voiture… Elle adorait voyager avec Nebraska, mais pas pousser son étalon à dévorer les kilomètres pour affronter l'armée héliosienne. Elle s'était rarement sentie si impuissante.

Elle avait fini par comprendre le refus d'Aadil. Les Voyageurs étaient entraînés pour le combat, depuis toujours. Le Conseil avait l'habitude de planifier des batailles. Et s'ils estimaient qu'il ne serait pas bénéfique d'exposer leur stratégie si tôt, c'était certainement avec raison. De quel droit exigerait-elle de la connaître ? Elle n'avait pas pleinement accepté son rôle d'Élue, et le poids des responsabilités qui en découlaient. Il serait bien hypocrite de sa part de revendiquer ce rôle pour obtenir des informations. Et en même temps, Lyvia ne pouvait s'empêcher d'être inquiète. Que feraient-ils face à l'armée ? Et elle, quelle serait sa place ? Que pouvait-elle faire pour défendre le Passage ? Contrôler mille hommes, les déposséder de leur volonté ? Était-ce réellement ce qu'on attendait de l'Élue ?

Et toutes ces questions demeuraient sans réponse. Les Voyageurs chevauchaient toujours vers le nord-est, en direction des montagnes de Sangral. Le sol rocailleux autour du quartier général avait laissé place à de grandes étendues herbeuses, qui leur permettaient de progresser plus rapidement. Ils s'efforçaient d'éviter les villages, mais il n'était pas rare que des Héliosiens les aperçoivent. Ces derniers les fixaient avec méfiance, sans doute pressés qu'ils s'éloignent. Un tel déplacement des Voyageurs ne pouvait augurer un bon présage…

Solara avait fini par accepter de monter occasionnellement en croupe derrière Neil, le puissant étalon noir du jeune homme étant assez fort pour supporter leurs deux poids. Durant ce périple, les jeunes Voyageurs ne recevaient aucun entraînement à l'épée ou à la magie de la part de leurs professeurs. Tous devaient garder leur énergie pour le combat. Seuls les enseignements théoriques étaient encore possibles, et permettaient de tromper l'ennui.

Bientôt, les Voyageurs purent distinguer les montagnes de Sangral à l'horizon. Il leur restait encore une grande distance à parcourir, mais leur destination était enfin visible, surplombant la plaine. Lyvia comprit alors d'où venait le nom des montagnes : elles étaient d'une frappante couleur rouge, que le soleil paraît d'une multitude de reflets. La vision de ces pics écarlates était étrangement menaçante, comme autant d'épées tachées de sang. Lyvia y lisait la promesse de la guerre à venir, marquée par la violence et la mort.

Ils arrivèrent au pied des montagnes une semaine plus tard. Hommes et chevaux étant épuisés par ces semaines de voyage, ils décidèrent de ne gravir la montagne que le lendemain. Aucune armée n'était en vue : Solara et Aadil ne s'étaient pas trompés. Ils avaient certainement devancé les soldats de plusieurs jours. Cette avance leur donnait un précieux avantage : ils avaient le temps de se reposer et d'organiser une solide défense. Les Voyageurs montèrent donc les tentes pour enfin s'accorder une longue nuit de sommeil.

Lyvia était pourtant incapable de dormir. La fatigue qui l'accablait ne pouvait rien contre l'angoisse qui la dévorait tout entière. Durant le voyage, elle n'avait eu qu'une interrogation inlassable : arriveraient-ils à temps ? Maintenant qu'ils étaient au pied des montagnes de Sangral, elle ne songeait plus qu'à l'affrontement qui se profilait à l'horizon. Les soldats du roi étaient bien plus nombreux qu'eux. Cette guerre ne pouvait être qu'un massacre. Des Voyageurs périraient. Des gens qu'elle connaissait, des gens qu'elle appréciait. Et si ses amis n'y survivaient pas ? Et s'il arrivait quelque chose à Kalaan ? Puis Lyvia pensa à sa mère, si pleine de sang-froid, si courageuse. Elle ne montrait aucune crainte à l'approche de cette bataille. Son quotidien avait été fait de tels combats, avant la naissance de Lyvia.

Lyvia avait peur, si peur de mourir. Son cœur tambourinait à grands coups dans sa poitrine, comme si ses battements étaient comptés. Oui, elle était à présent une Voyageuse. Oui, sa place était en Héliosis, bien plus que sur Terre. Mais était-elle pour autant prête à risquer sa vie ? Périrait-elle à seize ans, pour un peuple dont elle ignorait tout quelques mois auparavant ? Traversée par un frisson glacé, Lyvia jeta un coup d'œil à Solara et Viana, qui dormaient profondément à côté d'elle, dans la tente. Malgré la proximité de ses amies, la jeune fille tremblait de froid. Elle pensa à Evan, à toutes ces nuits qu'ils avaient passées côte à côte, tandis qu'ils cheminaient vers le quartier général. Il ne l'avait jamais effleurée, et pourtant, elle avait toujours eu le sentiment de baigner dans sa chaleur. Comme s'il était son soleil.

Alors, pour la centième fois, Lyvia essaya d'approcher son esprit. Elle glissa dans l'Univers des Âmes et se concentra sur tout ce qui était familier chez lui, sur tout ce qui faisait de lui un être à part. Comme à chaque fois, elle sentit un décrochement, et son esprit se déplaça à toute vitesse. Et comme à chaque fois, elle fut jetée hors de l'Univers des Âmes au moment où elle croyait avoir trouvé l'esprit d'Evan.

Sauf que cette fois, le trajet lui avait semblé extrêmement court. Et cette fois, elle avait eu le temps de comprendre où le jeune homme se trouvait. Tout près d'ici. Lyvia se redressa brusquement, le cœur battant follement. Elle ne prit pas le temps de réfléchir. Elle quitta la tente avec d'infinies précautions, afin de ne pas réveiller Solara et Viana. Elle traversa le camp dans la plus grande discrétion, prenant soin d'éviter les Voyageurs qui montaient la garde. Et enfin, lorsqu'elle eut dépassé les dernières sentinelles, elle se mit à courir. Evan était à peine à quelques centaines de mètres. L'endroit où elle avait perçu son esprit était gravé dans sa mémoire.

Au bout de quelques instants, Lyvia se força à ralentir. Des émotions contradictoires s'affrontaient en elle, l'empêchant de raisonner. D'un côté, elle avait besoin de comprendre. Ce qu'elle avait vécu dans l'Univers des Âmes depuis le début du voyage n'était pas normal. Elle était profondément inquiète pour Evan, surtout quand elle repensait à la manière dont il s'était comporté lors de leur dernière entrevue. Il avait semblé angoissé, effrayé par quelque chose ou quelqu'un. Puis il l'avait embrassée avec fureur et désespoir, comme un adieu.

Mais en dépit de cette inquiétude… elle était incapable de réprimer son impatience. Elle avait tellement hâte de le retrouver. De lui avouer enfin ses sentiments. Et peut-être l'embrasser avec passion, avec amour, pour rattraper ce baiser raté, à la saveur amère. Elle n'avait qu'une envie, se réfugier dans son étreinte solide, et oublier l'angoisse de la guerre.

Lyvia le vit enfin. Grand, les épaules larges, la démarche puissante et assurée – une silhouette reconnaissable entre toutes. Evan se dirigeait vers elle, sans la moindre hésitation. Le soulagement la gagna immédiatement, dessinant un large sourire sur son visage. Il était là, sain et sauf. Et ils seraient bientôt réunis. Elle accéléra le pas pour précipiter leurs retrouvailles, pour réduire la distance insupportable qui demeurait encore entre eux. Des fourmillements d'excitation réchauffaient le creux de son estomac. Elle s'apprêtait à courir vers lui, à se jeter dans ses bras.

Puis un horrible pressentiment la figea sur place, les paumes moites, le cœur affolé. Lorsqu'Evan ne fut plus qu'à quelques mètres, un rayon de lune éclaira son visage, mettant en relief son expression. Et Lyvia recula d'un pas, glacée par l'effroi.

La haine, pure et brûlante comme du poison, déformait les traits d'Evan. Jamais elle n'avait vu une animosité aussi violente sur le visage du jeune homme, une telle volonté de faire le mal. De son rictus venimeux à ses yeux embrasés par l'aversion, toute sa figure criait son hostilité. Lyvia ne comprit pas. Et dans cet instant de panique confuse, des milliers de pensées se bousculèrent dans son esprit. Qu'avait-elle fait pour mériter sa haine ? Et si sa mère avait eu raison, lorsqu'elle l'avait qualifié « d'homme du roi » ? Avait-il reconsidéré ses loyautés ? Son affection avait-elle été feinte ? Toutes ses promesses étaient-elles des parjures ? Et s'il n'avait jamais été capable d'aimer ?

Aussitôt, Lyvia s'efforça de ralentir ce flot d'idées absurdes. Il fallait qu'elle comprenne.

— E… Evan ? Est-ce que…

Mais ce fut à peine un chuchotement effrayé, vite étouffé par l'expression d'Evan.

Le jeune homme ne s'arrêta pas en parvenant face à Lyvia.

Ses bras se tendirent vers elle, comme pour l'enlacer. Et ses mains se refermèrent autour de sa gorge.

Les yeux de Lyvia s'écarquillèrent d'horreur, tandis que sa bouche s'ouvrait sur un hurlement silencieux. Elle voulut aspirer une goulée d'air, mais l'étau impitoyable se resserrait. Et son cerveau asphyxié essayait confusément d'appréhender l'effroyable réalité. Evan était en train de l'étrangler. Il allait la tuer.

L'adrénaline se mit à couler avec force dans ses veines, injectée par sa terreur, par son instinct de survie. Lyvia tenta de se débattre, de le repousser, de lui faire lâcher prise. Elle lutta comme une proie animée par la fureur des derniers instants. Mais bientôt, le manque d'oxygène affaiblit ses mouvements. Et le désespoir l'envahit, irrépressible. Evan avait toujours été plus fort qu'elle. Elle n'y arriverait pas. Elle allait mourir ainsi, étranglée par celui qu'elle aimait.

— Je vais te tuer, je te jure que je vais te tuer.

Evan avait articulé ces mots avec fiel, comme s'ils empoisonnaient sa bouche.

Lyvia revit dans un éclair de lucidité le jeune garçon à Anor, qui avait eu exactement les mêmes paroles à l'égard de sa mère. La même haine dévorante.

Et alors que son esprit sombrait de plus en plus dans l'obscurité, elle se força à affronter le regard d'Evan, plissé par la furie. Les explications de Govran, lors de sa réunion avec les membres du Conseil, lui revinrent avec clarté :

« Mais il y a un signe extérieur qui permet de reconnaître à coup sûr une personne infectée par la Noirceur : un cercle rouge au fond des prunelles, comme une marque au fer du mal qui l'habite. »

Alors Lyvia comprit. Elle se jeta dans l'Univers des Âmes. Les arbustes qui poussaient au pied des montagnes de Sangral enroulèrent leurs branches autour des bras d'Evan et les tirèrent brutalement en arrière. Lorsque l'étau disparut subitement, Lyvia aspira violemment une goulée d'air qui lui écorcha la gorge. Elle se plia en deux tandis que l'oxygène revenait peu à peu dans son sang. Elle chancela, et crut qu'elle allait finalement perdre connaissance.

Puis elle entendit Evan jurer, la voix débordante de rage. Avant que les arbustes ne cèdent sous sa fureur, Lyvia se concentra pour maintenir leur emprise. Elle se força à réfléchir.

Evan avait été contaminé par la Noirceur, cette entité inconnue qui poussait les malades à répandre le mal autour d'eux. Mais ce n'était pas une maladie. C'était de la magie, une magie sombre et délétère. Il n'existait aucun vaccin, aucun remède. Lorsqu'elle avait vu le jeune Héli possédé par la Noirceur dans le village d'Anor, et qu'elle avait demandé à Kalaan s'il était possible de le faire revenir à lui-même, son professeur avait répondu « Quasiment impossible. Nous en reparlerons lorsque tu auras progressé. ». Existait-il donc un moyen ? Pourquoi Kalaan ne l'avait-il pas jugée prête à l'entendre ?

Lyvia savait seulement que la mort du corps entraînait la disparition de la Noirceur. Pourtant, si elle était certaine d'une chose, c'était qu'aucun d'eux ne mourrait cette nuit-là. Il leur restait bien trop de moments à partager, de sentiments à découvrir. Le baiser qu'ils avaient échangé lui avait fait entrevoir un fragment infime des chemins qui s'offraient à eux. Et elle en voulait plus, tellement plus. Elle ne laisserait pas la magie gouverner sa vie une fois de plus. Elle ne la laisserait pas détruire ce qui s'esquissait entre Evan et elle.

Lyvia demanda à l'arbuste de couler ses branches autour des chevilles d'Evan, tout en continuant à immobiliser ses bras. À force de se débattre, le jeune homme chuta et fut incapable de se relever. Il essaya encore de se libérer, hurlant des imprécations à Lyvia, mais l'arbuste tenait bon. Lyvia se précipita alors dans l'Univers des Âmes, et elle distingua enfin l'effet de la Noirceur sur l'esprit d'Evan.

L'Armure, le maillage de lumière qui protégeait son esprit, était assaillie par une répugnante substance noirâtre, qui pulsait d'un rythme régulier. La Noirceur débordait à travers les mailles lumineuses, mais elle était enfermée à l'intérieur de l'esprit d'Evan. Elle ne pourrait pas la combattre de l'extérieur.

Alors un éclair de compréhension traversa la jeune fille. Aucun remède n'existait, parce qu'aucun autre Voyageur n'était capable de contrôler les humains. Lyvia comprit enfin pourquoi Kalaan avait souhaité attendre avant de lui révéler la manière de combattre la Noirceur. Cela n'était pas sans prix. Il fallait contrôler l'individu atteint, l'interdit suprême des Voyageurs. Evan perdrait des souvenirs, à tout jamais. Mais c'était la seule manière de le sauver.

Lyvia s'approcha de l'esprit du jeune homme. La Noirceur semblait réprimer les souvenirs et sensations qui effleuraient habituellement Lyvia. Elle progressait dans une quiétude dérangeante, où seule résonnait la pulsation de la substance noirâtre. Parvenue aux abords du maillage, elle choisit une portion épargnée par la Noirceur et se concentra pour y creuser l'ouverture la plus infime possible, juste suffisante pour qu'elle puisse s'introduire dans l'esprit d'Evan. Avec une précision chirurgicale, elle se glissa au sein de l'âme d'Evan, où elle fut aussitôt assaillie par la substance visqueuse et putride qui la corrompait.

Envahie par une nausée incontrôlable, Lyvia dut lutter de toutes ses forces contre son instinct, qui lui criait de fuir. C'était indescriptible, injustifiable, et pourtant une certitude absolue : elle n'avait jamais rien vu d'aussi terrifiant. L'aspect extérieur de la Noirceur était certes répugnant, semblable à un magma profondément vicié qui souillait tout ce qu'il frôlait. Mais cet aspect extérieur n'était que l'expression du mal radical qui habitait l'entité. Et Lyvia, dont l'esprit s'était tant approché de la Noirceur, sentait une horreur indicible pénétrer son âme. Sans pouvoir se l'expliquer, elle savait que si elle restait plus longtemps à proximité de l'affreuse substance noirâtre, elle y perdrait à jamais la raison. Le temps pressait, d'autant plus que chaque seconde passée dans l'esprit d'Evan signifiait un souvenir perdu pour toujours. Mais comment détruire une chose qui vivait dans l'Univers des Âmes ?

Rien ne lui semblait impossible. Rien d'autre n'importait que de sauver Evan, à tout prix. Elle alla puiser au plus profond de son âme une formidable quantité d'énergie, laissant la magie imprégner son esprit jusqu'à saturation. Au même instant, la substance putride commença à couler vers elle, comme si elle avait remarqué sa présence. Qui, de la Noirceur ou de la jeune fille, attaquerait l'autre en premier ? Lyvia eut un éclair de lucidité inexplicable : c'était un combat à une touche, car le premier à atteindre son adversaire aurait le pouvoir de le détruire. Alors elle tendit son esprit à l'extrême – si brusquement qu'elle en ressentit une vive douleur – et plongea les tentacules de lumière qui le prolongeaient au cœur de la corruption noirâtre, avec toute la puissance accumulée et toute la force de sa colère.

L'espace d'un instant, rien ne se passa, et la Noirceur continua à progresser vers elle. Submergée par la panique, Lyvia recula précipitamment. Que pouvait-elle faire d'autre ? Elle avait agi par pur instinct, elle ne voyait aucune autre option. Devait-elle réessayer ? Mais il était déjà trop tard. Dans une seconde, l'immonde magma serait sur elle, et tout serait perdu. Elle aurait failli à Evan. Ils mourraient tous deux, terrassés par la Noirceur. Elle voulut fermer les yeux, mais même cela lui fut refusé : l'Univers des Âmes ne le permettait pas. Elle devrait contempler sa propre agonie, jusqu'au bout.

Puis soudainement, l'entité se figea, et se mit à frissonner. Comme si un parasite la dévorait de l'intérieur, et qu'elle luttait désespérément pour s'en débarrasser. Comme si en plongeant les tentacules de lumière au cœur du magma, Lyvia y avait déposé un peu d'elle-même. Une goutte d'espoir, un fragment d'amour. Et comment une telle entité, incarnation du mal, aurait-elle pu le supporter ? Lyvia crut apercevoir un miroitement, puis la Noirceur explosa en une constellation de poussières noires. Envahie par le soulagement, Lyvia ne pouvait toutefois pas s'attarder sur sa victoire. Elle s'empressa de s'assurer qu'aucune substance ne demeurait dans l'âme d'Evan. Une fois cela fait, elle se précipita hors de son esprit et scella avec précision l'ouverture qu'elle avait pratiquée.

Mais Evan avait perdu beaucoup d'énergie. Il fut secoué d'un spasme puis s'immobilisa, inanimé. Lyvia libéra l'arbuste qui le ligotait et tomba à genoux à ses côtés. Le vent fouetta son visage, portant avec lui la fraîcheur nocturne. Le silence était assourdissant, à peine entrecoupé par de rares hululements. Et Lyvia vit qu'elle tremblait de tout son corps. L'horreur et l'effroi qu'elle s'était efforcée de réprimer tout au long de l'affrontement étaient en train de la submerger. En état de choc, les yeux écarquillés par l'épouvante, elle demeura ainsi plusieurs minutes. Son cœur battait à grands coups dans sa poitrine, comme pour lui rappeler qu'elle était encore vivante, en dépit de tout. Elle n'était jamais passée aussi près de la mort. Sa gorge était horriblement douloureuse. Et à cette pensée, elle se mit à respirer de plus en plus fort, de plus en plus vite. Comme pour engloutir tout l'oxygène qui lui avait alors manqué. Saisie d'un violent vertige, elle sentit sa vision se troubler. Et elle perdit enfin connaissance.

CHAPITRE 23

« *L'amour est un tyran qui n'épargne personne* »
L'Infante, Acte I, Scène 2.

Lyvia se réveilla plusieurs heures plus tard, alors que l'aube s'épanouissait lentement. Et à mesure qu'elle s'extrayait des limbes de l'inconscience, toute la monstruosité de la réalité l'écrasa. Elle porta les mains à sa gorge, et tressaillit en effleurant sa peau. Se forçant à inspirer lentement, elle reporta son attention sur Evan. Il était toujours inerte, étendu à même la terre ocre des montagnes. Son visage était apaisé, débarrassé de la haine qui l'avait déformé. Seule une légère crispation au coin de ses lèvres témoignait de la douleur qui l'avait déchiré.

Le jeune homme était encore vivant, mais son cœur battait très faiblement. Lyvia savait qu'elle n'avait pas vraiment eu le choix, mais elle ne pouvait s'empêcher de se sentir coupable. S'il n'y survivait pas, elle aurait en quelque sorte fait le choix de sa propre vie contre la sienne. Et s'il y survivait, qui sait quels souvenirs auraient déserté son esprit à tout jamais ? Aurait-il oublié jusqu'à l'existence de la jeune fille ? Et si c'était le prix à payer pour le maintenir en vie ?

Ce fut Kalaan qui la retrouva peu de temps après.

— Lyvia ! s'écria-t-il d'une voix consumée par l'angoisse.

Il la rejoignit en courant avant de s'agenouiller à côté d'elle, le souffle court. Son visage se décomposa lorsqu'il avisa l'état de la jeune fille. Son regard s'attarda particulièrement sur son cou, sans qu'il ne puisse dissimuler son inquiétude, avant de glisser sur le corps d'Evan. Il n'y avait plus aucune étincelle dans ses yeux noisette, plus aucune gaieté dans sa figure affable. Il chuchota, comme pour ne pas la briser davantage :

— Lyvia, que s'est-il passé ? Nous t'avons cherchée partout.

La jeune fille ouvrit la bouche pour répondre, mais les mots se bloquèrent dans sa gorge. Elle fondit en larmes, libérant enfin toutes les émotions qui la noyaient. Et elle tomba dans les bras de son professeur. Elle pleura longtemps, jusqu'à se sentir desséchée, vide de tout. Seulement alors, elle recula et inspira profondément, avant d'entamer son récit du bout des lèvres, la voix enrouée :

— E... Evan a été contaminé par la Noirceur. Il m'a... il m'a étranglée, il a essayé de me tuer. Je n'ai pas eu le choix, j'ai dû entrer dans son esprit pour tuer la Noirceur. Il respire encore mais... Dites... dites-moi qu'il va bien, je vous en supplie...

Kalaan hocha gravement la tête et se pencha vers Evan pour contrôler son pouls et sa respiration. Il prit le temps de réfléchir, le regard fixé sur le jeune homme, comme s'il pesait ses mots. Puis il se tourna lentement vers Lyvia.

— Il est encore en vie, tu as agi comme il convenait. Mais... tout seul, je pense qu'il ne reprendra pas conscience. Et Lyvia... ce n'est pas une décision à prendre à la légère. Je ne te mentirai pas, parce que ce choix te revient. Tu as risqué ta vie pour lui, nous devons tous respecter cela. Pour qu'il revienne, il faudrait que tu lui transmettes ton énergie vitale. Cela ne te tuera pas, car tu es bien plus puissante que n'importe quel Voyageur. Mais tu perdras certainement conscience à ton tour, pour une durée indéterminée. Alors je te l'ai dit, ce n'est pas un choix aisé. Tu sais que nous avons besoin de toi durant cette bataille. Sans toi, nos chances de vaincre l'armée héliosienne sont presque inexistantes. Je ne veux pas t'effrayer, ni t'influencer. Je voudrais simplement que tu prennes le temps de réfléchir. Je sais combien Evan compte pour toi, mais vaut-il la peine de mettre en péril l'ordre du monde ?

Les épaules de Lyvia s'affaissèrent sous ce nouveau poids.

— Pourquoi suis-je toujours celle qui doit prendre de telles décisions ? murmura-t-elle, dévastée.

Kalaan lui serra l'épaule avec compassion et souffla avant de se relever :

— Tu es l'Élue Lyvia, je suis désolé.

Son professeur s'éloigna de quelques pas, sans doute pour lui accorder un moment seule, tandis qu'il prévenait les autres Voyageurs encore à sa recherche. Lyvia détourna la tête et sécha rapidement ses larmes pour avoir l'air présentable à l'arrivée de ses proches. Elle laissa son regard errer une dernière fois sur le visage d'Evan. Les paroles de Kalaan résonnaient encore et encore dans son esprit. Elle posa une main sur le torse du jeune homme, à l'emplacement de son cœur. Pendant quelques secondes, son univers se réduisit à ce trop faible battement. Puis elle resserra les pans du manteau d'Evan, et effleura doucement sa joue.

Lyvia avisa alors le petit ocarina gris acier qui était tombé au sol. Elle y souffla la mélodie qu'elle connaissait à présent par cœur. Très rapidement, Carthago arriva au grand galop, et Lyvia fut surprise de voir Nebraska à ses côtés. Les deux chevaux étaient décidément devenus inséparables… Son étalon lui fut d'un grand secours pour apaiser Carthago, que la vue de son maître souffrant semblait terrifier.

— Lyvia !

Isadora venait de surgir, prévenue par Kalaan. Elle courut vers sa fille et la serra dans ses bras, si fort que Lyvia sentit son cou lui faire mal. Puis Isadora recula et s'exclama d'un ton sévère qui contrastait avec son étreinte :

— À chaque fois que tu t'éloignes seule, tu te retrouves en danger de mort. Tu es l'Élue Lyviana, tu ne peux pas te permettre de partir sur un coup de tête sans personne pour te protéger ! Trop de gens te veulent du mal. Et ce garçon… je ne sais même pas par où commencer. J'avais raison de ne pas lui faire confiance. Il causera ta perte ! N'oublie pas que tu es une Voyageuse Lyvia, notre rôle est de protéger les mondes. Rien n'est plus important que cela.

La jeune fille croisa les bras avec défiance et répliqua avec le peu de véhémence dont elle était encore capable :

— Il n'a pas choisi d'être contaminé par la Noirceur.

Les amis de Lyvia les rejoignirent à cet instant, coupant court à la dispute entre mère et fille. Solara et Viana lui expliquèrent combien elles s'étaient inquiétées de ne pas la trouver dans la tente à leur réveil. Elles étaient allées chercher les garçons, Neil et Lior, puis tous les quatre avaient décidé de prévenir Kalaan et Isadora. Et ils s'étaient séparés pour la retrouver.

— Tu m'as fait si peur, Lily, lui confia Solara, ses grands yeux sombres luisant d'anxiété. Kalaan nous a raconté ce qu'il s'est passé… Ça a dû être affreux. Tu as eu tellement de courage ma Lily… J'aurais voulu le rencontrer dans d'autres circonstances, ton Evan. Kalaan nous a aussi parlé du dilemme auquel tu fais face. Je veux que tu saches… je te soutiendrai, quoi que tu décides. Je ne voudrais pas être l'Élue, avoir de telles responsabilités. Tu as le droit de penser à toi parfois, ça oui. Alors voilà, ne l'oublie pas. Quoi qu'il arrive, je te soutiendrai. Et cet avis n'engage que moi, ajouta-t-elle presque froidement, à l'intention de Viana.

La jeune Voyageuse fit mine de ne pas l'avoir entendue, et garda le regard obstinément fixé ailleurs.

Très touchée par les mots de Solara, Lyvia la remercia en pressant sa main. Carthago poussa alors un hennissement aigu, ramenant l'attention de la jeune fille sur la tâche qu'elle avait interrompue à l'arrivée de ses proches. Lyvia se tourna aussitôt vers Neil.

— Est-ce que tu peux m'aider à porter Evan pour le mettre sur le dos de son cheval s'il te plaît ?

Le jeune homme s'exécuta sans poser de questions et Carthago se laissa docilement faire lorsque les jeunes gens sanglèrent son maître inconscient sur son dos. Lyvia s'aida de Nebraska pour inciter le beau cheval gris pommelé à les suivre. Une fois cela fait, elle s'adressa aux Voyageurs qui l'accompagnaient :

— Mettons-nous en route. Carthago nous suivra jusqu'à ce que je prenne une décision, je veux pouvoir faire tout mon possible pour soigner Evan.

— Lyviana, tu ne peux…

Kalaan posa une main sur le bras d'Isadora pour lui intimer le silence. Cette dernière, furieuse, dégagea brusquement son bras mais se tint coite. Reconnaissante, Lyvia se hissa sur Nebraska sans un regard pour sa mère. Elle prit la direction du campement, bientôt suivie par ses compagnons.

L'armée était enfin au pied de la montagne. Pierrick – un Voyageur chargé de la surveillance du Passage – l'avait aperçue le premier. Le Passage se trouvait tout au sommet des montagnes de Sangral, si haut que ce pic offrait un point de vue inestimable sur les environs. Pierrick leur avait alors décrit avec inquiétude le spectacle de l'armée : terrifiante, comme un seul monstre de fer à la volonté inébranlable constitué de milliers de soldats infatigables.

Cela faisait deux jours que les Voyageurs avaient entamé l'ascension de la montagne. Menés par Govran, ils s'étaient postés à l'entrée de la passe de Sangral pour en bloquer l'accès. Il s'agissait d'un chemin étroit, en entonnoir, que l'armée serait obligée d'emprunter pour parvenir jusqu'au Passage. Les Voyageurs tiendraient certainement un temps mais… la victoire était plus qu'incertaine. Inconcevable. Pour le moment, ils ne pouvaient qu'attendre, des heures et des heures. Jusqu'à ce que l'armée les rejoigne.

Cela faisait deux jours qu'Evan était inconscient. Il semblait de plus en plus faible. Lyvia ne pouvait plus supporter la crainte de le perdre à chaque expiration. Elle avait réfléchi, comme Kalaan le lui avait demandé. Mais au fond d'elle, elle n'avait jamais douté de la décision qu'elle prendrait. Car la jeune fille était toujours aussi mal à l'aise avec le poids que l'on faisait peser sur elle.

Avec son statut d'Élue. Elle ne se sentait pas investie par la soif de justice de sa mère, par sa haine des Traîtres. Elle ne voulait pas être l'espoir des Voyageurs dans cette guerre, elle ne voulait pas de cette responsabilité. Elle ne l'avait jamais voulue. Et Aadil ne lui avait-il pas lui-même dit qu'elle était libre de ne pas participer à la bataille ?

Il n'était pas juste de lui imposer un tel dilemme. Si Evan ne lui avait pas parlé de la guerre, les Voyageurs seraient arrivés trop tard. Leurs chances auraient été encore plus infimes. Alors de quel droit lui demanderait-on aujourd'hui de sacrifier celui qu'elle aimait ? Si elle refusait de porter l'issue de ce combat sur ses épaules, elle savait en revanche qu'elle ne se pardonnerait jamais d'avoir abandonné Evan. De l'avoir tué, en ne lui offrant pas son énergie vitale. La perspective de le perdre lui était intolérable. Elle ne pouvait pas vivre dans un monde où il n'existerait plus, c'était aussi simple que cela. Il n'y avait même pas lieu de réfléchir.

Lyvia s'éloigna discrètement des autres Voyageurs. Elle se trouvait à l'arrière des troupes postées à l'entrée de la Passe de Sangral, avec les plus jeunes. Loin des premières lignes. Elle se dirigea vers l'endroit où elle avait laissé Evan, à l'écart de la zone de combat. Carthago était auprès de lui. Le beau cheval gris n'avait jamais semblé si triste, si accablé. Sa tête était basse et son poil avait terni. Lyvia lui effleura doucement l'encolure.

— Je vais le sauver mon beau, je te le promets, lui chuchota-t-elle.

Elle s'agenouilla aux côtés d'Evan et chassa d'une caresse les boucles brunes qui étaient tombées devant ses yeux clos. Son visage était à présent d'une pâleur effrayante. Ses lèvres étaient devenues presque translucides. Ce n'est qu'avec peine que sa poitrine se soulevait encore, et le pouls au creux de son cou était de plus en plus irrégulier. Bientôt, il serait trop tard.

Lyvia entra dans l'Univers des Âmes. Elle s'approcha de l'esprit d'Evan, jadis aussi éblouissant, aussi ardent qu'un soleil. Il n'irradiait plus qu'une lueur intermittente, plus faible à chaque seconde. Et alors qu'elle avançait vers lui, les souvenirs qui flottaient autour de l'Armure semblaient passer à travers elle comme des fantômes. Leur saveur était affadie, leurs couleurs ternies. Ces impressions n'avaient plus rien en commun avec les flots violents qui l'avaient étourdie sur Terre, lorsqu'elle avait découvert le visage de Maïwen. Ce n'étaient plus que des pages jaunies, une musique oubliée.

Lyvia s'arrêta aux abords de l'Armure. Elle se concentra sur les tentacules de lumière qui prolongeaient son propre esprit. Et avec une tendresse infinie, elle entrelaça ces doigts imaginaires aux mailles brillantes qui protégeaient l'âme d'Evan. Elle renforça ce lien pour le rendre plus solide que tout ce qu'elle avait eu l'occasion de faire jusqu'à présent. Elle insuffla dans le maillage tout son désespoir, tout son amour. Et lorsqu'elle eut la certitude d'avoir créé un fil aussi indestructible que de l'acier, elle rassembla toute sa magie, pareille à un feu brûlant d'une énergie incoercible et dévastatrice.

— Arrête.

La voix avait claqué tout près d'elle, tandis qu'une main enserrait froidement son épaule. Lyvia relâcha sa concentration et cligna des yeux en réintégrant son corps, le cœur battant à tout rompre. Elle leva un regard où la culpabilité le disputait à l'irritation, et rencontra les prunelles d'un bleu glacial de Viana. Le visage de la jeune fille avait rougi sous l'effet de l'emportement, accentuant encore le contraste saisissant entre sa crinière flamboyante et ses yeux de givre. Plus que jamais, elle ressemblait à une créature vengeresse, inhumaine.

— Tu n'as pas le droit de faire ça ! s'écria Viana d'un ton accusateur. Pense à toutes les vies que tu sacrifies pour ton bonheur personnel ! Je comprends ta peine, mais ce que tu fais est injuste !

Lyvia baissa la tête, mortifiée. C'est ainsi que son regard tomba sur la figure d'Evan... Elle savait pourquoi elle était prête à commettre de tels sacrifices. Elle savait pourquoi le sort de milliers d'hommes lui importait peu tant que lui vivait. Durant chaque jour de leur périple vers les montagnes de Sangral, elle avait eu si peur de ne pas arriver à temps pour protéger le Passage. Elle avait craint pour les Ombrois, craint pour la survie d'un peuple dont elle ignorait tout. Et aujourd'hui, c'était comme si ces personnes n'existaient plus, comme si elles n'avaient jamais été rien de plus qu'une abstraction.

Elle savait pourquoi elle se montrait si injuste. Si inhumaine.

Sans quitter le jeune homme des yeux, elle murmura à l'intention de Viana :

— As-tu déjà été amoureuse pour me juger ainsi ?

Viana parut déstabilisée, puis elle se reprit et rétorqua avec mépris :

— Comme si quelqu'un ici ignorait ce que tu ressens pour lui... Mais ça ne change rien, absolument rien ! Tu es bien trop égoïste pour mériter d'être l'Élue...

Cette fois, Lyvia redressa la tête, alors que la colère s'éveillait brutalement dans son ventre. Viana avait embrasé une amertume qui couvait en elle depuis bien trop longtemps. Ses pouvoirs n'étaient pas une chance, ils étaient une malédiction. Elle ne laisserait plus personne affirmer le contraire.

La voix tremblante de rancœur, la jeune fille laissa enfin jaillir toute la révolte qui bouillonnait en elle :

— Mériter ? Alors toutes les responsabilités qui pèsent sur moi, toutes ces contraintes, ces doutes et ces tourments sont un honneur ? Je n'ai pas choisi d'être ce que je suis, et si je pouvais y changer quelque chose, je le ferais sans hésiter ! Je n'ai aucune envie d'être l'Élue, aucune envie de sauver le monde. J'en ai assez de devoir être et faire ce que les autres attendent de moi ! Que je sois là ou non, on perdra cette guerre. On ne devrait même pas combattre ces soldats qui sont nos frères, au même titre que les Voyageurs, ces soldats qui ne font qu'obéir à un roi fou. Je ne sais pas faire de miracles, Viana, tout ce que ma magie apporte c'est la mort et la désolation. Alors pour une fois, juste pour une fois, je voudrais en faire quelque chose de juste. Quelque chose de beau.

Attirés par les éclats de voix, plusieurs autres Voyageurs avaient accouru. Avant que quelqu'un d'autre ne puisse l'arrêter, Lyvia se jeta dans l'Univers des Âmes. Elle s'assura que le lien qu'elle avait tissé plus tôt était toujours aussi robuste, puis elle projeta toute la magie accumulée dans le corps d'Evan. La rage et la rancune qui dévoraient son âme en firent une boule d'énergie si puissante que le jeune homme s'arque-bouta comme un pantin inanimé.

— LYVIA, NON !

Le cri désespéré d'Isadora résonna dans le silence glacial qui planait sur la montagne.

Lyvia s'écroula au sol, inconsciente.

Au même moment, Evan écarquilla les yeux et aspira une goulée d'air, comme un noyé sorti des flots. Il se redressa brusquement. Son regard se troubla un instant puis il tourna la tête de tous côtés, paniqué. Le hennissement bruyant de Carthago, heureux de retrouver son maître, brisa le silence de plomb qui s'était abattu sur les environs.

— Lyvia, murmura Evan d'une voix rauque lorsqu'il avisa le corps de la jeune fille à ses côtés.

Il s'agenouilla auprès d'elle et contrôla son pouls avec un soupir de soulagement en sentant la vie pulser dans ses veines. Enfin, il parut se rendre compte de la présence des Voyageurs pour la première fois. Le jeune homme se tendit et son regard acéré balaya les hommes que les évènements avaient abasourdis.

— Que…? Où sont-ils ? s'écria-t-il, les mâchoires contractées, en se levant rageusement.

Tous s'entre-regardèrent, déboussolés par l'attitude égarée d'Evan. Ce dernier se passa une main sur le front, peinant à fixer son regard. La terre ocre des montagnes de Sangral tourbillonnait sous lui, se mêlant à ses souvenirs brouillés dans un douloureux maelström. Chaque fois qu'il essayait de remonter le fil des récents événements, une souffrance insupportable pulsait dans ses tempes, l'empêchant de réfléchir. Il avait l'atroce sensation d'avoir été amputé de quelque chose, sans pouvoir définir ce qui lui avait été arraché. Désorienté, il décida d'agir comme en situation d'urgence, à la manière du lieutenant qu'il avait été. Analysant les alentours, il s'assura que le danger était écarté, avant de se préoccuper de l'état de Lyvia.

— Pourquoi est-elle inconsciente ? demanda-t-il d'un ton qu'il s'efforça de ne pas rendre accusateur.

Personne ne semblait vouloir prendre la responsabilité de lui répondre. Isadora fut la première à se mettre en mouvement. Elle se hâta vers Lyvia et s'agenouilla à ses côtés, sans adresser un seul regard à Evan. Son animosité envers le jeune homme irradiait de tout son être, mais elle ne prononça pas un mot. Elle vérifia d'abord que Lyvia ne s'était pas blessée en perdant connaissance. Elle souleva sa tête pour palper l'arrière de son crâne, sous l'attention inquiète d'Evan. Il n'osait pas interrompre Isadora, ayant clairement perçu sa froideur. Mais lorsqu'il se redressa pour se tourner vers les autres Voyageurs, il ne rencontra que des visages hostiles ou distants. Il distingua enfin le profil familier de Kalaan. Décidant que Lyvia était en sécurité auprès de sa mère, il se releva et rejoignit le professeur de la jeune fille.

— Que s'est-il passé, Kalaan ? Pourquoi Lyvia est-elle inconsciente ? Et pourquoi... pourquoi sommes-nous dans les montagnes de Sangral ? Je ne me souviens de rien, j'ai l'impression d'avoir oublié quelque chose de très important. Et tout le monde me regarde comme si... comme si j'étais responsable de ce qu'il lui est arrivé.

Avait-il fait du mal à Lyvia ? Cette pensée lui était intolérable. Et pourtant, cette explication semblait plus probable à chaque seconde. Car pourquoi Kalaan, d'ordinaire si affable, le regarderait-il avec une telle méfiance ?

— Depuis quand savais-tu que le roi avait l'intention d'envahir Ombrume ? l'interrogea durement Kalaan, sans répondre à ses questions.

Les traits d'Evan se crispèrent brutalement, sous l'effet d'une vive douleur. Des flots de souvenirs obscurs se pressaient aux confins de sa mémoire, réveillés par les mots de Kalaan. Il emprisonna sa tête entre ses mains, tentant de repousser ce qui aurait dû rester un terrible cauchemar. Lentement, très lentement, les événements récents émergèrent dans un brouillard confus. Mais à chaque fois qu'un élément lui apparaissait avec clarté, une nouvelle image surgissait et il perdait aussitôt le fil de ses pensées. Il fallait qu'il parle, autant pour répondre à Kalaan que pour donner une réalité à ces souvenirs né-buleux.

— Je me souviens que nous nous sommes séparés. Je suis parti de mon côté tandis que Lyvia et toi preniez la direction du quartier général. Et là… Oui, c'est ça, je suis tombé sur un campement de soldat. Je me suis approché pour entendre ce qu'ils disaient, j'avais peur qu'ils ne soient à la recherche de Lyvia. Et… c'est là que j'ai appris que l'armée du roi allait attaquer Ombrume.

Les phrases d'Evan étaient de plus en plus assurées, à mesure que la mémoire lui revenait. Kalaan se tenait coi, dans l'attente de la suite du récit. Et alors qu'Evan al-lait reprendre la parole, l'incertitude fut peu à peu remplacée par l'appréhension sur son visage. Comme s'il craignait de connaître la suite de l'histoire. La suite de son histoire.

— Les soldats m'ont repéré… Ils allaient me tuer, oui, je m'en souviens. Alors je leur ai menti. Je leur ai promis de tuer Lyvia s'ils me laissaient la vie sauve.

Le regard de Kalaan devint aussi tranchant qu'une lame, mais Evan s'empressa aussitôt de corriger :

— C'était une ruse, évidemment. Je voulais qu'ils laissent revoir Lyvia une dernière fois, pour que je puisse lui parler de la guerre. Et… Lyvia est venue, après son intronisation. Je… je m'en souviens.

Le souvenir de leur baiser venait d'éclater dans sa mémoire comme une bulle de savon. Et il ne put s'empêcher de rougir.

— Quand… quand elle est partie, que les soldats ont compris que je les avais trahis… Ils étaient fous de rage.

Les traits d'Evan s'assombrirent distinctement. Il se souvint de leur haine, de leur violence.

— Ils ont décidé de me punir. Et après... Je n'arrive pas à distinguer la réalité du… du cauchemar.

Kalaan hocha gravement la tête. Le récit du jeune homme l'avait rassuré quant à sa loyauté, aussi lui révéla-t-il avec prudence, tâchant de ne pas l'accabler :

— Tu as été contaminé par la Noirceur, Evan. Et tu as tenté de… blesser Lyvia. Elle a réussi à te maîtriser, et à détruire la chose qui te possédait. Mais tu avais perdu trop de forces, tu n'aurais pas repris conscience seul. Alors Lyvia t'a offert son énergie vitale. Nous ne savons pas quand elle reviendra à elle.

L'horreur se peignit progressivement sur le visage d'Evan. Il fixait Kalaan d'un air presque implorant, comme pour le supplier de revenir sur ses paroles.

Kalaan posa une main apaisante sur l'épaule du jeune homme, touché par sa détresse.

— Ne laisse pas ces souvenirs te détruire. Tu n'étais pas toi-même. Tu devrais t'entretenir avec Lyvia lorsqu'elle se réveillera… si vous êtes tous les deux vivants d'ici-là. En attendant… l'armée est au pied des montagnes Evan. La bataille débutera dans quelques heures. Nous ne pouvons plus compter sur les pouvoirs de Lyvia. J'ai besoin de savoir avec certitude dans quel camp tu te situes. Je voudrais que tu me répondes, maintenant : vas-tu combattre à nos côtés ?

Evan se redressa. Il réfléchirait plus tard aux horribles souvenirs qui le tourmentaient. Le langage de la guerre, c'était quelque chose qu'il connaissait par cœur.

— Oui, je combattrai à vos côtés. Mon camp sera toujours celui où Lyvia se trouve.

CHAPITRE 24

« Joignez tous vos efforts contre un espoir si doux ;
Pour en venir à bout, c'est trop peu que de vous. »
Don Rodrigue, Acte V, Scène 1.

Le Conseil des Voyageurs avait décrété que Lyvia devait être mise en sécurité, loin du champ de bataille. L'endroit idéal pour la dissimuler avait été trouvé : c'était une large anfractuosité dans la montagne, à l'opposé de la Passe de Sangral. Isadora ayant refusé de quitter sa fille, elle resterait à ses côtés durant le combat.

Avant que les Voyageurs ne le mettent à l'écart, Evan s'empressa de prendre Lyvia dans ses bras pour la porter jusqu'à l'anfractuosité. Les jeunes Voyageurs – les amis de Lyvia – l'y accompagnèrent dans un silence pesant. Ils étaient bien trop différents de lui. Ils avaient l'intention de se battre, alors qu'ils ne connaissaient rien de l'atrocité de la guerre. La plupart d'entre eux n'avait probablement jamais tué d'homme, et pourtant ils s'apprêtaient à supprimer des vies, peut-être même perdre la leur. Seule Viana n'avait pas souhaité les suivre. Elle ne pouvait poser son regard sur Evan sans éprouver une vive rancœur. Elle ne pardonnerait jamais à Lyvia sa décision.

C'est avec d'infinies précautions qu'Evan déposa Lyvia au creux de la roche, lorsqu'ils eurent enfin atteint l'endroit désigné par le Conseil. Et au moment où il soutenait délicatement sa tête avant de l'appuyer contre la pierre, les cheveux de Lyvia tombèrent en arrière, dévoilant son cou.

Les yeux d'Evan s'écarquillèrent d'horreur. Il comprit ce que Kalaan lui avait tu. Il comprit que « tu as tenté de… blesser Lyvia » n'avait été qu'un abominable euphémisme. Chaque hématome sur la peau de Lyvia était comme un coup de poignard qui lui lacérait la poitrine. Dans chaque marque, il se figurait la manière dont ses doigts avaient serré la gorge de Lyvia, à l'en faire suffoquer. Et cette vision lui retournait l'estomac. Il s'éloigna avec précipitation de la jeune fille. Une fois sorti de l'anfractuosité, il inspira avec force l'air glacial, dans l'espoir de faire refluer sa nausée. Il n'avait aucun souvenir du moment où il avait été possédé par la Noirceur. Il ne pouvait qu'imaginer la terreur de Lyvia, son incompréhension. Et ce qu'il se représentait le faisait se haïr au-delà de toute mesure.

Solara osa finalement le rejoindre, plusieurs minutes après. Elle chercha ses mots, hésita à poser une main réconfortante sur son épaule, puis se retint.

— Ce n'était pas ta faute, tu étais possédé par la Noirceur.

Elle savait que ses paroles ne changeraient rien face à ce qu'Evan devait ressentir. Mais elle voulait au moins essayer.

— Elle a dû avoir si peur, souffla Evan sans la regarder, la voix brisée.

— Elle ne t'en voudra pas, elle t'aime trop pour cela…

Cette fois, Evan se tourna vers Solara. Il était toujours aussi horrifié par ce qu'il avait fait, mais les derniers mots de la jeune fille avaient allumé une petite étincelle en lui. Car en dépit de ce qu'elle avait traversé, Lyvia avait choisi de le sauver. Elle avait non seulement détruit la Noirceur en lui, alors même qu'il tentait de la tuer, mais elle lui avait ensuite donné son énergie vitale. Et ce que ces actes signifiaient… Evan s'autorisait seulement à en rêver.

— Elle m'aime ? Enfin, tu veux dire… demanda-t-il sans oser poursuivre, les sourcils froncés.

Solara leva les yeux au ciel et s'exclama :

— Non, ne me dis pas que vous êtes le pathétique couple où chacun s'aime sans l'avouer à l'autre ? Mon grand frère Petro était exactement comme ça avec une fille du village, Zélie. C'était insupportable, tout le monde le savait sauf eux apparemment ! Je t'assure que ça aurait pu durer des années et des années si je n'étais pas intervenue. Zélie était une bonne amie à moi, on s'enfuyait souvent toutes les deux quand on ne voulait pas aller pêcher avec les autres. Je n'ai jamais vraiment aimé la pêche. Bref, je m'égare. Donc pendant une de ces journées, j'ai laissé échapper l'admiration de mon frère pour elle, c'était intentionnel bien sûr, mais j'ai fait semblant d'avoir fait une bêtise. Je lui ai fait promettre de garder ça secret. Et devine quoi ? Quelques jours plus tard, ils sortaient ensemble. Alors, tu veux que je fasse pareil avec Lyvia ?

Evan lui lança un regard noir et répliqua :

— Ce n'est pas du tout comparable, c'est simplement que nous n'avons pas eu le temps de discuter de nos sentiments et… Es-tu certaine qu'elle m'aime ?

— Évidemment… Elle vient quand même de choisir

de sacrifier les Voyageurs et Ombrume pour te sauver la vie. Je ne lui en veux pas, bien sûr. Pas comme Viana, qui se comporte comme une bien piètre amie, si tu veux mon avis. Lyvia ne serait pas Lyvia si elle n'était pas prête à tout pour sauver les gens qu'elle aime.

Si le jeune homme pensait que Lyvia n'aurait pas dû faire un tel choix, il ne pouvait s'empêcher de ressentir une joie immense, quoique teintée de honte, à l'idée d'être si important à ses yeux. Il avait déjà aimé auparavant, mais d'une part Maïwen n'avait guère possédé plus du dixième des qualités de cœur de Lyvia, et d'autre part il ne s'était jamais senti aimé en retour. À chaque instant, il osait croire un peu plus en l'amour de Lyvia, que Solara lui avait assuré. Et cet amour l'emplissait d'un bonheur incommensurable qui enflait à chaque fois qu'il pensait à la jeune fille.

Un espoir nouveau naquit dans son cœur à la manière d'une petite flamme que son amour grandissait et entretenait, jusqu'à ce que la flamme devienne un feu brûlant et dévastateur. S'ils réussissaient à gagner cette guerre, ils seraient libres de s'aimer, libres d'être heureux. Il ne la quitterait plus alors, il resterait à jamais à ses côtés pour la défendre de ceux qui lui voudraient du mal, pour la soutenir lorsque son destin lui pèserait trop.

Comme cette existence serait magnifique ! Comme ils seraient heureux…

Sa force décuplée par l'amour et l'espoir, Evan se résolut à gagner cette misérable guerre, dernier obstacle entre lui et le bonheur qu'il distinguait.

Evan observait à la dérobée les Voyageurs à ses côtés. La tension était palpable.

Alignés à l'entrée de la passe de Sangral, les Voyageurs formaient plusieurs lignes disparates, mais dégageaient une impression de dangereuse puissance contenue. Ils ne portaient qu'une simple cotte de maille, et pourtant Evan savait d'expérience qu'ils étaient de redoutables combattants. Lui avait préféré revêtir son armure, se sentant trop exposé sans elle.

Toutefois, ils étaient tous armés de boucliers, car ils comptaient pallier leur infériorité numérique par la tactique. Ils s'étaient placés à l'entrée de la passe de Sangral pour empêcher l'armée ennemie de les submerger de tous côtés. Les soldats héliosiens n'auraient d'autre choix que de les attaquer de front sans pouvoir escalader la roche, trop élevée. Par ailleurs, le sol de la passe étant en pente, les Voyageurs possèderaient l'avantage de la hauteur.

Lorsque la sourde rumeur de la marche de l'armée fit frissonner le sol, tous les Voyageurs se tendirent comme un seul homme. Les regards se rivèrent à l'horizon, et rapidement, le seul son perceptible fut le murmure du vent. La tension atteignit son paroxysme lorsque l'armée, enfin visible, s'immobilisa à un kilomètre, sur ordre du cavalier seul qui chevauchait en tête. Evan sentit un long frisson désagréable parcourir son dos en reconnaissant la silhouette de son père sur son étalon bai.

À cet instant, le jeune homme sentit l'air se charger d'électricité, et il jeta un regard surpris aux Voyageurs. Les yeux fermés, les traits tendus, une expression qu'Evan reconnut aisément pour l'avoir si souvent vue sur le visage de Lyvia. Ils utilisaient la magie. Seuls, le reste de pouvoir qu'ils possédaient était dérisoire, mais réunis ils étaient puissants. Très puissants.

Aadil, très droit sur son cheval alezan, avança au pas jusqu'à l'ennemi. Evan comprit, en voyant l'air onduler autour de lui, que les Voyageurs se préparaient à défendre le vieil homme si cela était nécessaire. Après un bref entretien entre le chef des Voyageurs et le général des armées héliosiennes, l'étalon d'Aadil se cabra et fit demi-tour au grand galop. Aadil, s'il restait un puissant magicien, était toutefois affaibli par l'âge, et les Voyageurs en première ligne le forcèrent à refluer vers le fond de la passe de Sangral.

Aussitôt, l'armée s'ébranla avec un cri de guerre qui ne laissait planer aucun doute sur ses intentions. Evan vida son esprit de toute pensée. Referma la main sur la poignée de son épée. Inspira. Expira. Gestes maintes fois répétés, qui lui permettaient de devenir une véritable machine à tuer. Pas de pensée parasite, « efficacité optimale », comme disait son maître d'armes. Lorsque les soldats les atteignirent, le jeune homme était prêt.

Il entra dans la danse aux côtés des Voyageurs, transperçant impitoyablement les soldats ennemis. Son bras ne faiblissait jamais, mû par sa volonté inaltérable. Il avait toujours combattu par devoir, et même s'il répugnait à l'avouer, il avait fini par prendre goût à la fièvre des batailles. Cependant, aujourd'hui, tout était différent.

Il combattait les hommes qui auraient pu être sous son commandement, mais surtout il combattait pour *elle*. Lorsque Lyvia lui avait jadis dit que l'amour était la plus grande des forces, il ne l'avait pas crue. Mais à cet instant, que représentait le courage, que valait l'honneur face à l'amour grandiose qui guidait chacun de ses gestes ? À ses yeux, chaque soldat qui se présentait était là pour faire du mal à Lyvia, et c'est avec un rugissement de rage qu'il enfonçait son épée dans leur cœur, eux qui osaient défier son amour.

En quelques minutes, l'entrée de la passe de Sangral devint le théâtre d'un effroyable massacre. La terre rouge se gorgeait de flots de sang. C'était un endroit maudit, auquel les siècles n'avaient su apporter que destruction. Ce nouveau carnage s'inscrivait dans un héritage qui ne cesserait pas après lui. Cette terre de sang devait encore voir mourir des milliers d'âmes.

Les Voyageurs étaient en infériorité numérique mais étaient de meilleurs combattants, c'est pourquoi le combat commença par être égal. Leur tactique fonctionna très bien durant les premières heures. Les soldats héliosiens piétinaient à l'entrée de la passe, obligés d'attendre que leurs compagnons chutent pour escalader les corps et parvenir face aux Voyageurs. Ainsi, seuls les Voyageurs en première ligne se battaient directement, pendant que les autres unissaient leur magie pour abattre les soldats ennemis.

Comprenant le désavantage de son armée, le général ordonna aux archers de se mettre en position pour éclaircir les rangs des Voyageurs, mais ceux-ci brandirent leurs boucliers comme une formidable carapace et les traits touchèrent très peu d'entre eux. Evan, en première ligne, était infatigable. Il fauchait les corps avec une puissance implacable, ignorant les Voyageurs qui s'effondraient à ses côtés. Effrayés par sa brutalité, les soldats commencèrent à s'éloigner de lui, préférant se battre contre les Voyageurs. Ces derniers, quoique d'une habileté inégalable, sentirent le poids de la fatigue causée par la marche s'abattre sur eux. Ils commencèrent à être submergés.

Les heures s'égrenèrent, apportant avec elles mort et

désolation. Les Voyageurs tombaient peu à peu, découragés. Alors que la situation leur semblait désespérée, le crépuscule s'abattit progressivement sur les deux armées, enveloppant les combats de sa noirceur. Au grand soulagement des Voyageurs, le soleil se coucha vers dix-huit heures en ce rude mois de février. La nuit offrit un avantage considérable aux Voyageurs. En effet, ils étaient capables de naviguer entre l'Univers des Âmes et la réalité pour localiser l'adversaire avec précision, tandis que les soldats héliosiens, handicapés par l'obscurité, frappaient à l'aveugle. Encouragés par ce nouvel espoir, les Voyageurs se lancèrent dans la bataille avec un regain d'énergie. De nombreux soldats ennemis périrent en quelques minutes, jusqu'à ce que le général ordonne leur retraite.

Chaque armée monta le camp et le silence qui avait succédé au fracas des batailles s'emplit de lamentations déchirantes. Les Voyageurs avaient entrepris d'inspecter les corps pour secourir les blessés et faire le compte des morts. Vingt Voyageurs avaient trouvé la mort, contre des centaines de soldats ennemis. Le bilan humain, quoique terrible, démontrait bien la supériorité militaire des Voyageurs.

Errant parmi les tentes, Evan entendait le nom des disparus à travers les sanglots de leurs proches :

— Kaï… Lilian… Govran… Kaori… Julia…

Il écoutait ces prénoms en espérant ne pas entendre celui de Kalaan, songeant que cela aurait pu être le sien. Mais qui l'aurait pleuré ? Les Voyageurs ne l'appréciaient pas, et il ne pouvait pas les blâmer de voir en lui un responsable de leur perte. Si Lyvia n'avait pas fait ce choix, toutes ces personnes, réduites à un prénom baigné de larmes, tous ces gens auraient pu être en vie.

Alors il évitait leur regard, cherchant un instant Kalaan et les jeunes amis de Lyvia, heureusement encore en vie, avant de retrouver la jeune fille toujours inconsciente.

Solara était auprès d'elle.

Ses grands yeux noirs rougis par les pleurs, la jeune Voyageuse avait perdu tout enthousiasme. Lorsque Evan les rejoignit, Solara serrait la main de Lyvia en la priant de revenir à elle pour mettre fin à ce cauchemar. Pris de pitié, le jeune homme s'agenouilla à côté d'elle et lui demanda doucement :

— As-tu perdu quelqu'un ?

Solara écarta ses longs cheveux noirs de son visage taché de terre et de sang et hocha la tête en reniflant avant de répondre dans un souffle :

— Il… il ne faut pas la laisser là, elle va prendre froid.

— Ne t'inquiète pas, je vais m'occuper d'elle. Tu devrais aller retrouver tes amis, ne reste pas seule.

Evan examina rapidement les alentours et son regard tomba sur Neil, le grand jeune homme blond. Ce dernier semblait aller bien malgré la fatigue qui se lisait sur son visage. Evan le héla et lui désigna discrètement Solara, sachant qu'ils étaient amis. Aussitôt, les yeux du garçon s'écarquillèrent et il se précipita aux côtés de la jeune fille pour l'aider à se relever. Il lui murmura quelque chose qu'Evan n'entendit pas puis il la serra dans ses bras et l'entraîna vers le camp.

Enfin seul, le jeune homme contempla le visage détendu de Lyvia, dont les joues étaient rosies par le froid. La retrouver après s'être battu pour elle toute la journée lui procurait un bonheur sans nom. À ses côtés, Evan avait l'impression d'être chez lui, à sa place. Craignant qu'elle ne prenne froid, il la souleva en ignorant les protestations de ses muscles affaiblis par le combat avant de la mener à sa tente. Il l'installa à l'intérieur en la recouvrant d'une épaisse couverture puis il retira avec soulagement les diverses pièces de son armure. Il dut abandonner Lyvia quelques minutes pour rejoindre d'autres Voyageurs autour de seaux d'eau froide, désireux de se débarrasser du sang et de la sueur accumulés durant la bataille. Il y retrouva Kalaan qui lui adressa un signe de tête, le regard las.

— Tu t'es bien battu, le félicita-t-il.

— Je le fais pour elle.

— Alors je sais que ta pugnacité et ton dévouement n'auront aucune limite… Réfléchis toutefois à ce que cela implique. Ton père est dans les rangs ennemis.

Evan leva un regard dur vers le professeur de Lyvia. Insinuait-il qu'il n'oserait pas défier son père ? Parmi tous les Voyageurs, Kalaan aurait pourtant dû connaître l'ampleur de son amour pour la jeune fille. Mais l'homme ramena ses cheveux roux humides en un habituel catogan avant de lui poser la main sur l'épaule d'un geste amical.

— Je sais que tu feras tout pour assurer la sécurité de Lyvia. Elle est dans ta tente, n'est-ce pas ? Je te fais confiance, ne laisse rien ni personne lui faire du mal.

— Je préfèrerais mourir plutôt que de faillir à sa protection, lui assura solennellement Evan.

Avec un bref sourire, Kalaan s'éloigna pour retrouver sa fiancée Anna. Inquiet lorsqu'il était loin de Lyvia, Evan se hâta de regagner sa tente. Lyvia paraissait simplement endormie, le souffle régulier et le visage paisible. Evan s'allongea à ses côtés, se relevant sur un coude pour observer les traits de celle qu'il chérissait tant. Dans l'obscurité de la tente, il avait l'impression d'être seul au monde avec elle. La rumeur lointaine des Voyageurs qui s'affairaient encore dans le camp finit par s'éteindre à ses oreilles, et il souffla des mots qu'il avait rêvé de lui dire :

— Mon amour…

Ces deux mots lui parurent à la fois si étranges et si doux qu'il ne put s'empêcher de les prononcer une seconde fois. C'était comme libérer un univers de songes et d'interdits, que ces simples mots dispersaient à travers le monde. Bien que la jeune fille fût inconsciente, il avait l'impression de lui avoir ouvert son cœur, et il rêvait autant qu'il redoutait de voir ses beaux yeux de nuit se poser sur lui.

— Mon amour…

Il goûta encore la délicatesse enivrante de ces mots qui semblaient danser dans l'obscurité avant de se déposer sur le visage de Lyvia, là où était leur place. Ces mots lui paraissaient si justes, comme s'ils n'avaient existé que pour qu'il les prononce, dans cette tente, à l'intention de la jeune fille qu'il aimait tant.

Même si la fatigue s'abattait douloureusement sur lui, il refusait de s'endormir, craignant de ne pas retrouver dans ses rêves la perfection du visage de Lyvia. S'il mourait demain, jamais plus il n'aurait l'occasion de contempler ces traits chéris. Il lui semblait ne pas avoir assez d'une vie pour mémoriser chaque détail de sa figure, la courbe exacte de ses sourcils, le tracé de ses lèvres, la douceur de ses joues…

Alors il la regarda pendant de longues minutes, jusqu'à ce que les yeux de la jeune fille papillonnent. Il crut d'abord à un effet de son imagination, mais le regard troublé de Lyvia finit par le fixer, encore incertain. L'expression hésitante de la jeune fille se transforma en un véritable sourire heureux qui réchauffa le cœur d'Evan. Elle remua plusieurs fois les lèvres sans résultat avant de réussir à articuler :

— Evan.

Elle avait beau avoir prononcé son prénom dans un souffle confus, Evan y décela toute la joie et l'affection qui lui donnèrent l'assurance de répondre :

— Je suis là, mon amour.

De nouveau, les deux mots empreints d'une douceur presque magique effleurèrent la jeune fille, en y trouvant cette fois une réponse. Le regard de Lyvia s'écarquilla d'abord de surprise, puis il se remplit de larmes de bonheur. Sa beauté transfigurée par l'amour qui émanait de tout son être, Lyvia tenta une nouvelle fois de parler, sans résultat.

Ses yeux se fermaient parfois, et Evan devinait dans son regard agité la violence du combat intérieur qu'elle menait pour rester consciente. Si son corps restait immobile, à l'exception de son visage, la jeune fille se battait toutefois avec obstination. Elle finit par laisser échapper quelques mots teintés de désespoir, les larmes ruisselant sur ses joues :

— Je… je n'y arrive… pas…

Evan plaça les mains de chaque côté de son visage et plongea son regard dans le sien pour lui transmettre sa force :

— Je sais ma princesse, mais tu vas réussir, j'en suis sûr. Bats-toi comme j'ai combattu toute la journée, bats-toi pour nous.

Le « nous » dessina un nouveau sourire sur le visage de Lyvia, et Evan se dit que jamais il n'avait vu un plus beau sourire. Il était prêt à tout, il déplacerait des montagnes pour un tel sourire, pour la voir à jamais heureuse.

— Je t'aime, souffla-t-elle doucement, de façon presque inaudible.

Mais elle aurait tout aussi bien pu crier ces mots, ils n'auraient pas retenti plus fortement dans l'esprit d'Evan. Depuis que Solara le lui avait dit, il s'était peu à peu convaincu que Lyvia l'aimait. Pourtant, voir les mots tant attendus franchir les lèvres de sa bien-aimée l'emplissait d'une émotion incomparable. Car ces mots avaient à présent une voix, une texture, une âme. Il pouvait presque les effleurer du bout des doigts, en goûter la saveur sur sa bouche. Toute fatigue évaporée, il sentit l'amour de Lyvia, maintenant bien réel, couler dans ses veines et se glisser dans chaque recoin de son être pour y instiller une force exceptionnelle.

— Je t'aime aussi, plus que tout.

Et il en était persuadé. Alors que Lyvia sombrait de nouveau dans l'inconscience, un sourire heureux sur les lèvres, il croyait vraiment que son amour ne connaissait aucune limite. À ses yeux, même la mort se montrerait présomptueuse à vouloir les séparer. Il ne reculerait devant rien pour connaître enfin le bonheur de son amour au quotidien, et il était prêt à tuer mille hommes si c'était le prix à payer pour revoir son sourire.

Plus que tout, il en était pourtant si certain…

CHAPITRE 25

« *Ton bras est invaincu, mais non pas invincible.* »
Don Rodrigue, Acte II, Scène 2.

Les combats reprirent à l'aube le lendemain. Au grand dam d'Evan, les Voyageurs avaient refusé de profiter de leur avantage en attaquant le camp ennemi durant la nuit. Cette obstination à vouloir combattre loyalement rendait le jeune homme furieux, mais il dut accepter leur choix. Ils avaient décidé de placer Lyvia dans la même cachette dans la roche, et Isadora déclara aussitôt qu'elle resterait auprès d'elle pour la protéger, comme elle l'avait fait la veille. Avec une certaine gêne, Aadil lui fit remarquer qu'elle ne maniait plus l'épée avec autant d'aisance qu'avant, tandis que sa puissante magie serait plus utile sur le champ de bataille. Après avoir protesté et tempêté pendant de longues minutes, Isadora avait fini par se ranger à l'avis du doyen. Kalaan proposa alors qu'un autre Voyageur reste aux côtés de Lyvia durant les combats.

Allan se porta volontaire. C'était un homme d'une trentaine d'années, particulièrement adroit en combat singulier. Son expérience et sa dextérité en faisaient un excellent candidat pour protéger Lyvia. Il promit de veiller sur l'Élue au prix de sa vie.

Evan choisit de combattre de nouveau en première ligne. Cette fois, Kalaan se trouvait à ses côtés. Evan, qui avait dit un jour à Lyvia ne pas être croyant, se mit à prier tous les dieux d'accorder la vie sauve au professeur de Lyvia, cette dernière s'étant attachée à lui comme à un père. Les combats reprirent avec encore plus de violence que la veille. Evan se jeta dans la bataille avec une satisfaction sauvage, considérant chaque homme abattu comme un pas de plus sur le chemin qui le mènerait au bonheur. Il évoluait dans une autre dimension, tranchant des gorges, perçant des armures et fracassant des crânes avec son bouclier. Au milieu du vacarme insoutenable d'armes entrechoquées et de cris de souffrance, Evan n'entendait que l'aveu de Lyvia, un murmure à peine audible qu'il se répétait sans cesse : « *je t'aime* ». Au bout de quelques heures, il perdit le compte des soldats morts de sa main, seulement conscient de la présence de Kalaan à sa gauche. D'un accord tacite, ils s'étaient mis à coopérer durant la bataille.

Cela avait commencé vers dix heures du matin, d'après les estimations d'Evan. Le jeune homme était aux prises avec un soldat qui portait une armure lui recouvrant tout le corps, comme tous les soldats héliosiens. Tout ce qu'Evan distinguait de lui était son regard bleu perçant, luisant d'un éclat féroce. Il s'apprêtait à enfoncer la pointe de son épée dans l'interstice entre le heaume et le plastron lorsqu'il se rendit compte que Kalaan était en mauvaise posture. Ce dernier combattait deux soldats à la fois, et l'un deux, d'une feinte retorse, était parvenu à le désarmer.

Aussitôt, Evan se tourna vers les assaillants de Kalaan, repoussant l'homme aux yeux bleus d'un coup d'épaule. D'une détente impressionnante, il fonça sur les deux soldats, bouclier en avant. Alors que les hommes chutaient après avoir trébuché sur des cadavres, Evan ramassa l'épée de Kalaan et s'en servit pour trancher la gorge de son précédent adversaire en se redressant. Avec un sourire un tantinet narquois, le jeune homme lança son arme tachée de sang au Voyageur, pommeau en avant. Kalaan la reçut en se renfrognant et tua les deux soldats alors qu'ils tentaient de se relever.

— On dirait que tu te bats mieux que la deuxième fois que nous nous sommes affrontés, lança Kalaan, à son tour goguenard.

Evan ne se rembrunit pas au souvenir de sa cuisante humiliation par le professeur de Lyvia, sachant que, malgré ses railleries, Kalaan lui était reconnaissant. Il arracha le heaume de son nouvel adversaire et lui emboutit le visage avec son bouclier. Alors que l'homme tombait sur la pile de cadavres devant lui, il répliqua avec amusement :

— La brutalité est plus efficace que ta technique de serpent sur un champ de bataille.

Kalaan ne répondit rien, mais alors qu'Evan se détournait pour affronter le prochain soldat héliosien, il entrevit un mouvement preste du Voyageur. Intrigué, il baissa les yeux et il eut juste le temps de voir Kalaan trancher la main de son précédent adversaire, celui dont il avait embouti le visage. Alors qu'Evan l'avait cru mort, le soldat, encore au sol, avait trouvé la force de soulever son épée et s'apprêtait à l'abattre sur Evan lorsque Kalaan l'en avait empêché. Se maudissant pour son manque de vigilance, il s'apprêtait à remercier le professeur de Lyvia lorsque ce dernier s'exclama :

— Nous sommes quittes !

Dès lors, ils se mirent à œuvrer de concert. Seuls, ils étaient de redoutables adversaires, mais unis, ils ne laissaient pratiquement aucune chance à leurs ennemis. Une triste pile de cadavres s'amoncela rapidement à leurs pieds. Malgré la férocité d'Evan et de Kalaan, les autres Voyageurs commençaient à être submergés par le nombre, et l'armée héliosienne gagnait progressivement du terrain. Et surtout, en contournant la passe de Sangral, une troupe de soldats menée par un officier avait trouvé un endroit facile à escalader, et elle parvint à prendre les Voyageurs à revers. Persuadés que l'armée héliosienne ne parviendrait pas à franchir les rochers élevés qui bordaient la passe, les Voyageurs avaient décidé de laisser les plus jeunes à l'arrière pour qu'ils ne participent à la bataille qu'en utilisant leurs pouvoirs.

Pris par surprise, les Voyageurs furent obligés de combattre sur deux fronts. Ravie de pouvoir venger la mort de l'ami qui avait succombé la veille, Solara bondit en avant et se plongea dans la bataille. Neil, qui aimait se battre autant qu'elle, se posta à ses côtés, ravageant les rangs ennemis grâce à son style brutal et agressif. Mais les deux jeunes gens étaient parmi les rares Voyageurs à l'arrière qui voulaient se battre. Lior, terrifié, recula précipitamment, tandis que Viana entamait le combat en réprimant un gémissement apeuré.

Heureusement, les Voyageurs plus expérimentés qui se trouvaient au milieu vinrent leur porter secours. Isadora s'élança, craignant pour la vie des jeunes amis de sa fille. Délila, la professeure de Lior, plaça son élève derrière elle avant de repousser les soldats. Hanko rejoignit également Viana et la défendit contre ses adversaires sans l'empêcher complètement de se battre, transformant cette terrible guerre en une leçon d'escrime. Clarisse et

Lohan, en première ligne de l'autre côté de la passe, ne purent rejoindre leurs fougueux élèves, mais Délila et Hanko surveillèrent attentivement Solara et Neil tout en s'occupant de leurs élèves.

La situation était de plus en plus critique pour les Voyageurs.

Alors qu'Evan sentait le découragement poindre en lui, un mouvement à la périphérie de son champ de vision l'interpella. Un grand cheval alezan monté par un cavalier dissimulé sous une cape noire contournait la zone des combats. L'effort évident qu'il déployait pour ne pas être vu aiguisa l'intérêt d'Evan. Un sourd pressentiment serra le cœur du jeune homme lorsqu'il vit la direction prise par le cavalier, opposée au champ de bataille. Déconcentré, il recula brusquement pour éviter la lame d'un soldat dont Kalaan transperça le cœur.

— Fais un peu attention, le morigéna le Voyageur, à bout de souffle.

Le ventre de plus en plus tordu par l'inquiétude, Evan désigna le cavalier à Kalaan, qui confirma ses craintes d'un regard angoissé.

— J'y vais !

— Non, protesta Evan, je vais y aller. J'ai laissé mon cheval pas loin d'ici, j'aurai tôt fait de le rattraper.

La voix d'Aadil derrière eux les fit tous deux sursauter :

— Je surveillerai tes arrières jeune homme.

— Aadil, ne restez pas ici ! s'exclama Kalaan, inquiet.

Mais le chef des Voyageurs l'ignora, déjà occupé à assurer la protection d'Evan qui s'était élancé au milieu des soldats ennemis. Maniant rageusement son épée, Evan progressait rapidement. Les hommes tombaient les uns après les autres sur son passage, fauchés par son implacable volonté. Levant son bouclier d'une main, le jeune homme fonçait tel un bélier pour écarter ceux qui tentaient de le retarder. Les soldats qui essayaient de l'atteindre par derrière chutaient, les chevilles ligotées par une longue plante qu'Aadil serrait entre ses mains, et les autres périssaient sous la lame rougeoyante de sang d'Evan.

Même si Evan parvenait à tailler son chemin à travers les rangs ennemis, il n'avançait pas aussi vite qu'il l'aurait voulu, et il craignait à chaque seconde d'arriver trop tard. Il tuait dans un état second, incapable de penser à autre chose qu'au danger encouru par Lyvia. Il tentait de se rassurer en se disant qu'Allan était là pour la protéger, mais il n'osait songer à ce qu'il adviendrait si le cavalier triomphait du Voyageur.

Malgré la peur et la rage qui décuplaient ses forces, Evan avait l'impression qu'il ne réussirait jamais à s'extirper de cette marée humaine. Les soldats étaient sans cesse plus nombreux devant lui, et la fatigue commençait à refroidir son ardeur. Il lui semblait qu'il progressait à peine, comme pris dans des sables mouvants. Des larmes de désespoir brouillèrent ses yeux et il cligna rageusement des paupières pour les chasser.

Soudain, alors qu'il croyait ne jamais s'en sortir, le sol explosa devant lui et la voie s'éclaircit brusquement. De larges racines tendaient leurs doigts décharnés vers le ciel, libérées de leur carcan terrestre. Sans réfléchir à la provenance de cette aide providentielle, Evan s'élança à toute vitesse et bondit sur Carthago dès qu'il l'eut rejoint.

Loin derrière lui, Aadil s'effondra, épuisé par sa dépense magique.

Le cheval à la robe gris pommelée fusa, ses sabots touchant à peine le sol. Evan, le cœur battant la chamade, encourageait son hongre sans quitter des yeux le cavalier encore loin devant eux. Dans quelques minutes, il aurait rejoint l'endroit où était dissimulée Lyvia. Carthago gagnait peu à peu du terrain sur le grand cheval alezan, mais ce n'était pas encore suffisant. En désespoir de cause, Evan s'empara d'un poignard dans les sacs de selle et trancha les attaches de son armure, jetant celle-ci dans la poussière pièce par pièce sans le moindre état d'âme.

Le poids de son cavalier allégé, Carthago s'envola avec une ardeur nouvelle. Bientôt, Evan vit l'autre cavalier s'arrêter avant de mettre pied à terre. Le jeune homme étouffa un juron et pria son cheval d'accélérer encore, distinguant le combat qui s'engageait entre le cavalier et Allan. Heureusement, ce dernier était un très bon combattant et le duel, en s'éternisant, permit à Evan de se rapprocher. Alors qu'il n'était plus qu'à une centaine de mètres, il vit avec terreur Allan s'effondrer, sa tête roulant à côté de son corps dans la poussière. Evan saisit l'arc accroché à sa selle et le banda mais sa précipitation lui fit manquer sa cible. Le cavalier, entendant le sifflement de la flèche, perdit plusieurs secondes à se retourner, puis il se rua vers Lyvia, brandissant sa lame dégoulinant du sang d'Allan. Alors que le cheval gris franchissait les derniers mètres avec l'énergie du désespoir, les flancs écumants, Evan décocha une nouvelle flèche, sachant qu'il n'avait pas droit à l'erreur.

Le trait se planta dans le dos de l'inconnu, qui tituba un instant avant de s'effondrer tête en avant. Evan sauta à terre avant de se recevoir dans une roulade. Il retourna le cavalier et s'assura qu'il était mort, puis il releva son capuchon. Il découvrit avec effarement le visage du roi, figé dans une terrible expression de surprise.

Le corps du souverain fut agité d'un étrange soubresaut, puis il retrouva le visage qu'Evan avait connu dans son enfance. Le regard écarquillé du roi, perdant son éclat rouge, redevint d'un doux bleu pervenche. Alors que le masque cruel qu'il portait depuis des années s'effaçait, Evan se remémora avec émotion le souverain bon et généreux qui lui offrait discrètement des sucreries lorsque son père se montrait trop sévère. Même s'il ne regrettait pas son acte, puisqu'il avait sauvé la vie de Lyvia, Evan ne pouvait s'empêcher de se sentir coupable. Avant d'être possédé par la Noirceur, Syrian II avait été un bon roi, et il aurait aimé qu'il lui fût donné une seconde chance.

Le jeune homme sursauta en entendant un hoquet de terreur derrière lui. Il fit volte-face, pour se retrouver face à Lior. L'adolescent transpirait abondamment, une expression d'horreur peinte sur le visage.

— Je… je ne suis p… pas fait pour combattre, je… je déteste cela, la… la mort partout, m … même ici auprès de Lyvia, bégaya-t-il.

Evan, traversé par une bouffée de compassion, se remémora la pensée qu'il avait eue la veille : ces Voyageurs n'étaient pas prêts à donner la mort. Cette impression fut faussée lorsque Neil fit irruption, le sabre au clair et le visage en feu.

— Qu'est-ce que vous faites ? Nous avons réussi à décimer la troupe qui nous avait pris à revers, mais Solara vous a vus partir. Pourquoi êtes-vous i… commença-t-il avant de s'interrompre en avisant le roi.

— Attends, je…

Evan ne poursuivit pas sa phrase, le jeune homme

avait déjà bondi sur son puissant cheval noir, galopant à bride abattue vers la zone des combats.

Lior se laissa tomber sur le sol, secoué de tremblements incoercibles.

La nouvelle de la mort du roi se propagea comme une traînée de poudre parmi les rangs, et bientôt elle parvint aux oreilles du général Loÿe. Il ordonna à ses officiers de se replier. L'armée reflua progressivement, et le général s'élança sur son étalon bai vers l'endroit où des Voyageurs se regroupaient déjà. Il mit pied à terre, et sa simple présence imposa un lourd silence.

— Écartez-vous !

La mort du roi avait semé la panique parmi les Voyageurs, aussi se contentèrent-ils d'obéir au général, hébétés. Le commandant des armées héliosiennes s'agenouilla et son visage se crispa en reconnaissant son roi. Il se releva, les poings tremblants d'une fureur contenue, et hurla d'une voix terrifiante :

— Qui a fait cela ?

Pendant un instant, un terrible silence plana sur les Voyageurs. Les paumes moites, Evan demeura quelques secondes immobile, enchaîné par la peur respectueuse que lui avait toujours inspirée son père. Son père, ce valeureux guerrier auquel il avait toujours rêvé de ressembler… Oserait-il s'opposer à lui aujourd'hui ? Depuis qu'il s'était enfui avec Lyvia, il lui avait été aisé de désobéir à son père, qui n'était plus pour lui que la figure lointaine de la contrainte et de la rigueur. Mais à présent, s'il osait avouer son crime, Evan devrait lui faire face, pour lire la déception dans son regard d'acier. Depuis son enfance, il aimait ses yeux gris car ils le faisaient ressembler à son père. C'était comme un lien entre eux deux, une piètre substitution pour l'affection qui n'avait jamais existé.

Oui, Lyvia lui avait ouvert les yeux, et il savait aujourd'hui que son père ne l'aimait pas.

Lyvia, sa bien-aimée, celle pour qui il était prêt à tout… Elle, contrairement à son père, était prête à lui offrir son amour, un amour pur et sincère. La veille, dans la tente, il avait goûté un fragment du bonheur incommensurable qui les attendait si les Voyageurs étaient victorieux. Il donnerait tout pour se réveiller chaque matin à ses côtés, pour l'entendre lui murmurer encore et encore « je t'aime ». Ce bonheur était à portée de main, il leur suffisait de triompher de leurs ennemis. Et si pour gagner cette guerre, il lui fallait vaincre son père, alors il le ferait.

Plus que tout, il le lui avait dit.

Evan s'avança d'un pas, le menton relevé et le regard empli de défi.

— C'est moi, Père.

Il avait accentué le dernier mot, avec un soupçon d'amertume. Ce mot qu'il n'avait jamais prononcé qu'avec révérence, qu'avec crainte.

Le regard du général vrilla le sien, et il articula durement, la voix suintante de mépris :

— Ainsi voilà donc mon fils, celui qui n'a rien trouvé de mieux à faire que de déshonorer sa famille en désobéissant à son père. Voilà mon bon à rien de fils, mon idiot de fils, qui, non content de me ridiculiser, trouve judicieux de tuer le plus grand homme de ce royaume ! Cet ultime affront marque la fin de mon indulgence. Tu n'es plus mon fils, je le jure devant l'armée entière.

Evan tressaillit, mais garda la tête haute.

— Très bien, alors battez-vous ! Un père ne se bat pas contre son fils, mais puisque vous n'êtes plus mon père… répliqua-t-il en dégainant son épée.

Un rictus tordit le visage du général, qui attaqua en premier.

L'assaut fut extrêmement violent, mais bref. Les deux adversaires ayant la même technique de combat, il semblait impossible que l'un d'eux prenne le dessus. Ils virevoltaient, feintant, contrant, parant, enchaînant les coups d'estoc et de taille en insufflant une force inouïe à chacun de leurs coups. La rage décuplait la puissance et la précision d'Evan, qui refusait de s'avouer vaincu. Cependant, l'expérience et la maîtrise éblouissante de son père eurent raison de lui, et son sabre l'atteignit au flanc. Evan tomba à genoux, tentant de contenir le flot de sang qui s'échappait de son côté et leva un regard haineux vers son père.

Celui-ci s'avança lentement et posa son épée sur le cou du jeune homme. La dureté de ses traits ne parvenait pas à dissimuler la répulsion qu'il éprouvait pour le geste qu'il hésitait à commettre.

— Eh bien, qu'attendez-vous, Père, tuez-moi, cracha Evan sans la moindre trace de peur dans la voix.

Une lueur d'admiration passa dans le regard du général. Cette lueur qu'Evan avait recherchée toute sa vie. Il s'était soumis aux entraînements les plus intensifs, il avait mené des troupes au combat et avait remporté la victoire, il avait exécuté les missions les plus périlleuses. Il s'était surmené, il n'avait jamais écouté la fatigue, il avait toujours dépassé ses limites. Et tout cela dans l'espoir de lire un jour de la fierté et de l'admiration dans les prunelles froides du général. Pourtant, tous ses efforts avaient été vains. Ils ne suffisaient jamais. Jusqu'à ce jour.

Car ce jour-là, Evan avait intimé à son père de le tuer. Sans aucune crainte, sans aucune hésitation. Le général Loÿe avait œuvré toute sa vie pour faire de son fils un surhomme, le meilleur soldat qu'Héliosis ait connu. Un combattant sans peur, sans faiblesse, sans remords. Une « armure inhumaine », comme aurait dit Lyvia. Et le général avait toujours cru avoir échoué. À cause de cette maudite sensibilité qu'il n'avait jamais pu détruire. À cause de cette fragilité, qui ne pouvait être qu'une fragilité de femme. Ce jour-là, pourtant, Evan n'avait pas l'intention de se dérober à sa lame. Son regard ne vacillait pas.

Et ce fut comme si le général voyait son fils pour la première fois, comme s'il saisissait enfin ce qu'il avait toujours tenté de lui faire comprendre. Qu'aimer ne le rendait pas moins courageux, qu'être sensible ne faisait pas de lui un moins bon combattant.

— Non, Evan, je ne peux pas. Pas par pusillanimité comme tes yeux semblent le crier, mais parce que malgré ce que je t'ai dit, tu restes mon fils. Un fils déchu certes, mais mon fils malgré tout. Oui, je déteste les choix que tu as faits, je déteste la voie que tu as choisie, je déteste ce que tu deviens, mais je suis fier de toi. Fier de ta bravoure, de ta pugnacité, et de ta stupide foi en tes rêves. Alors mon fils, je vais oublier ce que tu es devenu, je ne vais garder en mémoire que tes qualités, et je vais te souhaiter d'être heureux. Parce que c'est tout ce que le plus mauvais père du monde peut souhaiter au fils le plus indigne du monde…

Evan, bouleversé, tenta de parler, mais ne parvint qu'à cracher du sang. Son père se détourna et remonta en selle sous le regard choqué des Voyageurs.

— L'armée s'approche du Passage !

Le cri de Solara tira brutalement Lyvia des limbes de l'inconscience. L'esprit encore embrumé, elle entendit des bribes de phrases.

— Même si le roi est mort… attaque…

— … rien faire… trop nombreux !

— … perdu la bataille…

Peu à peu, ses sens lui revinrent et ses pensées se clarifièrent.

— Il faut les retenir ! s'exclama une voix que Lyvia identifia comme celle de Viana.

Entendre la voix de la jeune fille raviva le souvenir des évènements qui avaient précédé son inconscience, et Lyvia ouvrit les yeux, comme frappée d'horreur.

— Lily ! Tu es réveillée ! Evan a tué le roi pour te sauver mais le Général Loÿe a décidé d'attaquer Ombrume pour réaliser le souhait de son monarque ! Nous ne savons pas quoi faire pour l'arrê…

Lyvia porta la main à son médaillon de Voyageuse, comme par réflexe.

Solara ne poursuivit pas sa phrase. Lyvia n'était déjà plus là.

La jeune fille réapparut au sommet de la montagne, pour assister à un terrible spectacle. Le général tenait fermement Pierrick, un poignard contre sa gorge. L'armée héliosienne, en retrait, observait la scène en attendant un ordre de son commandant. Inexorablement, bien que le Voyageur ne cessât de se débattre, le commandant l'entraînait vers l'arche sculptée dans la roche, qui dissimulait le Passage vers Ombrume. Lyvia voulut se porter à son secours mais ses jambes encore faibles se dérobèrent sous son poids.

La poigne ferme de Neil empêcha la jeune fille de s'effondrer. Elle lui lança un regard déconcerté, ne pouvant s'expliquer comment il avait atterri ici.

— Je te tenais la main quand tu t'es réveillée, expliqua-t-il dans un chuchotement, pour ne pas attirer l'attention du général.

Lyvia hocha la tête en signe de compréhension.

— Il va appliquer le pendentif de Pierrick sur l'arche pour l'ouvrir, conduis-moi là-bas s'il te plaît, murmura-t-elle en indiquant du menton la roche dans laquelle l'œil avisé des Voyageurs distinguait une légère anfractuosité en forme de V.

Dubitatif, Neil obtempéra tout de même et la soutint du mieux qu'il put tout en dégainant son épée de sa main libre. Connaissant la faiblesse de Lyvia, il savait qu'ils n'auraient aucune chance contre le général en cas de combat. Mais il était loyal, et comme tous les Voyageurs, il était prêt à donner sa vie pour l'Élue. Quoiqu'elle décide, il la soutiendrait et se battrait à ses côtés jusqu'à la fin.

Ils s'interposèrent entre le général et l'escarpement. Le général Loÿe s'immobilisa brusquement, et braqua un regard flamboyant de rage sur Lyvia.

— Alors c'est toi la traînée de mon fils, éructa-t-il. Je ne le laisserai pas gâcher sa vie à cause de toi, ta mort devrait le remettre dans le droit chemin.

Sans crier gare, il pointa vivement son épée en direction de Lyvia, qui ne dut la vie sauve qu'aux réflexes de Neil. La tirant en arrière, le jeune homme brandit son épée d'un air menaçant.

— Il faudra d'abord me battre.

Le général laissa échapper un rire bref, aussi froid et tranchant que son regard.

— Mon fils ne te suffit-il pas ? lança-t-il avec fiel à Lyvia.

La jeune fille s'apprêtait à répliquer, mais Neil fut plus rapide :

— Je ne m'attends pas à ce que quelqu'un comme vous comprenne quelque chose à l'amitié.

— Tout ce que je connais c'est la victoire, laissa tomber le général en attaquant brusquement.

Le duel s'engagea avec violence. Le général, handicapé par le Voyageur qu'il serrait toujours au creux de son bras gauche, restait toutefois un redoutable adversaire. De plus, par crainte de blesser Pierrick, Neil était obligé d'attaquer le côté droit du général, ce qui rendait ses coups très prévisibles. Le père d'Evan gagnait peu à peu du terrain sur Neil, qui reculait malgré lui vers l'escarpement où se trouvait l'arche.

Lyvia, quelques pas en retrait, observait la scène sans oser intervenir. Le cœur battant, elle ne cessait d'effleurer l'Univers des Âmes, incapable de prendre une décision. Devait-elle utiliser la magie, avec tous les risques que cela comportait ? Elle ne savait pas quoi faire pour arrêter le général… Il n'était pas contaminé par la Noirceur, et pourtant il se comportait de façon totalement immorale. Tout le mal qu'il commettait, il le faisait par devoir envers son roi décédé – avec cette même obéissance aveugle qu'il avait exigée de son fils.

N'y avait-il donc aucune limite à ce qu'il était prêt à

faire par obligation ? Sa raison ne se récriait-elle donc pas à l'idée de prendre un homme en otage, de tuer une jeune fille et d'attaquer un monde sans motif valable ? Lyvia répugnait à croire que le général pût approuver ces actions. Elle préférait penser que, à la manière d'Evan lorsqu'elle l'avait rencontré, le général avait un sens du devoir tellement fort qu'il exécutait les ordres sans réfléchir, sans les remettre en question. Elle se le figurait tel un cheval qui met en place ses propres œillères, et qui ne les quitterait pour rien au monde. Presque apitoyée par sa situation, elle le détestait toutefois avec la même virulence qu'auparavant, alors qu'il n'était à ses yeux que le père trop strict d'Evan, et non cet homme prêt à détruire des milliers de vies…

Soudain, Neil lâcha son épée qui retomba en tintant sur le sol rocailleux. Étouffant un cri de souffrance, le jeune homme s'effondra, la main crispée autour de son bras droit ruisselant de sang. Préoccupée, Lyvia se précipita à ses côtés pour le soigner mais Neil secoua la tête, les mâchoires serrées pour contenir la douleur.

— Arrête-le, articula-t-il difficilement.

La jeune fille céda à contrecœur. Elle fit de nouveau face au général, cette fois seule, uniquement soutenue par la magie qui coulait dans ses veines. Inspirant profondément, elle appela à elle le frêle sentiment de compassion qu'elle éprouvait encore.

— Ne faites pas cela, je vous en prie. Votre roi est mort, et vous devriez lui offrir la cérémonie funèbre qu'il mérite. Cette guerre est vaine, savez-vous au moins pourquoi vous allez attaquer les Ombrois ?

— Ils vivent en anarchie, comme des bêtes. Nous allons leur apporter l'ordre et la civilisation, n'est-ce pas un motif admirable ? répliqua le général.

S'il était évident à son ton qu'il répétait les mots du roi, Lyvia percevait cependant dans sa voix un soupçon d'ironie qui la mettait mal à l'aise. Le général ne semblait pas dupe des mensonges qu'il proférait, comme s'il avait conscience du mal qu'il s'apprêtait à commettre sans en avoir cure.

— Vous n'ignorez pas que ces ordres vous ont été donnés par le roi alors qu'il était contaminé par la Noirceur n'est-ce pas ?

À cet instant, le général sembla perdre patience. Les yeux étincelants de fureur, il se pencha vers elle et proféra à voix basse :

— Écoute-moi bien sorcière, Syrian II n'a jamais souffert de quoi que ce soit, à part de la stupidité de ses sujets. Tu m'as fait perdre assez de temps comme cela. Alors loue ma mansuétude et écarte-toi de mon chemin.

— Si vous faites un pas de plus, vous allez le regretter, le prévint-elle d'une voix faussement assurée.

— Je ne te crains pas, misérable sorcière !

Et alors que le général se précipitait vers elle pour prouver ses dires, ce qu'elle lut dans son regard la bouleversa. Car outre le mépris, la haine et tous les sentiments les plus bas qui pervertissaient le regard de cet homme, Lyvia y décela de la peur. Une crainte latente, un sentiment que le général nierait toujours, à peine discernable sous le feu de l'aversion. Malgré ce qu'il affirmait, il craignait la jeune fille pour ses pouvoirs sur lesquels il n'avait aucun contrôle. Il avait peur de celle qui était parvenue à lui ravir son fils en dépit de l'éducation sans faille qu'il lui avait prodiguée.

Il ignorait que sa force, elle la tirait autant de l'amour que de la magie. Et surtout, il ne savait pas que c'était ce qui causerait sa perte.

Elle esquiva difficilement le premier assaut du général, affaiblie par ses deux jours d'inconscience. Elle n'avait pas son épée sur elle, et de toute façon, quelle piètre adversaire aurait-elle fait ? Le père d'Evan porta un nouveau coup d'estoc qui trouva cette fois sa cible, atteignant le ventre de Lyvia. Celle-ci bondit en arrière au dernier moment mais ne put empêcher la lame de percer sa peau. Traversée par un vif éclair de douleur, la jeune fille plaqua une main sur le sang qui s'écoulait de son abdomen et plongea dans l'Univers des Âmes, à la recherche d'une solution. Mais presque aucune vie végétale ne se risquait à pousser si haut dans les montagnes de Sangral, entre les roches écarlates et le sol aride et froid. Aucune plante ne viendrait à son secours ce jour-là. Elle était seule, seule face au général qui avait décidé de la tuer.

En voyant le général avancer une nouvelle fois vers elle, prêt à assener le coup de grâce, Lyvia se décida en une fraction de seconde. Elle le fit pour Neil, que le général venait de blesser, pour tous les Voyageurs morts au combat, pour les milliers d'Ombrois que le général s'apprêtait à massacrer, et pour Evan, qui n'avait jamais eu le droit à l'affection d'un père. Oui, comble de l'ironie, elle crut le faire pour Evan, pour leur amour, pour ce « nous » dont elle percevait à peine la délicieuse saveur…

La jeune fille se glissa dans l'Univers des Âmes. Elle se précipita vers l'esprit du général Loÿe, semblable à une large sphère de lave bouillonnante. Ceint d'une puissante Armure de lumière, celui-ci s'apparentait à une forteresse imprenable. Cependant, la jeune fille ne fut pas surprise outre-mesure : elle s'était attendue à ce que les Traîtres enseignent aux sbires du roi comment protéger leur esprit d'une intrusion. Lyvia ne se démonta pas et tenta de percer le maillage lumineux. À la manière d'un bélier dévastateur, elle attaqua violemment la protection jusqu'à ce qu'une brèche apparaisse. Alors, elle détissa en hâte les mailles lumineuses, sans prendre garde à la taille de l'ouverture. Elle n'avait plus le temps. Sans douceur, la jeune fille envahit l'esprit du général qui tressaillit et chancela sous l'impact. Ignorant la vague de souvenirs qui la submergeait, elle projeta des ordres brefs vers le général avec toute la force de sa volonté, imposant ces actions comme si elles venaient de sa propre initiative. Lâcher son arme. Libérer Pierrick. Ordonner le repli de l'armée.

Un murmure étonné parcourut les soldats, mais la résolution impitoyable de leur chef acheva de les décider. Comme un seul homme, ils firent volte-face et reprirent le chemin du château.

Lyvia avait jeté toutes ses forces dans cette lutte de volontés. Elle sentit la fatigue s'abattre brusquement sur elle. Elle ne parvenait plus à éviter les souvenirs qui s'échappaient du général par l'ouverture qu'elle avait percée dans l'Armure. Incapable de résister, elle fut happée par ce flot mémoriel, plongée dans la vie du général.

Elle vit une femme au regard fier, d'une teinte bleu azur. Quelque chose dans son visage semblait familier, mais Lyvia mit quelques secondes avant de noter la ressemblance. Ses boucles brunes étaient semblables à celles d'Evan. La courbe de ses sourcils, la forme de son sourire. Elle avait transmis tout cela à son fils. Puis son sourire s'effaça, alors que la main du général frappait sa joue avec force. Ses longs cheveux retombèrent sur son visage alors qu'elle baissait la tête, dissimulant la marque écarlate sur sa pommette. Le général la poussa violemment pour la jeter hors de la pièce, et Lyvia eut le temps d'apercevoir son ventre rond avant que le souvenir ne s'efface. Elle était enceinte d'Evan…

Plusieurs souvenirs de la mère d'Evan passèrent devant les yeux de Lyvia, certains des moments de tendresse, d'autres de violence. Elle paraissait plus jeune à chaque souvenir, le visage moins marqué. Puis un tourbillon de souvenirs et de sensations envahit Lyvia, si rapide qu'elle était incapable de fixer son attention sur un élément. Comme lorsqu'elle avait tué les soldats dans les marécages, elle sentit son esprit être presque asphyxié par ce torrent mémoriel. C'était intolérable, comme un film en accéléré gravé au fer rouge sur ses prunelles. Elle était incapable de s'y soustraire, incapable de quitter l'Univers des Âmes. Les souvenirs assaillaient son esprit pour la retenir jusqu'à la fin. Jusqu'à la fin de l'histoire, l'enfance du général.

Lyvia distingua le père du général, avec le même regard gris acier. Mais ce regard n'avait pas la même dureté, ni la même inflexibilité. Il était empli de crainte, alors qu'une femme le surplombait, un poignard dans la main. Lorsqu'elle remarqua la présence du petit garçon qu'était le général, elle agita le poignard dans sa direction d'un air menaçant. Le petit garçon détala, mais Lyvia eut le temps d'entendre le cri de douleur du père du général. Plusieurs scènes semblables défilèrent, toutes marquées par la violence. La femme terrifiait le père et le petit garçon, imposant une discipline de fer dans le foyer. Lorsque le petit garçon avait refusé de tuer un gros volatile, la femme l'avait frappé, encore et encore, jusqu'à ce qu'il s'exécute. Le père du général avait regardé la scène, impuissant. Et alors que les derniers souvenirs, flous et imprécis, glissaient devant ses yeux,

Lyvia comprit combien la mère du général avait scellé le destin de son fils par sa violence. Le général n'avait jamais compris l'amour, parce qu'il n'en avait jamais reçu. Il avait perpétué auprès de sa femme, la mère d'Evan, ce cycle de violence sans fin. Et il avait enseigné à Evan, à son tour, que l'amour ne valait rien. Que n'existaient que la force, que le pouvoir.

Soudainement consciente que le flot de souvenirs s'était arrêté, Lyvia comprit qu'elle était libre. Elle se jeta hors de l'Univers des Âmes, et se trouva à genoux devant le général. Un horrible sentiment de déjà-vu s'infiltrait dans chaque parcelle de sa peau, alors qu'elle levait les yeux vers le père d'Evan. Ce dernier porta les mains à sa gorge, incapable d'aspirer l'air salvateur qui l'entourait. Son visage se décolora à mesure que l'oxygène lui manquait. Puis, comme une bougie dont la flamme vacille avant de disparaître d'un seul souffle, le cœur du général Loÿe cessa de battre. La carcasse brisée de celui qui avait été si craint et si redouté s'effondra sur le sol de pierre, et le choc sourd de sa chute résonna douloureusement dans la tête de la jeune fille, émiettant ses certitudes et sa volonté. Le remords déferla sur elle lorsqu'elle fut happée par les prunelles métalliques écarquillées par l'impuissance du général.

Un visage s'imposa à elle dans le silence glacial de la montagne. Evan. Comment avait-elle pu tuer son père ? À cet instant, la jeune fille ne songeait pas encore au dégoût et à la haine qu'elle inspirerait à Evan, mais seulement à l'horreur de son acte. Encore une fois elle avait tué, encore une fois elle n'avait pas su contrôler sans détruire, encore une fois elle se répugnait… C'était donc si facile ? Une vie, chaque vie était-elle donc réduite à un fil que ceux qui possédaient la magie étaient libres de couper à tout instant ? La victoire des Voyageurs n'avait reposé que sur le vol d'un esprit, sur le vol d'une vie. Une simple vie qui pourtant avait le pouvoir de changer l'équilibre des mondes.

Soudain, un souvenir douloureux frappa la jeune fille comme un poignard glacé. Evan et elle, sur les berges du lac Taal, considérant les hommes inconscients à leurs pieds. Lyvia avait refusé qu'ils les tuent, par respect et droiture. À présent elle riait de ses sentiments, elle riait amèrement, les larmes inondant ses joues, et elle s'étouffait presque. Elle savait si bien donner des leçons, mais ne valait mieux que personne. Finalement tous les hommes étaient identiques, aussi noirs et vils derrière tous leurs bons sentiments. « Ton cœur est pur Lyvia ». Les mots d'Aadil résonnaient horriblement dans son esprit déchiré par la folie. Elle aurait craché au visage du vieillard, elle lui aurait fait avaler sa pureté s'il s'était trouvé en face d'elle ! « Regarde, regarde cet homme, regarde comme je suis pure ! » aurait-elle hurlé, triomphante dans sa démence, fière d'avoir prouvé l'erreur du vieil homme.

Épuisée, le cœur meurtri de battre si fort, Lyvia s'effondra sur le sol, secouée par de douloureuses convulsions. Elle n'entendit pas Neil s'inquiéter pour elle, pas plus qu'elle ne vit Pierrick s'asseoir doucement, le dos contre la falaise, effaré par cette journée au cours de laquelle il avait vécu plus d'horreurs que durant toute sa vie. Le monde qui l'entourait lui était étranger, tout ce qu'elle ressentait était la tristesse effroyable qui lui broyait le ventre et embrumait son esprit. Inconsciente de son propre corps, elle ne s'entendit pas murmurer sans fin « Pardon, pardon, pardon, pardonne-moi Evan … ».

CHAPITRE 26

Lyvia ouvrit les yeux, les tempes douloureuses, une chape de plomb pesant sur son esprit. Autour d'elle, quelques Voyageurs, ceux qui lui étaient proches, dînaient autour d'un feu de camp, égayés par leur victoire. Ses amis, constatant son réveil, s'empressèrent de la féliciter chaudement et de la remercier d'avoir empêché l'armée de franchir le portail. Neil, un bandage autour du bras droit, lui pressa l'épaule de sa main valide. Écœurée par cette bonne humeur à mille lieues de ses propres sentiments, elle chercha du regard la seule personne qui lui importait à ce moment-là.

Evan n'était nulle part en vue.

Sans entendre les paroles des Voyageurs, seul le battement de son cœur résonnant à ses oreilles, Lyvia regarda de tous côtés, paniquée. Alors que l'appréhension tordait son ventre, une certitude auréolée de douleur se frayait peu à peu un chemin à travers les limbes de son angoisse. Même si elle refusait de céder au désespoir, une part d'elle-même savait qu'Evan ne reviendrait plus.

Dans un murmure tremblant, elle interrogea les Voyageurs dont les bruyantes conversations s'interrompirent aussitôt, comme si elle avait hurlé. Ce qui aurait aussi bien pu être le cas, étant donné le souffle de folie qui engourdissait ses perceptions.

— Où est Evan ?

Devant l'absence de réponse de ses compagnons qui n'osaient pas la regarder, les yeux baissés, elle répéta avec plus de force :

— Où est-il ?

Seul Kalaan eut le courage d'affronter son regard. S'efforçant d'insuffler un peu de douceur aux paroles dures et impitoyables qu'il s'apprêtait à prononcer, son professeur lui avoua la vérité :

— Il est parti. J'ai essayé de… Il a pris sa décision.

Il est parti. Trois mots qui marquaient du sceau douloureux de la certitude le doute qui l'habitait depuis son réveil. Trois mots qui détruisaient tous ses rêves de bonheur, tout ce qu'ils avaient entrevu dans la tente, lorsqu'ils s'étaient murmuré « je t'aime ». Trois mots qui enflammèrent la culpabilité née après la mort du général pour la porter à son paroxysme. Elle avait tout gâché. Elle avait franchi une limite invisible, et tout ce qu'elle avait gagné, c'était un vide immense dans son cœur. Plus jamais elle ne verrait ses yeux gris brûler de la flamme des passions – un juste châtiment pour avoir dérobé le souffle de vie qui animait ceux de son père. Plus jamais elle ne verrait ses traits, si durs et sévères envers les inconnus, s'adoucir et se fendre d'un sourire qui n'appartenait qu'à elle.

Il est parti. Dans le regard noisette de Kalaan, souligné de larges cernes, elle comprit ce qu'il avait tu. Elle entrevit, dans un éclair de lucidité, la dispute qui avait dû opposer son professeur à Evan. Kalaan, qui tentait de le retenir, qui lui criait qu'il se leurrait, qui le suppliait de ne pas briser deux cœurs qui apprenaient à peine à s'aimer. Et Evan, ô Evan dont elle ne pouvait qu'imaginer la réaction. L'avait-il détestée, l'avait-il honnie pour ce crime ? Sûrement, et peut-être valait-il mieux formuler des hypothèses que d'affronter son regard froid et empli de haine, identique à celui de son père. Avait-il regretté cet amour qu'ils ne connaîtraient jamais ? Avait-il maudit les dieux de lui infliger une telle épreuve, à lui qui s'était enfin permis d'aimer ? Probablement pas, Evan lui avait dit ne pas être croyant… Et surtout, avait-il désiré s'arracher le cœur, ce triste coupable qui battait pour une criminelle ? Se souvenait-il, comme elle, des mots qu'il lui avait soufflés dans la tente, en cet instant absurde de bonheur ? « Je t'aime aussi, plus que tout. »

Plus que tout. Ces mots paraissaient alors si justes, d'une véracité si absolue qu'aucun d'eux n'aurait osé les remettre en doute. Et pourtant, il semblerait qu'Evan se fût trompé… Cet amour qui leur paraissait grandiose, infini, trop à l'étroit dans l'espace confiné de la tente, ils auraient voulu l'étendre à l'univers, ils auraient voulu le disperser au vent, le plonger dans l'écume de chaque mer, le graver dans le sable ! Mais à présent, que restait-il de cet amour démesuré ? *Plus que tout* s'était transformé en *pas plus que cela*. Et *cela*, c'était les barreaux immondes, suintant de ressentiment et tachés de souffrance, qui enchaînaient leur amour dans une cage de fer. *Cela*, c'était les limites tristement humaines que l'expérience avait imposées à leurs idéaux, c'était la culpabilité, le doute et la rancœur, c'était la fin de leur rêve.

Et dans ces trois mots, *il est parti*, Lyvia voyait qu'Evan s'était heurté à ces barreaux, qu'il avait mesuré l'étroitesse de cette cage. Et comme un triste oiseau, il s'était envolé, non pas vers la liberté mais vers l'oubli. Comment l'en blâmer ?

— Il t'a laissé une lettre, reprit Kalaan, une heure ou une seconde plus tard.

Lyvia tendit une main tremblante pour s'emparer du morceau de parchemin replié et froissé. Promenant un regard distant sur les personnes rassemblées autour du feu de camp, elle les observa sans comprendre. Pourquoi n'étaient-ils pas submergés par le dégoût qui soulevait son cœur ? Pourquoi la regardaient-ils avec cette horrible compassion qui lui paraissait si factice ? Elle était persuadée qu'aucun d'eux ne pouvait comprendre le vide intolérable qui la déchirait de part en part. Pas un seul instant elle ne songea à la douleur de ses amis qui avaient perdu des proches, pas une seconde elle n'imagina le poids terrible de tous les Voyageurs morts qui pesait sur les épaules déjà courbées par les épreuves d'Aadil.

L'amour est profondément égoïste.

Poussant sur ses jambes affaiblies, Lyvia se releva pour rejoindre le seul être au cœur immensément pur et bon. Parangon de patience, son bel étalon à la robe de neige posait sur elle son doux regard chocolat, sans jamais la juger. Elle effleura ses naseaux de velours, ferma les yeux en sentant son souffle réconfortant réchauffer ses mains, avant de lier son esprit au sien. Chaude lueur dans un monde glacial, Nebraska mêla sa conscience à la sienne pour lui offrir l'apaisement. Elle se hissa sur son dos et ils galopèrent loin de la réalité, cheval, jeune fille ou centaure, peu importe puisqu'ils n'étaient plus qu'un.

Longtemps, très longtemps après, elle osa déplier le morceau de parchemin, pour lire des mots qui la marquèrent à jamais. Ils ne cessèrent jamais vraiment de résonner dans son esprit, même dans les moments de bonheur.

« Lyvia,

Je ne te dois rien, pas après ce que tu as fait. Et pourtant, il m'aurait semblé brutal de tourner cette page de mon existence sans la conclure par des explications.

Je n'arrive pas à comprendre comment tu as pu commettre un acte aussi abject. Ou plutôt si, je le comprends douloureusement bien. Tu étais persuadée d'agir pour le bien, comme toujours. Tu as dû songer aux milliers de vie que tu épargnerais et tu t'es sentie comme investie d'une mission divine. Sauf que tu n'avais pas à t'arroger un tel droit. Sa vie ne t'appartenait pas, et en le tuant tu as détruit une partie de moi, un morceau de mon enfance sur lequel tu n'avais aucun pouvoir.

Je t'ai tellement idéalisée ces derniers jours, que le retour à la réalité n'en a été que plus rude. J'ai tué des dizaines d'hommes, je suis allé au-delà de mes limites, j'ai cru mourir cent fois et cent fois mon amour m'a donné la force de continuer. Je me battais pour que nous soyons heureux, je tuais pour ton sourire, pour ton amour. Suis-je hypocrite alors, de te reprocher ce que j'ai fait encore et encore ? La différence, c'est que tu n'as jamais ignoré qui j'étais. Tu connaissais le lieutenant en moi, celui qui peut donner la mort sans sourciller.

Moi je te croyais pure, d'une perfection à couper le souffle, et c'est à travers cet acte immonde que j'ai compris qui tu es réellement. Tu ne me l'as jamais caché c'est vrai, j'aurais dû le comprendre lorsque tu as tué ces soldats, mais je me suis convaincu que tu n'avais fait que te défendre.

C'était une erreur de t'aimer, mon père avait raison. Tu m'as dit un jour que le bonheur que procure l'amour n'a d'égal que les tourments qu'il engendre, et tu avais tort. Le bonheur que procure l'amour n'est rien en comparaison des tourments qu'il engendre. Tu m'as détruit, irrémédiablement, et tu pourras te targuer d'avoir été la dernière femme que j'aimerai. Jamais plus je n'autoriserai quelqu'un à avoir une telle emprise sur moi. Je ne me laisserai plus duper par les charmes de la passion, je sais à présent qu'ils ne sont que trompeurs.

Sais-tu quel est le pire dans tout cela ? Je n'arrive pas à cesser de t'aimer, et j'ai beau me détester autant que je te hais, mes sentiments ne diminuent pas. Qu'importe, le temps finira pas les effacer, et je pourrai alors recommencer à vivre, libéré de ces chaînes.

Adieu, puisses-tu réaliser ton destin grandiose sans trop te perdre en chemin, tu n'auras pas besoin de moi...
Evan »

REMERCIEMENTS

Sans hiérarchie aucune, j'aimerais remercier les personnes suivantes, qui m'ont inspirée, accompagnée, soutenue. Qui ont contribué, chacune à leur échelle, à faire de ce premier tome ce qu'il est aujourd'hui.

Mes parents, d'abord, pour leur soutien, leur amour, leur envie d'y croire. Ma sœur qui, malgré son horreur du fantastique, lit et lira chacune de mes pages. Merci à elle pour son aide précieuse dans la promotion de mon livre. Ma grand-mère, pour son enthousiasme sans faille, pour sa réaction si touchante à la lecture de la première version de ce tome. J'espère pouvoir continuer à la rendre fière. Tita, ma chère mamie rustine, pour avoir plongé dans un univers qui n'était pas le sien, pour son soutien inébranlable.

Mon amour, pour sa présence, ses encouragements constants, et son talent incomparable pour dénouer les problèmes d'intrigue. Merci pour nos longues discussions sur l'Univers des Âmes ou les Traîtres, au cœur de la forêt de Phalempin ou au Parc de la Citadelle.

Derhen, bien sûr, pour son amitié, sa disponibilité, et le travail monumental fourni. Pour ses innombrables relectures, pour son œil aiguisé, pour sa patience infinie. Pour son attachement à Liam, Isa et So, pour son agacement face au comportement de Lyvia. En résumé, pour son implication extraordinaire, inestimable.

Ma meilleure amie Morgane, pour son aide depuis la toute première version de ce livre, brouillonne et pleine de maladresses, jusqu'à cette dernière version. Pour ses relectures, pour ses critiques impitoyables mais ô combien précieuses, pour ses superbes dessins de Lyvia et des autres. Merci également à sa mère Christine, d'avoir été parmi mes toutes premières lectrices et d'être encore une fois au rendez-vous aujourd'hui. Merci à Marion et Fanny pour leur enthousiasme immédiat pour mon histoire, pour m'avoir donné confiance et optimisme.

Kate, pour cette magnifique couverture, pour sa patience et son écoute : je n'aurais pu imaginer une plus belle représentation de Lyvia. Patrick, dont le regard acéré et professionnel a permis d'alléger mon style d'un certain nombre de lourdeurs et répétitions.

Tous ceux qui ont pris le temps de lire mon livre, avant sa publication. Un grand merci à Maik, Mahault, Guilhem, Thomas, Rémi, Victor. Tous, par leurs retours et leurs encouragements, ont contribué à m'aiguiller dans la réécriture des versions antérieures.

Enfin, il n'est sans doute pas commun de remercier des animaux, mais je pense que mon histoire le permet. Merci à ma belle Opaline d'illuminer ma vie depuis dix ans, de m'avoir appris tellement sur moi-même. J'aurais aimé connaître un coup de foudre aussi beau que le Contact, mais finalement, est-ce qu'il n'y a pas quelque chose d'aussi puissant dans notre relation faite de persévérance, de déception, de larmes et de joie ? Merci à Eki, et Lou et Rhi-Ling avant lui. Apple ne vous rend pas justice, mais je crois que le chien est une créature trop parfaite pour être écrite.

Il ne me reste plus qu'à vous remercier, lecteurs, d'avoir choisi ce livre. J'espère que vous aurez aimé parcourir Héliosis aux côtés de Lyvia. Au plaisir de vous retrouver dans les prochains tomes…

Dépôt légal : septembre 2018.